悪人すぎて憎めない

クイーム・マクドネル

バニー・マガリー刑事には、かつて最高の相棒がいた――1999年、アイルランド。ダブリンでは武装強盗が頻発していた。現金輸送車を襲う鮮やかな手口から、警察本部はカーター一味に目をつける。さらに、彼らが大量のコカイン密輸を計画しているという情報を得た。証拠を摑むため、特捜班に配属されたバニーと相棒の刑事グリンゴは一味を監視する任務につくが、ジャズシンガーの黒人女性シモーンと出会ったことで、バニーたちの運命は大きく変わりはじめ……。ノンストップ・サスペンス『平凡すぎて殺される』につながる衝撃のバニー過去編登場。

登場人物

バニー・マガリー……………………アイルランド警察、刑事
ティム・〝グリンゴ〟・スペイン………同、部長刑事。バニーの相棒
ガレス・ファーガソン……………………同、長官
フィンタン・オルーアク…………………同、警部補
ジェシカ・カニンガム……………………同、部長刑事
デアラ・オーシェイ………………………同、部長刑事
パメラ・〝ブッチ〟・キャシディ………同、刑事
ディニー・マルドゥーン…………………同、刑事
トミー・カーター…………………………犯罪組織の頭目
デューナル・カーター……………………トミーの父
エイミア・カーター………………………トミーの妹
フランコ・ドイル…………………………トミーの一味
ジョン・オドネル…………………………トミーの一味。元レンジャー部隊員。スナイパー
ジミー・モラン……………………………トミーの一味。元レンジャー部隊員

メアリー・マータ……ホームレスの老女
ノエル・グラフィ……〈チャーリーズ〉オーナー
シモーン……〈チャーリーズ〉のバーメイド。シンガー
シスター・バーナデット……尼僧。シモーンの庇護者
シスター・アサンプタ……尼僧
シスター・マーガレット……尼僧
ネイサン・ライアン……〈チャーリーズ〉の客
ベン・ウィリアムズ……マティガン社警備責任者
ロペス……正体不明のアメリカ人
フロック……ロペスに雇われた男
タラ・フリン……〈オヘイガンズ〉店員
デシー……バニーのハーリングチームの補欠兼マネージャー補佐
ポール（ポーリー）・マルクローン……バニーのハーリングチームのメンバー
フィリップ・ネリス……バニーのハーリングチームのメンバー
デニス・オマリー……バニーのハーリングチームのメンバー

悪人すぎて憎めない

クイーム・マクドネル
青　木　悦　子　訳

創元推理文庫

ANGELS IN THE MOONLIGHT

by

Caimh McDonnell

This book is published in Japan
by TOKYO SOGENSHA Co., Ltd.
Japanese translation rights arranged with McFori Ink Ltd.
c/o Johnson & Alcock Ltd., London
through Tuttle-Mori Agency, Inc., Tokyo

悪人すぎて憎めない

1

ローリー・コインの鼓動は耳の中で雷をとどろかせていた。高いところは得意じゃない——おまけに五階もある建物の上の、幅六インチしかない出っぱりに立っているとなれば、それはかなりの問題だった。

下を見ないようにしようとしたが、ほかの選択肢はあまりない。右を向いても左を向いても、ダブリンの建物の輪郭(スカイライン)が見えたが、その角度は、自分もいまやそのスカイラインの一部になっていることをだめ押ししてくるだけだった。目を閉じようとはしたものの、裏切り者の想像力は、地面が猛烈な勢いでせりあがってきて彼にぶつかるところを何度も何度も見せてくる。ローリーはここへ上がってくる前にビールを四パイント（約二・三リットル）飲んだことを後悔していた。四パイントは多すぎでもあり、少なすぎでもある。適切な量でなかったのはたしかだった。震え上がるくらいにはしらふで、泣きだしたくなるくらいには酔っている。

鳩(はと)が一羽、彼の横で手すりに止まり、クーと鳴いた。ローリーは鳩にすべての注意を集中しようとした。

鳩はローリーを見て、それからほらごらんとばかりに下を向いた。

「失(う)せやがれ」

秋の風がローリーのボンバージャケットを引っぱり、彼の汗ばんだ手はいっそうきつく手すりを握った。風は景色以上にひどかった。ローリーは気持ちを静め、それからさっと左手を離してジャンパーでぬぐった。その動きで、眼下の群衆から息を呑(の)む音があがった。興奮で吐き気とめまいがどっと体を走り、それから手が白い石の手すりをもう一度つかんだ。

ローリーがここへのぼってもう二十五分ほどたっていた。最初の十分間は誰も彼を見なかった。五階の出っぱりに立っていると、誰かの注意を惹(ひ)くための選択肢はごく限られている――まあ、非常に明白かつドラマチックなあの選択肢以外では。やがてスペイン人学生たちが気づいた。彼らが集まって大きなグループになり、上を見て、しばらく興奮してしゃべっていたいっぽう、地元の人間たちは舌打ちをして、彼らをよけて歩いていった。外国人の学生たちがグラフトン・ストリートの歩行者の流れを止めるのはそれほど珍しくない。しかしそれから、HMVで働く若い女がこっそり煙草(たばこ)を吸おうと二階の窓から頭を出し、ローリーと目が合った。実際には彼女の悲鳴が事態を動かしたのだった。いまや制服警官たちが下の通りを封鎖しようと輪になっており、それがたちまち群衆を引き寄せた。ローリーの状況には、ダブリンっ子たちの大好きな二つのものが組み合わさっていた――ドラマと無料の見世物。大道芸人が封鎖の端に陣取り、大声でR・ケリー（アメリカのシンガーソングライター）の『わたしは飛べるはず(アイ・ビリーヴ・アイ・キャン・フライ)』を思いやりのかけらもなく演奏していた。

ローリーはまた下に目をやった。封鎖された区域の真ん中に、背が高くやせていて、特徴のあるダークブラウンの髪の男が立っていた。男はカシミアのコートのポケットに両手を突っこんで、ローリーを見上げていた。

「あんたなのか、グリンゴ（中南米やスペインで外国人をさす蔑称）？」ローリーは叫んだ。

「スペイン部長刑事が来てやったぞ、コイン」

「うへえ」

　それほどグリンゴをいやがっているわけではない。お巡りとしては、最悪のやつではなかった。そう、問題は彼についてくるほうだ。

「調子はどうだ、ローリー、ぶらさがってるのはどんな気分だ？」

　ローリーはもはや屋上にひとりきりではなかった。バニー・マガリー刑事のチェシャ猫のような笑いが、ローリーの視野の端、十二フィートほど離れたところにあらわれ、サッカーについてご近所とおしゃべりしようとばかりに手すりからのんびり乗り出していた。マガリーは気の利かない大男で、きついコーク（アイルランド南西部の県、または県都）訛(なま)りと、さえない、どこか中古品っぽい雰囲気の持ち主だった。三十代はじめ、背は六フィート二インチで太っているが、使いでのある太り方だ。体当たりでドアを破ったり、必要とあればパンチの先へ投げだされたりできる体格をしている。左の目が怠(なま)け者で、そのせいで彼はちょっとネジのはずれた印象を与えていた。その印象は本人の行動によってたびたび裏づけられていたが。

「こうなると思った」ローリーは地面のほうを顎(あご)でさした。「あんたら二人は屁(へ)とクソみたいなもんだ――相手なしには存在しない」

「あいかわらず詩ごころがあるな、ローリー」バニーは言った。「それで、人生はどんな具合ない。俺はただおまえを心配してるんだ、それだけさ」

「おまえのジェットエンジンは冷ましておけよ、ローリー・ボーイ、おまえに近寄る気は

「引っこんでろ、バニー、本気だぞ」

だ？」

「ふん、そうだろうとも」

「おまえは俺にとってセンチメンタルな価値があるんだよ、ローリー。そうとも、俺がテンプルモアから卒業したばかりのピカピカの新人警官として、最初に逮捕したうちのひとりがおまえじゃなかったか？」

「あんたは俺に塀をぶち抜かせた」

「公正に言えよ――あの塀は俺がおまえを逮捕しているさいちゅうに崩れたんだ。記憶が正しければ、俺はおまえとジャッコ・リーガンが〈デス・ケリー・カーペッツ〉からリノリウムを盗んでいるときに、おまえたちの邪魔をした。そういえば、ジャッコはどうしてる？」

ローリーは答えなかった。ジャッコは塀を半分越えたところで、バニーに脚をつかまれた。彼はいまでも、あのあと子どもができなかったのはその出来事のせいだと言っている。公正を期すために言うと、ジャッコが刑務所に戻ると妻は出ていってしまったので、そのせいなのだが。

するっと動いたかと思うと、バニーは手すりの上に座り、その両脚は手すりの片側でぶらぶらしていた。それがもうひとつの問題だった――バニーは思いがけないしなやかさとスピード

で動く。デカくて、ケツが毛だらけの、赤ら顔をした類人猿みたいな男が、こんなにも敏捷(びんしょう)に動けるということが、頭のどこかで納得できないのだ。まるで赤ちゃんゾウが三輪車に乗っているのを見るようだった。

「引っこんでろって言ったろうが」

「落ち着けよ、な？　飛びたいのか？　飛べよ。止める気はない、だがこちとら一日じゅう立ちっぱなしでな、もう四時だってのにサンドイッチも食ってないんだ」

　いまの言葉を強調するため、バニーはアルミホイルでくるんだ小さな包みをアノラックのポケットから出し、ホイルをはがしはじめた。「車がまた修理屋に入ってるんだ、だから自分で昼メシを持ってきてちょっとばかり金を節約しようとしてる」

「あんたとは話したくない」

「ここは風が冷たくないか？」バニーは続けた。人が自分としゃべりたがらないことには慣れきっている。「でも風や何かをさえぎる建物がないよな」

「カートライト巡査部長はどこなんだ？」

「ご指名の交渉人は妹の結婚式だよ。伝言はあるか？」

「誰かほかのやつと話したい」

「わかった、わかった。まったく、ずいぶんびくついてるな、ローリー。何の企(たくら)みもないよ」

　バニーは反対側のポケットから無線機を出し、口元へ持っていった。「こちらトム少佐(メイジャー・トム)（ギイリスの歌手・俳優のデヴィッド・ボウイが自分の曲の中につくりだしたパーソナリティ）から地上管制へ、どうぞ」

ローリーは下でグリンゴが無線機を口元へ持っていくのを見た。「了解(ラジャー)、メイジャー・トム。そちらの状況はどうだ？」

「まあ、正直に言うとな、グリンゴ、よくない。ミスター・コインはかなり興奮してるようだし、誰かほかのやつと話したいそうだ」バニーは無線機を口から離し、ローリーに言った。「かわりにスペイン部長刑事と話すか？」

「あんた以外なら誰でもいい」

「ひでえなあ、ローリー、ひどいぜ。おまえのせいで自殺したくなりそうだ、それじゃおまえの丸パクリになるが」バニーは無線機をまた口元へ持ち上げ、「ボス、こいつはあんたと話すほうがずっといいそうだ。まだ高いところが怖くて、勇気が出ないのか？」

「そうなんだ」

バニーは無線機を横に置いて、サンドイッチの包みをあけることに専念した。「つまりノーってことだな、残念ながら。おまえがどうってわけじゃないぞ、グリンゴは概(がい)しておそろしく人付き合いがいいからな――ダブリン人にしては、ってことだが」

「いいかげん俺の話を真面目にとったほうがいいぞ」

「ところが違うんだな。実をいうと、おまえがこの屋上からまっさかさまに落ちてくれたら、俺は〝精神的苦痛〟のために一週間の休暇をもらえるんだ。モルディブがいいかな、でなきゃギリシャとか。あそこの住民は食事を終えるたびに皿を割るって知ってるか？　昔からやってみたいと思ってたんだ」

「あんたは血も涙もないクソ野郎だよ、バニー。こっちこそ精神的苦痛のまっさいちゅうだってのに、そんなとこでジョークを並べやがって」

「サンドイッチ食うか?」

「いや」

「本当か?　ジャムとチーズ入りだぞ」

「本当だよ……ちょっと待て、ジャムとチーズを一緒くたに食う馬鹿がどこにいる?」

「俺たちは新たな世紀のとばくちにいるんだ、ローリー、新しい体験に心を開け。俺は先週、はじめてカクテルを飲んだ。気に入らなかったよ、すまないがな、それでもだ」

「あんたのまずいサンドイッチも、ゲイみたいな酒もどうでもいい、わかったか?」

「チッ、チッ、チッ、ローリー。そういうものぐさな同性愛嫌悪(ホモフォビア)に根拠はない。人間は正しい方向へ進んでるんだ」

バニーは無線機を口へ持っていき、サンドイッチを噛(か)みながら話した。「スペイン部長刑事、知らせとかなきゃならないようなんだが、ミスター・コインは俺の任務遂行中にホモフォビア的な言葉を使ったよ」

「それは非常に残念だな、マガリー刑事。彼の言葉の選択が示す狭量な態度に、俺が困惑していることを伝えてくれ」

「まったくだ」バニーは無線機を口から離した。「グリンゴは馬鹿なまねはやめろと言ってる」

「あんたはおホモだちとヤリにいって、俺をほっといてくれよ」

バニーはサンドイッチを頬(ほお)ばっていたので、すぐには返事をしなかった。ローリーは彼がおおげさにくちゃくちゃ嚙んでから飲みこむのを見守った。「おまえに教えといてやる、スペイン部長刑事は奥さんとうまくいってない、少なくともこの何週間かはな、それから俺は、まあ、ぴったりの女にまだめぐり会っていない。おまえんとこのエイスリングはちょっと美人だな、考えてみると」

「うちの女房をこれに巻きこむな」

「後家さん。おまえの言いたいのは後家さんってことだろ。まあ、おまえのせいでどのみちじきにそうなる。長いことひとりでいるタイプにはみえないしな。彼女、いわゆる維持費がかかるってやつか？」

ローリーは答えなかった。吐き気の波がだんだんと大きくなってきて、喉の奥に胆汁の味がした。

バニーの無線機が鳴った。「彼にきいてみたか？」

「ローリーにききたいなら、何で自分でここへ上がってこないんだよ、グリンゴ？」

「それはな、刑事、俺は下のここにいて、ローリーが死んでも、ひとりのバカも——神よお許しください——大道芸人も死なないように、群衆整理をやっているからさ」

「何てこった」バニーは言った。「あのパントマイム屋の誰かをローリーの飛行経路の下に連れていったらまずいことになるかな？　ああいう薄気味悪いやつらは大嫌いなんだよ」

「同情はするがな、バニー、われわれの役目には芸術の批評までは入っていないんだ」

「ますます残念だよ」

ローリーはしゃべる力を回復した。「あんたら二人とも、年寄り夫婦みたいにぶつぶつしゃべるのをやめてくれよ、すげえいらいらする」

「わかった」バニーは言った。「落ち着けって、ローリー。ところで、おまえが自殺したくなったのは、千年紀(ミレニアム)の終わりの精神的鬱(うつ)のせいか？」

「何だそりゃ？」

「グリンゴがきけって言うのさ――あいつはちょっとそれにとり憑(つ)かれてるんだよ、正直に言うと。一九九九年の終わりが世界の終わりになるかもしれない、って言ってるああいうデジタルチャンネルのどれかでその番組を見て、いまじゃその話ばっかりしてるんだ。ミレニアム・バグ、Y2K問題、そういうやつ。飛行機が空からどんどん落ちてくるって言うんだよ。たくさんのカルトが集団自殺をするとも言ってる」バニーは何か思いついて、サンドイッチから目を上げた。「おまえ、それで混み合う前にすべりこもうとしてるんじゃないだろうな？」

「うるさい」

「だってまだ十月だぞ。クリスマスや何かが好きじゃないのか？」

「俺は情緒不安定のまっさいちゅうだってのに、これがあんたの対処法なのか？」

バニーは肩をすくめた。「まあ、そういうトレーニングは受けてないな。ホモフォビアのセミナーをやるんでキャンセルされたんだ。司法大臣がどこかのバンケットで下衆なジョークを言ったのを聞かれると、突然、俺たちがみんな講義を受けさせられる。個人的には、俺は昔から同性愛者とはえらくうまが合うんだ。統計的にいって、男も女もよく法を守るやつらだし」

ビーッ。無線機が鳴った。「彼は例のことに何と言っていた？」

「すまん、グリンゴ、ローリーはミレニアムには関係ないと言ってるよ。どうやら情緒不安定らしい」

「おや、気の毒に」

バニーは口から無線機を離した。「おまえがこの道路の先にあるマクドナルドの屋上から飛び降りようとしたのは、ほんの二か月前じゃなかったか、ローリー？　グラフトン・ストリートの善き商人たちも、いまじゃ屋上に出る扉を施錠することをおぼえただろうよ」

「だめなんだ」ローリーは言った。「それは非常階段だから——労働衛生安全法で——できない……」

ローリーはしゃべるのをやめた。飲んできた景気づけの四パイントがじょじょにその存在を感じさせてきていた。膀胱（ぼうこう）にも、むかむかする腹にも。食道を震えが走り、ローリーは反射的に吐き気をおぼえた。

「大丈夫か、ローリー？」

答えるより早く、口が開いて、リサイクルされたスタウトが前へ噴き出した。

「おやまあ」バニーが言った。「下を見ろよ！」

ローリーの物理的な噴出物はたまたまグラフトン・ストリートを北へ吹いていた風に乗り、下にいた野次馬たちの一方の側（がわ）にとってはかなり不運なことになった。

「うわ、ちくしょう……」

「あのくそ……」

ローリーが口をふいて目を向けると、バニーが立ってこちらへにじりよろうとしていた。

「さがれ！」

バニーは両手を上げてゆっくりと元の場所へあとずさりした。「力を抜けよ、ローリー、力を抜け。大丈夫か？」

「何の心配をしてるんだよ？　あんたはこういうのには役立たずだ」

「たしかに」バニーは言った。「おまえがそこを離れて中へ入ったら、俺が苦情申し立て書の記入を手伝ってやるっていうのはどうだ。もうこんな馬鹿げたことはたくさんだ、そう思わんか？」

ビーッ。「バニー？」

「悪いな、グリンゴ、ローリーはちょっとばかし具合がよくないんだ」

「まあ、彼は観衆の同情を失ったというのがフェアだろうな」

野次馬たちから声があがった。「さっさと飛べ、このトンマ！」

「おい！」バニーが叫んだ。「そんな言い方はやめろ。この哀れなおバカちゃんが情緒不安定なのがわからないのか？」彼はローリーのほうを向いた。「いまのはすまんな、ローリー。礼儀ってものをわきまえないやつもいるんだ」

「あんたが言うかよ」ローリーは深く息を吸いながら答えた。「だいたいなんであんたがここにいるんだ？　いつからグラフトン・ストリートがあんたとグリンゴの担当になったんだよ？」

「担当じゃないさ。俺たちがここに来たのは、あの商店のひとつから、どこかの紳士がマネキンと親密になろうとしてると通報があったからだ」

「うへぇ。またあのアンディ・ドゥージか？」

「だろうな」

「あのヘンタイ」

「そう決めつけるな。あいつは人形偏愛症なんだ、礼儀正しい病気だよ」

「それは──」

「マネキン相手だがな。そうとも。精神科医がそれを説明する手紙をくれて、やつはそれを持ち歩いてるそうだ。気の毒な変態だよ」

ちょうどそのとき、突風がローリーの上着に吹きつけ、彼はひっと声をあげて石の手すりを握る手に力をこめた。

「ずいぶんと顔色が悪いぞ、ローリー」

「あんたは俺を説得して落ち着かせるとか、そういうことをするべきじゃないのか？」

「たぶんな。おまえがマクドナルドの屋上から飛び降りようとしたとき、カートライト巡査部長は何て言った？」

「彼女は親切だったよ、カートライトは。少なくとも気にかけてくれた」

「ああ、感じのいい女だよな、公正を期すために言うと。俺は何か月か前、デートを申し込んだんだ。丁重に断られたがな。俺からのアドバイスはな、彼女がそのときおまえに言ったことを思い出して、頭の中でもう一度再生してみろってことだ」

「大きなお世話だよ」

ビーッ、ビーッ。

「すまんな、ローリー。もしもし、グリンゴ?」

「一斉検挙は完了だ、相棒(アミーゴ)」

「ありがたい。ここにいるとタマが凍って落っこちそうだ」

バニーは無線機をポケットに入れ、ぐるりと体をまわしてローリーと向かい合った。今度は手すりの両側に脚をおろして。

「それで、どうなんだ、ローリー? アメリカ人の言いまわしを使えば、〝さっさと腹を決める〟ときだぞ。下まで近道していくか、それとも俺と階段を降りるか?」

「ひとりでヤッてろよ、バニー」

「たしか前のときは、カートライト巡査部長が手際よく仕事をしたのに、おまえんとこのエイスリングがあらわれておまえを説得して、馬鹿なまねをやめさせたんだよな?」

「ああ」

「残念だが、今回彼女は来ないぞ」

「どうしてわかるんだ?」

「なぜって彼女と……ちょっと待て」バニーは言い、無線機のボタンを押して持ち上げた。

「エイスリングと一緒にいたのは誰だ、ボス？」

バニーは無線機をローリーのほうへ向けた。「彼女の姉妹二人、母親、姪のキャロルと三人の甥だ、そいつらの名前はきいていない」

ローリーは突然、さらに強烈な吐き気を感じた。

「とは言うものの」バニーは言った。「いいアイディアだったよ。俺が思うに、考えたのはエイスリングだろ――おまえはこんなことを考えるほど頭がよくないからな。男がビルから飛び降りると脅す、そうすりゃもちろんあちこちの店のスタッフや警備員は窓から見物しにいく。人間性ってやつさ、なあ？　自動車事故を見ようとしてスピードを落とすのと同じだ。ってわけで、おまえがここにのぼって、ワイリー・コヨーテ（ワーナー社のアニメ映画に登場する、こっけいなコヨーテの名）のまねをしているあいだ、おまえの奥さんや彼女の大家族はその機に乗じて〈ブラウントマス〉（ダブリン市にあるデパート）で万引きをする。うまい作戦だよ。だが同じ手を二度使おうとするか？　欲をかいたな。ダブリンの警備員は全員、おまえがもう一度やったときにそなえて指示を受けてたよ」

「ああもう……あいつにそう言ったのに、聞きゃしねえんだ」

「ふむ、彼女は高級品好みだからな」バニーは言った。「それじゃこんな寒いとこから離れようや、な？」

ローリーはため息をついた。「そうだな」

バニーは屋上へぴょんと降り、視界から消えた。

ローリーはその場に立って、足元を見おろしていた。

しばらくして、バニーの頭がまたあらわれた。「どうかしたか？」

「俺……気分がちょっと……変なんだ。しばらくここに立ってて……そうしたら……」

ローリーは目を下に向け、すると突然視界が揺れはじめた。群衆がごちゃごちゃに積み重なるイメージ。彼は目を閉じたが、頭が前へ傾くのを感じ……。

悲鳴。ローリーの目が開いた。一瞬、めまいがして体の重さが消え、眼下の地面がぐるぐる回って、そして……。

誰かの手が上着の後ろをつかんだ。ローリーはわずかに引き戻されたが、力の抜けた両腕は何の抵抗も示さず、上着はするりと脱げてしまい、体はふたたび前へ傾いた。

また別の手がベルトをつかんだ。

そこでローリーの頭からくもりが消え、膀胱はからっぽになり、彼は自分にまわされた腕をつかんだ。

「よーし、つかまえたぞ」バニーが言った。

ローリーは振り返り、岸へ戻ろうとした。パニックが体じゅうの神経を支配していた。

「落ち着けって――」

片足が出っぱりからすべり落ち、二人とも下へ引っぱられた。ローリーはいっそう力をこめて、あらゆるものを、とにかく何でもつかみ――やたらめったらしがみついた。

生きろ！　生きろ！　生きろ！　その言葉が頭の中でサイレンのように鳴り響いた。

「暴れるんじゃない、このバカ！」

下から悲鳴があがる。

バニー・マガリーの引きつった顔がローリーに迫ってきた。

そしてそれから……

ドンッ。

暗闇。

何もなくなった。

2

ティム・スペイン部長刑事――人によってはボス、なかにはグリンゴと呼ぶ者もいるが、誰もティムとは呼ばない――はキーボードから目を上げて、デスクのむこうにいる三年来の相棒を見た。バニー・マガリーはデスクに両足をのせて、伸ばしたゼムクリップで歯をせせっていた。

「そのとき容疑者が理由は不明だが見当識を失い、めまいを感じて……」

「あいつがバカだってことに関係あるのはほぼたしかだけどな」バニーが答えた。

「黙れ。いずれにしても、この報告書を書くのはおまえのはずだぞ」

「何言ってる、グリンゴ。あんたがいくじなしすぎてあの屋上にあがれないんだから、書類仕事はそっちがやる。それが取り決めだったろ」

「上司に対する物言いにしてはチャーミングだな」

「すいませんねえ、閣下」

「彼はそのあとバランスを失い、そしてマガリー刑事が懸命に――」

「いい言葉だ」

「ありがとう――懸命に容疑者を安全なところへ引っぱったが、彼はパニック状態で――」

「容疑者は、だ」

「……容疑者はパニック状態で、マガリー刑事に抵抗しはじめ、自分とマガリー刑事の命を危険にさらしたので、同刑事はやむなく容疑者を落ち着かせようと……ええと……その……」

「やつの顔の真ん中に頭突きを食らわせ、バカを気絶させた」

「……異例だが効果的な方法にうったえた。容疑者はその後安全となり、〈コノリー・ホスピタル〉で治療を受けた、添付書類参照のこと、等、等、等……マガリー巡査はすばらしい伝説の人物のように行動し、車の中では絶対に許されていない、いつものむかつくようなサンドイッチを食べる時間まで見つけた」

「終わったか?」

「終わった」

「よし」バニーは言った。「まあ、感動的だったよ。俺は家に帰って、とっておいたカレーを食って早寝する」

「おいおい」グリンゴが言った。「今日が何の日か忘れたのか?」

「一九九九年十月十三日だろ。またあんたの黙示録がどうのってくだらない話なら――」

「違う、というかそのとおりだが、俺たちは大混乱が起きる前に、許されたあらゆるチャンスを利用しなきゃいけないんだ、しかし……いや。十月十三日だぞ? おまえ、ぴんとこないのか?」

バニーはしばらくグリンゴを見つめた。「あーまさか、違うよな?」

「違わない。おまえの誕生日だよ!」

「違うって」

「おまえがそう思っているだけだ」

3

「でも足が汗まみれなんだよ」

マルホランドは深く息を吸って、あとで悔やむに違いないことを言わないようにつとめた。

「知るか。車の中で靴を脱ぐな。ここは俺の仕事場でもあるんだぞ、わかってるのか?」

ディレイニーは助手席から彼をにらみつけた。「どうやって止める気だ?」

「銃を持ってる人間に尋ねるにはあぶない質問だな」

ハリー・ディレイニー刑事とボブ・マルホランド刑事は短く目を合わせ、すぐにおたがい別別の窓の外を向いた。一緒に組まされたのは三度めだが、二人が近いうちにクリスマスカードを送り合うことはなさそうだった。ディレイニーの個人的な衛生基準ときたら、頭に難のある野蛮人なみだった。マルホランドが見るたび、彼はどこか新たなところ――自分の耳や、目や、鼻の穴や、口に指を突っこんでいるのだ。まるで人間の頭を支給されたのははじめてで、どんなふうにできているのか突き止めようとしているようだった。マルホランドは多くのことを我慢させられてきたが、靴を脱ぐのは絶対に越えさせるつもりのない一線だった。

すでに長い一日だったが、まだランチタイムにもなっていなかった。車のヒーターは壊れていて、二人ともオーバーを着たまま座り、ディレイニーのなぜか熱い足以外は凍えそうになっていた。警護仕事はいいときでも単調だ――現金輸送車が配送をするあいだ、ただ後ろについていくだけ――しかしいまは退屈なうえに寒い。マルホランドは自分がオーバーンの一件で書類仕事をしくじった罰として、この特別任務をもらってしまったことを承知していた。ディレイニーが何をやらかしたかはまったく知らない。何もなかったのかもしれない。単に誰かが、ハリー・ディレイニーが指で自分自身の体のマジカル・ミステリー・ツアーをする光景を、自分たちのまわりからなくしたかったのかもしれない。ともかく、マルホランドは彼から離れられないでいた。この渋滞から離れられないように。まだ午後一時だというのに、河岸地区(ザ・キーズ)は早くも立ち往生の様相を呈していた。少しでも良識があれば、現金輸送車やその警護車輌(しゃりょう)はバス用レーンを走っていいとされるはずだが、それは当局によって鼻であしらわれた。そうして彼らはここにいた。渋滞につかまって、信号が変わるたびに車が四台通っていくのをながめながら。彼らは渋滞を迂回するのも許可されていなかった。防犯対策として、それぞれの輸送車は三つの異なる候補ルートを与えられ、どれで行くのかは当日の午前中にやっと教えてもらえる。そのあとはルートをはずれないこと、以上。

警護業務は夏のあいだに多くの現金輸送車強盗が起きて以来、かなり大きな仕事になっていた。もはやただ銀行を襲うだけのやつはいない。連中は銀行支店長の家族を人質にとって、いわゆる〝虎の誘拐（まず誰かを誘拐し、次にその人物に関係のある別の人物に犯罪を実行させること）〟をやるか、現金輸送車を襲う。ダイパック（銀行強盗対策で札束に隠しいれる染料入りの無線式発火装置）や追跡装置があるのだから、騒ぎを起こすだけの値打ちはないと思うところだが、ダブリンにはその点で一歩先をいくギャング団が少なくともひとつあるようだった。

「そこのアホを見てみな」ディレイニーが小指を耳の穴から出して、スーツのズボンで拭きながら言った。

「何？」マルホランドは言った。

「バイクだよ、まるで自分だけが行かなきゃいけないところがあるみたいに、車列を出たり入ったりしてる」

マルホランドはドアミラーをのぞきこみ、配達バイクが運転席側の二台ほど後ろにいて、動かない渋滞のあいだを抜けてくるのに気がついた。そのバイクが彼らの車とほぼ同じところに来たとき、はじめてある考えが浮かんだ——もしこのバイクが俺の側にいるなら、どうしてデイレイニーから見えるんだ？　答え――バイクは二台いるから。

似たようなゴツッという音が二回、二人の後ろからした。マルホランドが振り向くと、ディレイニーの後ろのリアシートの窓に吸盤がくっつけられていた。マルホランドが自分の側のドアミラーを見ていたら、自分の後ろの窓にも別の吸盤がつけられているのが見えただろう。しかし彼の注意は助手席側にいるバイク乗り(バイカー)にぴったり向けられていた。そいつはいま、前輪のすぐそばに来ていた。そしてこちらに銃を向けていた。

「まさか」ディレイニーが言った。

マルホランドは彼が銃に手を伸ばそうとする動きに気づいた。そして左腕をディレイニーの体に叩(たた)きつけ、二人とも殺されるのを止めた。

「馬鹿なまねはやめろ、言うことを聞くしかない」

そこで、もうひとりのバイカーが、マルホランド側にあらわれた。そいつは車のルーフに手をつき、ぱっと何かを出した。それは三つめの吸盤で、そいつはそれをフロントガラスの真ん中につけた。そこからはコードが一本、車の両側の吸盤に延びていた。

「いったい何を――」

二人めのバイカーがそこで自分のメッセンジャーバッグから何かを出し、二人が見えるように持ち上げた。マルホランドは現実では一度も見たことがなかったが、それを見たときに手榴(しゅりゅう)弾(だん)だとわかる程度には映画を見ていた。テーブルマジシャンさながらに、バイカーはおおげさな動作をしてみせた――自分が手榴弾の横についた安全レバーを押さえているのを二人に示したのだ。次にそれを、フロントガラスの吸盤の上についている大きすぎるエッグスタンドのようなものに、慎重に入れた。それからゆっくりと両手を引っこめた。マルホランドがうなずくと、バイカーはまだ押さえられているレバーを指さした。そして、流れるような動作で、ピンを抜いた。

「うわっ!」ディレイニーが叫び、すごい勢いで十字を切った。マルホランドは無言で手榴弾の横のレバーを見つめた。それが押さえられたままでいることだけが、二人を生かしているのだった。

それからバイカーがバッグからA4の紙を出し、フロントガラスに置いた。

ていねいに読んでください
コードがゆるむと、手榴弾はドカーンとなる
窓をあけると——ドカーン
ドアをあけると——ドカーン
おとなしく座っていろ。エンジンを切れ。爆発物処理班に電話しろ。
よい一日を。

それからバイカーたちは二人とも走り去った。おおまかにいって、警護車がまったくの役立たずになるのに二十七秒しかかからなかった。

「俺はここから出るぞ」ディレイニーが言った。

「ドアハンドルにさわったらおまえを撃つ」

マルホランドは慎重にエンジンを切り、そっとハンドブレーキをかけて、それからゆっくりと無線のマイクをとった。「指令部、こちらは車輌アルファ・フォックストロット49、問題が起きた」


いっぽう、二十フィート離れたところでは……。

フランキー・スチュアートは赤信号を見て、また新聞をめくった。もうすでに一度、全部読んでしまっていたし、サッカーのニュースは三度読んだ。もう一度読むか。この渋滞はバルミツヴァ（ユダヤ教の成人式）でのベーコン巻きソーセージよりのろのろ進んでいたし、彼らはすでに予定より遅れてしまっていた。きつい叱責（しっせき）を食らうに違いない。彼らが決められたルートを使っていて、渋滞は渋滞なのだから仕方ないことなど関係ない。カレッジ・グリーン支店の支店長が彼に文句を言うことにいくらだって賭けてやる。フランキーは気にしていなかった、ひいきの〈リーズ・ユナイテッド〉がまたリーグのトップになったのだ。ヨーロッパ最高の若きチーム、新聞社のいつもの記者はそう書いていた。彼らはこの先十年、他を圧するだろう——ざまあみろ。

パーカーを着てフードをかぶった男がバンの前に徒歩で入ってきた。車の列をぬって通る歩行者たちはフランキーをいらつかせた。つい先週、オコンネル・ストリートで女がサイクリストに轢かれたのを見たばかりだ。その気の毒なサイクリストが悪いんじゃない――誰かが道路の真ん中へ注意もはらわずに歩いてきたなら、自業自得というものだ。それに関していえば、いま外は寒いが、雨は降っていない。このおかしなやつは、フードをかぶって何の遊びをしているんだ？

その男は足を止めて、Ａ４の紙を一枚、運転席側の窓におだやかに置いた。

「何を……」

フランキーはその紙に印刷された写真を見て、それからその下にある言葉を読んだ。それからもう一度写真を見る。そこから目を離すことができなかった。

やわらかいノックが三度して、フランキーをいま、ここに引き戻した。男はもう片方の手に銃を持っており、それで窓を叩いていた。フランキーはフードの奥の顔をのぞきこんだ――目出し帽のむこうに見えるのは青い目だけだった。

フランキーはうなずき、ゆっくりと手を伸ばしてダッシュボードのインターコムボタンを押した。

「ティナ、いいか。いますぐ後ろのドアをあけてくれ」

ティナの気むずかしげな、年を経た声がインターコムから返ってきた。「もうやめてよ、フランキー、あんたのおかしな冗談には飽き飽き。またブッチとサンダンス（映画『明日に向かって撃て！』の主人公二人）が外にいるの？」

フランキーはさっきの紙にある写真をもう一度見た。九歳の女の子が写っていて、今朝の新聞の一面を掲げてカメラを見ている。その新聞と同じものを、フランキーは偶然にも手に持っていた。女の子は楽しそうに笑っていた。笑うと母親にそっくりだ。

「俺の命にかけて誓うよ、ティナ、今度は本物なんだ。写真がある。連中は……」フランキーはごくりと唾(つば)をのんだ。「俺の娘をつかまえてる」


二十フィート後方では……。

ボブ・マルホランドは手に無線のマイクを持っていた。フロントガラスの手榴弾を見つめ、それから二人のバイカーたちが三台前のバンに近づいていくのを見守った。バンの後部ドアが開いて、中にいた女性警備員が大きな袋を出すのが見えた。バイカーのひとりが袋に手を突っこみ、中をかきまわして、札束をひとつリフィ川に投げこんだ。ダイパックだ。

それからもうひとりのバイカーと言葉をかわし、そいつが警備員を中へ押し戻して、バンの中へ身を乗り出した。彼はもうひとりのバイカーに首を振った。あきらかに、もっとほかにも袋がたくさんあると思っていたらしい。彼らは走りだした。二人めのバイカーがちょっとだけ止まり、パーカーを着た人物を乗せて、みんな消えた――一台はエリス・ストリートを走っていき、もう一台は血まみれ橋(ブラディ・ブリッジ)（ローリー・オーモー橋の地元での通称）の舗道を渡り、歩行者たちを追いちらしてから、ギネスの醸造所(じょうぞうじょ)の横を猛スピードで走っていった。

視界から消えるまで、すべてが八十秒足らずのことだった。

本当に起きたのだとマルホランドが確信できる唯一の痕跡は、フロントガラスにまだついている手榴弾がはっきり見えることだった。

どこか近くで、女の悲鳴があがった。

4

バニーは深呼吸をして〈オヘイガンズ〉のドアを押しあけた。熱い歓声が彼の到着を迎えた。パブはオール・アイルランドの決勝戦の警備を楽々やれるくらいの警官たちがいたが、その多くはすでに、仕事中だった場合の公式警告から二杯ぶん飲みすぎていた。グリンゴは隅のテーブルにいた。王としてすべての者たちを泰然とながめている。

「やっと来たぞ」彼が叫んだ。「誕生日おめでとう、アミーゴ」

バニーは集まった人々を見まわした。「ダブリンのお巡りの半分が来てるじゃないか」

「何て言ったらいいかな。おまえの誕生日だってわかったとたん、みんなを止められなくなったんだ」

「でも今日は俺の誕生日じゃない」

「みんな聞いたか」グリンゴが声をあげた。

集まった者たち全員がグラスを高く上げた。「乾杯!」

いまや毎年恒例となったこのイベントの習わしのひとつは、バニーが今日は自分の誕生日じゃないと言うたびに、みんなは酒を飲まなければならないというものだった。

バニー・マガリーは一九六七年七月二十六日に生まれた。しかし、数年前にグリンゴが仲間とビールでひと晩飲み騒ごうと思いついたとき、当時はまだ彼の妻だったサンドラ――いつだって気むずかしい――が渋い顔をしたのだ。グリンゴはそれをバニーの誕生日とすることでなんとか乗りきった。俺はあいつにとってこの世でたったひとりの仲間なんだ、あのかわいそうなやつを誕生日にひとりぼっちにしておくわけにはいかないだろう、という話になった。サンドラはそれを信じ、こうしてバニーのでたらめ誕生日パーティーが生まれた。いまやそれも四年めになり、グリンゴの結婚生活とは違って、パーティーのほうはどんどん勢いを増していた。噂(うわさ)が広まるにつれ、祝いに参加する人数も年々増えていた。アイルランド警察(ガルダ・シーハーナ)の構成員たちは本物の誕生日より嘘の誕生日に集まるということが、彼らの精神について何かを語っていた。

「もっと早く来ればよかったのに」グリンゴが言った。「ブッチはもう新しい子をひとり、カ、ナリアしたぞ」

「うわ、まずったな、彼女があれをやるのを見るのが大好きなのに!」

〝ブッチ(レズビアンの男役とタフガイの意味がある)〟というのはパメラ・キャシディ刑事のことだった――自称レズビアン原理主義者の。その渾名(あだな)はまったくの皮肉だった。誰も面と向かってはそう呼んだりしないが、彼女はまさに小柄といっていい体つきだったから――たぶん五十キロちょっとだろう。赤毛に若々しい顔、天使のような外見をしていて、お巡りにはみえない――その事実を本人はめいっぱい利用していた。噂では、彼女が警察に入った頃には、公式に義務づけられた身長条件にほんの少し足りなかった。しかし、すでにアイルランドの柔道チャンピオンでもあったので、許可が出るように上の誰かがとりはからった。さっきの〝カナリアする〟も習わしのひとつだったが、警察本部の人事部が知ったら、ひきつけを起こすに違いない。その内容は、キャシディが何も知らない男の新人に強引に誘いをかけるというものだった。その若者が尻尾を巻いて逃げるまでどれくらいかかるか、みんなで賭けをするのだ。たいていは彼女が〝道具〟のコレクションについて話しはじめたときに逃げた。いちばん早かったのは一分十五秒、いちばん遅かったので八分十二秒。

「今度のやつはどれくらいもった?」バニーがきいた。

「六分」

「かなりの成績じゃないか。誰だ?」

「名前は知らない」グリンゴが答えた。「カウンターのそばにいる、あの大柄なやせたやつだ」

バニーは目を向けた。「あいつ、いつもあんなに顔色が悪いのか?」

「違うだろう」グリンゴはバニーのためにとっておいたスツールを押した。

バニーが座ると、スタウトのはいったパイントグラスが前にあらわれ、彼は自分へのいつわりの祝杯に加わった。「誕生日クソおめでとう、俺――おまえらサイテーな連中にも」

全員が歓声をあげ、それからそれぞれのおしゃべりに戻った。

「いずれにしても、アミーゴ、ちょうどここにいるクラーク警察官に、今日のおまえの武勇伝を話していたところだよ」

バニーは自分が赤くなるのがわかった。モイラ・クラークは二年前に署にやってきた。感じのいい女性だった。バニーは去年、彼女が公務員対抗試合で、警官チームとしてサッカーをプレーするところを見ていた。クラークはいい瞬発力を持っていた。

「まったく、なーにが武勇伝だよ」バニーは言った。「こいつのでたらめは気にしないでくれ」

「バニーはつつましすぎるんだ、モイラ、それが魅力のひとつだけどな。がっくりするようなコーク訛り(なま)で悩んでなければ、彼の世代のジョン・ウェイン(アメリカの俳優。一九七六年没)になれるだろうに」

「っせえ」

「いまのは全然理解できなかったぞ。それはさておき、その男はビルの出っぱりに出て、こう言っていたんだ、〝ほっといてくれ、ほっといてくれ——俺は飛ぶぞ、俺は飛ぶぞ、そら!〟ってね、そうしたらバニーが、キュウリみたいにクールに、あっさりそこへぴょんと出て言った、〝落ち着けよ、気楽にいこうぜ、ここじゃみんな友達なんだから〟。こいつはその気になれば、すこぶる魅力的になれるからな」

モイラはにっこりした。「ええ、そうでしょうね」

「それでこいつはこんなふうに言った、〝落ち着け、一服しろよ、一緒にこのことについて話そうじゃないか〟その男に煙草(たばこ)をやって、火をつけてやろうとして体を乗り出し——パチン、——その男に手錠をかけた」

モイラは口に手をやった。「すごい」

「それからこうさ、〝おまえは飛びたいんだろ、じゃあ一緒に飛ぼうぜ！〟」

「まさか！」モイラは言った。「それじゃいま言ったことが起きていたとき、あなたはどこにいらしたんですか？」

「それはな」バニーが答えた。「スペイン部長刑事は地上にいて、遠くから監督してたよ」

グリンゴは怒ったような顔をした。「グラフトン・ストリートは何の罪もない女性や子どもたちでいっぱいだったんだ」

「それに男も」バニーが言った。

「何の罪もない男なんていやしない」グリンゴが言った。

「それは間違ってませんね」クラークが同意し、パイントグラスに残っていた最後の三分の一をごくごくと飲みほした。「ところで、グリンゴ、あなたが用心していたのは正しかったですよ、あと二日で退職なんですから（刑事ドラマや映画では退職まで二日の刑事が出ることが多いのを皮肉っている）」

グリンゴはくやしげにテーブルを叩き、クラークは爆笑した。

「真面目な話ですけど、グリンゴ、この国で『リーサル・ウェポン』を見ていない警官がいると思います？（ビルの上で自殺しようとする男を止めて、手錠をかけ、最後に一緒に飛び降りるという展開は映画『リーサル・ウェポン』の一場面）」

「もしいるなら、その気の毒なやつを見つけてやるよ。俺はこの話を広めるんだ、何が何でも」

「幸運を祈ります」クラークは言った。「バニーはそのときにあらわれていた幽霊だったとみんなに信じさせるほうが、成功の見こみがあると思いますけど」彼女は立ち上がった。「誕生日の人もまた同じものを飲みますか？」

「ありがとう、モイラ」バニーが言った。「やさしいねえ」

「なあ、俺のほうは？」グリンゴが言った。

「そうですねえ、スペイン部長刑事、あなたならしばらくここに座っていれば、きっと幸運なレディがやってきて、アルコールとピーナッツのプレゼントをくれますよ」

そう言ってクラークは席を離れ、混みあったカウンターへ歩いていった。

グリンゴがテーブルのむこうから乗り出してきた。「彼女をデートに誘えよ」

「モイラを？」バニーは言った。「馬鹿言うな。こっちは彼女よりたっぷり十歳も上だぞ」

「だから何だ？　女は世慣れた紳士が好きなものだろう」

バニーはげっぷをした。「俺もこれまでいろいろなふうに呼ばれてきたが、いまのは新しいな」

「何にでも最初はある」

「そのうえ」バニーは言った。「彼女があんたに夢中なのははっきりしてる、半径五マイル以内のレディ全員と同じようにな」

「ああ、俺が結婚している相手以外は」

「おっと、ここじゃその話はなしだ。この馬鹿らしい誕生日に付き合うなら、あんたのふさぎの虫はいらん」

グリンゴは降参したしるしに両手を上げた。

「おまけにな」バニーは続けた。「あんたが恋愛市場に出されようとしているいま、俺がさっき署から出てくるときに、ジェシカ・カニンガム部長刑事を見かけたことを教えてやるよ。彼女、ゴールウェイでの赴任期間から戻ってきて、いまは〝操り人(リガー)〟オルーアクの下で働いているらしい。彼女の凍ったハートを溶かす男になる努力を再開してみちゃどうだい」

　グリンゴは本当に赤くなった。「黙れ。おまえにその話をしたなんて、われながらいまだに信じられないよ」

　ジェシカ・カニンガム部長刑事は三十代なかば、ブロンド、六フィート、アスリートのような体型で、その生まれもってのやさしさは肉挽(ひ)き機並みだった。男をへこませることで悪名高い。伝説によると、同僚の警官の服装が規則どおりでなかったと上司に報告したこともあるらしい。その同僚はクリスマスイヴにサンタの帽子をかぶっていたのだが。公正を期すために言うと、カニンガムは仕事では非常に有能だった。それはそうだろう、カニンガムの昇進は、人に愛嬌(あいきょう)をふりまいているおかげではありえないのだから。女が警察活動という男社会で生きていくにはタフでなければならない、という話でもない。バニーの知り合いで、この仕事をこなしながらも思いやり同盟の会員でいつづけている女たちは何人もいる。それどころか、カニンガムの渾名をつけたのはパメラ・キャシディ刑事だった。この手のものとしては、その渾名はぴったりであると同時に、本人の目の前でそれを口にするほど頭が悪い場合は確実に死刑判決を下されるものでもあった。〝おっぱいロボ(ロボティッツ)〟はユーモアのセンスで知られているわけではないのだ。

　以上のすべては、バニーが他人に話そうものなら激震を与えかねないゴシップを握っていることを意味していた。すなわち、もうじき元妻になる相手と出会う前に、グリンゴはカニンガム部長刑事とある〝取り決め〟を楽しんでいたのだと。

バニーは身を乗り出して、声をひそめた。「あんたは話してくれなかったな、セックスはどんなだった？」

「黙れって」

「つまりさ」バニーは続けた。「彼女はあんたが用ずみになったら、よく昆虫にあるみたいに、あんたのちんちんを切り取っちまうんじゃないかと思って」

「いま考えると、おまえがあのビルから落ちなくて喜んだなんてな」

「でもその正反対かもしれないな。彼女、泣くやつだったか？　あんたがそうだったのか？　涙で終わるのが目に浮かぶよ」

「もうひとことでも言ったら、この話は涙で終わることになるぞ」

「それじゃ同意成立だな」バニーはパイントグラスを突き出した。「今夜はロマンス話はもうやめだ」

グリンゴはグラスをカチンと合わせた。「わかったよ、この野郎」

二人はそれぞれのビールを飲んだ。

事実を述べるなら、グリンゴは女たちからの注目にまったく不自由していない。長身でひきしまった体にブラウンの髪、『スター・ウォーズ』時代のハリソン・フォードにちょっとどころではないくらい似ている。なので、二年前に彼が〝操り人（リガー）〟オルーアクの結婚式にベストを着ていくと、みんなはすぐさまバニーを〝チューバッカ〟と呼びはじめた。それが定着しなかったのは、その日の晩にバニーと白鳥がかかわった出来事のおかげが大きく、そのせいでみんなはチューバッカのことなど忘れ去ってしまったのだ。

バニーはテンプルモアでの警察訓練の初日にグリンゴに出会った。そこで犯罪学研究のパートナーとして割り当てられたのだ。はじめの頃は、バニーは主義として彼のことが好きではなかった。少々気取り屋にみえたからだ――まあ、実際に気取り屋だった――しかし彼はだんだんとバニーに好かれていった。グリンゴの長所は、思い詰めすぎないところだった。二人はありそうにない組み合わせだった。バニーは粗野で雑ながさつ者、グリンゴは洗練されて抜け目ないダブリンの都会人。しかし、スタイリッシュな外見の下では、岩のようにしっかりした男だった。彼はよき友人であり、そして――それに意味があったかは不明だが――バニーの知るかぎり忠実な夫であり、またバニー以上にそれをよく知る者はなかっただろう。バニーはこういうことには詳しくないが、もうじき元ミセス・スペインになるサンドラは、昔から自分の夫ができすぎだと思っていたようにみえた。彼女自身の不安が、夫を信じられなくさせたのだ。八年の結婚生活のあいだに、彼女はどんどん不安定になっていき、やがてグリンゴを捨てて造園家に走った。最後にバニーが聞いたところでは、二人にはもうじき子どもができるらしい。離婚はまだ成立していなかった。

「それでな」グリンゴが言った。「今夜は盛大にやる計画を立ててあるんだ」

「がんばれよ。ことのてんまつを聞くのが待ち遠しいぜ。俺は二時間くらいいたら、寝に帰る」

「賭けるか？」

「いいや、ボス、あんたとギャンブルをするほど馬鹿じゃないんでね」

5

フィンタン・オルーアク警部補は〈バーリントン・ホテル〉の外に立って、コートをかき寄せた。中年のカップルが――女のほうはあきらかに高価なイヴニングドレス、男のほうはおきまりのタキシード――実際に声を荒らげるよりもずっと注意を惹くボリュームでののしりあっていた。オルーアク警部補は脇に寄り、気づいているのを気づかれまいとした。

「わたしに恥をかかせるのをやめてくれないか、ダーヴラ？」

「わたしが？　あなたに恥をかかせるですって？　面白いわね！　よくもそんなことを言えたものだわ」

「まったく、きみは酒が入るといつもこうだな」

「あらそう、わたしのせいにするのね、そうでしょうよ。あなたが恋に悩むティーンエイジャーみたいに、あのふしだら女をちやほやしていることとは何も関係ないものね。哀れな人！」

「ここでその話はやめないか？」

「法廷でやりましょうよ。あの女があなたを手に入れたいなら、そうできるわ――わたしはもう飽き飽きしたから」

「きみは……」

ガレス・ファーガソン長官のすぐそれとわかる巨体が、はやくもウェリントンの葉巻の箱を手にメインドアから出てきたので、二人はしゃべるのをやめた。

男が笑みを浮かべた。「長官」

ファーガソンは会釈を返した。「議員、もう帰るのかね？」

「その、妻が気分がよくありませんので」

女は熱をこめてうなずいた。

「それは残念だね。気をつけてお帰りなさい、ダーヴラ」

タクシーが停まった。「ありがとうございます、長官」

男は妻のためにドアを押さえてやった。「わたしもじきに帰るよ、ディア、気をつけて」

「家で会いましょう、ダーリン」

そう言うと、女は去っていった——ジンのボトル経由で、静かな絶望の生活へと。

夫のほうは、オルーアクの横に立って葉巻に火をつけているファーガソン長官に笑いかけた。

彼らに加わることも考えたが、近づいていくと長官がただ首を横に振ったので、方向を変えてホテルの玄関を通って戻っていった。

ガレス・ファーガソン長官は大柄で堂々たる体軀の男だった。六フィート四インチの身長に巨大な胴まわり、ふつうなら大砲が発するような存在感があった。声は感情が高ぶったときにはとどろくように響き、二階下まで聞こえるほどで、その視線は成人した男をも泣かせることで知られていた。ホテルの接客係は、さっきの家庭内口論の爆風圏内に入るのを避けて、オルーアクの後ろにいたが、今度はファーガソンの視線の低出力版を向けられていることに気づき、話の聞こえないところまですたこら逃げた。

長官は葉巻を長々と吸い、それから宙に煙を吐き出した。「オルーアク」

「長官」

「最近、あそこでまた別のマラソンをしたと聞いたが？」

「はい、ありがとうございます」

「いまのはほめたんじゃない」ファーガソンから向けられた視線に、オルーアクは自分が肉屋に並んだ最後のソーセージになったような気がした。「知っているか」ファーガソンは話を続けた。「たくさんの人間が、わたしを大きな力を持った男だとみている。必要とあれば、悪党だけでなく警官の魂にも恐怖を叩きこめる男だと」

オルーアクはそわそわと足を動かした。「イエス、サー」

「だったら、もしわたしが聖人のような妻に、彼女のいるいかなる建物の中でも葉巻を禁止されていると、この国の犯罪者友愛会の連中が知ったら、やつらの士気を過度に上げる効果があると思うか？」

「ええと、わたしは――」

「わかるかね」ファーガソン長官は言った。「部屋じゃないぞ、建物だ。このホテルには、たぶん、そうだな、いま千人はいるんじゃないか？　その多くは煙草を吸っているし、ほぼ全員が酒を飲んでいるだろう——だらだらしゃべっているのは言うまでもない、それに名前は出さないでおくが、少なくともある著名な大臣に至っては、五品のコース料理のさいちゅうに、捌かれる前のおびえた若い雌牛の群れみたいにおならをしたんだ。なのに、わたしは数少ない楽しみを味わうために、外へ出なければならないんだぞ。この不公平さには本当に腹が立つ」

オルーアクは何も言わなかった。会話のいまの部分で自分の出る幕はないと考えたのだ。

ファーガソンはもう一度葉巻を深く吸い、ダブリンの夜空に煙の輪を二つ飛ばした。

「それで」ファーガソンは言った。「やつなのか？」

「まだ現場を分析中です、サー、それに供述もとっているところで……」

オルーアクは今度は自分がファーガソンの視線の的になっていることに気づいた。「はい、トミー・カーターとやつの仲間のしわざだとわれわれは考えています。犯行の手際のよさは——あれだけの腕を持つ者がほかにいるとは思えません」

「きみがあの連中にとりかかって半年だな、フィンタン、なのにこれが起きるとまったくわからなかったのか？」

オルーアクは息を吸って、この場に合う声を出そうとした。「いいえ、サー、〝これ〟が起きるのはわかっていました、〝これ〟が正確にどんなものになるのかがわからなかっただけです。失礼ながら、二週間前にそのように申し上げました。われわれの問題は、一味にひびを入れるのは不可能だということです。連中の素性をわれわれが知っていることは、これっぽっちも彼らの妨げにはなっていません。彼らの結束は固く、すさまじいほど忠実で、やっていることにぬかりがない。まったく、彼らのうち二人は元陸軍特殊作戦部隊にいたんですから、ぬかりがないようこっちが訓練してやったわけですよ。それだけじゃ足りないとでもいうように、繰り返しますが、申し上げたとおり、クラナヴェイル・エステートは悪夢です。トミー・カーターが支配していて、われわれは近寄れない――」

　ファーガソンは手を上げた。「わかった、フィンタン、落ち着け。むずかしいことはわかっている。手榴弾のことを話してくれ」

「彼らはそれを警護車輛のフロントガラスにつけたんです、サー、伸縮性のあるコードを車にまわして、その車を完全に任務から離脱させ、二人の警官も何もできないようにしました。もし彼らが外に出ようとしたり、窓をあけようとしたり、窓ごしに発砲しようとしたら……」

「われわれはその警官たちを地面からこそげとって集めるのに一週間かかっていただろうな」ファーガソンが最後まで言った。「悪魔のように頭がいい。国防軍の参謀長がいま中にいるんだが、彼の訓練が製造している狡猾な悪党どもの優秀さをほめてやらねばなるまい」

「河岸地区は手榴弾が〝安全にされる〟まで、三時間封鎖しなければなりませんでした。まあ、マスコミにはそう話しています」

「つまり？」

「手榴弾は偽物だったんです、サー。ただし見た目は本物としか思えないもので。警官たちにわかるはずがありません。カーターの一味は過去に本物の爆薬を使ったことがありますし。爆発物処理班がロボットでその手榴弾を調べていたときに……」

ファーガソンは口から葉巻を離した。「どうしたんだ?」

「それが笑いだしたんです、サー。録音機が入っていたんですよ、それで――」

「冗談じゃないぞ、フィンタン!」

「はい」

「それにやつらはどうやって運転手の子どもの写真を手に入れたんだ? あきらかに内部に協力者がいるじゃないか」

「たしかにそうでしょう、サー、しかしわれわれはあの写真は細工されたものだと思っています」

「何だと?」

「まだ調査中ですが、あれは子どもが何かの証明書を持っている、学校用の写真だったのではないかと。やつらはその証明書の部分を今日の新聞に替えたんですよ。どんな親でも――」

「そうとも、そうとも」ファーガソンは言った。「子どもがいるのはきみだけではないぞ、フィンタン」

「われわれは、一味は運転手の当番表を知っていたに違いないと考えています。うちの者たちに調べさせていますよ、それから……」オルーアクはためらった。ここからは子ヤギ革の手袋で慎重に扱わなければならない案件だ。「ルートについてですが、サー」

「ああ、そうだな、こういうバンがとる〝無作為の〟ルートはまさに今回のことを防ぐためのものだ。やつらはどうやってそれを出し抜いたんだ？　当ててみようか――超能力者を雇っていたんだろう？」

「ああ、違います、サー。ゲラフティ副長官がこの夏に監督した、手続きの見直しをおぼえていらっしゃいますか？」

「ああ、ああ。きみたち二人が人員について議論していたのをおぼえている。きみが自分の捜査チームに、ゲラフティも自分の警護チームに、もっと人員を求めて、テーブルを叩いていたな」

「それで、タラトでの犯行のあとにですね、サー――偽の道路工事のあったやつです――副長官がおっしゃったんです、警護車輛は事前にルートを偵察して、防がなければならないと……」

　ファーガソンは天をあおいだ。「一味はその警護車輛を尾行したのか？」

「ある意味では。発信器（トラッカー）ですよ、サー。爆発物処理班が調査の一環で、警護車輛につけられていたのを見つけたんです。警察の別の車にももうひとつ見つけましたので、残りを調べているところです」

　ファーガソンは近くの茂みに葉巻の吸殻を捨てた。「やつらがわれわれの車を追跡していただと？　それは……何だっていい、だがわれわれはマスコミに物笑いの種にされるだろう、それはたしかだ。それにフィンタン、きみは政治的な人間だから言うが、きみと副長官の衝突はすでにどこかのジャーナリストが嗅ぎつけているだろう。いまや前途洋々だったキャリア二つが終わりになるだけではすまないダメージが生じているのを忘れないことだな」

「この件はわたしにとって縄張り争いではありません。わたしはただこの悪党どもを倒したいだけです」

ファーガソンは眉を片方上げた。「高潔なことだな。うまい芝居だったよ。もう少しで信じそうになった。今回のクソな暗雲には光明などないと思うが？」

「実を言うと、サー、ひとつあります。バンです。通常ならその輸送時には約六十万ポンドが積まれていたはずなのですが、積みこんだところの計数機が壊れていたんです」

「冗談だろう？」

「はっきりした確認をとっているところですが、連中はあれだけ手間をかけたにもかかわらず、三万八千ポンド足らずしか手に入らなかったんですよ」

ファーガソンの顔に笑みが広がった。「それはそれは、ミスター・カーターとやつの手下どもはわれわれと同じくらい寝られない夜になりそうだな」

「もっとひどいかもしれません、サー。われわれの情報が正しければ、やつらはその金を必要とする大きな計画があったんです。それがいまや資金不足になってしまい、やつらはかなりあせっているでしょう。ようやくこっちが有利になったかもしれません」

ファーガソン長官はディナースーツのズボンを引っぱりあげ、大きくげっぷをした。「そうか、ではその有利を手にしたいま、フィンタン、きみには何が必要だ？」

「何がというより誰が、ですね」

6

「腹がクソぺこだ」

　グリンゴは前へ歩きながらも、くるりと回って、仲間からはぐれた遠征隊のもう一人に近づいた。「おいおい、バニー、〈オヘイガンズ〉でローストピーナッツを三パックも食べただろう、どれだけ食べれば気がすむんだ？」

「ビールも十杯以上飲んださ。あのナッツはそのビールにぷかぷか浮かんでるばっかりで、まだ胃袋の壁にもあたってない。どこかでバーガー食っていかないか？」

「だめだよ、そうしたらおまえは二度と動けなくなるだろうからな。おまえがどんなふうかは知ってるんだ。マクドナルド（マキーディーズ）に入ったとたん五分で寝落ちだろう、このビッグ・ベイビー」

　彼らはセント・スティーヴンズ・グリーンにそって歩いており、手を伸ばしてむなしくタクシーを止めようとしているカップルを通りすぎた。グリンゴがしゃべっているそばから、一台がライトをつけたまま角を曲がってきた。二十代はじめくらいのやせた男がその前に飛び出し、ふつうは難破した人間がやるような狂気じみた感じで両腕を振った。

「止めてよ、ニール、止めて！」彼のご婦人の連れが、片手にハイヒール、もう片方の手にはしおれた薔薇（ばら）を持って叫んだ。

タクシーはよけてクラクションを鳴らした。ニールが道路に立ち、身ぶりで怒りをあわしているあいだに、タクシーはライトをつけたまま角を曲がって消えた。「ライトがついてるじゃないか、この……この……この……」

「くそったれ!」ニールのご婦人の連れが助け舟を出して叫んだ。

「それだ」ニールは言い、みじめな絶望というボディランゲージをまとって戻ってきた。

「さあ、ニール、あたしが話してたいいタクシー乗り場はあの角のすぐむこうにあるから」

「ああ」バニーは彼らを見物しながら言った。「伝説のいいタクシー乗り場か、ときどき話には出るが、実際に見たとしてもまれなやつだな」

「おまえの言うとおりだ、アミーゴ」グリンゴが言った。「これは政府が支援している産児制限の一種だと思うね。でなきゃ、なぜこの街にはこんなにタクシーが少ないんだ? 出生率を抑えておく政府の手なのさ。世界のほかのほとんどの場所じゃ、女の子を最初に自分の家へ来るように説得するのがむずかしいところだろう。なのにここじゃ、むずかしいのは実際に家まで行くことなんだからな」

「たしかに。それで市の中央に住んでるやつらが子だくさんな説明がつくと思うか?」

グリンゴは顎(あご)をさすった。「それは……それは目のつけどころがいいな。それは思いつかなかったよ。おまえは顔が可愛(かわい)いだけじゃないいな、アミーゴ」

「可愛い顔といえば、あんたは自分の顔を前にまわしたほうがいいんじゃないか?」

グリンゴはおおげさに両腕を広げながら、後ろ歩きを続けた。「俺にはたくさんの才能があるんだ、若者よ、尻から歩くのは――」

グリンゴはゆるんでいた舗石と重力に邪魔され、両手は夜の空をつかもうとしながらも、脚は本人の下から離れ、尻はゴミ袋の大きな山に突っこんだ。

彼が目を上げると、バニーは彼の上で体を二つに折って、ひーひー大笑いしていた。

「おい、持ち上げてくれよ」

バニーは警告するように手を振った。彼は酸欠で倒れそうになっており、はあはあ息をしながら近くの柵につかまった。

若い女が二人通りかかった。嚙みつくような冬の寒さに対抗して体を丸め、効果もないだろうにたがいに腕をまわしている。

「あれ見てみなさいよ、ジャネット、誰かがすっごいすてきなおじさんをゴミに捨ててる」

バニーは二人の女を見て、さらにひーひー笑った。

「誰がおじさんだって?」グリンゴは両手をついて起き上がろうとしたが、右の手のひらの下で何かがつぶれて顔をしかめた。「ったく……」

バニーはアノラックの袖で、涙のついた顔をぬぐった。「こいつはまさしく俺の誕生日だ。あんたの格好ときたら」

「そうだな、ハハハ、拍手してくれよ、この大きな田舎者。さあ、引っぱってくれ」

バニーは手をさしだし、グリンゴを引っぱりあげた。「あんたがつけてるのは新しいコロンか、スペイン部長刑事?　ものすごくうっとりするようなにおいがするぞ」

「ああ、オー・ド・コークというんだ。さあ来いよ、ここからそう遠くじゃない」グリンゴは歩道を歩きはじめた。

「本気か？　あんたのその生ゴミまみれのケツは、今夜はもうおしまいにしろって神からの合図だと思わないのか？」

「思わないね！　それどころか、俺は神からの使命を受けているんだ！　あの店は深夜までやっている、だからおまえも食べ物にありつけるよ」

「本当か？」

「許可法をすり抜けるテクがあるのさ。そこはクラブで、料理を出す。まあ、何か甘酸っぱい味のありあわせ料理だ」

「うまそうだな」バニーは言った。

「おまえがケバブを食べるのはいったい何回見てきたっけ？　なのにおまえときたら、いまだに何の肉が使われているのか言えないじゃないか」

「ケバブだろ」

二人はグラフトン・ストリートの端に戻ってきていた。その日のしばらく前に起きた事件の場所に近づいていることに、グリンゴは角を曲がってやっと気がついた。彼は通りの先に目を向け、それから数時間前にバニーとローリー・コインが取っ組み合いをするのを見た出っぱりを見上げた。

「さあ着いた」バニーが言った。「事件現場に戻ってきたな」

グリンゴは足を止めて手を突き出した。「ちょっと、いいか、俺は……あのな、何が起きようと俺は後ろからおまえを支える、だが……今日のあのクソ事件はな、いまおまえが舗道にへばりついてて、高圧洗浄機ではがされていてもおかしくなかったんだぞ」

「へええ、グリンゴ、あんたが心配してくれてたとは知らなかったよ」

グリンゴの声の落ち方は、バニーの顔からにやにや笑いをぬぐい去るのにじゅうぶんだった。

「よく聞け。あれは……おまえのせいでこっちは震え上がったんだ、バニー。おまえは……いいか、自分を大事にしなきゃだめだ、いいな？　おまえは自分が生きようが死のうがどうでもいいかもしれないが、俺はよくない」

「おいおい、落ち着けって、グリンゴ」

バニーは歩きだそうとしたが、グリンゴは彼の腕をつかんで止めた。「いいから聞けよ、オーケイ？　二年前のあのこと以来――」

「その話はしないぞ」

「わかっている」グリンゴは言った。「それでいい。だが、あれから……おまえは俺の親友だよ、こののろまの間抜け、それに知っているくらい親しいのは俺だけだろうが、おまえは無事に家へ帰ることにむとんちゃくすぎるから、俺はそれが死ぬほど怖いんだ」

「ほっといてくれよ、俺は大丈夫だ」

「人生はこの仕事や、アンダー12のハーリング（アイルランド式ホッケー）チームだけじゃないぞ――」

「この国で最高のアンダー12のハーリングチームだ！」バニーが口をはさんだ。

「それでも、たかがハーリングチームだろう。おまえは人生のバランスをもう少しとったほうがいい、そうすればたぶん——あれを捨てるだけで——いい効果が出て、誰かと深い仲になれる」

バニーは大きくてぶあつい手をグリンゴの肩に置いた。「すまん、ティモシー、あんたのことをそんなふうには思ってないんだ」

「わかった、わかった、まだ宵の口だな。さあ、しゃべって歩こう、寒くなってしまった」

バニーはグリンゴのカシミアのコートを軽く叩いた。「そりゃ、ぬくぬくするよりスタイルを優先してりゃあな」

「アノラックしか着ないやつが言うか。さあ行こう」

グリンゴはキング・ストリートのほうを頭でさし、二人はその方向へとぼとぼ歩きだした。パブやクラブからさまざまな人々が、ひとりだけ、あるいは二人連れで、よろよろ家に向かっていくのとすれ違った。

「話しちゃいけないことを話したんだから言うが」バニーは言った。「あんたはこの頃、あのおかしなカードのゲームを前よりやってるようだな」

グリンゴは笑った。「〈リッチーズ〉に行って、ときどきやってるだけだよ、おおげさだな」

「今週は〈デイリーズ〉のゲームにも行っただろ」

「俺を尾行したのか、刑事くん？」

「いや、したほうがいいか？」

グリンゴはポケットからポーカーチップを出して、親指ではじき飛ばした。「落ち着けよ、アミーゴ。いまじゃ俺も妻がいなくなって、何か時間をつぶすことを見つけなきゃならないのさ。プロになろうかと思っているんだ。テレビに出てくるやつらがかぶってるようなカウボーイハットを買わなきゃな」

「はあ、プロだって、そのせいか？　それでクリーヴィの誘いを断ったのか？」

グリンゴはバニーを見た。「なんでそれを知っているんだ？」

「あのなあ、グリンゴ、お巡りほど噂（うわさ）好きはいないぞ。みんなが犯罪資産捜査局みたいな部署に行きたいと必死こいて働いてるのに、あんたは断るって？」

グリンゴは肩をすくめた。「俺はそれほど行きたくないな。書類仕事が山ほどあるし。会計士になりたければ、最初からなってたさ」

「何言ってんだ。なあ、馬鹿なまねはやめて、行くって言うあんたを引き止めさせてくれよ」

「だめだね。俺はおまえと働くのが気に入ってるんだ。俺たちはいいチームだろう」

「ああ、それに俺がお偉いさんたちと問題を起こさないようにあんたが時間を使ってくれてなけりゃ、どこまで出世できたか考えてみなよ」

「もったいぶった事務員を押しつけられていただろうな。おまえは腹の立つトンマだよ、マガリー、だがおまえは俺の腹の立つトンマなんだ。俺たちはチームだ、それに、きいてまわってみたんだが、みんな俺以上におまえの言うことがわからないとさ」

「そうかよ、この耳の悪いダブリンのとんちき（ゴブサイト）が、ええ？」

「さっぱりわからない」

「へえ、面白いやつだな？」

グリンゴはうろたえたふりをして眉根（まゆね）を寄せた。「ヤギ（ゴート）に関する何かか？」

「一分後にあんたのタマを別の時間帯へ蹴（け）り飛ばしてやるよ」

二人は角を曲がってマーサー・ストリートへ出て、舗道に捨てられる前に食べたのか、食べられなかったのかわからない、カレーがけポテトの残骸（ざんがい）を慎重に避（よ）けた。

「おっと、おまえの恋愛事情の話が出たからか」グリンゴが言った。「昔の恋人が来たぞ」

舗道をこちらへよたよた歩いてくるのはメアリー・マータ、もしくは好意をこめて呼ばれている〝かささぎ（マグパイ）メアリー〟の見慣れた姿だった。六十をとうに超えており、バニーが街頭パトロールを始める前からホームレスをやっている。結い上げた鳥の巣のようなブロンドに古ぼけたプラスチックのティアラをピンで留（と）め、すりきれたコートの背には、たぶんめんどりが捨てて、本人がどこからか拾ってきたぼろぼろの天使の羽根がはえていた。メアリーはいつも化粧もしていた——めちゃくちゃなやり方ではあっても、熱心に——しかし化粧品の出どころは謎だった。その全体的な姿はバニーに、愛する孫たちに慎重であるよりも自由であることを許してくれる、愛情あふれるおばあちゃんを思わせた。長年のあいだには、メアリーをしっかりした施設に入れようとする試みが何度かなされたものの、うまくいかなかった。彼女は線路わきに自分の小屋を持っており、本人の望んでいるものはそれだけだった。メアリーは街を歩きまわり、いつもお気に入りの持ち物を満載したショッピングカートを押していた。それが彼女の名前の由来だった。もし何か光るものが建築現場のバケットに捨てられていたり、ゴミ箱からはみ出ていたりすると、かささぎ(マグパイ)メアリーはそれを持っていって大事にするのだ。

バニーがはじめてメアリーと出会ったときのことは、忘れられない事件だった。職務に熱心すぎるスーパー従業員が、なくなったショッピングカートを回収しにバンで送りだされ、自分の権限がメアリーの華麗なる馬車の送還にも及ぶと思ったのだ。その結果、ウェリントン河岸(キー)で金切り声をあげる騒ぎが起き、メアリーはあやうく精神科病院に収容され、スーパーの従業員は入院するところだった。そのこと以外では、彼女はおだやかな老女だった。

「いたいた」バニーは言った。「俺のお気に入りのお嬢さん！」

メアリーは顔を上げて、ぼんやりした笑みを向けた。「あら、今晩は、みなさん」彼女の声はくぐもってのろのろしていた。いつもなら、不思議に上品な感じのする、なめらかなダブリンふうのさえずるような声で話すのだが。

「元気かい、メアリー？」グリンゴがきいた。「夜の冷えこみに対抗して一杯やってたのかな？」

バニーは彼女の前で芝居がかったお辞儀をした。「さあ、愛しい(いと)メアリー、こんなことすべてからあんたをさらって、月明かりの中で楽しいファンダンゴを踊ろうじゃないか、ファンダンゴってえのが何かは知らないが」

「まあ、バニーったら、そういう品の悪い言い方をわたしがどう思うかは知っているでしょう」

バニーはばしんと胸を叩いた。「申し訳ございません、奥様。わたくしはなんて粗野なのでしょう」バニーの声はふつうに戻った。「調子はどうだい、メアリー?」

彼女は答えなかった。ショッピングカートが手すりにぶつかって音をたて、メアリーはそれを見たが、厚化粧をした顔にはぼんやりと混乱した表情があった。

バニーとグリンゴはさっと視線をかわした。

「大丈夫か、メアリー?」グリンゴが言った。

メアリーはわずかにふらつき、彼はさっと前へ出て彼女の腕をつかんで支えた。もう片方の手を彼女の顔に持っていき、その顔をそっとまわした。メアリーの額(ひたい)の傷から血が流れ、その下に乾いた血のかさぶたができていた。

「何てことだ! 何があったんだ?」

「悪魔よ!」彼女は答えた。「悪魔! 若いごろつきどもがメアリーの王冠を奪おうとしたの! よくもあんなまねを!」

バニーはこぶしを握った。「そいつらはどこにいる?」

メアリーはあたりを見まわした。「さっき……いたのよ……わたしは……」彼女は街の明かりやほのかな月光に照らされた夜空を見上げた。まるで見えない星で道案内をしようとするように。「わたしはどこにいるの?」

「オーケイ」グリンゴが言った。「さあ、メアリー、少し一緒に座ろうじゃないか」どこかの非常口の下にある階段のほうへ彼女を連れていき、やさしく座らせた。「いいかい、ちょっと見させてくれ」ていねいに彼女の髪をかきわけ、傷を見た。「ああ、たいしたことはないよ、メアリー。でもちょっと人の助けを借りないといけないな」

「あら、いやよ」メアリーは答え、力のない手で彼の手を押しのけようとした。「大騒ぎする必要はないわ」

「何を言っているんだ」グリンゴは言った。「全然迷惑なんかじゃないから」

グリンゴはバニーのほうへ体をそらせ、小さく言った。「救急救命に連れていかないとだめだろう、ひどい感じだ」

「わかった。救急車を呼ぶよ――だが夜のこの時間じゃ、ちょっとかかるかもしれないな」

「ああ」グリンゴは言い、そこで角を曲がってきたタクシーに気づいて言葉をとぎらせた。「でなければ……」

グリンゴは道路に出て、強引にタクシーを止めた。運転手は腹を立ててクラクションを大きく鳴らした。グリンゴはコートの内ポケットから財布を出し、開いて持ち上げた。運転手は窓をあけ、頭を突き出した。

「いったい何の遊びだよ？」

「警察だ」グリンゴは言い、それからメアリーのほうをさした。「こちらのレディを病院へ連れていかなければならないんだ」

運転手は助手席にいた二十代のブロンドの女と、リアシートにいた彼女の三人の友達――男二人、女ひとりをさした。「もう料金をもらってるんだよ」

「緊急事態なんだ。彼女を〈メイター・ホスピタル〉まで乗せていってくれ、十分ですむ」

「だったら救急車を呼びなよ、そのためにあるんだろ」

「あなたの市民としての義務感にうったえているんだよ、サー。金曜の夜のこの時間じゃ、救急サーヴィスは仕事を抱えすぎている」

「タクシーも同じだって」

助手席にいたブロンドが窓をさげて、夜の風の中へしかめた顔を突き出した。「ねえ、あたしたちはいかしたハウスパーティーに行かなきゃならないの。あんたは自分の仕事をして、道からどいてよ」

グリンゴは鋼鉄のような視線でしばらく彼女を見た。「たいへんけっこうだ、マダム、好きにするといい。マガリー刑事――こちらの方々が規制薬物を所持していると信じる理由はあるか？」

「たしかにありますな、スペイン部長刑事」

グリンゴは鋭い目をブロンドに向けた。「調べる必要があると思うか？」

「思います」バニーは同意してみせた。

ブロンドの表情が、しかめ面の中でもレモンを丸ごとひとつレベルまで上がった。「やってみなさいよ、このオジャマ虫、あたしが――」リアシートの両側のドアが同時にあき、ほかの乗客たちがあわてて車を降りたことで、彼女はさえぎられた。「いったいどうし――」

脱色ブロンドの髪を逆立てた若い男がグリンゴたちにおどおどと笑いかけた。「いいですよ、俺たちここから歩きますから」

「でも――」

「来いよ、カレン」

「でも――」

「来いってば、カレン！」男は歯ぎしりしながらそう言い、怒ったように頭をぐいっと横へ振ってみせた。

　カレンは最後に一度、グリンゴに鼻を鳴らし、ドアをあけて、憤然と足音をたてて仲間たちを追いかけた。「自分のどこが悪いかわかってる、ダレン？　あんたにはタマがないのよ。宦官(かんがん)みたい」

　バニーはメアリーを振り向いた。「さあ、奥方様、馬車が待っております」メアリーは彼のさしだした腕をとり、ふらつきながら立ち上がった。

「こんなのどうかしてるぜ」運転手は言った。「俺のタクシーを徴発するなんてむちゃだ。俺には権利がある」

　グリンゴはかがみこんだ。「落ち着けよ。ほら」ポケットから自分の名刺を一枚出し、運転手にさしだした。「警察に友達を持つのはどうだい？」

「警察の友達ならもうたくさんいるよ」

「オーケイ」グリンゴは言った。「敵を二人持つのはどうだい？」彼はメアリーに手を貸してタクシーのほうへ連れてくるバニーを指さした。「あいつはバニー・マガリー刑事だ、この件にはいわゆる〝悩める乙女（騎士ロマンスの定番的人物）〟ってやつを発動してしまったからな、敵にまわらないほうが身のためだぞ」

運転手はあきらめて頭を振った。「あの女が俺のタクシーを臭くしないようにしてくれよ」

「死にゃしないさ」グリンゴはポケットからペンを出し、名刺を裏返して、裏面に何か書きはじめた。「シスター・イレイン・ドイル。救急救命科で働いているはずだ、もし彼女がいなかったら、看護師長がメアリーを知っているだろう。この手紙を渡して、ティム・スペイン部長刑事からだと言えば、メアリーの面倒をみてくれる」

タクシーの運転手はしぶしぶ名刺を受け取り、それからグリンゴが念を入れてタクシーのナンバーを別の名刺の裏に書き留めるのをながめた。

「やるって言ったろ」

「いい子だ」グリンゴは言った。「午前中に電話して確認するよ、だからちゃんとやったほうが身のためだぞ」

グリンゴが話しているあいだに、バニーは後ろ側のドアをあけ、メアリーを乗せた。そうしながら、後ろで待っている五台の車に手を振った。

「待って」メアリーが言った。「わたしのものたち！　わたしの大事なものたち！」

グリンゴはショッピングカートを見て、それからまたタクシーの運転手を見た。

「トランクをあけろ」

三分後、バニーとグリンゴは舗道に立ち、タクシーが角を曲がっていくのを見送っていた――トランクはあいたままで、中に入れたメアリーのカートが落ちないよう、登山用ロープで縛ってあった。

「一杯どうだ？」

「飲みたくてたまんないね」

7

バニーは入口の上にかかっている看板をぽかんと見て、それからグリンゴを見て、また看板を見た。

「ぜってーイヤだ」

「そう心を狭くするんじゃない」

バニーは非難するように看板を指さした。それはこの建物が〈チャーリーズ・プライヴェート・メンバーズ・クラブ〉――ダブリンで最高のジャズの中心地であるとうたっていた。「ダラダラ・ディー・ディドドリー・ワー・ワーのおっさんジャズだって？　残ってたわずかな理性もなくしたのかよ？　俺がくだらないジャズクラブにいるところを見られるなんてまっぴらだと知ってるだろう」

「だから行き先を言わなかったんだよ。でもほら――もう来たんだから」

「いやだ。ジャズだって、このくそったれ、タートルネックを着て自分に酔ってる間抜けのデブが、正しい音程を間違った順番で演奏するのを見物したりしないからな。おやすみ、アイリーン（アメリカのフォークソングのスタンダード曲）」

「おまえは音楽好きだと思っていたよ」

「好きだとも」バニーは言った。「スプリングスティーンをちょっとな、あれよりいいもんはない。ジョニー・キャッシュは最高だ。レッド・ツェッペリンだって、それにあんたの好きな、頭を吹っ飛ばしたやつも……」バニーはグリンゴに向けて指を鳴らした。

「ニルヴァーナのカート・コバーン？」

「何枚かアルバムを持ってた。レイジ・アゲインスト・ザ・マシーンも好きだ」

「意外だな」

「要するにだ、俺は音楽が好きだが、ジャズは音楽じゃないってことだよ。ジャズはベレー帽をかぶって、サクソフォンでマスをかいてる不能男の音楽だ」

「英国人恐怖症（サクサフォビック）じゃないだろう、われわれは？」

「そんな言い方はやめてくれ、Ｅストリート・バンドのクラレンスは伝説だ、でもやつはケツが痛くなるような無調のソロを二十分もやって、誰かがガチョウ相手にヤってるみたいな音をたてたりしない」

　グリンゴは腕を組んだ。「落ち着いてもらえないか？　俺たちはちょっと酒を飲みにいくだけだ。あそこは遅くまでやっているバーで、食べる物も少しはある。腹を立てるにしても、ずいぶんおかしなものをあげつらっているぞ。おまえが気に入らなければ、一杯で出てこよう」

バニーはもう一度看板を見た。まるでそれが壁から飛び出してて、噛みついてくることをなかば期待しているかのように。「もしベレー帽がちょっとでも見えたら……」

「いい子だ」グリンゴはバニーの肩を叩き、階段をおりはじめた。「レイジ・アゲインスト・ザ・マシーンだって？　本当か？」

「ああそうさ。〝うるせえ、おまえの指図なんか受けねえぞ（レイジ・アゲインスト・ザ・マシーン「キリング・イン・ザ・ネーム」の歌詞のもじり）〟」

「なるほど」

グリンゴはドアを押しあけ、先に立って中へ入った。あたたかい空気の波、もわっとした煙とくぐもったおしゃべりが二人のまわりに渦を巻いた。バニーは疑わしげに店内を見まわした。〈チャーリーズ〉は小さなバーだったが、地下としてはまずまずの広さだった。数名ごとのグループがそれぞれテーブルをかこんでいる。やたらとひげが多かったが、さいわいベレー帽は目に入らなかった。グリンゴはドアのところの用心棒や、奥へ入っていく通路で客二人と笑顔をかわした。バニーは彼がここへ何度か来ているのだろうと思ったが、はっきりとはわからなかった。グリンゴは人が反射的にほほえんでしまう種類の人間なのだ。

一角に小さなバーカウンターがあり、その右側に同じくらい小さなステージがあって、そこの九割はグランドピアノに占領されているようにみえた。ピアノのむこうには、もしゃもしゃの白髪を短く刈った小柄な男が座っていて、苦しそうな集中した顔をしながら鍵盤を叩き、なかなかいいとぎれとぎれのメロディを引き出していた。

グリンゴがバニーの耳元に体を近づけた。「あれがオーナーのノエルだ。ピアノの名手なんだが、ただ……」

「ただ、何だ?」

バニーがノエルを見ると、彼は激しく左に頭を振りながら、言葉を吐き出していた。「バーカ、でかチン!」

「彼はあのナントカカントカってやつなんだ」グリンゴが言った。

ポロン、ポロン……「バーカ、ケツ。ケツ!」

「トゥレット症候群（神経疾患で、症状のひとつに卑猥な言葉や挑発的な言葉を口にしてしまう汚言症がある）か?」バニーがきいた。

「それだよ」

「そりゃあ商売にさしさわりがあるんじゃないか?」

「自分の店でなければな。正直に言うと、びっくりするくらいすぐ慣れる」

隅のきゅうくつなブースから二人連れが立ち上がって出ていった。グリンゴはそこを顎（あご）でさし、バニーと入った。グリンゴは壁にもたれて店内を見わたした。「ほらな、アミーゴ、そう悪くない店だろう」

「ああ、いまのところはな」

「バーカ、でかチン!」

隣のテーブルにいたしゃれたスーツを着た男たちのひとりが大笑いし、「バーカ、でかチン」と繰り返した。連れたちは彼にしーっと言ったが、彼らもにやにや笑っていた。

「いまのところはな」バニーはもう一度言った。

「おまえが視野を広げようとしてくれてよかったよ、バニー」グリンゴは立って、スツールの横に自分のカシミアのコートを置いた。「酒を買ってくる。おまえ、リラックスしろよ——そのアノラックを脱げ、でないとありがたみを感じられないだろう」

グリンゴはテーブルのあいだをぬってカウンターへ行った。バニーはしぶしぶアノラックを脱ぎ、テーブルの下に置いた。それから携帯を出してチェックした。何かすることがほしかったからだ。新しいメッセージはなかったが、自分でもよくわからない理由で前のをいくつか読んだ。スネークゲームをやることも考えたが、ちょっと馬鹿みたいにみられそうだと思った。

隣のテーブルのスーツたちの中にいたひょろひょろしたやつが、ピアノのむこうから本人の意思に反して汚い言葉が出てくるたびに大笑いしていた。バニーはほかの客たちの不快げな視線に彼らが気づかないのを見ていた。

二分待ったあと、グリンゴが戻ってきて二つの大きなウィスキーのグラスをテーブルに置いた。

「どうしたんだよ、これは?」

グリンゴは肩をすくめて謝罪した。「ここにはビールがないんだ」

グリンゴはバニーが長く厳しい非難の言葉を繰り出そうと息を吸っている隙(すき)に、それを断ち切った。「落ち着けよ、アミーゴ。おまえはウィスキーが好きじゃないか、忘れたのか? ウイスキーはおまえの陽気な面を引き出してくれるんだ」

「そうなるには時間がかかるぞ」バニーはぶつぶつと言った。

「だからダブルにしておいた。それで難題に対抗できないかどうかみてみようじゃないか。難題の話が出たところで、ちょっと失礼して植木に水をやってくるよ」

グリンゴはきびすを返して、隅にあるドアのほうへ行った。あるテーブルを通りがかったとき、長い茶色のコートを着てイヤリングとヤギひげの組み合わせが残念な男に会釈した。男には連れがいて、そのブルネットはそれだけで露店が開けそうなくらいのアクセサリーをつけていた。バニーは男が彼女に何かささやき、グリンゴのあとを追うのを見ていた。たぶん何でもないだろう。ウィスキーをひと口飲み、ちらりと目をやると、バニーは自分が見ているのを女に気づかれたとわかった。もう一度自分の携帯に目を戻し、時間を見た。午前一時二十六分。四分待とう。バニーは生まれつき疑り深く、自分からすすんでジャズを聴くような人間に対してはその疑り深さが倍になった。

テーブルの表面をじっくり見ると、傷や煙草の焦げであばたになっており、グリンゴのウィスキーグラスの重みでぐらついている。ムーディな照明のおかげで、ありとあらゆる類のインテリアの罪が隠されているようだ。

曲が終わり、気のない拍手のさざ波がおきた。

「バーカ、キンタマ！」

抑えた声の会話以外、数分間の沈黙があった。隣のテーブルの三人組のひとりが飲み物を買いにいき、さっきのひょろひょろが面白いジョークを下手くそに言っていた。

それから別の曲が始まり、ピアノがやわらかい、瞑想のようなメロディになった。それから女の声が響いた――深く、ゆたかで、五感に心地よく、それでいて同時に悲しい。声はゆっくり始まり、だんだんと強くなっていった。
バニーは振り向かなかった。その場に座り、酒は手に持ったまま忘れられ、そのあいだに声は店の中を満たしていった。

板ばさみになってしまったの、
知っていることと言っていることの、
抵抗するすべもない、
これを始めたのはわたしじゃない。

あなたの目に深く落ちていく、
あなたは自分の魅力を知っている、
こんなに甘く襲われたらあらがえない、
だからわたしに愛を返してはいけない。

その声は彼のまわりを流れ、いまは言葉のないメロディを歌っていて、それがピアノに逆らっていると同時に、完璧に合っているようにも思えた。声とピアノはバニーがこれまで聞いたことがないやり方で、たがいに踊ったり離れたりした。

隣のテーブルのひょろひょろの声が、招かれざる客のように割りこんできて、わざと調子はずれにハミングをした。

「しーっ、ヴィクター」

「フランク・シナトラを何かやれよ。俺たちの知ってるやつを」

バニーの手が、本人がそうしようと思うより早く、ひょろひょろのうなじにかかった。彼はひょろひょろを引き寄せ、相手の耳に体を近づけた。「いいかげん静かにしろ」必要より少しばかり強く、バニーはひょろひょろを突き放した。

ベルベットのような言葉がもう一度彼をとりまいた。

わたしの心は罠にかかった、
わたしの世界はばらばらに裂かれた、
あなたがすることは、あなたしかわからない、
なぜなのかしら、わたしは逃げられない。
落ちながらもわたしは消えたの、
あなたの魔法からは逃げられないもの、
こんなに甘く襲われたらあらがえない、

だからわたしに愛を返してはいけない。

いっぽう、グリンゴは二つある小便器のひとつの前に立ち、切迫した懸念をとりのぞいていた。

「あぁ、甘美なる解放よ」

来るだろうと思っていたデイモ・マーズデンの姿が横にあらわれ、壁に寄りかかった。

「何かよこすものはあるか？」

グリンゴは下を見た。「いまはないな、デイモ、あんたが俺たちの関係を思いがけない方向へ向けようと思っているのでなければ」

「面白いな。俺の金はどこだ？」

「もう一度言うが、俺の手はいま忙しいんだ、あんたがこいつを持っていてくれるなら別だが？」

マーズデンはうなって横へどき、流しにもたれた。

グリンゴは念入りにあれを振ってからしまった。振り返ると、マーズデンがそこに立って手を突き出していた。グリンゴは頭で流しをさしてみせた。

「衛生だよ、デイミアン。俺がどこにいたのかあんたは知らないだろう」

マーズデンはしぶしぶどいた。グリンゴはていねいに手を洗い、使い捨てのペーパータオルをとって、長すぎるほど時間を使って手をふいた。マーズデンは天井を見上げてため息をついた。

一点奪取。グリンゴはペーパータオルをゴミ箱に投げ入れ、ポケットから紙幣の束を出した。

「二千ある」

「面白いな、あんたの借りは八千だぞ」

「だがここにあるのは二千だ。残りは来週払う」

マーズデンは一歩前へ出た。グリンゴは背が高かったが、マーズデンは六フィート五インチあるので、彼を見おろすことができた。「あんたは俺を信用組合と勘違いしているようだな」

「そしてあんたは俺を、あんたをおっかないと思う誰かと勘違いしているようだ、デイミアン。俺が何者か忘れるなよ」

「ああ」マーズデンは言った。「心配するな——忘れちゃいない。あんたの上役たちは、自分らのゴールデンボーイが賭博の借金をふくらませてると知ったら、どう思うかね？」

「やってみて結果をみたらどうだ、そうすればあんたはただじゃすまないぞ、デイモ。さあ落ち着け。残りは来週手に入るんだから」

「こんなふざけたまねをするやつは、ふつうならボコボコにされてるぜ」

「そうなのか？」グリンゴはおだやかに相手の目を見つめた。マーズデンの瞳の奥で、損得勘定が行ったり来たりしているのが見えるようだった。「俺にはったりを言うなよ、デイモ、あんたの顔ははったり向きじゃない」

「そうだな、グリンゴ、あんたがそれだけよくわかっているなら、どうして俺に八千も借りるはめになったんだ?」

「カードの不運というだけさ。いっときのことだ」

マーズデンは一歩下がった。「そうか? ならなんで、あんたの借用書を持ってるのは俺だけじゃないって話が聞こえてくるんだろうな?」

グリンゴは笑いだし、稲妻のように速いパンチをマーズデンの腎臓に叩きこみ、自分より大きな男が床へ倒れてきたので横へよけた。そして脂(あぶら)ぎった髪をつかんで相手の頭を引っぱり上げた。「もう一度でもあんたが俺の個人的なことを話していると耳にしたら、次のおしゃべりはもっとずっと礼儀を欠いたものになるぞ、デイミアン。あんたの立場にいる男にはある程度の思慮があってもいいと思うがな。わかったか?」

答えはねばつくようなしわがれ声で返ってきた。「てめえ、誰を相手にしてると思ってるんだ?」

グリンゴはかがみこみ、にっこり笑った。「知ったことじゃないね。あんたは来週になれば残りの金を手にできる。それまでは、その口を閉じておくことだ。これでおたがいわかりあえたか?」

マーズデンは長いあいだグリンゴの目を見ていたが、やがてほんのわずかだけうなずいた。

グリンゴは彼の髪を放し、自分のジーンズで手をふいた。そして二千ポンドをマーズデンの前の床にほうった。

「あんたの金だ。手を洗うのを忘れるなよ。その床は汚いからな」

曲が終わりになる頃、グリンゴが戻ってきて座った。「それでおまえは――」

「しーっ！」

グリンゴは驚いた。バニーはそこに座って、目を閉じ、その顔はおだやかな瞑想を絵にかいたようだった。

グリンゴは相棒の肩ごしにステージへ目をやった。さっき酒を出してくれた黒人の女が、ステージでノエルと一緒にいる。女は長い黒髪を右目にかぶさるようにたらしていて、顔のそちら側がほとんど隠れていた。身長は五フィート四インチくらい、茶色の目にふっくらした唇。体にぴったりした青いワンピースを着ていて、五〇年代のもののようにみえたが、彼女は着こなしていた。奇妙だった――数分前に彼に酒を出したのとたしかに同じ女なのに、いまはひどく違ってみえる。まるで何か内なる明かりがとつぜん灯されたかのように。店の中の誰にもまったく注意をはらわず歌い、大きくて銀の格子のついた年代もののマイクのむこうに立って、音楽に合わせて体を揺らし、甘いメロディをハミングしている。

最後の音がピアノで終わると、店内に本物の興奮をともなった拍手喝采がわいた。聴衆のうち、立ち上がっていたのはひとりだけだったが。

女は喝采に気づくとおずおずとほほえみ、カウンターのむこうに戻った。

「すばらしい。クソすばらしい」

「おい、バニー？」

「何て声だ、何ていうか。ものすごい」

「そうだな。なあ──ほかの連中はもう拍手をやめてるぞ」

バニーは自分の手が何をしていたかいま気づいたというように、両手を見おろした。「ああ、そうか、そうだな」顔が赤くなる。「とってもよかった」彼はまた座った。

ピアノのところでは、ノエルが元気のいい曲を弾きはじめ、相方は彼自身の不規則に飛び出す下品な言葉だけだった。

「それはそうと」グリンゴは言った。「たしかに俺はしばらくトイレに行っていたが、そちらさんは別の席に行ってもらわないとな。あんたがいるのは、俺のジャズ嫌いの友達の席で、やつはじきに戻ってくるんだ」

「やめてくれよ。あれはジャズじゃない、あれは……何だかわからないが、あれは違う……」

グリンゴはカウンターに目を向けた。さっきの女が戻って酒を出していた。「彼女もすごくキュートだな」

「何だって？　彼女が？」バニーは言った。「ああ、そうだな。全然気がつかなかった」彼はカウンターに目をやり、目をそらし、またもう一度ちらっと見た。

グリンゴはグラスを口の前で持ったまま、そのグラスのむこうからバニーを値踏みするように見た。「おまえが気づかなかったなんて話を一秒でも信じたら、いますぐ刑事の職を辞退するよう勧めるだろうな」彼はウィスキーのダブルをあおり、その酸味が喉の奥でかっとなって顔をしかめた。そしてグラスを持ち上げた。「おまえの番だ」

「わかった、ああ」バニーは言った。カウンターに目をやり、はっきり見えるスタッフはひとりだけだとたしかめた。「ちょっと待ってくれ、俺は……」

グリンゴは笑いだした。「いいことを教えてやろうか？　おまえは愛すべきところにことかかないやつだよ、このデカい田舎者のぶきっちょ。そこに座ってずっとそんなふうにみじめったらしくふさぎこんでいるなら、俺が酒を買いにいってこよう。おまえの誕生日だっていうのに何もやってないことをいま思い出したしな」

バニーの声はせっぱつまったささやきになった。「バカはやめてくれ。座ってろ——何も言うなよ。くそっ、今日は誕生日なんかじゃないってのに」

最後の言葉は、グリンゴがバニーの手をすばやくかわした動きに振りはらわれてしまった。グリンゴは通りすぎざまにバニーの髪をくしゃくしゃっとやり、離れていった。

バニーは前に置かれたバーマットをいじり、やがてその端をちぎりはじめた。グリンゴの馬鹿野郎、ほどよく放っておくってことができたためしがないんだからな。何かほかに目をやる先がほしくて、バニーは店内を見まわした。残念なヤギひげのある長身の男は、席に戻って連れの女といた。二人は何か熱心に話しているようにみえたが、男の目はグリンゴがカウンターへ行くのを追っていた。ほかの客たちは酒を楽しんでいるようで、屈辱の原子爆弾がひゅーっとバニーに迫っていることなど気づいていなかった。

バニーが何か気をそらしてくれるものを探していると、それは隣のテーブルのスーツを着たイヒヒ笑いたちの中にいたずんぐりした男というかたちをとって、むこうから彼を見つけてくれた。

男はバニーの前にぬっとあらわれた。「ヘイ、俺の友達に手をかけるなんて、どういうつもりだ?」

バニーは目も上げなかった。「あいつが無作法だったからだよ。静かにしろと頼んだだけだ」

「おまえに関係ないだろう?」

バニーは自分のグラスをとり、残っていた酒をその中でまわした。「俺は現代のメアリー・ファッキン・ポピンズみたいなもんなんだ。あちこち飛びまわってお行儀を教えてるのさ」

頭を動かさずに、バニーは横を見た。さっきのひょろひょろなやつと太ったやつが、このさやかな芝居を夢中で見物していた。

「おまえは俺と同郷のやつに手をかけた、それはケンカを売ってるってことだ」

バニーはようやく目を上げた。「あれはおしゃべりだろう? やれやれ、あんた耳が聞こえないのか? あれは手話のひとつだと?」

「じきにおまえに手で話をしてやるよ」

「いやはや」バニーは言った。「悪くとらないでほしいんだが、あんたはそれがえらく下手だぞ。席に戻って、ひょろひょろかデブをよこして、あいつらのほうがまだましかやってみたらどうだ?」

ずんぐりは、たぶん何かの映画で見たやり方でテーブルに身を乗り出した——自分のタマから上のあらゆるところへフリーシュートを打つことで、相手をびびらせるやり方。

ずんぐりは声を一オクターブ下げた。「俺の話をまじめに聞いてないな」

バニーはスツールに座ったまま体を引いた。「ああ、そうさ、聞いてないね。頭のいい男ならそれはなぜかと自分にきいてみるだろうよ。どうしてあんたがいまやってる〝こわもて男〟のおきまり演技が、俺には何の効果もないようにみえるのか、ってな。頭のいい男ならちょっと立ち止まってそれを考えてみるんじゃないか。だから見かけより頭がいいってことを証明してみせてみなよ、あんた。席に戻って、ひょろひょろとデブを相手にひと晩じゅう話してろ、自分は俺にひと言ふた言、説教してやることもできたのに、やめることにしたてんまつを。平和を我等（われら）に（ジョン・レノンによるベトナム反戦歌のタイトル）――それが頭のいい男のすることだ」

ずんぐりの臭い息が顔にかかって、バニーの唇は不満げにゆがんだ。「こっちは三人でおまえはひとりだぞ」

「いいとこ突いてる」バニーは言った。「誰か呼んでもいいぜ」

グリンゴの前にいたブロンドが酒を受け取って離れていき、客は彼だけになった。

バーメイド兼女歌手はふきんでカウンターをぬぐい、こぼれたものをふきとっていた。「はい、何にします？」

「こう言うだけでいいかい、すばらしい声だね」

彼女はほほえんだ。「まあ、お客さんたちが酔っているとそう聞こえるのよ、でもありがとう」

「俺の、ええと、友達がむこうにいるんだが、きみは信じられないくらいすばらしかったと思っていたよ」グリンゴは肩のうしろを指さしてみせた。

「当ててみましょうか、その人はどこかの大物レコードプロデューサーで、あたしをここからさらっていってくれるんでしょ？」

「いや、残念だが。俺たちはアイルランド警察(ガルダ・シーハーナ)のしがない刑事でね」

「そうなの？　じゃあ、これがガサ入れだとしたら、少なくともあなたはすこぶる礼儀正しくやっているってことね」

　グリンゴは両手を上げた。「落ち着いてくれ、ケンカをしにきたんじゃない。だいいち、きみはプライヴェートクラブの許可証の範囲に入っている。きみが店で料理を出しているかぎりは。料理といえば、何か無料(コンプリメンタリー)の食べ物はないか？」

　女はカウンターの陰のドアに目をやった。「食べるものはあるけど、ほめた(コンプリメンタリー)人はいないわよ。ボウルに入った甘酸っぱい何かなの。料理はノエルの売りじゃないから」

「バーカ、でかチン！」

「それを出すわ、警察官に対する暴行とみなされるかもしれないけど」

「文句はないよ。いまのはどこかの訛(なま)りかい？」

「あーあ、さっき刑事と言ってたのを信じようか迷ったけど、信じざるをえないわね」

「たぶん……南部の奥(ディープ・サウス)かな？」

「当たり。ケリー（アイルランド南西部の県）よ」

「そうか、アメリカのって意味だったんだが」

「ケリー出身の黒い肌をした若い女はそういないってこと？」

「きみのような人はね」

「あらまあ、ずいぶんうまくやったわね。それで、そろそろ何か注文してくれるのかしら、それともそのきらきらした目のアイルランド的魅力をちょっと振りまきに来ただけ？」

「いたた。きみはてごわいね」

「それにあなたの薬指にある跡からすると、結婚しているんでしょ。それじゃ、何を出しましょうか？」

グリンゴはカウンターに寄りかかった。「ジャック・ダニエルのダブルを二つ頼むよ、それから、いちおう言っておくと、現在は離婚に向かっているところだ」

彼女はカウンターにグラスを二つ置き、ほとんどからっぽのボトルからダブルの量をつぎはじめた。「当ててあげる、奥さんがあなたを理解してくれなかったんでしょう？」

「いや、俺が彼女を理解しなかったんだ。なるようになるさ（ケ・セラ・セラ）。またいちおう言っておくと、俺が来たのは自分のためじゃなくて……」

「ああ、仲間ってやつね。わかった。それじゃ次は友達のことを全部話して」

彼女はからっぽになったジャック・ダニエルのボトルをカウンターの下のゴミ箱に入れ、新しいのをあけはじめた。

「そうだな……やつはすごくユーモアのセンスがある」

「おぉっと、カーン——演奏ご苦労さまでした」

「ええ?」

「ユーモアのセンスから始めたでしょ?」彼女はいらだっているようだった。「その人が醜くなる杖で叩かれて、余命半年とか言えばいいのに。ユーモアのセンス? まったく、あなた、それってすぐそこにいる気弱なくだらない人ってことよ」

「むずかしいな。パニックになってしまったよ。何を話せばいいんだい?」

「何か本当のことにして。疑われたときは、事実でやってみたら?」

「オーケイ。やつは俺の親友だ」

「なぜ?」

「なぜなら、荒っぽい見かけの下では、やつは俺の知っているなかでいちばん高潔で立派な人間だからだ。あいつは善と悪があることを心の底から信じているし、独特のたがはずれた田舎者ふうのやり方で、世界をもっといい場所にしようと本当にがんばっている」

彼女は酒をつぎおわると、ボトルをカウンターに置いた。そしてつかのまグリンゴの目を見て、それから彼に指を向けた。「ほらね、わかったでしょ——いまのが本当のことよ。次はそこから始めるのね。いずれにしても、お友達はとてもすてきな人だろうけど、いまは相手を探してないの」

「本当か? 大きな失敗をしようとしているぞ」

「ハニー、そんなのはあたしの最大の失敗には及びもつかないわ」

グリンゴは財布を出して十ポンド札を出し、酒の代金としてカウンターのむこうへすべらせた。

「今日がやつの誕生日だって言ったかな？」

「あらまあ、じゃあ、カウンターを閉めさせてくれたらすぐ行くわ。ちょっと待って……」彼女は驚いたふりでまわりを見た。「ここってラップダンスバー（ヌードのダンサーが客の膝に座って踊るバー）じゃないのね」

「参ったな、悪くとらないでほしいんだが、きみは俺たちアイルランド人が難物って呼ぶやつだな」

「ハニー、あたしは誰からも難物って呼ばれるわ」彼女はグリンゴが手を振って釣りを断ると、笑みを浮かべた。「お友達にあたしから〝ハッピーバースデー〟と伝えて」

「あいつは人見知りなんだ、でも次はやつに来させるから、きみの口から言えばいい」

「人見知り？　あたしたちが話しているのって、あそこにいる大きな人のこと？」

グリンゴは彼女の視線を追って振り返った。バニーは座っていたが、隣のテーブルにいた三人の男たちが、いまや険悪な態度で彼を見おろしていた。

「友達ができているみたいだけど」

「うわ、まずい」

グリンゴがテーブルに戻ろうと二歩進んだところで、デブのやつがからになったビールのボトルでバニーの頭の後ろを殴り、大騒ぎが始まった。

8

「ぎゃーーーーーーー」

ベネシャンブラインドをあける音がバニー・マガリーの魂をつくっている組織の芯に切りこみ、ついで、さあっと押し寄せてきた日光が彼の目を焼いた。

「いったいぜんたい何しやがんだこのくそヤロォォォ」

「俺も会えてうれしいよ、凄腕ボクサー。さあ、起きた起きた」

バニーがどうにか片目をあけると、グリンゴが窓の下枠にのんびりと寄りかかっていた。

「そら目がさめた、起きろ、起きろ」

「うっせえ。今日は土曜だぞ。俺は非番だ」

「非番だった、だよ。俺たち二人とも署に呼ばれた」

「知るか」バニーは自分以外の存在を締め出そうと必死に試み、頭に枕をかぶった。

「これは単なる推測だがな、もしかしておまえ、ゆうべ家に帰ったあと、非常用にとってあった酒をがぶ飲みしたりしたか？」

バニーはほんの少しだけ枕を持ち上げた。「俺は……かもしれない。署のくじで俺が当てたポルトガルの酒をおぼえてるか？」

「あれか？」グリンゴが言った。「あれはジョーク賞品だってわかっているんだろう？」

「まあ、いまは笑えないよ」

バニーの口は誰かがそこに吐いていったような感じだった。彼はそれが自分であればいいのだがと思った。

ぼんやりした記憶の断片が、呼びもしないのに戻ってきはじめた。ひとりで飲んでしまったのだ、またしても『夕陽のガンマン』のビデオを見ながら。名作の。それで気が晴れないなら、何をしてもだめだ。そしてだめだとわかったので、かわりに飲んで理性を屈服させようとやってみたのだった。

「どれくらいひどかった？」

「何が？　ゆうべか？　そうだな、アミーゴ、いいところもたくさんあったよ。たとえば、ジャズに対するおまえの意見が抜本的に改められた。それにおまえは夢の女にもめぐりあった——まあ、俺がおまえの代理で会ったんだが。おまえが彼女を見て、俺は率直かつ目もくらむばかりの優秀な売りこみをしたあと、おまえを紹介しようとしたら——」

「ああ、大混乱」

「そうだ。もし慰め（なぐさ）になるなら言うが、あのケンカはこっちが勝ったぞ」

「あいつら、不意打ちしてきやがって！」バニーは枕にうったえた。

「たしかにな、それにその点ではあの三人全員が有意義な人生訓を学んだと言っていいんじゃないか」

「ああくそっ」

「それにこう考えてみろよ」グリンゴは続けた。「彼女は酔っ払った乱暴者に惹かれるタイプかもしれないぞ」

「やめろ」

「あきらかに、あのとき彼女はおまえに対して厳しいことを言っていた——でもそれは前戯だったかもしれない」

「あんたなんか嫌いだ」

「もちろんそうだろう、さあベッドから出ろ。約四十五分後に市内で会議があるんだ」

「どうして……」バニーは枕の下から頭を出してグリンゴを見た。「違うよな……」

「ゆうべのことじゃないだろうって?」グリンゴは最後まで言ってやった。「ああ、違う。あっちのほうはまったく大丈夫だよ、ただしおまえはピアース・ストリート署のドーラン巡査部長にオールアイルランド戦のチケットをとってやると約束したが」

「わかった」

「それからある褐色の肌の女歌手とデートの約束をした」

バニーはもう一度目を上げた。

「まあ、〝デート〟だな。おまえはコートも、携帯も、鍵も置いてきたんだから」

「あーっ!」

「自分を責めるなよ。出ていくときには手がふさがっていたんだから。正確に言うと、おまえのでかいミットの片方は襲ってきたやつのひとりの喉を、もう片方はいばりちらし二号のもっと敏感なところをつかんでいた」

「それで、あんたはそのとき何をしてたんだよ？」

「誰が三人めの相手をしていたと思っているんだ？　それにこっちはそれをやりながら、店の損害ぶんはおまえが払うとノエルに請け合ってやったんだぞ」

「怒ってたか？」

「トゥレット患者のことはわかりにくいな。さて、おまえに水をぶっかけなきゃならないのか、それとも起きるのか？」

「消えろ」バニーは枕の下に頭を戻した。

「一、二、三、四、五、六――」

バニーはまた頭を出した。「ちょっと待て……」

「おぉ、来た来た」

「その会議ってのは何についてだ？」

「これでおわかりでしょう、紳士淑女の皆さん、精巧な推理的頭脳はいつかは目ざめるのです、たとえそれが料理用シェリー酒に漬かっていたとしても」

「グリンゴ？」

「おまえの昔なじみの〝操り人〟オルーアクが俺たちに会いたいんだと。大きなことを進める許可をとりつけて、大量の人員を投入しようとしている。武装強盗の特別捜査班だ」

「冗談だろ？」

グリンゴは嫌悪で鼻に皺を寄せた。「冗談なんかじゃない。ケツにギアを入れろよ、シンデレラ、ようやく舞踏会に招待されたんだ」

バニーは体を起こし、とたんにそれを後悔した。「こんちきしょうめぇ」

「その調子だ、最悪のところはすぎただろう」

「わかった、シャワーを浴びて吐いてくる」

「いいプランだな、順番を逆にしたらどうだ」

「あんたは——俺のズボンを探してくれよ」

「お安いご用だ、おまえがはいたままだ」

バニーは下を見た。「これじゃない、ほかのズボンだ。どこかそのへんにある」

グリンゴは床じゅうに散らばっているものに目をやった。「おいおい、これが服か？　ゴミバケツとひと晩楽しんだんじゃないかと思うところだぞ」

「手伝いになってない」

「その気はないからな」

バニーはよろよろと立ち上がった。足の下でベーコンサンドイッチの半分がつぶれた。「ー、朝メシが」

グリンゴはバニーがそれを拾うのをながめていた。「食べる気じゃないだろうな」

バニーはサンドイッチを見て、それからグリンゴのほうにさしだした。「ひと口どうだ?」

「けっこうだ、俺はいい」

バニーはグリンゴににやっと笑った。「武装強盗だって?」

グリンゴも笑い返した。「武装強盗だ」

「すぐ行くよ」バニーは言い、バスルームへいそいだ。

「ところで」後ろからグリンゴが呼びかけた。「もし探しているならだが、サンドイッチのもう半分はおまえの背中にくっついているみたいだぞ」

9

バニーは椅子に座りなおした。多少なりと人心地ついてはきていたが、かろうじてという程度だった。体はいまのところ試合を始めたがっているようで、それは状況の重大さと、いずれツケはまわってくるという認識のせいだった。

彼らはシェリフ・ストリート署の上階にある会議室にいた。椅子に座っているのはバニー、グリンゴ、そのほか十人の刑事たちで、バニーはその全員と会釈くらいはする間柄だった。部屋は暖房が故障して最大パワーになっているせいで、不快なほど暑かった。結露で窓がくもり、車が外をガタガタと通りすぎる、ダブリンの土曜の朝の忙しい光景が見えなくなっていた。バニーは命がかかっているかのように水のボトルを握っていた。

　グリンゴがさりげなく体を近づけた。「頭はどうだ？」

「何とかなるだろ」

　ドアが開いてジェシカ・カニンガム部長刑事と、デアラ・オーシェイ部長刑事が決然とした足どりで入ってきて、部屋の前方にあるスクリーンの横に座った。オーシェイはミーズ（アイルランド東部の県）出身のずんぐりした男で、努力してもこれ以上お巡りらしくはみえないだろうという人物だった。もじゃもじゃの赤毛、そばかす、クリームをなめた猫というより、喜んでクリームを分けてあげようという猫のようなにっこり笑い。もちろんクリームはたっぷりあるとも、みんな、食べようぜ。オーシェイはうなずき、知った顔の何人かに笑いかけたが、それは室内にいるほぼ全員のようだった。対照的に、ジェシカ・カニンガムは腰をおろすとひたすら後ろの壁を見つめ、それが今朝の彼女の唯一の目的であり、部屋にいる人間たちは邪魔だとほのめかしていた。

　ほかに室内にいる唯一の女はパメラ・〝ブッチ〟・キャシディ刑事だけだったが、控えめに言っても、二人のあいだに女同士の連帯といったものはあまりない。カニンガムは自分に〝おっぱいロボ（ロボティッツ）〟という渾名（あだな）をつけたのがブッチだと知っていた。バニーはブッチが椅子の上でもじもじ動くのをながめた。カニンガムの好意を取り戻そうとするのは、あの氷山にぶつからないようにすることとほぼ同じなのは証明ずみなのだ。

　バニーはさりげなくグリンゴのほうへ乗りだした。「あんたはまたカニンガム部長刑事の下いが。

「しゃべるなよ、この汚い野蛮人。息が飲んだくれのパンツみたいだぞ」

バニーは背中を伸ばし、口を手でおおった。鼻孔の下でとらえたにおいは、グリンゴの指摘が当たっているかもしれないことを示していた。バニーに黙っていてもらいたいのも間違いないが。

フィンタン・〝操り人〟・オルーアク警部補が入ってきてドアを閉めた。彼は部屋の中央に立ち、すぐさまそこの支配権を握った。長身で、がっしりしているが引きしまって強い体は、長距離走にとりつかれていることを物語っていた。オルーアクはまさに野心家だった。何年も前から、彼は警察で最年少の警部補であり、そこで出世を止めるつもりでいると示すものは何もなかった。こすりあわせる脳細胞が二つある者なら誰だって、いずれ最高職位につく人間に逆らおうとはしない。彼とバニーはかつて固く結びついた友人だったが、オルーアクはとっくの昔にもっと上のグループと付き合いはじめていた。彼の結婚式でバニーが怒れる白鳥の接近からわが身を守ったときの、不運なできごとより前に。

「よろしい」オルーアクは言った。「来てくれてありがとう。諸君は当面、全員がわたしのチーム、大規模強盗捜査班に配置転換となった。わたしはオルーアク警部補、そしてこちらはオーシェイ部長刑事とカニンガム部長刑事、二人ともわたしの右腕だ。厳密には、われわれはこの国のどこであれ、起きる大規模強盗のすべてをカバーすることになっている。大規模とはどういう意味かの定義はきかないでくれ。真実の愛と、下心ありのそぞろ歩きみたいなものだ、見ればわかる。ここまでは理論だ――ここからは現実だ」

オルーアクがオーシェイにうなずくと、オーシェイは照明を消して、ノートパソコンに接続したプロジェクターを稼動させた。

二十代はじめの男の写真がスクリーンにあらわれた。ごく短く切った髪はジェルで撫(な)でつけられ、色つきの眼鏡をかけている。身長はとても低いが、必要とあれば自分自身をコントロールできる人間の顔つきをしていた。

「トミー・カーター」オルーアクは言った。「クラナヴェイル・エステートの王(ザ)にして、現代のハイウェイ強盗団の頭目だ。彼らはここ半年、わが班の関心の唯一の対象だった。きのう河岸地区(キーズ)であった道化芝居は彼らのしわざだ、七月にあったプラサートのバンの犯行や、ドーキーでのアイルランド銀行の犯行と同様に。いまのは今年われわれが確定している事件だけだ。この二年をさかのぼってみると、ほかにもいくつかやつらが出かけていったものがあるようだ。基本的に、高額で犯人不明なら、連中のしわざである確率が高い。一味は残酷で、手際がよく、われわれがこれまで相手にしてきたどんなやつよりも頭が切れる。こう考えてくれ、ダブリンで犯罪稼業をしている者の大半がまだ、火をおこそうとして石に木の実をぶつけている原始人だとしたら、カーターたちは葉巻を吸ったりバーベキューを食ったりしながら、輪になって笑っているんだ。彼らは犯行を楽しんでいる――それに、はっきり言って、われわれのことも――そして諸君がここへ来たのは、われわれには逮捕できないかどうかやってみるためだ」

誰も何も言わなかったが、バニーはさざ波が部屋の中に広がっていくのを感じた。誰もが少しばかり背すじを伸ばし、目を輝かせた。みんなこういう事件のためにこそ、警察に入ってきたのだ。

「カーターはまだ二十二歳で、こうした強盗団の頭になるにはふつうでは考えられないほど若い、だがいいか、こいつは典型的なやつだ」

オルーアクはうなずき、写真が古い新聞の切り抜きに変わった。中年の男が近隣の人々の前に不遜なものごしで立っている。まるで氏族の王のように。

「トミーはここにいるデューナル・カーターの息子だ、その名前を決して忘れない者もいるだろう」バニーはオルーアクがちらりと向けてきた目と目が合った。「およそ十二年前、クラナヴェイル・エステートをドラッグなしの地区にすると宣言した男だ。やつは住民を呼び集め、マスコミの寵児になった。売人の中にはやつの試みに不服を唱え、やつの子どもたちが中にいるまま家を焼きはらおうとしたのもいた」もう一度、ちらりとした視線。「さいわい、それは成功しなかった、警察の介入のおかげで。デューナルもその不可能なことを実行して勝った。こんにちまで、クラナヴェイル・エステートでハードドラッグを売買する者はいない。少なくとも長期にわたって、しかもやつらと公共医療サーヴィスに大いなる面倒をかけずにはな。最近、親父のほうはわきへまわった、深刻な腎臓病で闘病中なんだ、それでいまはトミーがあの地域を仕切っている――本当に仕切っているという意味だぞ。それはつまり、やつとその仲間がシロアリみたいにあそこにおさまっていて、われわれは近寄れないということでもある。パトカーはタイヤを切られる。やつらの誰かを逮捕しにいけば、たくさんの人間を連行するか、自分の車が燃えるはめになる。秘密の監視は不可能だし、誰かをやつらに近づけることもあきらめろ。あの地域の連中はみんなあそこで育って、あそこを離れない。あれは島で、トミーはやつらの若い王様なんだ」

　みんなが椅子に座りなおした。警官たちは認めたがらないが、クラナヴェイルはそういう地域のひとつだった——もし中に入るなら、昼間に誰かと入ること。昔からそうだったわけではない。バニーは大半の者たちよりよく知っていた。そこは彼の最初の巡回地域のひとつだったのだ。しかし時代は変わった。

「これがトミーの一味だ」オルーアクは話を続けた。写真が変わって、四十代のビール腹の男になった。どこかのパブの外に立っているようで、煙草(たばこ)を吸い、もし視線で人を殺せるものなら、喜んでそうしてやるというような目でカメラをにらんでいた。

「フランコ・ドイル、自称相談役だ。カーター・シニアの昔からの友達で、窃盗で一度、不法侵入で二度、おつとめしていた。カーターのいとこと結婚している。だから厳密には正しくないが、トミーは——したがってほかの全員も——フランコおじさんと呼んでいる。ドイルはもっと大きな犯罪社会とのパイプ役のようだが、一味は概(がい)してそのどことも関係を持っていない。彼らは彼らだけでやっていて、これまでに外からそのきまりを変えようとした者は全員、後悔することになった」

　オルーアクはうなずき、また別の顔がスクリーンにあらわれた。今度は二十代後半の男のパスポート写真だった。肩まであるブロンドの髪をポニーテールに結んでいて、どこもかしこも鋭い線の顔をしている。

「ジョン・オドネルを紹介しよう。ひところはアイルランド軍でもっとも危険な男とひそかにみなされていた――ただしもう軍にはいない。ウェクスフォード生まれで、あっという間に昇進してアイルランドレンジャー部隊に加わった。わが国の軍に関するジョークはさておき、その連中は特殊部隊で、外国の同様の部隊のあいだで高く評価されている。そこに入るのは生半(なまはん)可(か)なことではない。オドネルはいくつもの褒賞を勝ち取り、まったくの清廉潔白で、おおまかにいってGI・くそ・ジョーってやつだった。軍のゴールデンボーイで、彼が二年前に外地赴任を終えて突然、これといった理由もなく軍をやめたときには、連中は落胆した。彼は平和維持活動でソマリアに行っていて、ついでに言っておくと、アイルランドレンジャー部隊は現地でとけこむために、アメリカ軍の軍服を着ていた。彼はヤンキーたちとの競争でメダルをとった。きいてまわってみたよ、彼の渾名は――これは冗談じゃないが、〝殺し屋(アイスマン)〟だったそうだ。本当に。オドネルはスパイ活動、対スパイ活動、兵站(へいたん)業務、兵器製造の熟練者で、専門はスナイパーだ。要するに、かなり手ごわいやつで、われわれにとってはまぎれもない悪夢だな」

オルーアクはうなずき、もう一度写真が変わると、今度は頭を剃(そ)った軍服姿の男で、大型のナイフと大きな笑いを浮かべてポーズをとっていた。がっしり筋肉のついた体をしており、その上の顔には丸ぽちゃの頬(ほ)っぺたの名残があった。バニーは彼が子どもの頃に太っていて、いまは深刻な劣等感過剰補償に陥(おちい)っていることに賭けただろう。

「ジミー・モラン、またしてもクラナヴェイル・エステートの同窓生だ。やはりレンジャー部隊に入っていたが、それほど長くはない。行動に複数の申し立てがなされたんだ。軍はわれわれに詳しいことを言いたがらないが、裏のルートで集めたことからすると、彼の班が訓練演習でカナダにいたとき、地元の娘に乱暴したらしい。告発はされなかったが、不名誉除隊になるにはじゅうぶんだった。相棒のオドネルはその三か月後に軍をやめた、だからわれわれは彼らがそのあとすぐカーターと組んだと考えている」

オルーアクはもう一度うなずき、するとオーシェイが照明をつけ、プロジェクターのスイッチを切った。警部補はしばらく時間をかけて室内を見わたし、出席者それぞれと順番に目を合わせていった。

「この連中は——最後の二人はとくに——容易ならない人物だ。彼らがはじめてトミー・カーターと組んだとき、やつは十九歳だったと思われる。十九歳だぞ。諸君がその年ごろのときどんなだったかは知らないが、わたしはパブで酒を出してもらうのも、手をつなぐ以上のことをしてくれる若い女性を見つけるのもたいへんだったのを、まだおぼえているよ」

部屋のあちこちからまばらな笑い声。

「トミー・カーターは特殊部隊の男たちをうまく説得して、自分の命令に従わせた。やつらがそうした理由は？　カーターが頭がいい、本当に頭がいいからだ。学校時代には天才レベルのＩＱだった。彼なら何にでもなれただろうと言われている。その後、十五歳のとき、年上の少年が彼の妹に、彼女の意にそわないやり方でさわった。カーターは、当時もチビのろくでなしだったが、その大きなやつをさんざん殴り、そのあとそいつの両腕を折った。はっきり言おうか——彼はその相手を叩きのめして、そのあと冷静に両腕を折ったんだ。そのことでは何の処罰も受けなかった、そいつが証言しようとしなかったからだ。ただしこれが原因でカーターは学校を追い出された。本人は気にしなかったようだが。カーターはロケット弾じゃない——冷静で、落ち着いていて、しかも非常に緻密だ。常に本を読んでいる——あのチビ野郎はいつも本を持ち歩いているらしい。あらゆることを最後の細かい点まで計画する。この前の犯行のあとにわれわれが彼をおしゃべりに連れてこようとしたら、こっちが迎えをやる前に自分から署にやってきた。それから八時間座って、ジェームズ・ジョイスの一節を何度も何度も暗誦する以外、何ひとつ言わなかったよ。彼はわれわれと遊ぶのが好きで、率直に言って、自分のやりたいことを好きにやってきたし、こっちはなすすべがなかった。もうそれを変えるしおどきだ」

オルーアクはもう一度部屋の中を見まわし、沈黙が降りるにまかせた。

「諸君、きみたちはようやくやつを逮捕するためにここに来たんだ」

10

バニーは〈チャーリーズ・プライヴェート・メンバーズ・クラブ〉の入口の上にある看板を見上げ、救いがたいほど言うことをきかないダークブラウンのモップのような髪をかきあげた。手のひらはじっとり湿り、口は乾き、背中いちめんに冷たい汗をかいているせいでシャツが張りついている。そんなことになっているのは、二日酔いが残っているせいばかりではない。彼は家に帰っていちばんいいと思うシャツに着替えたのだが、最後に着てからの三か月で、どういうわけか前より小さくなって彼を裏切った。立っているかぎりは文句なく着られる。ただし座ると、へそが魅力的とはいえないやり方で〝いない・いない・ばあ〟を始めるのだった。

　午前の会議が終わると、彼とグリンゴは〈オヘイガンズ〉に行ってランチタイムの油たっぷりの朝食と、手早く迎え酒をやって体をしゃきっとさせた。二人とも食べるあいだはほとんどしゃべらなかった。オルーアクの会議から出てきたあと、バニーは特捜班からはずしてもらうよう頼むつもりだと打ち明け、それでもめていたのだ。「だけどな」グリンゴは説得した。「ダブリンの警官の半分はあれに入れてくれと必死に頼んでくるぞ！」バニーはその点は間違いなく彼が正しいと思っていた、だからそういう警官の誰かが運をつかむだろう。自分の心は決まっているのだから。バニーは〝操り人（リガー）〟がなぜ自分を特捜班に入れたがっているのか正確にわかっていたし、そこにはいっさいかかわりたくなかった。

　そんなわけで家に帰り、二時間とぎれとぎれに眠り、それから人前に出られるよう自分をととのえにかかった。彼はさっきのシャツに、協力してくれるならこれからひと月、テイクアウトの食事はあきらめると約束した。黒のブレザーは少なくとももう少し寛大だった。彼はいくつもの結婚式にはいた靴まで掘り出した。靴は小指をつぶし、かかとに食いこんできた。

　そしてここに彼は立っていた。十二月の七面鳥みたいに汗をかき、念入りにアイロンをかけたクリーム色のズボンをだめにしないよう、汗ばんだ手のひらをシャツの背中でぬぐいながら。

バニーはゆっくりと坂になっている路地を歩いていった。近づいていくにつれ、録音された音楽のかすかな音が聞こえてきた。地下にあるバーへの短い階段を見おろすと、中に明かりが見えた。ドアは赤く塗られ、あちこちはげている。横の窓は汚れていて、外側に金網が取りつけられていた。中をのぞきこむと、ゆうべの女の姿が見えた。髪を後ろでポニーテールにまとめて、床にモップをかけている。バニーが彼女のぼんやりしたシルエットを見ていると、彼女はバケツの内側でモップを絞り、また水に入れた。それから頭を上げ、窓のほうを見た。バニーは大きな頭を見えないところへずらし、きびすを返して帰ろうとして、それからまた向き直り、次にまた帰ろうとして、また向き直り、赤いペンキがはげている、ノックするあたりの位置に手をさまよわせた。

彼は自分の手を見てつぶやいた。「いったい何だってんだ」

ノックしようという試みは、彼のこぶしがさわる前にドアが開いたせいで、果たされずに終わった。ゆうべの女の顔がそっとそのむこうからのぞいた。バニーは彼女の髪が突然またおろされて、黒いカーテンのように右目に垂れていることに気づいた。彼女はダンガリーシャツのようなものを着ていた。

「ええと、ハイ、ハロー、元気かな、ハイ」

女は片方の眉(まゆ)を上げて少しだけほほえみ、バニーは近くで見ると彼女の茶色の目はなんて大きいんだと思った。

「ハイ」

「俺は、ええと、その、俺なんだ、俺が……」

「ゆうべ店をめちゃくちゃにした？」女が最後まで言い、その声にはからかっているような調子があった。

「そうなんだ、あれは本当にすまなかった。俺は――ほら――弁解するわけじゃないが――」

女は片手を上げた。「落ち着いて。ノエルもあのときは怒っていたけど、もう落ち着いたわ。常連さんの二人が彼に、ケンカしていた四人のうちほかの三人が音楽に敬意を払っていなかったと言ってくれたの。ノエルはそれも我慢できないのよ。あなたがそれに対してとったやり方をほめているわけじゃないわよ。うちには什器があんまりないんだから」

バニーは彼女が彼の右へ向けた視線をたどった。テーブル一台とスツール二つの残骸がばらばらになって、階段の下の小さなくぼみに放置されていた。

「なんてこった」

「心配しないで。ノエルがかわりを調達しにいってるの。もしかしたら今度は、脚のうち二本が同じ長さの什器が手に入るかも」

バニーはそわそわと両手を動かした。とつじょとしてその両手が、何をするためのものかわからなくなったぶあつい肉のような気がした。

「ただもう謝るよ、つまりその――俺は暴力的な人間じゃないんだ」

彼女は見えるほうの眉を上げた。「本当？　だってずいぶん早くそっちの手段をとったじゃない。プロになることを考えるべきよ。あなたには可能性があるわ、坊や」

「あいつらはいけすかない連中だったんだ、公正を期すために言うと」

「それを聞いてうれしいわ。いつも他人をああいうふうに扱うのが好きなら、心配だもの」

「それで、アメリカのどこから来たんだい？」

「あらゆるところよ。あたしはロマの魂なの」

「きみは、その、むこうでもプロの歌手だったのか？」

女はもう少しドアを広くあけて、後ろの濡(ぬ)れた床を見せた。「ここではプロの歌手じゃないわ。グロリア・エステファン（キューバ出身のアメリカのポップシンガー）は床にモップをかける必要なんてないでしょ」

「でもきみはすばらしいよ、ほら、歌うのがってことだ。すごく感動した。度肝を抜かれた」

彼女は落ち着かない笑みを浮かべた。「ええ、まあ、ここの床がどんなにきれいか見るべきよ、きっと理性が吹っ飛ぶわ」

「フルタイムの歌手をめざしているのかい？」

「はあ？　それでいまあるものを全部あきらめるの？」彼女はいぶかしげな目を向けてきた。「ずいぶんいろいろきくのね」

バニーは両手を上げた。「すまない、悪かった——誰もスペインの異端審問をしようっていうんじゃないんだ」

彼女の顔が石のように凍りついた。「うちの曾祖父(そうそふ)はスペインの異端審問で殺されたのよ」

「うわ、すまない、俺は……ちょっと待ってくれ！」

彼女は噴き出した。やわらかく、意外なほど深く響く笑い声だった。「あなたってチョロすぎ」

バニーはおずおずと笑みを返した。「あー、新しい什器用の金を渡してもいいかな?」彼は財布を探して、ジャケットをぱたぱた叩きはじめた。

「落ち着いてよ、大盤振る舞いさん。お財布は持ってないでしょう、おぼえてる?」

バニーは赤くなった。「そうだった、ああ」

彼女はドアの内側から彼のアノラックをとり、渡した。

「今週中にまた寄って、ノエルと話をしたらいいわ。彼にも少し頭を冷やす時間をあげて。あの人はたいていの夜はここにいる、月曜は定休日だけど」

「きみは?」

「あたしは毎晩いる」

「それで歌う?」

「お酒を出して、女子トイレの詰まりを直して、ケンカを止めて――あたしは全部入りなの」

「なるほど」バニーは言った。「それはよかった」

彼女はまた笑った。「そう?」

「まあ、うん」バニーは答えた。「女子トイレを渋滞させるわけにはいかないからな。そうなるとみんな男子用を使いはじめる、そうしたら当然、混乱が起きる」

「自然の秩序の完全崩壊よね」

「それに警察の人間として、そうした事態は非常に危惧している」

「本当かしら？　そこにできかかっているすてきな目のあざは、違うことを言っているわよ」

「その、俺は……」

彼女はバニーの目を見つめ、しばし黙りこんだ。もう一度口を開いたときには、ふざけるような調子が声から消えていた。「実を言うと、目がちょっとおかしいみたいよ、医者に診（み）てもらったほうがいいんじゃない。具合が悪そう」

「ああ、心配いらない」バニーは自分の怠（なま）け者の左目をさした。「これは昔からこうなんだ」

「え」彼女は当然ながらばつの悪そうな顔になった。「ごめんなさい。悪いことを言っちゃったわね？」

「気にしなくていいよ。俺は客の頭でおたくのテーブルをぶち抜いたんだ――俺もあいつも第一印象はよくないだろ」

「そうは言わないけど。あの人、あなたと会ったことはおぼえているでしょうね」

「ただこう言いたいだけだ、俺は、母親からもらったはずの分別をなくした大口叩きのクソバカ（ゴブサイト）に、片っ端から突き（ディグス）を食らわせようなんてイカレポンチじゃない」

彼女は困惑した顔になった。「いまのに英語が入っていることはわかるんだけど」

「すまん、ええと、俺はケンカ好きの酒飲みじゃないって言っただけだ」

「もちろんそうでしょうね、あなたは単なるジャズファンで、下品な相手に対してみごとなほど寛容度が低いだけ」

「そのとおり」バニーはうなずいて大きく笑った。

「それじゃ、いちばん好きなのは誰？」

「いちばん好きって？」

「ジャズミュージシャンでよ？」

「ええと……きみだ」

彼女はぐるりと目をまわしてみせ、その苦笑に、バニーは腹がちょっとソーダ水みたいになった。

「それじゃきみの好きなのは？」

彼女は動きを止めて自分の後ろをさし、中でかかっている曲を示した。「気分によるけどね、たぶん。いまは、ビリー・ホリデイ（アメリカの女性ジャズシンガー）」

「ああ、なるほど」バニーは言った。「彼はすごいよな」

彼女は頭を振った。「もう。ここまでとってもうまくやってたのに」

11

「スティーヴン・コルガン、そいつを打て！　打つんだ！」

フィンタン・オルーアク警部補はバニー・マガリーの姿を見るよりずっと前に、その声を耳にした。フィルポット・ストリートに車を停めているときに、バニーの間違えようのないコーク訛りの大声が塀のむこうから聞こえてきたのだ。フィンタンは車のドアすべてをダブルチェックした、なぜなら彼は誰よりも、この地域では気をつけすぎるということはないと知っていたからだった。〝ゲルトの虎（一九九五年～二〇〇七年のアイルランドの急速な経済成長）〟の経済はそのまわりじゅうで上昇しているかもしれないが、フィルポット・ストリートは頑としてフィルポット・ストリートのままだった。建物の大半がフラットで、いつもうらぶれていて、ペンキ塗装が必要。その真ん中にあるのが〈セント・ジュードス・ハーリングクラブ〉だった。二年前に設立されたばかりで、ある私立学校がよそへ移ったあとにあいた運動場にあった。その私立学校は自分たちのニーズに合わないスポーツ施設を使うより、子どもたちをバスで郊外へ運ぶことに決めた。土地は議会のもので、バニーは再開発計画がまとまる前にすばやく入りこんだのだ。

オルーアクは塀を見上げた。そのむこうからスティックのトネリコとトネリコがぶつかる音が聞こえ、ときおり応援の歓声や、激しい運動でフーフーうなる声が混じる。そのすべてを越えて、バニー・マガリーの声があがった。「デニス・オマリー、ボールを追いまわすのをやめろ。おまえはフルバックだ、ヨークシャーテリアじゃないぞ！」

フィンタンはゲートを通り抜けた。ゲートというほどのものではなかったが。〝クラブ〟というのも〈セント・ジュードス〉にはおおげさな名前だった。ピッチがひとつと、プレハブ小屋が二つあるだけなのだ。

落書き——スタイルにおいても中身においてももっとも想像力に欠けている——が、ばらばらの間隔で塀をいろどっていた。プレハブは落書きのためにさらにひどいものになっていた。プレハブのひとつの横にかかれた、あきらかに巨大な男根と睾丸(こうがん)であるものから誰かが注意をそらさせようとして、もう終わってしまったがらくた市(いち)の宣伝ポスター二枚を戦略的な場所に貼っていた。

十二歳以下の少年たちが、彼らにはかなり大きすぎるようにみえるヘルメットをつけ、フィールドで下手くそにボールをあっちこっちへ叩(たた)いているいっぽう、そのまわりで親たちがさまざまなグループに分かれて見物していた。バニー・マガリーは中間点に立ち、顔を真っ赤にして大声をあげていた。彼の周囲二十フィート以内には目に見えて誰もいなかったが、ふとっちょで赤毛の子どもがひとりだけ、足元のバケツにハーリングスティックの持ち手を突っこんでいた。

「デイヴィー・ライアン、おまえはゴールキーパー(ゴーリー)だぞ！　おまえはゴーリーなんだ、坊主！　何だってそんなに混乱して俺を見るんだ？　おまえはいまゴールにいるか？　さあ、あっちへ戻れ！」

バニーはかたわらに立っている子どもに顔を向けた。「おまえは聞いてただろう、デシー、俺は試合の前にあいつに言ったよな、とにかくゴールにいろって？　それがそんなにむずかしいか？」

「あいつはゲームの微妙な違いを理解していないんだよ、ボス」

「おまえの言うとおりだ、デシー、おまえの言うとおりだ」

「もういっぺんあいつの脚をゴールポストに縛っておこうか、ボス？」

バニーはデシーをじっと見た。「いや、デシー、前に話し合ったのを思い出してくれ。そんなことはしちゃいけない」

「わかったよ、ボス。ごめんよ、ボス」

「素質はあるんだがなあ。フィリップ・ネリス！　何で座りこんでるんだ？　ボールはまだ生きてるぞ！　どんなに遠いかなんてどうでもいい、おまえは地球上でいちばんスピードのあるチームスポーツをやってるんだ！　立て、目をさましていそげ！」

赤毛の子どもが振り返り、そこにフィンタン・オルーアクが立っているのを見た。彼はバニーの袖を引っぱった。「ボス、お巡り(ビッグス)が来てるよ」

バニーは振り返り、驚きの表情が顔に広がった。彼は子どもを見おろした。「デシー、俺は何て言った？　アイルランド警察(ガルダ・シーハーナ)だ、それに俺もその一員なんだから、敬意をこめて言わなきゃだめだ」

「誰にもばらさないよ、ボス」

バニーはいらっとしたようだった。「俺は秘密にしてるつもりはない――あー、なんてこった、審判！」

ミッドフィールドのあたりで、両チームのメンバーが何人もよろよろぶつかって倒れ、振り回す手足と非難の言葉がどんどん激しくなっていった。審判は何度もホイッスルを吹いたが、ことのなりゆきに効果はなさそうだった。

「デシー、スポンジタイムだ。魔法のジュースをちょっと出してくれ、残りが少なくなってるからな」

太っちょの子どもは敬礼をして、はあはあ息を切らしながらフィールドに入っていった。大切なバケツを両手で前に下げて。

オルーアクは進み出てきてバニーの横に立った。「魔法のジュース？」

「レモンをちょっと入れたただの水なんだが、あいつらはものすごい効き目があると思ってるんだ」

「なるほど」オルーアクは唇に笑みを浮かべて言った。「それでおまえのチームはどっちだ？」

バニーはちらりと彼を見たが、その顔には憤りが刻まれていた。「どっちだと思う？」

オルーアクは頭でさしてみせた。もちろんだ。コークの赤い色を着たチーム、そっちにきまっている。そうでなくても、彼にはわかっただろう。青を着たチームのほうがはっきりと装備がよかったし、彼らのジャージは全部ぴったり合っていたが、反対に〈セント・ジュードス〉のほうはつぎやつくろいがあるようで、あちこちが引きつれていた。

「それで」バニーは言った。「あんたがアンダー12のハーリングのファンとは知らなかったが、フィンタン？」

「ファンじゃない——見下しているわけじゃないぞ。おまえと話をしにきたんだ」

バニーはフィールドのほうを振り返った。「悪いな、警部補、いまちょっと忙しいんだ。電話するとか何とかできなかったのか?」

「今朝おまえの番号を探したんだが、見つからなかった」

「ああ、きっと消去したんだろう。あんたからは長いこと連絡がなかったしな」

「忙しかったんだ、それに最後に会ったとき、おまえはほめられた姿じゃなかっただろう」

バニーはいらいらと頭の上で手を振った。「最後のときには、あの白鳥が俺を襲ってきて、まるで……まるでクソ――」

「落ち着けよ」オルーアクは言った。「その話をしにきたわけじゃない。特捜班のメンバーを最終決定しに街へ行く途中なんだ、それにスペイン部長刑事がきのう、おまえは班に加わることを希望しないと知らせてきた。本当なのか?」

バニーは彼を見もしなかった。「本当だ。ありがたいが、ごめんこうむるよ……さあ、おまえたち、行くぞ! **集中しろ!**」

全員が足と落ち着きを回復し、審判はふたたびボールを投げ入れる用意にかかった。デシーがバケツと魔法のスポンジを持ったまま、こちらへよたよた戻ってきた。彼は親指を上げてみせた。「うまくいったね、ボス」

ボールが戻って、それが〈セント・ジュードス〉のバーを越えて相手に一点入るまで、八秒間のできごとだった。

「あああ、何をやってんだ――フィリップ・ネリス、ボールの前に体を投げ出せ! 痛い思いをしなきゃ、手に入るものもないぞ、坊主。ほかのおまえたちも、自分のポジションを動くな

――少なくともそうすりゃ、ボールがゴールに行くまでにおまえらにぶつかってくれるかもしれん」

「ボス」デシーが言った。「ボールが道路に出ちゃったよ」

「あー、くそっ、とってきてくれるか?」

デシーはため息をついた。「行ってくるよ、ボス」

「いい子だ」

バニーは横にあった道具袋からボールを出し、フィールドへ投げた。

「そいつから目を離すなよ、最後のひとつなんだからな」

「バニー」オルーアクが言った。「答えがほしい」

バニーはあきらかにいらだって、ちらっとだけオルーアクを見た。「もう聞いただろ」

「説明ってことだ」

「ったく、フィンタン、そんなものあとにできないのかよ?」

「できない。四十分後に長官と打ち合わせがあるんだ」

「あの役目にはつきたくないんだ――単純だろ。それから、まさにあんたが俺をほしがっている理由のせいだよ。デューナル・カーターと俺がわけありだと知っているんだろう」

「知っている。クラナヴェイル・エステートはダブリンでおまえが最初に担当した地区だったんだよな?」

「答えはわかってるくせに。さあ、もういいか? 俺はここでゲームの采配をしてるんだ。さあ、おまえたち、そのまま行くんだ！」

「なあ頼むよ、バニー、一分だけおまえの時間をくれないか。どのみちこれはなくなるじゃないか」

バニーが猛烈な勢いでこちらを向いたので、オルーアクは一歩あとずさった。「いったい何の話だ？ うちは六位も上がったんだぞ！」

興味がないにもかかわらず、オルーアクは声から驚きを隠せなかった。「本当か？」

〈セント・ジュードス〉のゴールキーパー（ゴーリー）、デイヴィー・ライアンは試合を再開するのにボールをバウンドさせ、思いきり打ち、すごいスピードでミッドフィールドまで飛ばした。そのときひとりのやせた子どもが、オルーアクの見たかぎりではこれまで何もしていなかったのだが、楽々とボールをスティックで受け止めながら、敵を二人、間違った方向へ誘導した。それからひとりでフィールドを走り、ボールを自分のスティックに貼りついているかのように運び、難なく三人のディフェンダーのあいだをすり抜けてからスティックを引き、たったひとつのなめらかな動きでボールを三十ヤード、空を切って飛ばし、相手のバーを越えさせた。

自然と拍手が起きた——オルーアクは気づいたが、そのいくらかは相手側のサイドラインにいる親たちから出たものだった。

「見事だぞ、ポーリー・マルクローン、見事だ。このまま攻めろ、坊主。ほかのみんなも——もっとポーリーみたいになれ」

「すごいな」オルーアクは言った。

「この先もあれだけすばらしい純粋のストライカーを目にすることはないだろうよ。あいつはきっと県代表になる」

デシーがまだボールを取り戻してきていないのと、さっきのボールはフィールドの端の背の高い草に中へ入っていってしまったので、試合に中断が生まれた。相手側のゴーリーと審判が捜索隊を率いた。両チームのプレイヤーたちはそれを座ったり、おしゃべりしたり、親をいらいらさせたりする合図ととらえたので、バニーはフィンタン・オルーアクに向き直って彼の目をまっすぐ見た。

「トミー・カーターはAクラスの極悪な毒ヘビになったかもしれないし、俺はあんたがやつとその仲間をつかまえることを願っているが、トミーの親父はいいやつだし、俺はそういう状況に置かれたくないんだ、わかったか?」バニーはさらにオルーアクに近づいて、話しながら指を突き出した。「あんたが俺を班に入れたがる理由はわかってるよ、フィンタン。あの卑怯者の集団がカーターの家を灰にしちまおうとしたとき、中へ入ってあいつの子どもたちを助け出したのは俺だ。しかし俺は、あんたやほかの警官だってやったはずのことをやっただけだ、だからあのことを実際より大きなものにはしないでおこうや」

「だがおまえだったんだ」フィンタンは言った。「となればわれわれはそれを利用できる」

「興味ないね」

「トミー・カーターを揺さぶる必要があるんだ、だからそうとも、使える手は全部使うつもりだ」

「最後に俺がきいたところでは」バニーは言った。「デューナル・カーターは病人だった、腎臓か何かの。息子はつかまえたらいいさ、けっこうだ、だがデューナルはまっとうなやつだ。彼が望んだのは、あの地域からドラッグを追い払うことだけで、実際にやりとげた。俺たちがもっとよく職務を果たせていたら、彼がやる必要はなかったんだ」

バニーはまたフィールドのほうを向いた。オルーアクは彼の腕をつかんで振り向かせた。

「まったく、おまえは頑固なやつだな、マガリー。わかった。それならそれでいい。おまえにある情報を教えてやる、俺と長官、オーシェイ、カニンガム以外は誰も知らないことを。カーターにはこっちの手の内を知られたくない。おまえの胸におさめておいてくれるな」

バニーは長いあいだオルーアクを見つめ、やがてうなずいた。

オルーアクはさらに声を低めた。「いまわれわれがトミー・カーターをつぶそうとしている理由は、たしかなすじから、やつが商売替えをしようとしているという情報をつかんだからだ。やつは取引をしたんだ。場所や時間はわかってないが、やつのところへ大量のコカインの荷が届こうとしているのはわかっている」

「でたらめだ」

「いや、違う。アメリカの麻薬取締局（DEA）からの通信を見せてもいい。どうやらやつの仲間の元レンジャーが、アメリカの特殊部隊にいた人間を知っていて、そいつらは自分からビジネスに入ったらしい。トミーは彼の親父とは違う、それにおまえも言っていたじゃないか、親父のほうは具合がよくないと。それどころか、医者たちは腎臓が手に入らなければ、よくて二か月しかもたせられないし、手に入れるほうは望み薄だ。親父がいなくなれば、トミーは好きにやるだろう。安物のコカイン(コーク)でダブリンのマーケットをあふれさせ、おまえが見たこともないようなドラッグ戦争を始める気だ」

「でも……」バニーは言った。いま聞いたことすべてをまとめるのに苦労しているのはあきらかだった。「あれだけの目にあったのにか？」

「まさにそのせいだよ」オルーアクは言った。「おまえは幼かったトミーと妹を火から助け出したかもしれないが、トミーはあれを仕組んだ連中を許していないし、忘れてもいない。彼の親父はドラッグ反対派だったが、トミーは特定の売人二人に対する反対派なんだ――自分をバーベキューにしようとしたやつらの」

「でも……」

勝利の叫びがフィールドのむこう端からあがり、たぶん八歳くらいの少女がなくなっていたボールを高く上げた。

バニーはフィールドのほうへ向き直った。「よーし、みんな、しっかり見て、そのまま続けるんだ」

敵側が試合を再開した。

「ラリー・ドッズ、鼻の穴から指を出して、試合を見ろ」

デシーがまたバニーの横にあらわれ、手にはもうひとつのボールを握っていた。「あいつはゲームの微妙な違いをわかってないんだよ、ボス」

「そのとおりだ、デシー、そのとおりだ」

「バニー」オルーアクが言った。「いま俺のした話は聞かなかったことにするつもりか?」

ボールがフィールドのむこう側へ飛び、そこでさっきのマルクローンという子どもがパスを奪い、その返礼に両脚をはらわれた。

「審判!」

十二歳バージョンの乱闘が始まって、あっちこっちで押したり突いたりし、審判は制御権を維持しようとして、心臓発作を起こしそうなくらいホイッスルを吹いた。

「よーし」バニーは言った。「補欠を使う時間だ」

デシーはうなずき、自分のヘルメットをとってストラップを留めはじめた。

バニーはヘルメットのてっぺんを叩き、かがみこんでデシーの目を見た。「おまえをデスのかわりに出すぞ、むこうの十二番をマークして試合からはずせ」

デシーはうなずいた。

「あいつはおまえよりでかいし、背も高いし、足も速い——でもおまえはあいつにないものを持ってる」

デシーのぽっちゃりした顔が輝いた。「あんたの言うとおりだよ、ボス」彼は手製のメリケンサックのようなものを、トレーニングウェアのポケットから出した。

「何をやってるんだ、デシー?」バニーはそれを引ったくった。「こいつは正真正銘のルール違反だぞ」

「違うよ、ボス、学校でインターネットを使ってハーリングのルールを調べたんだ、メリケンサックのことは何も書いてなかった」

「いったい……こいつはな」バニーは言い、それをデシーの顔の前で振った。「この国ではルール違反なんだ、ましてスポーツでは。自分の決断力を使おうとすることについて、俺は何て言った？」

「あんたの問題は何か知ってるかい、ボス？」デシーは自分のスティックをとって言った。「ゲームの微妙な違いをわかってないんだよ」

バニーとオルーアクはともに無言で、デシーがフィールドへ走っていくのを見送った。

「面白い子だな」オルーアクが言った。

「ああ、あいつは大丈夫だ、芯のところは。ただちょっと……入れこみすぎるんだ、それだけだ」

「ああ」オルーアクは言った。「あの子やここにいる子たち全員が、もうじき安物のドラッグであふれる街で育つことをどう思う？」

バニーは横目でオルーアクを見た。「俺の電話番号はまだ持ってるんだろ、フィンタン。さっきのことを俺に頼みに、寄り道してここへ来たんだな」

オルーアクは肩をすくめた。「使える手は何でも使うさ」

12

バニーが廊下を歩いていくと、磨かれた床に足がキューキュー音をたてた。部屋の入口を通りかかるたびに、中を盗み見せずにいられなかった。部屋は大きく、それぞれベッドが四つあり、カーテンで仕切られているようだった。ベッドにいるのはだいたいが年配の人々で、薬のせいか、退屈のせいか、その両方かの空虚な表情でこちらを見返してきた。ときおり誰かがベッド横の訪問者用の椅子に座っていたが、ほとんどは何もしゃべっていない。ただそこに座り、何か言うことを探している。

バニーは病院が嫌いだった。好きになれる人間がいるのが理解できなかった。

左へ曲がり、Cブロックの病室を示す案内板にしたがって進んだ。この廊下に入ると、雰囲気が違ったように思えた。個室だ——せかせかした感じが少ない。ある開いた入口のむこうにさっきの奇妙な視線が見えた。ガウンを着た人々のやはりさっきと同じく空虚な表情、訪問者の顔のさっきと同じくむなしく探す表情。金で答えは買えない、ただ質問を避けるためのもっとましな部屋が買えるだけだ。

C43。

バニーは足を止め、ドアの小さな窓からのぞいてみた。いるだろうと予想していた男はベッドに起き上がって、小型テレビに顔を向け、チャンネルをあれこれ変えていた。

バニーはノックをした。

「どうぞ」

バニーはドアを押しあけた。「ハロー、デューナル」

男の顔に浮かんだいぶかるような表情があたたかい笑みに変わった。「なんと！　バニー・マガリー、おまえなのか？」

「そうだよ、残念ながら」

「なんとまあ、驚いたな。入れよ、入れ」

デューナル・カーターはベッド横の椅子を片手で叩き、もう片方の手でテレビの音を消した。バニーはその椅子へ歩いていった。最後にデューナルに会ってから七年がたっており、いまいる場所から考えると、その歳月が彼にとってよいものでなかったことは察しがついた。顔色は黄色っぽく、唇は不自然に灰色がかっている。バニーは病気が腎臓のもので、状態が悪いという以外、詳しいことは知らなかった。デューナルは昔から元気いっぱいの男で、おさまりきらないエネルギーがあふれていた。体は弱ってしまったかもしれないが、昔と変わらない踊るような快活さは淡い緑の目に見てとれた。

二人は握手をしたが、デューナルの手の甲には点滴が刺されていた。人の状態の深刻さが体のむこうにあるビービー音をたてるテクノロジーの量で判断できるとしたら、デューナルの見こみは薔薇色とはいえなかった。

「調子はどうだ？　もう――どれくらいだ？　七年か八年か？」

「ああ、それくらいだ」バニーは答え、椅子に座った。「間抜けな質問じゃなければだが、具合はどうだい？」

「ああ」デューナルは言い、機械類のほうをさした。「腎臓の問題が昔からあってな、ほら、遺伝なんだよ、でも大丈夫だ、まだもってる。不満は言えないよ。ここのスタッフは俺の面倒をよくみてくれるし――すまん、俺の礼儀はどこへ行っちまったんだろうな。もちろんエイミアのことはおぼえてるだろう？」

　バニーは振り返り、自分たちだけでなかったことに気づいて驚いた。ドアの陰の一角に、長いブロンドの髪をウェスト近くまでたらしたかぼそい女が座っていて、両手にぶあつい教科書を持っていた。彼女は恥ずかしそうに手を振り、小さすぎて聞こえない声で挨拶をした。

「もちろんおぼえているさ。ごめんな、エイミア、そこにいるって気づかなかったんだ。しかしまあ、いい娘さんになったもんだ」

　デューナルは得意そうに笑った。「本当にそうなんだよ。いまはダブリンシティ大学（DCU）でコンピューターサイエンスを勉強してるんだ。家族で大学に行ったのははじめてだよ」

「へえ、すごいじゃないか。よくやったな」バニーは言った。彼はデューナルを振り返った。「あんたたち二人とも」

　エイミアがまた口を開き、バニーはいっしんに聞きとろうとした。〝ありがとう〟の言葉が入っていたが、床に向かって言われていた。エイミアはしゃべりながらそわそわと髪をいじっていた。

　デューナルはバニーの手を叩き、「そうとも、もしおまえがいなかったら……」

　ぎょっとしたことに、デューナルの目がかすかにうるんでいるのが見えた。「おっと、あの話はやめてくれよ、もう大昔のことなんだから」

「それでもなあ」

　バニーは落ち着きなく座りなおした。「何か持ってこようと思ったんだが、あんたがチョコレートとかを食べていいのかわからなくて……」

「そんな心配をするなって。実を言うと、もう飲みたくもないんだ」

　バニーは笑った。「あの頃は、あんたのキッチンテーブルのまわりでウィスキーのボトルを分け合ってばかりだったよな、でも酒を持ってくるのはまずいんじゃないかと思ってさ」

「そうかもな、でももっとひどいものがあったぞ。道のむこうのローラ・コールが先週、旅行のパンフレットを持ってきてな、彼女は外国旅行の夢をみるのもいいんじゃないかと思ったんだよ。俺は一度しかこの国を出たことがないんだ、それもマンチェスター・ユナイテッドの試合を見にいったのに、あいつら負けやがって！」

　バニーは頭を振った。「まあ、あんたがああいう外国のスポーツを追っかけるって譲らないなら仕方ないが」

「ハハハ、またあの話を始めないでくれよ。おまえはまだ伝道みたいなことをやって、俺たちダブリンの異教徒を、ゲーリック体育協会（GAA）に改宗させようとしてるのか？」

「そうさ」バニーは答えた。「自分のジュニアハーリングクラブも持ってるんだぜ」

「その話は聞いてる。よくやったな」

会話に間(ま)があいた。男たちは二人とも落ち着きなくまわりを見まわした。

「よくやったよ」デューナルはもう一度言った。彼は一角に座っているエイミアに目を向けた。

「エイミア、おまえ、下でルコゼード（栄養ドリンク）を買ってきてくれないか？」彼はバニーを見た。

「おまえも何か飲むか？」

「俺は大丈夫だ、ありがとう、大丈夫だ」

エイミアは立ち上がり、そのときに、だぶっとしたカーディガンの下で彼女の体が不健康なほどやせていることにバニーは気づいた。エイミアはそのカーディガンを体にかき寄せ、おずおずとほほえんで、それから何か言うと、出ていった。

「いい子だな」バニーは言った。

「ああ」デューナルは答え、その声には誇りがあった。「その点は俺も正しいことをやったよ」

「そうとも。ひとりで二人の子どもを育てるのは簡単じゃない」

昔、二人がいい友達だった頃、デューナルはエイミアの母親を失ったことについて、一度だけバニーに心の中を打ち明けたことがあった。出産で亡くなったのだ。彼女はその危険をあらかじめ警告されていたが、生む以外の選択肢に耳を貸そうとしなかった。グラスネヴィンの墓地に、妻と、彼女が生もうとしてそのために命を落とした赤ん坊は並んで横たわった。たいていの男なら立ち直れなかっただろう。デューナル・カーターはたいていの男ではなかった、そしてやもめ男についてのきまり文句はひとつもあてはまらなかった。

「ああ、いい子なんだ」デューナルは繰り返し、それからまた部屋に長い間が降りて、二人の男はたがいを見た。「それで、これは社交の訪問じゃあるまい?」

バニーは頭を垂れた。「違う。俺は……あんたと話がしたかったんだ、前もって、その……」

「トミーのことだろう」

「ああ」

デューナルはうなずいた。

「あんたは知ってるんだろう、あいつが……」

デューナルはベッドの上で居心地悪そうに座りなおした。「話すつもりはない――」

「いや、違うんだ」バニーは言った。「あんたに頼もうっていうんじゃない。ここへは仕事で来たんじゃないんだ。でも……」バニーはデューナルの目を見返した。「あいつがどういうやつかあんたはわかってるのか?」

「あの子が自分のコミュニティ全体をよく面倒みているのは知ってるよ――俺のこともな」デューナルは手を振ってまわりを示した。「バス運転手の年金じゃ個室には入れないんだ、嘘じゃない。道路むこうに住んでるミセス・グレーンジャーも廊下のひとつ先の部屋にいてな――夫に先立たれた女が個室に入る余裕があるわけない」

「なるほどな、だがデューナル……あいつがどうやってそれを払ってるのか知ってるのか?」

「コインランドリーを一軒経営していて、それからいくつかの商売を共同でやってるんだ」デユーナルはそう言っていても、声がむきになっていて、本人もそれを信じていないのはあきらかだった。またもや気まずい沈黙が降りた。

　バニーはあたりを見まわし、日曜の新聞がベッドの足側に置いてあるのを見つけた。彼はそれをとり、一面にある写真を指さした。「これを見ろよ、河岸地区（ザ・キーズ）で現金輸送車を襲ったやつがいるんだ」

「見たよ」デューナルは答えた。「銀行はかなりの金を失った、その点で損害はないだろうが」

「そうだな、いつものロビン・フッドものだ。ただし……銃を持ったやつらが走りまわれば、いつかは誰かが怪我（けが）をする。罪もない人間が」

　デューナルはいらだった。「そうか？　死傷者が出たとは書いてなかったが」

「警護車にいた警官のひとりがちょっと心臓が悪くてな。フロントガラスに手榴弾（しゅりゅうだん）をくっつけられていいわけがない。ここのどこかの病室にいるはずだ」

「ストレスの多い仕事だからな」

「それにその襲撃者たちは輸送車にいた警備員の子どもを危険にさらしたんだ。ラネラから来た働き者の男だ、銃を突きつけられて窓の外を見たら、娘の写真があった」

　デューナルは何も言わず、ただ顔をそむけた。

「さっき言ったロビン・フッドのイメージが強いが、実際はそういうことだ。銃を持った男どもがほしいものを奪う。だからそれは、彼らのやっていることは単なる盗みだ、ってことだ」

　バニーはデューナルを見た。わかってくれたという兆（きざ）しを探したが、何もなかった。バニーは、トミーがドラッグに商売を広げるのが父親にとって恐ろしい驚きになることに、命を賭けてもよかった。その情報を秘密にしておく必要があるということは、彼がそれをデューナルに告げる人間にならなくてよいわけで、バニーは後ろめたくもほっとしていた。そんなことになれば、デューナルの心が壊れてしまうのは間違いない。

「そのことは何も知らない」デューナルは言った。「息子は俺に仕事の話はしないんだ」顔に警戒心が広がり、新聞を指さした。「これがあいつの仕事だと言ってるわけじゃないぞ」

バニーは新聞をおろした。「デューナル、あんたとは長い付き合いだ。昔からの」

「そのとおりだ、それに……おまえに感謝してるのは知っているだろう、なぜって——」

「それは忘れよう——」

「いや」デューナルはさえぎった。「あの人でなしどもがうちの子たちをベッドごと焼こうとしたとき、おまえはドアを破って火の中へ駆けこんでくれた。俺はあのことを絶対に忘れない。俺に家族があるのはおまえのおかげだ。おまえはヒーローだ」

バニーはため息をついた。「俺はそんなんじゃない、デューナル。それが仕事なんだ。それにもし誰かを逮捕して長いこと刑務所に入れなきゃならないなら、それも俺の仕事だ」彼は立ち上がった。「俺はただ、ただあんたに言いたかったんだ、なぜって……昔からの長い付き合いだからな」

二人は寂しい笑みをかわした。

「あんたにはもうかかわらない。幸運を祈るよ……」

バニーはもう一度機械類を見て、言葉が見つからなくなった。彼はうなずき、ドアへ向かった。

「バニー?」

彼はベッドの上の弱々しい姿を振り返った。

「あいつはおまえの思っているような人間じゃない」

バニーはドアをあけた。「同じ言葉を返すよ」

13

「ハーバート・W・アームストロング」グリンゴが言った。

バニーは車の窓の外を見つづけた。二人はクラナヴェイル・エステートの真ん中、クロッサン・ロード十七番地の反対側に、午前七時半から車を停めていた。通りのどちら側も、ほとんど見分けのつかない長屋式の公営住宅が並び、意図的に、想像しうる最低限の想像力で設計されたようにみえた。たまに個性があらわれているのをのぞけば、ほとんどがうすい黄白色だ。二十四番地はピンクに塗られていた。バニーはそれが物議をかもしただろうと想像するしかなかった。三番地と十番地はそれぞれの庭にキッチン用の機具が置いてある——こういう景観革新のアイディアを誰が誰から盗んできたのかはわからなかった。

バニーはもう一度十七番地に目をやり、あの宿命的な夜のその家を思い出そうとした。それが燃えさかっていたとき、バニーはドアを蹴やぶって炎の中を走り、トミー・カーターと妹のエイミアを助け出した。やったことはすべて仕事だった。いまはどう感じればいいのか？　誇りに思うとか？

現実には何も感じなかった。彼は昔からそうだった。自分の善行はほかの人間がやったことのような気がするのだ。失敗だけが本当に自分のものだった。

デューナル・カーターはデューナル・カーターなので、家をそっくり元どおりに建て直していた。

「聞いてるか？」グリンゴが言った。

「聞いてなかったみたいだ」

バニーはふーっと息を吐いた。「薔薇の茂みがある三十二番地に住んでいるやつか？」

「ハーバート・W・アームストロング」彼はもう一度言った。

「違う。彼はアメリカ人で、世界が一九三六年に終わると予言したんだ」

「そうなのか？」バニーは答えながら、自分の側のドアミラーで、道路の先の四番地の若い女が玄関からベビーカーを押して出てくるのをながめた。ベビーカーにいる子の年上のきょうだいは興奮してあたりを走りまわり、フード付きの綿入りアノラックを着ていて、そのせいで性別がわからなかった。

「……それから一九四三年、一九七二年、一九七五年にもまた同じ予言をした。信じられるか?」

母親は舗道をこちらへ歩いてきた。携帯を出して耳から離さない。子どもはその前を走っていて、『大脱走』(一九六三年のアメリカ映画)のあまり頭のよくない囚人のようだった。

「神はめげないやつが好きだろ」バニーは言った。

「ああ、しかし三度も間違うと――ほら、まったく見当違いだっただろ――〝オーケイ、みんな、自分が前に言ったことはわかってる、でも今度こそ本当に突き止めたんだ〟ってなるか?そんなに自分に自信があるやつなんているか?」

バニーは答えなかった。子どもをじっと見て、子どもを見ていない母親を見て、ちょうど角を曲がってきた石炭運搬(うんぱん)トラックを見ていた。

「つまりだな、ほとんど感動ものじゃないか? 考えてみると」

バニーがドアをあけて車を降りたので、グリンゴは話を打ち切られた。

バニーはかがんで、子どもがそれ以上遠くへ走っていかないよう手を伸ばした。「おっと、落ち着くんだ、元気ちゃん(タイガー)」

男の子の顔がフードの下から不機嫌な驚いた表情を見せた。

バニーの耳に通りすぎるトラックのゴーッという音と、何かエネルギッシュな音をガンガン鳴らしているラジオがちらっと聞こえた。

「何をしてるの?」バニーはこちらへ走ってくる母親を見上げた。「うちの子から離れてよ、この変態!」

「落ち着いてください、この子があのトラックの前に飛び出さないよう、止めていただけです。俺は警官です」

「そんなの変態より悪いわよ！」女が子どもの手をさっとつかみ、バニーを押しのけていくと、通りすぎざま、甘ったるい鼻につく香水の香りがふわりとただよった。

バニーはため息をついて車に戻り、ドアを閉めた。「いまや変態より悪いらしい」

「もうじき終わりだ、アミーゴ、もうじき終わる」

「キリストに誓っていうが、犬を飼うのには許可がいるのに、子どもを持つのは自由なんだからなあ」

「たしかにおかしいな」グリンゴは言った。「俺もこのあいだの母の日のカードにそう書いたよ」

バニーはもぞもぞと座りなおした。「おふくろさんはどんな調子だ？」

グリンゴは窓の外に目をやった。「ああ、よかったり悪かったりだ」

「そういうものなんだろうな、混乱したりとかで」

「まあ、そうだな、でもアルツハイマーになる前から陽気な娘だったわけじゃない。会いにいくと、ホームの職員（スタッフ）に嫌われているのがわかるんだ。母さんは昔から誰にでも、相手が使用人（スタッフ）みたいな話し方をするからな——実際に職員の人たちにどういう態度をとるか想像してみてくれ」

「なるほど」

実のところ、グリンゴは家族のことをあまり話さないし、バニーも尋ねようとはしなかった。十三歳までは街の高級な側で育ち、入れる年齢に達するとすぐ寄宿学校に送られた。ママは彼に家を散らかされたくなかったのだ。ダイアナ・スペインはまさに扱いにくい人物だった。一度会っただけで、バニーは彼女が若い頃にはすごい美人だったに違いないとわかったが、それも風向きが変わって、その顔が永久に高飛車で不満げなしかめ面に固定される前のことだった。パパ・スペインのほうは、成功した財務アドバイザー兼会計士だった。セレブ、スポーツ選手、馬の調教師――一九七〇年代のアイルランドという空の大きな星たちに帳簿を作ってやっていた。やがて、突然、横領の疑惑がもちあがった。パパ・スペインはこれはすべて大きな誤解だと世間に断言したあと、車庫へ入って狩猟用ライフルに長いお別れのキスをした。酔っ払ったときに、グリンゴは一度だけバニーに詳しいことを話し、いまやバニーは知りたい以上のことを知ってしまっていた。たとえば、銃の長さのせいで、グリンゴの父親が足の親指で引き金を引いたという事実。あるいは、その一人息子はクリスマス休暇で寄宿舎から戻ってきており、銃声を聞いて車庫へ駆けこんだこと。グリンゴが話したとおり、彼は血やそのほかのもののことは何もおぼえていなかった。ぴかぴかに磨かれた靴と、むきだしの片足というちぐはぐな光景以外。

グリンゴの母親は、夫が銃を掃除しているあいだに不幸な事故の犠牲になったのだと主張した。それからひそやかな会話がかわされた。母子は広大なジョージ王朝様式の家を出て、パーネル・スクエアのじめじめした二寝室のフラットへ移り、そこの家賃は母親の兄がしぶしぶ払ってくれた。母親は自分が〝ふさわしい仕事〟とみなすものを見つけることができず、したがってミセス・スペインは家から出ずに、ジンと、〝助けが必要なときに彼女を裏切った〟と本人が思っている友人全員への恨みにひたった。幼いティモシーは、フランシスコ会の僧たちが、通いの生徒になれば授業料は免除しようと言ってくれたにもかかわらず、高級な学校から連れ出された。母親がほどこしなど必要としなかったからだ。そのかわりに、彼は市内のキリスト教教育修士会（一八〇二年アイルランドのウォーターフォードで設立された修士会）の学校へ送られた。彼のおじが、そこなら甥の〝人間形成〟に役立つだろうと請け合ったのだ。上流のアクセントとラテン語の動詞活用ができるせいで、その学校は幸せな体験にはならなかった。〝グリンゴ〟が誕生したのはここで、スペイン語の言いまわしの借用と人々を味方につける陽気な態度をとったおかげだった。それは生き抜くための手段としての商標替えであり、やがて第二の天性となった。〝グリンゴ〟はみんなと騒ぐのが好きなやつで、〝ティモシー〟はいじめられっ子だった。その少年は大人になり、いまやこれといったアクセントもなくしゃべり、自分の道から離れてみんなとうまくやっている。

息子の人生に何が起きているか気づかず、ダイアナ・スペインは一人息子が法曹界に入ることを望んだ。そうすればみんなを訴えて、自分たちの金を取り戻せるだろうと。警察に就職したのは、母親に対する彼の最後の〝くそくらえ〟だった。必ずしも彼女が夢見たのではない、法のエリア。それでも、母親が若年性認知症を発症すると、グリンゴは彼女を引き取った。結婚生活がその代償になった――というか、少なくとも終わりを早めた――しかし彼は一人息子であり、それでことは決まった。いまグリンゴは母親をマラハイドにある高級ホームに入れており、毎週会いにいく。そして母親が看護師たちに彼を弁護士だと言うたびに、おおらかな笑みの陰で歯ぎしりするのだった。

「これが始まってどれくらいたった？」バニーがきいた。

「まだ二時間を越えたばかりだ」

「それで、どれくらいかかると思う？」

「何週間かな、何か月はないにしても」

「もう退屈で頭がおかしくなりそうだよ、何か起きりゃいいのに」

ちょうどそのときカーターの家の玄関ドアが開いて本人があらわれた。

グリンゴは面白がっているような顔でバニーを見た。「俺がおまえだったら、次の願いはもっと可愛(かわい)い顔に使うね」彼は無線機をとった。「指令部、こちらアルファ29。第一ターゲットが自宅を出て、徒歩で進んでいる。尾行を始める」

「了解(ラジャー)」

「こっちを見もしなかった」グリンゴは言った。「傷つくねえ。無視されるのは大嫌いだ」

バニーは車を発進させた。「トミー坊やがこの晴れた朝にどこへ行くのかみてみようぜ」

二人は歩くペースで彼のあとをつけた。トミー・カーターは一度も振り返らず、見物人がいれば手を振るだけで、ただのんびりと散歩しに出てきたかのようだった。見たところはそんなふうだった——きちんとアイロンのかかったズボン、こぎれいなツイードのジャケット、それにレンズにかすかにオレンジ色の入った、常にかけているようにみえる眼鏡。髪はかっちりセットされ、もみあげも型どおりの細い先端にいたるまで完璧にととのえられていた。犯罪組織ではなく、どこか流行の酒場を経営している人間のようにみえた。

そして実際に彼が向かっているのもパブで、正確にいうと〈はねるマス(ザ・リーピング・トラウト)〉は通り二つ離れていた。クラナヴェイル・エステートで唯一の許可されたパブ。趣味はいいが、塗装の紫色がはげかけていて、その横の駐車場は割れたガラスの破片できらきら光り、窓には柵(さく)がついていた。宇宙からも見えそうなくらい大きな看板が、それを目にする人間全員に、どうしても観戦したいサッカー試合の生中継はすべて見られると請け合っていた。入口ドアの左手には、場にそぐわないパティオテーブルが大きな日傘の下に置かれていた。トミーはそこに座り、しばらくすると、ベルトの上に腹がせりだした中年の男が、片手にコーヒーの入った小さなカップ、もう片方の手には一般紙を二つ持って、中から出てきた。

バニーは店のむかいに車を停め、トミーがコーヒーを飲むのを見物した。

「あれを見てみろよ」グリンゴが言った。「なんともヨーロッパふうだな。荘園(しょうえん)の領主か」

「俺たちがいることであわててるようにはみえないよな?」

「ずっと俺たちをまともに見てない。気がついてないのかもしれないぞ?」

太った男がふたたびあらわれ、今度は手にペストリーののった皿があった。それをテーブルに置き、それからトミーがひと言ふた言話しかけたので、かがみこんだ。男は車のほうをちらりと見て、それからまたトミーを見た。

「気がついていたのかもな」

男はもう一度うなずき、こちらへ歩きはじめた。

「おぉっと」バニーは言った。「ドライブスルーの販売もやってくれると思うか?」

男がグリンゴの側の窓の横で止まったので、グリンゴも仕方なく窓をあけた。

「ミスター・カーターが朝食を一緒に食べようと言ってる」

「ほう、そうなのか?」グリンゴは言った。「何とうれしいことだ」

男はバニーを指さした。「あんただけだ、こいつは違う」

「おやおや」

バニーはグリンゴの膝(ひざ)を叩(たた)いた。「気にするな、あんたは自分で作ったサンドイッチがあるんだろ」

バニーは車を降りて道を渡りはじめた。

グリンゴの声が追いかけてきた。「あいつがチョコレート入りクロワッサン(パン・オ・ショコラ)を注文してたらな、アミーゴ、俺にひとつとってきてくれ」

トミー・カーターはバニーがそばに立つと、新聞から顔を上げた。自分から来いと言っておきながら、バニーがあらわれたことに軽く驚いたふりをしてみせた。「ああ、マガリー巡査、会えてうれしいよ。どうぞ座ってくれ」

「いまは刑事だ、実をいうと」

「そうなのか?」

バニーはむかい側の椅子に座った。「俺もまた会えてうれしいよ、トミー。まったく、大きくなったもんだなあ。おまえがほんの小さな子どもだった頃を思い出せるよ、それがいまは見てみろ、武装強盗に泥棒のろくでなしだ」

トミーは新聞をきちんと置いて舌打ちした。「あいかわらず単刀直入なんだな。俺もあんたと親父がうちのキッチンで酔っ払ってたのをまだおぼえているよ」

「燃える建物から泣き叫ぶおまえを引っぱり出したのもおぼえてる」

トミーは居心地悪いほど長く彼を見つめ、それから頭を振った。「まったく、バニー、自分の過去を飾るのがうまくなったものだな、だが、あんたが飛びこんできたとき、俺たちがまったく大丈夫だったことはおたがいにわかっているだろう」

バニーは眉を上げた。「本当に？」彼は目の前の男を見つめ、ドレッサーの下で妹を腕に抱いて小さくなっていた、おびえた少年を思い出した。追いつめられた目が涙で赤くなり、まじりけのない恐怖にぼうぜんと凍りついていた。バニーは彼の小さな手をドレッサーからはがし、蹴ったり叫んだりするトミーを引っぱり出さなければならなかった。

「もちろん」トミーは言った。「俺は妹をあそこから無事に連れ出せたさ。単にあの子を落ち着かせていたときに、あんたがよたよた入ってきたんだ」

バニーは噴き出してしまい、相手の顔に浮かんだいらだちに気づいた。「それでいいさ。自分の信じたいものを信じとけ」

トミーは新聞を引っくり返し、それに手を走らせて、自分にしか見えないしわを伸ばした。

「親父さんはあまりよくないようだな」

トミーは肩をすくめた。「たしかに。親父のところに行ったそうだな。この件に親父をひきずりこむ気か?」

今度はバニーが肩をすくめる番だった。「おまえがさっき言ったように、俺たちは古い友達だ。おまえがいまのおまえになったのは親父さんのせいじゃない」

「そうだ」トミーは言った。「俺は自分だけの力でやってきた」

「それもひとつの見かただな」

トミーは椅子の背にもたれた。「いずれにしても、交戦のルールを決めないか?」

バニーは眉を上げた。「たとえば?」

「妹のエイミアは今度の件には関係ない。あの子には手を出さないでもらいたい」

「おまえは命令する立場なのか、トミー?」

トミーはしばらく間を置き、じっとバニーを見た。「友人としての要望と思ってくれ」

「俺たちが友達だったとは知らなかったな」

「オルーアク警部補が俺に与えると決めたハラスメントは我慢する覚悟だ。それは全然かまわない。だが、うちのエイミアを動揺させようとするやつには、俺は昔から厳しいんだ」

バニーはあの会議の資料にあった、怒れる十五歳のトミー・カーターに両腕を折られた少年の写真を思い出した。

彼は椅子に寄りかかった。「彼女がかかわっていないなら、関係ないだろう」

トミーはうなずき、それからベーグルをとってナイフで切りはじめた。「妹についての俺の意見をあんたの仲間に伝えてくれるなら……」

「脅迫なら自分でやれ。俺はおまえのメッセンジャーじゃない」

トミーはまた肩をすくめた。「この地域であんたが歓迎されていないことはわかっているだろう。ここじゃ警察は必要ないんだ」

「そうか？」

「Civis Romanus sum（キーウィス・ローマーヌス・スム）。意味を知っているかい、マガリー巡査？」

たまたま知っていたが、バニーは言わずにおいた。「刑事だ、それじゃ教えてくれないか？」

「〝我はローマ市民なり〟。ローマ人なら誰でも完全に安全に地上を歩けることを保証した言葉だよ、もし何か危害が降りかかったら、報復がすみやかに、かつ手ひどくおこなわれることを誰もが知っていたからね。ここも同じだ。住民は自分たちが守られていることを知っている、それは警察にじゃない。あんたたちは海辺の大きな家にいる連中を守るために存在しているだけだ」

「俺は法の範囲にとどまっている人間は誰でも守る」

トミーは短く笑った。「なぜ自分が俺を追いまわしているか、あんたはわかっているのか？」

「ああ、おまえの課外活動については詳しい説明を受けたからな、トミー坊や」

「そうか、だがなぜ俺なんだ？」トミーは言い、突然身を乗り出した。「つまりだ、この街には毎月何百万ポンドものドラッグが流れこんでいる――何百万もだ。そういうことが起きているのに、あんたたちはなぜそんなに俺のことを気にかける?」

「売人も追ってるさ。時間はかかるかもしれないが、やつらはやつらの報いを受ける」

トミーは笑った。「ああ、俺の家に火をつけたやつらのようにな。教えてくれよ、あいつらはつかまえたのか?」

「まあ、どうやらあの火事はたいしたことはなかったらしい。十歳の少年が対処できたんだからな」

バニーはトミーの顔に短くいらだちがよぎるのを見た。冷酷無情な外見がいっときだけすべり落ちていた。「十歳の少年は自分の正義を果たせない――だが大人の男はできる」

「そうなのか?」バニーは言った。「教えてくれよ、どうやってやるんだ?」

トミーは新聞を開き、二人の会話が終わったことを告げた。「会えてよかったよ」

「俺もそう思う、本当に。おまえがまたおしゃべりしたくなったら、俺の居場所は知ってるよな」

「知っている」

バニーは立ち上がって歩き去ろうとした。

「ああ、それからミスター・マガリー」

バニーは車から自分たちを見ているグリンゴのほうを見た。

「刑事だ」

バニーは振り向いた。

「これまではおたがいにいい関係だったが、あんたもわかっているとおり、それもここまでだ」

長いあいだ二人の目が見合った。

「俺もそう思う」

トミーはまた新聞に目を落とした。「また会おう」

「ああ、それは当てにしてくれていい」

14

シモーンはもう一度カウンターを拭いた。自分は膨大な時間をこうすることについやしているが、ほとんど無意味だという気がした。それでできることは、こぼれたものをあちこち移動させるだけ。今日のシフトは午後七時に始まり、いまはもう十一時をすぎていて、彼女はその時間の半分を、カウンターをきれいにしているふりについやしていた。カウンターを拭くか、そこにぼうっと立っているだけか、と彼女は思った。これまでやったあらゆるウェイトレス仕事の規則その一——忙しそうにみせること、でないとすぐ忙しくなる。

店には正確に十六人の客がいた。ゲイエティー劇場（ダブリンにあるミュージカル劇場）のショーに出ている俳優が五人、もっと劇場に近い酒場よりここに来るほうが好きらしく、それはたぶん安心して劇場仲間の悪口を言えるからだろう。隅のほうでいちゃついているカップルもいる、公共の場で許されるぎりぎりのところだ。それからジントニック二つの上で、腹を割った話をしている女の二人組もいる。シモーンのみたところ、二杯前に〝あんなやつ別れなさいよ〟の領域に達したようだ。反対側の隅にはジョーンとジェリーが座っている。退職した感じのいいカップルで、毎週木曜日にやってくる――たぶんこの店にいる唯一の本当のジャズファンだ。彼らはバスに乗るため、じきに帰るだろう。それからネイサン・ライアン、通り二つむこうのイタリアンレストラン〈ラ・トラットリア〉のシェフ兼オーナーで、それから彼のお付きが二人。ネイサンは背が高く、砂色のブロンドの髪で、アイルランドでは誰もやったことがないくらい日に焼けている。彼はノエルの友人だった、というか少なくともノエルはそう思っていた。ネイサンは店に来ると、ノエルとやたらに熱のこもった握手をし、店の客たちに一杯おごった。いつものように。シモーンはノエルが離れていったときの陰湿な言葉と、隠しきれないうすら笑いも目にしていた。

彼女はボスを守りたかった。ノエルは人に大きな信頼をよせる。理屈のうえでは、それは美点だ、でも彼女は――誰よりも――そのことが本当に高くつきかねないと知っていた。それでも、九か月前に彼女が現金での即時払い、質問なしの仕事を求めて店の入口に来たとき、ノエルは受け入れてくれた。シスター・バーナデットが彼のことを話してくれたのだ。シモーンはいまでも、どうして尼僧が深夜営業のバーのオーナーを知っていたのかわからなかったし、二人とも詳しいことは話そうとしなかった。とはいえ、ノエルはシモーンを信頼してくれ、彼女もそれにこたえようとした。いまは、それだけが彼女の望むことだった。静かな暮らしと、このみすぼらしい地下に明かりを灯しつづける手伝いをすること。ノエルはいま奥の部屋にいて、帳簿を見ながら、銀行の支店長をなだめる手を考えようとしている。シモーンは、ボスがストレスを感じれば感じるほど、チックがひどくなるとわかるくらいには長くここにいた。今夜はいい夜ではない。彼は奥でひとりきりの議論をしている。ピアノのところまで出てこられないので、いまは一角にある古いレコードプレイヤーにのったマイルス・デイヴィスのＬＰが、外の看板がうたっている〝雰囲気〟を提供してくれていた。

ダブリンでは深夜営業のジャズバーは大きな需要があり、そのすべてがノエルからだった。シモーンは隅に押しこめられた小さなステージが、あのやさしい男の世界の中心だとわかるくらいのことは知っていた。彼は音楽を何よりも愛していた。彼女は自分が一緒に歌うと彼がリラックスしているようにみえ、自分と同じように彼が曲に没頭すると、あのさまざまなチックやひきつりが消えることを何よりの賞賛と受け取っていた。地球の反対側、ニューオーリンズ出の黒人女と、トゥレット症候群を病み、誰も求めていないクラブに最後の十セントまでつぎこんだ六十代の白人男が、音楽によって結びつけられた。それってすばらしいことじゃない？

そんなわけで、少しばかり甘い言葉で話をすると、ノエルはカウンターにいる最後の客二人が奥に来ることを喜んで許可した――大柄な警官とその魅力的な友達。話のほとんどは小さいほうがやり、大きいほうはひたすら恥じ入り、申し訳なさそうだった。彼は損害ぶんの金を払うと言ってきかなかった。シモーンが彼らのほうへ目をやると、大男のほうがこちらを見ているのと目が合った。彼女は笑ってまたカウンターを拭いた。彼らは数週間前のあの夜から何度か店に来ていた。

「シモーン、ダーリン、いつもながら輝いてみえるよ」そう言ったのはネイサン・ライアンで、テレビで見るような真っ白い歯をたっぷり見せて笑った。「いつになったらこんなところからきみをさらわせてくれるんだ？」

彼女は適当にふりまいている笑みを向けた。「言ったでしょう、あたしは料理が全然できないのよ、ハニー」

「そこが俺の申し出のいいところだ——きみはしなくていいんだから」彼は声を低めた。「まだ全部内緒なんだが、ボールズブリッジのある場所に、二軒めのレストランをオープンするんだ、それにきみならうちの店で表方の給仕長（メートル・ディー）になれる。ここからのステップアップになるだろう」

シモーンは彼の言い方が気に入らなかった。「あたしはここが好きよ」

「俺の言いたいのはさ、もちろんここは……チャーミングだよ、でもどんなにいいことになるか考えてみてくれ。服の手当だって出るんだぞ」

「あたしの着ているもの、どこかおかしい？」

事実を言うと、彼女が着ているブラウスは、しばらく前にからになっていないグラスをさげたときにしみがついてしまったのだが、それでも。おまけに、ネイサンの目が彼女の胸より下を見ることなど一度もなかったはずだ。

「そんなことはないよ、でもこの店じゃきみの美しさをぞんぶんに——」

ネイサンが手を上げてシモーンの顔の右側から髪をかきあげようとすると、彼女の手がとっさに動いてはらいのけ、心の準備ができていなかったので思わず強くやってしまった。

「おい！」一瞬、彼の目に怒りがひらめいた。「俺はただ――」

「ごめんなさい、さわられるのは好きじゃないの」

彼は手をさすった。「何を言ってるんだ。俺はただふざけてただけだ」

「わかってるわ。ノエルはあなたの友達だものね、なんといっても」

「ああ、そうだ」

「だったら、彼のたったひとりの従業員を引き抜こうなんて、本気じゃないわよね。そういうのはよくないでしょう」

ネイサンは笑ってみせたが、その笑みは彼の青い目には届いていなかった。「もちろんだとも、うん」

「それじゃ、何を出しましょうか？　このあいだと同じもの？」

彼はうなずき、シモーンは冷蔵庫からソル（メキシコのラガービール）のボトルを出し、片手で栓をあけながら、もう片方の手でウォッカのストリーチナヤのショットグラスを二つセットした。ビールにはライムをひと切れ、ウォッカには黒胡椒をさっと振る、そのすべてをなめらかな一連の動作でやってのけた。ここよりずっと忙しい店で優秀なバーテンダーだったこともあるのだ。

「これは――」

「ノエルがこれは店のおごりにするって言っていたぞ」

シモーンは頭を振って笑った。「悪いけど、ハニー、それはさっきの一杯よ。このお代はいただくわ。彼はビジネスをやっていこうとしているの」彼女は陽気な調子で言ったが、必要ならその酒を引っこめたくてたまらなかった。

ネイサンはまた彼女に笑ってみせ、それから財布から二十ポンド札を出した。

「釣りはとっといてくれ」

「ありがとうございます」安っぽいし、これみよがし。こんな手にひっかかる女がいたらお気の毒様。

シモーンがレジに向かい、いまの売り上げを打ちこんで振り返ると、ネイサン・ライアンは消えて、彼のいた場所にあの大男がおずおずと笑いながら立っていた。

彼女は笑みを返した。「ヘイ、ボクサーさん」

「やあ、調子はどうだい?」

「いいわよ、ありがとう」

「それで」彼は言いながら足をもぞもぞ動かした。「うるさい客になるつもりはないんだが、友達と俺は生の音楽が聴きたくてここに来たんだよ?」

シモーンはレコードプレイヤーのほうをさした。「あれはマイルス・デイヴィスのニューポートでのライヴよ、あれにまさるものはないわ」

「申し訳ないが賛成できないな」

「そうね、あなたはビリー・ホリデイを〝あの男〟と思ってるんだものね?」

彼は少し赤くなった。「レディ・デイ、彼女はそう言われてたんだよな。彼女の初期の録音は大好きだよ、でも後期の曲の中には行き当たりばったりのもあるだろ、一九五九年に亡くなる前に声が消えはじめた頃は。とはいえ、厳しい人生だったものな」

シモーンは肩のむこうへタオルを投げた。「驚いた、勉強してるのね！」

彼はうなずいた。「正直に言おうか、俺はジャズ主義に最近転向したばかりだが、いちばん熱烈になるのはそういう人間だろう？ リバティ・マーケット（ダブリンでもっとも古い市場のひとつ）にある男がいてな、俺がそいつの先月の住宅ローンを払ってやってるんだよ、ビリー・ホリデイや、ニーナ・シモン、エラ・フィッツジェラルド、ダイナ・ワシントンとかを全部買うことで。みんなきみのせいだよ、ついでに言うと」

「あらあら、カウボーイ――どうしてあたしのせいなわけ？」

「きみが歌いだすまで、俺はジョニー・キャッシュやスプリングスティーンで完全に満足してたんだ。それがいまや、次の一発を求めてきたのに、きみは出荷を止めちまってる」

シモーンは笑いだした。「ついてない夜を選んじゃったわね。ノエルはいま奥でスプレッドシートに嘘のつき方を教えようとしてるわけだし――今夜は演奏しないわ」

彼は心底がっかりしたようだった。「なるほど、そうか。それじゃ酒で自分を慰めたほうがよさそうだな」

「ようやくあなたの番ってわけ？ お友達がはじめから三回続けて払ってたから、二人でデートか何かかと思いかけてたところよ」

「違うよ、あいつは俺の飲み代を出す借りがあるんだ。公務中に命を救ってやったんだから」

「あら本当？　どんなふうに？」

「サメに襲われた」

「ワォ。それってダブリンのスラム街ではよくあるの？」

「いや」大男は言い、頭を振った。「その反対だよ、だからあいつは不意を突かれたんだ」

シモーンは笑った。「でしょうね。また同じもの？」ジャック・ダニエルのボトルをさすと、彼はうなずいた。

「それで、そのサメはどこで襲ってきたの？」

「ええと……」彼はもじもじと足を動かした。「すごくこみいった話なんだ、本当に。ここじゃその面白さを話しきれない。もしなんだが、もしかして、夕食をごちそうするからそこで話せないか？」

シモーンの反応が顔に出ていたのだろう、彼の顔に浮かんでいた希望が消えるのが見え、彼女は少し罪悪感をおぼえた。「ごめんなさい、あたし――あたしはだめ――」

「ああ、わかった、いいんだ。そうだよな。約束があるんだろ」

「ううん、誰とも約束なんてしてない。男はいらないの」

「レズビアンなのか？」彼はうっかり口に出し、すぐさま恥じ入る顔になった。「俺はつまり、そういうことじゃなくて――ええとその、それは全然悪いことじゃない、それに、ほら、俺と出かけたくないからきみがそうだって言いたいんじゃなくて、俺はただ――それに最後にデートを申しこんだ女の子は、いい子で、ほら――たまたまそうだったんだ、だから俺はたぶんそういう流れの中にいるのかと思って――」

　シモーンは片手を上げて、彼が店内の酸素を使いきってしまう前に止めた。

「いいえ、あたしはそういう女同士の連帯の特別支部メンバーじゃない、単に誰かと付き合うことに興味がないだけ。流れていくだけだし、それに……」

「なるほど。そうか」彼はうなずいた。「でも故郷（ホーム）に彼氏とかはいないんだ？」

　彼女は頭を振った。「故郷（ホーム）にはもう家（ホーム）もないわ、それでもね。ありがたいとは思ってるのよ、本当に。あなたはやさしそうだし、話の端々からわかるの、あなたと一緒にいたらとっても楽しいだろうって――翻訳サーヴィスが付けばね――でもそういうのがほしい状況じゃないのよ」

「そうか」

「誰とも、ってことよ。自慢するわけじゃないけど、あなたの前にもひとり断ったし、その人は仕事もくれようとしたの」シモーンは彼の表情を読んで赤くなった。「そういう意味じゃなくて」

「もちろん」彼は言った。「それじゃ、きみはシングルで、単に興味がないと」

「誰にもね」シモーンはいそいで付け加えた。

「ああわかった、それじゃ俺と付き合いたくないってわけじゃないんだね」

「誰とも付き合いたくないってことよ」

「ひとりのほうがいい？」

「そのとおり」

「条件なしで」

「そう」

「誰にも愛着はない」

「自由気ままよ」

「けっこう。じゃ、そういうことなら、つつしんでお断りするよ」

シモーンは手を止めてしばし彼を見た。彼は笑い返してきた。

「いま何て？」

「きみが拒否したのを」

「のを？」

「最大の敬意を持って、お断りする」

「もう一度言ってくれない？　どうも文化的な行き違いがあったみたいなんだけど」

大男はウィスキーのひとつをとり、ぐっと飲み干した。それからウィスキーをがぶ飲みしたときのあの顔をした。

「また同じもの？」

彼はうなずいた。

彼女はついだ。

「それで、さっき言ったように、きみはクソ最高だと思うんだ。美人だし、頭もいいし、はっきり言って、天国の天使が全員くたばっちまうくらいの声を持ってる」

「感動的な表現ね」

「だから、もしきみがよければ、俺はこの店に行儀よく来て、ときおり確認するよ、きみが気を変えたときのために」

「わかったわ」

「それどころか、公正に警告しておくが、きみを口説くかもしれない」

「それはどういう手で?」

彼は肩をすくめた。「まだ何も考えてない。いままでやったことがないんだ。チョコレートとか?」

シモーンは肩をすくめた。「糖尿病なの」

「花は?」

「花粉症だから」

彼はカウンターに両手を置いて目を下に向け、芝居がかったため息をついた。それから顔を上げた。「当ててみようか——ベジタリアンでもあるんだろう?」

シモーンはうなずいた。

「そいつはありがたい。俺が料理できる野菜はイモだけなんだ」

「警告しようとしたのよ、あたしは難物だって」

彼はカウンターから離れて背中を伸ばした。「でもきみには努力するだけのかいはありそうだ」

「オーケイ」彼女は自分の唇（くちびる）に大きな笑みが浮かぶのを感じ、咳払（せきばら）いをして下を向いた。

「ええと、警告ありがとう。あなたはほんとにキュートよ、でもその全力での魅力攻撃は別の、もっとそれにふさわしい方向へ向けたほうがいいと思う」

彼はうなずいた。「アドバイスありがとう。つつしんでそれもお断りするよ」

「もう。こっちはあなたを一回断ったのに、あなたったらもう二回もこっちを断ってるじゃない」

彼は十ポンド札をカウンターに置き、グラスをとった。「まあ、きみも断られることに対処する方法を身につけなきゃならなくなりそうだな」

「そのようね」

「それじゃもう行くよ」

「ちょっと待って」シモーンは言った。「あなたの名前も知らないんだけど」

彼はグラスをもう一度置くと、いそいで右手をジーンズで拭いてからさしだした。「知り合えてうれしいよ。俺はバニー」

シモーンは彼の手を見て、それからまた彼の顔を見た。「まともな頭のママなら、あなたにそんな名前をつけないでしょう（〝バニー〟は〝うさちゃん〟の意味）」

「ああ、違うんだ」彼は赤くなり、それはちょっと可愛（かわい）かった。「でもみんなはそう呼ぶんだよ」

「これからは違うわ」

「オーケイ」彼は言い、声を小さくした。「名前はバーナード」

シモーンは彼の手をとって握った。「バーナード、あたしの名前はシモーン。知り合いになれてうれしいわ、それからもう一度言うけど、あなたのロマンスの申し出は丁重にお断りします」

「きみが断ったのをもう一度、つつしんでお断りするよ」彼はシモーンの手を少しだけ長く握りすぎていたことに気がつき、手を離した。それからまたグラスを持った。「ちゃんと知り合えてうれしいよ、これから何回もアドバイスを断られるのが待ち遠しい」

「それならいいわ」

「バイ」

「またね」

彼は背中を向けて、自分のテーブルへ戻りかけた。

「待って」

バニーは肩ごしに彼女を振り返った。

「ビリー、ニーナ、ダイナ、エラ――誰がいちばん好きなのか教えてくれてないわよ?」

彼はウィンクをしてそのまま離れていった。「やっぱりきみだよ」

15

シモーンはドアを押して閉め、三度めにようやくかちっとロックのかかる音が聞こえた。このつっかえてしまうドアは、ノエルが〝あした直すよ〟と少なくとも週に二度は約束しているものの、長いリストにあるひとつだった。いつもなら彼女がひとりで戸締りすることはないのだが。ボスは先刻、友人たちとの早いディナーに出かけた。彼は酒癖が悪いか、もしくは非常によい人間で、それはアルコールを飲んだあとの結果しだいだった。ワインを二杯飲んだ彼は女学生のように浮かれ、三杯だとおかしくなりはじめる。経済用語でいうと、非常に安上がり。そして店に戻ってきたとき、階段でよろけてドタンと落ちた。それから階段相手にあふれんばかりの悪態をつき、実際は存在しない傾きについて、そいつが人をあざむいているんだとわめいた。シモーンは彼の膝のすり傷をきれいにして、彼をタクシーに押しこんでフラットへ帰らせた。ノエルは立て板に水のような罵倒まじりの宣言で、一時間だけ目を休めたら戻ってくると請け合っていった。シモーンはじっとそれを待ったりしなかった。

二つの錠をロックし、すべてをダブルチェックしてから、いかなる努力家の魂が、まっすぐにした針金ハンガーと盗もうという意志を持っていても届かないよう、かなり勢いをつけて、鍵束を郵便受けから中へ入れた。ノエルはあしたスペアキーで入れる。きっと掃除をして、前の晩は店に来なくてすまなかったとひたすら詫びるだろう。

シモーンは帰ろうと体をまわした。「しまった！」

右足が一歩めを踏み出したとたん、はっと思ったがもう手遅れだった。ハイヒールをはいてきてしまった。カウンターの中とステージの上では二インチのヒールをはくが、家との行き帰りにはスニーカーにはきかえるのに。片道三マイルあり、ひと晩じゅう立ちっぱなしだったせいですでに足が痛くなっていた。着ている青いクラッシュドベルベットのペンシルドレスは、河岸地区（ザ・キーズ）のチャリティショップでの掘り出し物だった。めったにないくらいのいい日。シモーンは五〇年代のドレスが昔から大好きだった。ジャズの黄金時代だ。ベルベットのドレス――目をつぶれば、〈ロイヤルルースト〉（ニューヨークのブロードウェイにある有名なジャズクラブ）で歌い、奥のブースにはレディ・デイが座って、いいわねとうなずいてくれる。ハイヒールのほうはさらに何週間か中古品店狩りをしなければならなかった。昔の歌の先生、ヴァーナ・ダグラスはたくさんのことにルールがあって、その中の小さからぬものが、ステージには敬意を払いなさいというものだった。いまでも、彼女の深く朗々とした声が、コミュニティセンターというあのぼろぼろの小屋に鳴り響くのが聞こえる。〝ステージはあなたが神をあがめにいく教会よ、だから時間ぴったりに、日曜用のいちばんいい服であがりなさい〟。

シモーンはため息をついた。今夜はチップが少なかった、だから運良くダブリンのタクシーに乗れたとしても――いちばんいいときでもありそうにないが――支払える余裕はないだろう。家に着いたときには足がびしょ濡れに違いない。華麗なるショービジネスへようこそ。

灰色の空を見上げて階段をのぼり、オーバーのベルトを締めた。運が向いて、天気もやさしいままいてくれるかもしれない。丸石舗装の坂を歩きだしたところで、大型トラックが横丁の口を通りすぎた。彼女は目を下へ向けた。このハイヒールでなくても、夜にこの街を歩くには注意が必要だ。誰かの遊びすぎた晩の仕上げに踏みこまないように。

誰かの手に後ろから腕をつかまれた。唇(くちびる)からかすれた悲鳴がもれると同時に、胸の悪くなるようなパニックの波が胸を満たした。こぶしを後ろに引いて振り返ると、ネイサン・ライアンが両手を上げ、警戒するような表情を浮かべていた。「うわ、落ち着けよ」

「かんべんしてよ、ネイサン、びっくりしたわ」

「すまん、すまん。俺はただ通りかかって――」

「通りかかる？　袋小路の横丁で？」

「ええと」彼は譲歩した。「近くにいたんだ。うちのレストランで銀行の大きな社内パーティーがあって、そこのCEOがこれをくれて……」彼はオーバーのポケットに突っこまれていた凝った飾りのボトルを出した。「コニャックだよ、レミー・マルタン、すごい上等なやつだ。高いし。ひとびん二千する」

「大興奮ね。午前二時に後ろから女に近づいてくる人がある？　ああもう！」まだ鼓動が速かった。

「わかった、すまん。なあ、落ち着いてくれよ」

いまでは彼の言葉が酔ってあいまいになっているのがわかり、ネクタイの結び目も曲がっていることに気づいた。

「一杯やって、神経を静めるってのはどうだ？」

「あたしは飲まないのよ、ネイサン」

「本当に？」彼は〈チャーリーズ〉のドアに目をやった。「でもきみは……」

ネイサンは彼のようなタイプの典型だった。自分の利益になるものがなければ、まわりの世界にほとんど注意を払わない。

「ええ。肉屋でベジタリアンが働いていることだってよくあるでしょ」

彼の顔に笑いが広がり、左手がポケットに入った。「なあ、実をいうと、少し持ってるんだ――」

「それもやらないわ」シモーンは彼のポケットに何があるのかはっきりわかっていた。この男は途方もない自信に支えられているが、それでも彼女は、ネイサンがトイレから戻ってきたときにたびたび、必要もない景気づけがされていたこと、彼の冷たさは決して消えなかったことに気がついていた。

「きみにはどんな悪癖（あくへき）があるんだ？」彼は誘うように笑って言った。

「あなたのつまらない話に付き合う時間はないの、ネイサン。おやすみなさい」

「オーケイ、なあ」彼は言い、驚くようなすばやさで身をひるがえし、彼女と横丁の口のあいだに入った。「悪かったよ。ちょっと馬鹿だった。考えなかったんだ。気を悪くさせるつもりじゃなかった。種を明かすよ――俺はきみが好きで、きみは俺が好きだ、きみにおいしい夜食を作ってあげるっていうのはどうだい？」

「もう午前二時よ」

「それにふつうなら、アイルランドで最高のシェフに、個人的に料理を作ってもらうには、とんでもない金がかかる、でも相手がきみなら、俺は喜んで料金を下げるよ」ネイサンはお辞儀をして、彼女ににやっと笑った。

シモーンはお腹がすいていたが、まったく惹かれなかった。「あたしのためにレストランをあけてもらわなくてもいいわ」

「あけなくていいんだ。俺の家はすぐそこで――」

シモーンは一歩あとずさった。「ええ？　冗談言わないで。遠慮しておくわ、ネイサン。さあ、もう通して」

彼は背中を伸ばして、心底から驚いたような様子で眉根を寄せた。「どうしてなんだ？」

「もう遅いし、あなたはヤる気になってて、あたしは疲れてるからよ――それにしなきゃならないことがあるの」

「ツンケンする必要はないだろう」

「あるのよ、あたしはいっさい人に合わせない女なの。おやすみ」

「なあ、ちょっと……」彼は大きく腕を広げ、シモーンはすり抜けようと彼の左側へ踏み出した。

ネイサンはちょっと笑い、動いて彼女の行く手をはばんだ。「いいからちょっと待てってて

――」

彼の腕が目の前にあらわれ、シモーンは思わずはらいのけた。

ボトルが彼の手からすべり落ちて丸石にぶつかって割れ、ガラスと高価なブランデーが飛び散った。しぶきがシモーンのタイツにかかり、酒は冷たかった。彼女は割れたガラスを見おろし、ブランデーの甘い芳香がさわやかな夜の空気とまじりあうのを感じた。どこか遠くで警報が鳴っている。ネイサンの口がぱかっとあいて憤怒(ふんぬ)の〝O〟の形になった。彼の目がボトルから上がってきて彼女を見る。唇が怒りにねじれた。「このくそビッチ！」

「わざとじゃなかったの」

頭の中でクラクションが鳴った。

逃げろ。

逃げろ。

逃げろ。

シモーンは彼を押しのけて通ろうとした。ネイサンはまたしても体を移動させたが、今度はふざけてはいなかった。腰に腰をぶつけてきた。シモーンの頭はすばやく駆けめぐっていた――彼をなだめることはできる、ごめんなさいと言ってみることはできる。罠にはまった、、、――その言葉が頭に飛びこんできた。袋小路の横丁。もう一度彼の横を通ろうと両手を上げ、今度は体当たりをした。ネイサンは右足を一歩引いて踏みとどまり、左手で彼女の長い髪をつかんで強く引っぱった。シモーンは頭がぐいっと後ろへ引っぱられて、髪が何本も抜けるのを感じた。

顔を上げて彼の目を見ると、自分が見ている相手が誰なのか、わかると同時にわからなくなった。その男はもはやネイサン・ライアンには、彼女が見慣れたバージョンにはみえなかった――たぶん本人すら見慣れたバージョンではなかっただろう。しかしシモーンにはわかった。そのけだものには前にも出会ったことがある。

彼女はその目を狙い、人差し指で左目を思いきり突いた。なかばうなるような、なかば吠えるような声がネイサンの唇からもれ、彼はさらにシモーンの髪を後ろへ引いた。彼の右手がバックハンドで飛んできたが、シモーンにはその手が見えず、体がぐるっと回ってしまった。髪が解放され、シモーンはよろけた。頭がくらくらする。砕けた光のアメーバが視界をすべっていった。顔の右側が焼けている。また焼けている。以前とは違う火だけれど、それでも焼けている。シモーンは坂をよろよろとあとずさった。体を立て直すのにつかまるところがなかった。脚から力が抜けてしまったとき、右足のヒールが折れた。シモーンは濡れたビニールに顔から倒れた。捨てられた食べ物のいやに甘ったるいにおいが鼻孔を満たす。〈ペキン・パレス〉のゴミだ。あの店は夜の十二時に閉まった。

右目が閉じようとしはじめた。

「ごめんなさい、ごめんなさい、ごめんなさい」くぐもった声で言った。「お願い、ごめんなさい」

世界がまわりで万華鏡になった。右頬の脈打つ痛みと一緒にむかむかと渦を巻くのは、悪臭と既視感。あの恐怖。あの無力感。後ろめたさ。恥ずかしさ。あの〝やめて、やめて、やめて〟。

二度といけにえにはならない。絶対になるものか。それが彼女の信念だった。そう誓ったのだ。ちくしょう。どうしてこんな事態を招いてしまったんだろう？

両手がじめじめしたゴミ箱の中で必死に得物を探した。後ろを見ようと頭を向けると、首に鋭い痛みが走った。目を細くして視界のぼやけをすっきりさせようとする。肩のむこうにネイサンが見えた。片手で傷ついた目をおおい、彼女を見おろしている。

「思わせぶりのあばずれが」

彼は目から手を離し、それから間があいた。なすすべもない間が。彼の顔で怒りまじりの冷たい笑いが少しねじれるのが見えた。

シモーンはくさい空気を肺いっぱいに吸いこんだ。叫んでやる。

ネイサンの両手が彼のベルトにかかった。

それから……

ぼんやりと何かが動き、ネイサンが消えた。いなくなったのだ、まるでひどい間違いとして現実からあっさり消去されたように。

シモーンがずきずきする頭をやっとのことで反対側へ向けると、もつれあった複数の体が横丁の端にあるゴミ箱のほうへ坂をころがっていた。ライアンは相手の上になり、怒り狂って相手の後頭部を殴っていた。咆哮とともに、新しくあらわれたほうが体をそらしてライアンの胸に肘打ちを食らわせ、彼を後ろむきにころがらせた。

通りすぎる車のライトがさっと横丁をよぎり、凍りついた瞬間をとらえた。ライアンはいまや別の種類の動物だった。罠にかかった動物。おびえている。両手を前に伸ばし、この夜を遠ざけようとしている。彼に近づいていく、目に獣のような怒りをたたえた大柄な人間は、バニー・マガリーだった。

ライアンは角のほうへあとずさった。金属のゴミ容器をつかんでバニーに投げつけたが、バニーは見下すように激しく腕を振ってそれをはらいのけた。それからバニーは彼に襲いかかり、ライアンを横丁の奥のゴミ箱に叩きこみ、右手で彼の上着の衿をつかんで、左手でみぞおちに強烈なパンチを二つ食らわせた。

ライアンは地面にくずおれた。

バニーが左足を上げた。

「やめて!」

彼は振り向き、一瞬、シモーンは彼の顔にまじりけのない怒りを見た。彼はちょっとの間、彼女がいることにとまどっているようだった。

「怪我をさせないで」

バニーは二人をかわるがわる見て、やがて手を伸ばしてまだうなっているライアンの衿をつかんだ。シェフはたいていの基準にてらせば大男だったが、バニーは苦もなく彼を持ち上げ、ぐるりとまわしてもう一度ゴミ箱に叩きつけた。

ライアンは泣き声を出した。「頼むよ、俺は……」

「あんたを逮捕する、暴行と——」

「だめ！」

バニーはまだゴミ袋のあいだにいるシモーンを見おろした。「だが……」

彼女はもう一度立ち上がろうとした。「ただの誤解だったのよ」

「何だって？」

「その人は……あたしたち、ふざけていたの、それであたしが……足をすべらせて」

バニーが二人を交互に見ているあいだに、シモーンは塀につかまりながら用心しいしい立ち上がった。ドレスは濡れてしまい、両手はべたべたするし、右の鼻孔から血がしたたっているのがわかった。

バニーはライアンの頭をぐっと下へ押した。「ここから動くなよ」

「なあ、俺は——」

バニーは彼の耳元にかがみこんだ。「おまえが何を言おうと誰も聞きやしないよ、ボクちゃん。動いたらどうなるかやってみな。さあ、俺に大義名分をくれよ、頼むから」

バニーはシモーンのほうへ数歩歩き、声を低めてささやいた。「きみはショック状態だ。救急車を呼ぶから——」

「救急車はいらない。あたしは大丈夫。ただの誤解だったのよ」

バニーはそっと彼女の腕に手を置いた。「もう安全だよ、あいつはもうきみに手を出せない」

「いいから……このことは忘れて」

バニーは彼女の顔をのぞきこみ、その目は心配にあふれていた。「あいつはきみに暴行しようとしたんだぞ。あいつは――」

シモーンは肩をすくめて彼の手をはらった。「あたしは大丈夫。訴えなんか起こす気はないから」

「しかし――」

ライアンがゆっくり体をまわした。「ほらな。俺は……帰るよ」彼は歩きだそうとし、その足どりは恐怖でぎこちなかった。バニーはさっと進み出て、左手を後ろへ引いた。

「その人にかまわないで！」シモーンの声は悲鳴に近かった。

バニーは振り返って彼女を見たが、目はわけがわからないという感情に満ちていた。シモーンは彼と目を合わせることができず、顔を伏せた。「いいからその人にかまわないで。お願い」

バニーはしぶしぶこぶしをおろし、ライアンはいそいで彼の横を通りすぎた。彼はシモーンを見て、それからまたバニーを見た。「うちの弁護士から連絡がいくからな」

バニーが殴るふりをすると、ライアンは自分の足につまずきそうになって、あわてて横丁の口へ歩いていき、夜の中へ消えた。

つかのま、遠くで車が行きかうゴーッという音以外、ほとんど何の音もしなかった。シモーンはあたりを見まわし、地面に目を落とした。何かを探していたが、自分でも何なのかわからなかった。バッグは持っていなかった。ポケットに鍵が入っているかどうか探った。離れた街灯からの薄暗い光の中で、青いベルベットのドレスにいろいろなしみがついているのが見えた。裾は裂けていた。

バニーがそこに、動かないまま立っていることはわかっていた。彼の目が、質問をいっぱい抱えて、自分にそそがれているのが感じられた。

「ありがとう、その……あたしは大丈夫だから」

彼はひどくやさしく言った。「医者に診てもらわなきゃだめだ」

「いいのよ」彼女は声をはりあげた。「必要ない。あたしに何をすべきか指図するのはやめて」

「でもあいつは――」

「あたしは大丈夫。自分で何とかしているところだったんだから、ただ――ほうっておいて」

「でも――」

「自分のことは自分でちゃんと面倒みられる。木に登ってにっちもさっちもいかなくなった猫じゃないのよ。あなたに出しゃばってくれなんて頼んだ?」

彼はひっぱたかれたように後ろへさがった。「頼まれるまでもなかったじゃないか。あいつはきみを傷つけようとしてた。あいつは――」

「いいからこのことは忘れて。ほうっておいて」

シモーンは横丁を歩きだしたが、折れたヒールのせいでよろけてしまった。「んもう」手を伸ばしてまず片方の靴を、それからもう片方を脱ぎ、また横丁を歩きだした。

ガラスのかけらがかかとに突き刺さって、左足に痛みが走った。シモーンは痛みに短く声をあげた。ふらふらと塀のところまで行くと、バニーが横に駆けよってきた。塀にもたれて体を支え、シモーンが足を上げてみると、深紅の血が流れ出し、足の裏に広がって、さかさにした足首にも流れた。「ああもうっ！」

バニーは彼女の横に膝をついて、ハンカチで血をぬぐった。それからガラスのかけら——さっきの割れたブランデーのボトルのものだ——を足から抜き、血を止めるために傷口を強く押してから、そこにハンカチを結んだ。

彼はシモーンを見上げた。「病院へ送ろうか？」

「病院には行かない。心配してくれてありがとう」

彼女は足に少し体重をかけてみようとしたが、またしても痛みが脚を突きあがってきて顔をゆがめ、痛みがおさまるまで唇を嚙んだ。「家まで送ってもらえる？」

彼はうなずいて立ち上がり、両腕をさしだした。「さあ、俺が運んでいくよ」

シモーンは彼を見た。「車で、って言ったつもりだったんだけど」

「そうだよ。その角のむこうにあるんだ、でもきみの足がガラス防止仕様になったんでないかぎり……」彼はかすかな光にガラスのかけらがきらめいている地面を指さした。

不承不承ながら、シモーンは助けてほしくない男の両腕に抱き上げられた。

16

バニーは何を見るともなく窓の外を見ていた。

二人はいつもの午後なかば、禅のレベルでまったく何も起きない凪の状態にあった。グリンゴは助手席、バニーは運転席に座り、どちらもどこへも行かない。通りのむこうの、トミー・カーターの家も何の動きもなかった。

日中シフトのはじめの二時間は比較的飛ぶようにすぎた。今日はどこの家が郵便物を受け取るかという二人の賭けは、親たちが子どもを学校へ送る時間の直後にはたっぷり十五分、気をまぎらせてくれた。グリンゴはかなり勝ちが先行していて、バニーは彼が自分でいろいろな住民に手紙を送っているのではないかと疑いはじめていた。スクール・ランは、もちろん、それ自体がやる気をくれるものだった。楽しそうな天使たちとその甘々な親たちが走りまわるものの、彼ら一族の首領の家の外に駐車している警官には、立ち止まって口汚くののしっていく。言葉による嫌がらせは無視するが、唾を吐いたり、物理的に車にさわったりに対しては行動を起こすよう、お偉方によって決められていた。公正に言って、二人の存在は地元民にあたたかく迎えられてはいなかった。日中シフトで唯一いい点は、夜シフトよりわずかに刺激のあるところだった。スタスキーとハッチ（一九七五年～七九年のアメリカの刑事ドラマ『刑事スタスキー＆ハッチ』の主人公）はこんなクソみたいなことを我慢しなくてよかっただろうに。

バニーは窓の外を指さした。「芝が伸びたんじゃないか」

「何だって?」グリンゴが言った。

「芝だよ」バニーはクロッサン・ロード十七番地の外の芝生をさした。「長くなったんじゃないかと思うんだ」

「もうここに一か月以上も来てるんだぞ、そりゃあ伸びているさ。世界のしくみへようこそ。次回は——空が青い理由です」

「俺が言いたいのはな、この皮肉屋、芝が目に見えるほど長くなったと思うってことだよ。俺たちはそれだけ長くここにいたんだ、実際に芝生が伸びるのを見たんだ」

「面白いな」グリンゴは新聞から目も上げずに言った。「おまえ、今朝はどうしたんだ? 怒りんぼうの熊みたいだぞ」

「何もない。そのことは話したくない」

「そのことって何だ? 何もないのか、それとも何かあるけど話したくないのか?」

「えーと……あとで話すよ」

グリンゴは腕時計を見た。「いいさ、ゆっくりやってくれ。あと四時間はどこへも行かないから。ところで、〝ジャムじゃない〟もので九文字って何だ?」

「はあ?」バニーは言った。

「〝ジャムじゃない〟もので九文字」グリンゴは繰り返した。

「馬鹿らしい、九文字ある言葉は全部ジャムじゃないだろ。ジャム（jam）は三文字だ。何でもいいから九文字のを入れてみろよ」

「そういうものじゃない。謎かけなんだよ」

「それはアホくさいっていうんだ。〝クロコダイル（Crocodile）〟、ほらどうだ――それなら九文字で、ジャムじゃない」

「二文字めがAなんだ」

「間違った綴りにしてそのままやればいいだろ」

グリンゴはダッシュボードに新聞をほうった。「おまえの悪いところは何かわかってるか？リラックスするやり方を身につけなきゃだめだ。ミスター・オドネルからレッスンを受けろよ」

バニーは返事がわりに鼻を鳴らした。

二人は先週の大半をジョン・オドネル、別名〝殺し屋〟に張りついていた。退屈しないよう、監視対象者は定期的に変更されたが、それがほぼ、カーターの家から通り二つ行っただけの家の見張りだったので、飽き飽きするのを減らすにはたいした効果はなかった。オドネルが走りに出るときには活気づいたが、それはおもに彼についていくのが不可能であるからだった。しかし少なくとも、彼は毎日同じルートを走っており、運河をまわってまた戻ってきた。あの男はまるで機械だった。モラン――オドネルの元レンジャー仲間――のほうは、全身がタトゥーとステロイドで強化された筋肉だらけだが、オドネルは細いアスリート体型だった。実際、同じような軍歴を持つ男二人にしては、彼らはこれ以上ないほど違っていた。モランは頭を剃りあげてボディビルダーの体を持ち、自分の監視兵たちをとらわれの観衆とみているようだった。彼はおもて側の部屋で、規則的に上半身裸でウェイトリフティングをした。まるでチャットライン（ほかの人と話せる電話サービス）用の深夜テレビ広告のようだった。状況を盛り上げるため、モランはしばしば正面玄関から走り出て、自分の住む通りの角まで行っては、ただ立ち止まって歩いて戻ってきた。そのあいだずっと笑いながら。彼は張りこみの車が自分に追いつくまでにかかった時間をはかるようになった。モランはそうやって時間を過ごしていたが、自分のガールフレンドたちのハーレムをもてなしているときは別だった。二週間前、パメラ・〝ブッチ〟・キャシディとディニー・マルドゥーンがモランの家の外で張りこみをしていると、彼が寝室のブラインドをあけ、あきらかにセックスをしながらこちらに笑いかけてきた。ブッチたちは彼を公然猥褻罪で引っぱるかと議論したが、彼は自宅の中におり、相手の女を見せない程度には利口だった。ブッチは週に一度のブリーフィングで、彼がもう一度同じことをしたら見せてやれるよう、母親が激怒している写真を手に入れることを提案した。そうすればやる気がなくなるだろうと。

オドネルのほうは、その反対に、まるで幽霊だった。ひとり暮らしで、自分が道場で教えているクラス以外は、いかなる相手とも最小限の接触しかしない。体を鍛え、本を読み、食事をし、眠る。テレビすら持っていない。それをグリンゴは、ヤバいやつの基準でいえばまさにストライク・ワンだと言った。オドネルは監視に気づいた様子をほとんど見せていなかった。いちばんそれに近かったのは先週、午前なかばに家から出てきて、庭の芝生にヨガマットを敷いたときだった。彼はそれからまるまる二時間、脚を組み、両手の手のひらを上に向けて膝に置いて座り、バニーとグリンゴのいる車を見つめはじめた。バニーはあとでそのときの正確な天気を調べた——気温は六度だった。なのにオドネルはベストとスウェットパンツだけでそこに座り、おだやかに彼らを見ていたのだ。始まったときは面白かった——二人は顔をしかめ、やめさせようとし、それからグリンゴが出ていって彼に、レパーズタウン競馬場への道を尋ねた。オドネルはそこに座ったまま、まばたきもほとんどせず、彼らのむこうを見つめていた。二人も最後には落ち着かなくなってしまい、まさにそこが問題だった。オドネルは自分が彼らより意志の強い人間であることを示しているのだった。二時間後、彼はふっと立ち上がり、マットを巻いて中へ戻り、二人のほうには笑みもうなずきもしなかった。

グリンゴが興奮してダッシュボードをダダダと叩いた。「いま思い出した、まだおまえに言ってなかった！」

「何を？」

「ブッチの考えでは、トミー・カーターとジョン・オドネルはもしかしたら、ほら……」

「何だよ？」

「カップルじゃないかって」

「バカらしい」バニーは言った。「ブッチは誰でもゲイだと思うんだ。彼女の言うとおりなら、いまごろ人間はいなくなりかけてるよ」

「でも考えてみろ、どっちも女といるのを見たことがないぞ」

「あんたが最近、女といるのも見てないが」

「たしかに、だが――」

「俺の言いたいのはな」バニーは言った。「あいつらはそうかもしれない、たぶんな、だとしてもそうとう秘密にしてる」

「まあ、その流れでブッチたちが言っていたように、まだ多くの人間が〝公表する〟ことや何かには神経質だからな」

「ええと、ジョージ・マイケル（一九六三年～二〇一六年 イギリス出身のシンガーソングライター）は去年カミングアウトしたぞ、ほら」

「まあな、でもジョージは国際的なポップスターで、トミーとジョンは犯罪者で非情なやつらだろう、イメージに合わないんじゃないか」

「クレイ兄弟（二十世紀のイギリスの組織犯罪者で、一卵性双生児）の片方もゲイだった」

「そうなのか？」

「ああ。どこかで読んだよ。頭のまともなほうでもあった。アレクサンダー大王もだ――ほかにもいるだろ」

「レオナルド・ダ・ヴィンチ。アリストテレス」

「ああそうだ、ギリシャ人が発明したんだもんな」

「それどころか」グリンゴは言った。「教えてやるよ。アリストテレスとプラトンは恋人同士だったんだ」

「ほんとか？　うーわ、想像してみなよ。二人の寝物語はすごいもんだったろうな」

「ああ、そうだな。偉大な思想家はゲイだ、それはよく知られている。それにわれらがオスカー・ワイルドもそうだ、もちろん」

「まあ、オスカーは見てわかるよな。本人は言わないままだったけど。気の毒な彼は、そのせいでありとあらゆる迫害を受けた」

「監獄に入れられたし」

「哀れなアラン・チューリングもだ。エニグマの暗号を解読して、実質的には第二次大戦で連合国側に勝利をもたらしたのに、そのあと連中は彼にありとあらゆるひどい仕打ちをした」

「衝撃的だな」

「おかしいよ」

バニーは自分の側のドアミラーを見た。「〝おかしい〟といえば……」

グリンゴは自分の側のミラーに目をやり、バニーが何を言っているのか見てとった。後ろの舗道を、少なくとも二十人の子どもたちが大きな集団になって歩いてくる。みんな近くのセント・ケヴィンズ・スクールの制服を着ていた。

「子どもだ――それもおおぜい」バニーが言った。「学校はもう終わったのか?」

グリンゴは腕時計を見た。「いや、まだ二時をすぎたばかりだ。半日で終わる日とかそういうのじゃないよな?」

グリンゴは助手席から出て車のそばに立ち、近づいてくる子どもたちを見張った。子どもたちはずいぶんと楽しそうだった。グリンゴは彼らを見て、それからカーターの家のほうを見た。

「バニー」

バニーが頭を向けると、トミー・カーターが出てくるところだった。バニーはエンジンのキーを回そうとしたが、カーターがどこへも出かける気はないらしいことに気がついた。彼はデッキチェアを持ってきていて、それを開き、自宅の芝生に置いた。グリンゴはあいたドアから相棒をのぞきこんだ。「やられることになりそうだな」

バニーは手を伸ばして無線機をとった。「指令部、こちらアルファ29。第一ターゲットを監視中。カーターはいま自宅の外に座っていて……子どもがおおぜいあらわれた」言いながら自分が馬鹿になった気がした。ママ、ほかの子たちが僕をいじめるんだよぉ。

無線のむこう側でパチパチと音がし、それから間(ま)があき、こう続いた。「確認できるか、アルファ29、それはアルファ27が目にしているのと同じ子どものグループか？ 彼らはジミー・モランを監視中だ」

バニーがトミー・カーターに目を向けると、相手は陽気な挨拶と笑顔を向けてきた。

「あーくそっ、いったい……」

グリンゴがどんどん近づいてくる子どもたちの集団のほうへ舗道を歩いていった。ほとんどは男の子で、女の子も何人か入っている。

「すまないね、子どもたち、こっちへは来ないでくれ」

彼らはグリンゴの横を走り抜けて車をかこみ、手をつなぎあって、くすくす笑う思春期前の抗議行動の鎖をつくった。

バニーがカーターのほうへ目をやると、相手はビデオカメラを手にして撮影していた。

「ジングルベール、ジングルベール、ジングルオールザウェイ……」

「わかった」グリンゴは精一杯の権威的な声で言った。「さあもうどくんだ、さもないと全員逮捕するぞ」

誰もどかなかった。グリンゴは憤然とあたりを見まわした。まるでまったく違う仕事への転職を考えている代用教員のように。

統制はとれていないが熱心なクリスマスキャロル隊のなかで、バニーの無線機は言葉の混乱と化した。

「こちらアルファ27、モランが動いた、追跡しようとしているが、車がとりかこまれていて……」

「こちらドイルを監視中のアルファ24、同じ状況」

グリンゴは車の外で、子どもたちの手を離させて車の前からどかそうとしていた。

「グリンゴ！」

彼と目が合うと、バニーはいそいでカーターのほうを頭でさしてみせた。グリンゴはカメラを見て察した。警官が子どもたちを行く手から追い払ったり、彼らのほうへ発車する動画は——こんにちは、六時のニュースです。グリンゴは頭を振り、ボンネットに座りこんだ。

「こちら指令部。ドイルとモランは消えた、追跡できるか、アルファ29」

「できないよ、指令部。だがトミー・カーターがまだここにいることは確認できる」

ほかの連中がどこへ行かなければならないにしても、カーターは行く必要がないらしい。バニーはもう一度無線機のボタンを押した。「オドネルの情報は何かあるか、指令部？」

「アルファ27が目撃した。モランを拾ったのと同じ車が彼を拾った。二人とも消えた」

「了解(ラジャー)」

バニーは無線機を戻してトミー・カーターのほうを見た。彼はカメラのむこうから笑っていた。バニーはわかったしるしにうなずきを返した。自分たちは完膚(かんぷ)なきまでに負けたのだ。歌が終わりに近づくと、カーターは立ち上がって手を叩いた。子どもたちはいそいで彼のところへ走っていった。バニーが数えると十七人いた。どの子も五ポンド札をもらっていた。十一月にクリスマスキャロルを歌ったにしては悪くない稼ぎだった。

17

バニーは車のエンジンを切って、フロントシートにじっと座ったまま、考えをまとめようとした。ネイサン・ライアンがらみのあの出来事があってから三日がたっていた。彼がいま座っている車でシモーンを家へ送っていってから三日。車は一九八〇年代のポルシェ９２８Ｓ　ＬＨＤで、彼の唯一の贅沢品(ぜいたくひん)だった。バニーはそれをある保険会社からただ同然で手に入れた。厳密にいうと修理不可能車として。そのあと彼は貸していた恩をいくつか回収し、グリンゴが

〝まともな車一台ぶん〟と言った現金をつぎこんで修理させた。バニーはこの車には体が大きすぎるとかいろいろあったが、それでも彼はこれを愛していた。少なくとも、たいていのときは愛していた。しかしあの夜はまったく馬鹿げたもののように感じられた。豪華なドレスで葬式に来てしまったみたいに。

これでもう百回めになるが、助手席の足元に目を向けた——床についた茶色のしみは、シモーンの傷ついた足から出た血が、彼の作った間に合わせの包帯からにじみだしたものだった。この三日間毎日、彼はここまで車でやってきては、あの建物の外に車を停め、それでも入らないでいた。何を言えばいいのか、どう言えばいいのかわからなかった。彼女は動転していた、もちろんそうだ、それは理解できる。二人はシモーンが短く道順を指示する以外、まったく何も話さずにここまで来た。バニーは運転しながら何度も彼女を盗み見た。彼女の長い黒髪はまたカーテンのように垂れさがり、ライアンが殴った顔の右側をおおい、ダメージを隠してしまっていた。彼女はいつもそちら側に髪を垂らしていた。

彼女が停めてと言ったあと、二人は重苦しい沈黙に閉じこめられたまま、車の中に座っていた。そのときバニーは何を言えばいいのかわからなかった。とうとう、彼女がその閉塞をやぶった。その声は緊張した口調で、本来の流れるような抑揚を奪われていたが。「あたし……このことは法的にどうこうしたくないの。あの人を逮捕しないで。このままにしておいて」

バニーは彼女の横顔を見た。街灯の薄暗い光の中で、腫れてきているのがわかった。彼女は膝の上で組んだ手に目を落としていた。

「しかし……」

「約束して」

バニーはいくつものことを考えては、言うのをやめた。やがて彼女はようやくあのダークブラウンの目で彼を見た。

「わかった」

「ありがとう」

バニーは怪我をした左足に体重がかからないよう、彼女を抱いて車に運んだのだが、シモーンは中へ入るのに手を貸そうという彼の申し出を礼儀正しく断った。彼女の声には怒りと決心があったが、バニーはさっき彼女が首の後ろに腕をまわしてきたとき、その体に震えが走るのを感じていた。

「大丈夫、ここからはひとりで行ける」

「別にかまわないよ、俺が――」

「いいの」そう言ったシモーンの声には激しい怒りの刃があった。彼が手を貸そうと申し出るのを止めるにじゅうぶんな。彼女はドアをあけて、左足にあまり重みをかけずに立てるよう、シートの上で体をまわした。立ち上がろうとして、それから何か思いついたように、動きを止めた。半分振り返った。「ありがとう」

彼は何も言わず、ただシモーンが足をひきずって道を歩いていき、玄関へ六段の階段をあがりながら、金属の手すりで体を支えるのを見守った。彼女は錠をあけるのに少し手間どってから、大きな玄関ドアを開いて、一度も振り返らずに中へ消えた。バニーはもうしばらくそこにとどまり、これまでの状況の意味を理解しようとした。そのあとカブラにある自宅へ帰り、ひとりベッドに横たわって、ひと晩じゅう天井を見つめていた。

バニーはぷうっと頬をふくらませて、バックミラーに映る自分を見た。まさにいまの自分が見えた――三日間ほとんど眠れていない男。

「しっかりしろ、この馬鹿野郎、男らしく立ち向かえ」

自分にうなずくと、車を降りて私道を歩きはじめた。

その家はラスマインズにあり、この地域にはよくある、古い赤煉瓦づくりのジョージ王朝様式の住宅がずらりと並んだうちの一軒だった。そうした住宅の多くはフラットに改修され、こんにちの住民は、サッカーチームがつくれるくらい子どもを生むことも、そういう大規模な生殖事業を支える家事用人からなる管理チームを必要とすることもなくなっていた。

バニーがぶつかると予想していた最初の問題は、どのフラットに彼女が住んでいるのか突き止めることだった。階段をのぼってブザーを探したがなかった。数歩さがってあたりを見まわす。ここがあの建物なのはたしかだと思ったのだが、自分が疑わしくなりはじめてきた。こういう大きな古い建物はほとんどが同じにみえるし、道路から引っこんでいて、彼もあのときはほかに気がいっていたから、場所を間違えたのかもしれなかった。

バニーがきびすを返して階段を降りかけたとき、後ろでドアが開いた。「いつ入ってくるかと思ってたんですよ」

その声は、わずかにうわずっているとしても、しっかりしていた。バニーが振り返ると、五フィートすれすれの小柄な尼僧(にそう)がひとり、銀縁眼鏡のむこうから値踏みするように目を細くして彼を見ていた。白くなりかけた髪がヴェールの下からのぞいている。尼僧ははっとするような青い目をしていて、それは人々を串刺し(くしざ)にしつづけて六十数年たっても、ほとんどくもっていないようだった。

バニーは彼女を見おろし、それから自分の後ろを見た。「すみません、俺は……」

尼僧は後ろに下がってさらにドアを大きくあけた。「それで、馬鹿みたいにぽかんと口をあけて立っているつもりなの、それとも中に入るの？」

「すみません、俺は……すみません、シスター、探しているところなんです、その、友達を」

尼僧は天をあおいだ。「ええ、シモーンでしょ。入りなさい――それともまた戻って車の中に座り、おつむの足りないぼんくらみたいにぼけっと見ているつもり？」

「あなたは……」

「尼僧ですよ、ええ」彼女は十字を切った。「これがこの警官が仕事で使っている推理力だとしても、善なる聖母マリア様がわたしたちを祝福し、お救いくださいますよう」尼僧はいらだたしげに手を振った。「このひどい場所は、暖房するには悪夢なの、だから早く決めてちょうだい、このドアは大きくあけてしまったし、わたしたちはお金でできているわけじゃないんですからね」

「すみません。なるほど。そうですね。すみません」

バニーが中へ入ると、広い廊下にプラッシュ地のカーペットが敷いてあり、尼僧は彼の後ろでドアを押して閉じようとした。「まったくもう、本当に重いんだから。手を貸すとか何とかしていただけない？」

「すみません、シスター」バニーはそちらへ行ったが、遅すぎてもう何の手助けもできなかった。

「それじゃいらっしゃい」尼僧はダークグレーの修道服姿で、意外なほど早足で廊下を歩きだした。壁は独特の不快なオレンジ色に塗られていた。芳香剤とセントラルヒーティングがききすぎた空気がまざって暑苦しかった。

「すみません」

「あなたは何を言うにも〝すみません〟で始めるの？　とてつもなくいらだたしいんだけれど」

バニーはあたりを見まわした。「いえ、ただ……すみません」

尼僧は頭をまわして彼を振り返った。「何て弁の立つ人かしらね」

「ええ、その……俺はどこにいるんですか？」

「やっとまともな質問が。この家は〈聖人の姉妹たち（シスターズ・オヴ・ザ・セイント）〉の引退者ホームですよ」

「どの聖人ですか？」

「ただの〝聖人〟」

「でも聖人はみんな名前があるんじゃありませんか？」

「違います」

バニーは何から何までわからなくなった。まるでよくあるストレスで見る夢にとらわれて、もうじき下を見たらズボンをはいていないことに気づくような。

　尼僧は左手のドアを押しあけ、バニーを手招きして居間へ入らせた。一角にテレビセットがあり、音量を下げて競馬を映していた。ソファが三つ、ビニールのカバーにおおわれて、テレビのほうを向いて置かれ、半数の電球しかついていないシャンデリアが天井からさがっていた。左のソファにはあらゆる意味で大きな尼僧がワインガム（グミに似た嚙みごたえのある菓子）の袋を持って座っており、右のソファにはドアをあけてくれた尼僧よりさらに小柄な尼僧がいた。彼女もかなり年をとっているようだったが、頭を後ろへ倒してびっくりするほど大きないびきをかいているので、判断するのはむずかしかった。

　バニーの案内人は、耳が遠い人向けの独特な大声で、大柄なほうの尼僧に話しかけた。「シスター・アサンプタ、お客様よ」

　シスター・アサンプタは巨大な薔薇色の頰のあいだからあたたかくほほえみ、むしゃむしゃとワインガムを嚙みながらうなずいた。

　最初の尼僧が眠っている同僚を指さした。「それからあちらがシスター・マーガレットですよ、でもよく眠っているわね。わたしはシスター・バーナデット」

「こんにちは、シスターたち、俺はバニー・マガリーといいます」

　シスター・バーナデットは査定するような目を彼に向けた。「本当に？　最近ではそういうのが名前なの？　おやおや」彼女はあいているソファをさした。「お座りなさい。あなたが来ているとシモーンに知らせてきます」

「はい、俺は……」バニーはあわてて手で目をおおい、くるりと回った。「うわ、すみません、その……」

「今度はいったいどうしたの？」

振り返らず、バニーは肩ごしにシスター・アサンプタのほうをさした。シスターは服を脱いでいるまっさいちゅうだった。

「あらまあ、何てこと！　アサンプタったら、あなた、この方はお医者じゃないのよ。服を着てくれる？　いい子ね」

バニーは後ろでごそごそと音がするあいだ、断固としてドアをにらんでいた。

「もう向き直っていいわ」シスター・バーナデットが言った。「危機は回避されましたから」

向き直ると、シスター・アサンプタはもう一度ちゃんと服を着て、競馬観戦に戻っており、いまの誤解については何とも思っていないようだった。

シスター・バーナデットはもう一度ソファをさした。「座って。シモーンを呼んできますから」

「わかりました」

バニーは腰をおろしてシスター・アサンプタに礼儀正しい笑みを向けたが、彼女はバニーの存在をまるっきり忘れてしまったみたいにみえた。

長い数分間のあと、ドアが開いてバニーが立ち上がると、シスター・バーナデットがもう一度入ってきて、あとにシモーンが続いた。だぶっとしたセーター、ジーンズを着て、警戒の表情を浮かべていた。左の足に包帯が巻かれている。顔の右側には髪が垂れていたが、頰に花開いたあざや、唇（くちびる）の腫れを隠しきれてはいなかった。彼女はいつもより幼いと同時に年とってみえた。どうしてか、縮んだように。

シスター・バーナデットが一度、手を叩（たた）き、それから二人を交互に見た。「よろしい、あなたたちは話すことがたくさんあるでしょう」彼女は声をはりあげた。「シスター・アサンプタ、一緒にキッチンへ来てちょうだい、ディア」

アサンプタは無言の抗議にテレビを指さした。

「ほんの二、三分、おんまさんたちを見てなくても大丈夫よ」彼女はアサンプタの手をつかみ、それからシモーンのほうへ身を乗り出して、ふたたび声を低めた。「マーガレットはここに残していくわ。ぐっすり眠っているし、あの人はベルリンの壁が崩れて以来、人の会話はどっち側もわからないから」

シモーンはうなずいて落ち着かない笑みを浮かべた。「ありがとう、バーナデット」

バニーとシモーンは二人が出ていくのを見送り、それから振り向いてぎこちなくおたがいを見た。シモーンはソファのほうをさしてみせ、バニーはまた腰をおろした。彼女も来て横に座った。

「調子はどう?」バニーはきいた。近くで見ると、錆赤色（さびあかいろ）のあざが腫れた目の下から始まり、後ろへ向かって髪の影の中へ広がっているのがわかった。

「大丈夫よ」彼女は自分の顔へ手を振ってみせた。「実際よりひどくみえるの。骨が折れたとかそういうんじゃないから」

「そうか。病院には行ったのか？」

「いいえ」シモーンはドアのほうをうなずいて示した。「バーナデットの知り合いがいるの」

「それでもやっぱり、ちゃんとした医者に診てもらったほうがいいよ、念のために」

シモーンは弱々しい笑みを浮かべた。「どうやら、その年とった紳士はアイルランドでも最高の心臓専門医らしいわ。バーナデットにはたくさんの知り合いがいるのよ」

「なるほど。よかった。つまり、ええと……わかるだろ」

「ええ」彼女はそわそわと座りなおした。「あたしはただ言いたかったの……ごめんなさいって」彼女の大きな目が、濡れているようにみえ、一瞬彼の目を見上げた。

「何だって？」

彼女はもう一度目を上げた。バニーの声にあるショックに少し驚いて。

「何のことを言ってるんだ？　きみが謝ることなんて何もないじゃないか」

「ううん、違う――あるわよ。あなたは助けてくれたのに、あたしはひどい態度をとったもの。ごめんなさい」

「そんなのはトンチンカンの雨だよ」

彼女は眉を上げた。「謝罪を受け取るときはいつもそう言うの？」

「謝られることなんてされてないときにはな。今度は俺の話を聞いてくれ。きみは襲われたんだ。謝ることなんて何もない」

「ええ、でもあなたが来てくれなかったら……」

バニーは彼女にもっと近づいた。「シモーン、聞いてくれ。きみは謝る必要なんかないし、俺に礼を言う必要もないんだ、いいかい？　今度のことは全然きみのせいじゃない。それははっきりさせなくちゃだめだ」

彼女はうなずいた。

バニーはそわそわしだした。「それで、ええと、それじゃきみは尼さんなんだな？」

シモーンはしばらく唇をすぼめ、それからうなずいて顔をそむけた。

「なるほど。わかった。よし。よく言ってくれた。すばらしい。いろいろすまなかった……」

バニーはシモーンの肩が震えているのに気づいて、しゃべるのをやめた。彼女は泣いているのか？　ああ、どうしよう、泣いている尼さんを慰めるには何を言えばいいんだ？　彼はシモーンの肩に手を置こうかと考えたが、すぐに考えなおした。

シモーンがいきなり爆笑してバニーは飛びあがった。彼女は手で口をおおい、目をきらきらさせてこちらを見た。

「あっ、ひでえ女だな！」

彼女はいっそう激しく笑い、そうしながらからかうように彼の肩を押した。「ああ、ハニー、こうしたかったの。あなたがいると笑える」

バニーは顔が真っ赤になるのを感じた。「ああ、ほんとにおかしいだろうよ。俺が正真正銘の間抜けみたいにみえて」

シモーンは袖で目をぬぐい、一分かけて呼吸をふつうに戻した。「違うわ」彼女は言った。「あたしは尼さんじゃない」

「ああ、いまではそうわかったよ。それじゃ……」バニーはあたりを見まわした。「ここで何をしているんだ？」

シモーンの表情がまた変わった。憂いに沈んだように。「そのいくらかは話せるけど、信じてくれなきゃだめよ。話せることは話すから」

バニーは肩をすくめた。

シモーンは火を見つめながら話しはじめ、声は低く落としてしっかりしたものになった。まるでこれまで百回も練習してきた、用意ずみの声明を発表するかのように。

「アメリカにいたとき、トラブルに巻きこまれたの。悪いやつらとかかわってしまって、とても悪いことが起きたとしましょうか」

「たとえば——」

彼女はきっぱり頭を振った。「本当に言えないの」後ろのドアを指さした。「あたしだけのことじゃないのよ、わかるでしょ。シスターたちが」

バニーは両手を上げた。「オーケイ、でもここへはどうやってたどりついたんだ？」

「あたしはトラブルに巻きこまれて逃げていた。どこへも行くところがなくて、その教会にたどりついたの。怪我をして。血を流して。骨も折れて。おびえてた。世間では何て言うんだっけ？　塹壕に無神論者なし（戦場の塹壕の中のように極度のストレスにさらされれば、誰でも神に助けを求めるから、無神論者はいない、という格言）？　まあ、あたしはイエス様を必要としていたんでしょうね、ほかの誰もあたしを助けられなかったから。その祭壇に倒れこんだのよ、それで、目をさましたら、尼僧が二人いたの、メアリーとジョーン。あたしはあったことをすべて彼女たちに話した、そうしたら……」

バニーは質問しようとして思いとどまったが、シモーンは彼がそうしようとしたのを感じとった。

「わけは言えないけど、警察には行けなかったのよ、オーケイ？　あなたにはつらいことでしょうけど、すべての警官があなたみたいじゃないもの」

「だから今度も警察に行こうとしなかったのか？」

シモーンはうなずいた。「行けないのよ。そのシスターたち、彼女たちがあたしをニューヨークから逃がしてくれた。ここへ連れてきてくれた。あたしは……この国では合法じゃないの」彼女は不安げにバニーを見た。「あなたにこういうことを全部打ち明けるべきじゃないのはわかってる、でも調べられるよりいいと思って。あたしだけの問題じゃないの、わかるでしょう。シスターたちを守らなきゃならない。あいつらはあたしを探している、この先もやめることはない、でもあたしがここにいるのは知らないはず――誰かが教えないかぎり。たぶん……ねえ、この情報をどうするかはあなたしだいよ、でもシスターたちは巻きこまないで」

バニーは炎を見つめた。「何も言わないよ」

シモーンは長いあいだ彼を見つめていた。「本当？」

彼は頭を振った。「おまけに、この国じゃ尼さんは法律より力があるからな」彼は声を低めた。「それにもっとずっと怖い」

「聞こえましたよ」ドアのむこうから声がした。

シモーンはぐるりと目をまわして、少し声を大きくした。「バーナデット、立ち聞きは罪じゃないの？」

「わたしは六十七歳で処女なんですよ。神も罪の二つくらいお許しになるでしょう」

シモーンはこれみよがしに咳払い(せきばら)をした。

「わかりましたよ」彼女の足音が廊下の先に消えていくとき、バーナデットは自分のひとり言が二人にはっきり聞こえるように声をあげた。「ここはわたしたちの家で、あの人たちはテレビのある唯一の部屋を占領してしまったのに。わたしにどうしろというのよ？　アサンプタ――もう一度服を着てちょうだい！」

バニーは笑った。「ここじゃ退屈する暇はないな」

シモーンはまだいびきをかいているマーガレットのほうを頭でさした。「彼女が目をさましたときあなたもここにいるべきよ。船乗りなみに悪態をついて、二十一発の礼砲みたいにおならをするんだから」

「面白い人みたいだな。ともあれ、俺はもう帰ったほうがよさそうだ」バニーはテレビのほうへうなずいてみせ、立ち上がった。「邪魔はしたくない」

「わかった」シモーンは隣で立ち上がって言った。「来てくれてありがとう」

彼女はドアをあけ、先に立って廊下を歩いていった。

「そうだ」バニーは言った。「〈チャーリーズ〉に寄ってきたんだ。ノエルがきみのことをずいぶん心配してた」

「ええ、電話しなきゃね。バーナデットが、彼がずっと電話してきているって言ってたし。あたしはただ、ほら、何て言えばいいのかわからなくて」

「そのうちわかるだろう。それにその気になったときには、ほら、きみの大ファンの連中はいつだって、きみが歌うのを聞きたがってるって知ってるだろ」

シモーンは恥ずかしそうにほほえんだ。「どうかしら」

彼女がドアをあけると冷たい宵の風が吹いていた。その風が二人に吹きつけ、家の中の暑苦しさから解放されてほっとした。

バニーは足を止め、景色に立ちすくんだかのように動かなくなった。

口を開いたとき、その声はかすれたささやきになって出てきた。「シモーン、ニューヨークであったのはどれくらいひどいことだったんだ?」

シモーンがあまりに長いこと通りに目を向けていたので、バニーは彼女がいまの問いかけが聞こえなかったふりをするんじゃないかと思った。やがてゆっくりとシモーンは彼に向き合った。そして片手を上げて、顔にかかっていた長い髪をかきやった。腫れた目と黒いあざのむこうに、もっとひどいものがあった。盛り上がって焼けただれた皮膚の川が、耳の上から顔の横を降りて首へうねっていた。

バニーは思わずぎょっとした。

シモーンは床に目を向けたまま言った。「ひどいでしょ」

18

フランコ・ドイルは下のアスファルト舗装された区画に向かって坂になっている、でこぼこの道をゆっくり歩いた。この道は敷設されたというよりは、何十年にもわたって何千もの足が同じ経路を選んできたせいで、すり減ってたいらになったものだった。さっきの雨ですべりやすくなっており、冬の夜は霜のような冷気を運んできている。それと、背中のかさばるリュックのせいで、フランコはひどく気をつけて歩かなければならなかった。何よりも、ころんで尻をつきたくない――この観客たちの前では。いつまでもそのことを言われるだろう。

彼らはファーリー・グレンで午後八時ぴったりに会うよう指示されていた。大きいほうのフェニックス・パークの中にあるエリアだ。メインのパークのほうは木々がきれいに刈られ、きちんと手入れされていた。ファーリー・グレンは自然が手を加えられずにある小さな一角だった。

フランコが会うことになっている男たちは待たされるのを好まなかった。もう二十分もすぎており、ベンチのそばの、彼らが立っているところから、いらだった敵意ある視線を向けてきているのが感じられた。ピーター・ディランとポール・ロバーツ。ディランは二人のうち、背の高くて筋肉のあるほうだ。見たところは盛りをすぎたヘビーウェイト級ボクサー。フランコは彼を漠然としか知らなかった。いくつかの土地で防衛関係の仕事をしていた——というか、少なくとも、加わった組織で最近昇進するまではそうだった。ポール・ロバーツのほうはかなり小柄だった。フランコは一度しか会ったことがなく、気が合うとはいかなかった。ロバーツがこの状況において権限を持つ者であり、いっぽうでディランは単に仲介者、そしてちょっとした見かけ倒しの筋肉としてかかわっているだけだった。この民兵組織員たちが、ダブリン人が得意だと思っている数少ないもののひとつが、別のダブリン人と話すことだった。アイルランド共和国軍相手のときはいつものことだが、主導権を持っているのは北の訛りのある男で、それがロバーツだった。

フランコに接触して最後通牒を出してきたのはディランだった。IRAは彼とトミー・カーターに会って、未払いの手数料と、いろいろなことがなされたいきさつに対して払われていない敬意についての話し合いを望んでいる。フランコはそのメッセージを正しく伝えた。

夏になると、この場所は学校の遠足や写真を撮る観光客たちでいっぱいになる。しかし冬の寒さが厳しくなり、雰囲気のある照明の下だと、身が引きしまるような、陰鬱な美しさがあった。フランコがそのよさをじゅうぶん感じられたわけではない。彼は自分の足に注意するのでせいいっぱいだった。

目を上げると、ロバーツの目が煙草の上からにらんでいるのが見えた。ベンチの上の照明は、パークのこの区域は夕暮れから閉鎖されているにもかかわらず、点灯していた。照明をつけること——それは目出し帽の少年たちがまだこの街に感じている、ある種の魅力なのだ。ロバーツは夜に向けて煙草の煙の雲を吹き上げ、たちこめつつある霧とまぜた。

フランコはようやくたいらな地面に着くと、わざとのんびりしたペースで残りの距離を進んだ。一瞬、口笛を吹こうかと思った。

「ピーター、ポール」彼はにやっと笑って言った。

「遅刻だぞ」ロバーツのつっかかるような北部のかん高い声は、どんな状況でも脅しに聞こえただろうが、いまはあきらかにそのつもりで発せられていた。「それであんたのボスはどこだ?」

フランコは肩をすくめた。「車を停めてる」

次にディランがしゃべった。「あんたは態度に気をつけたほうがいいぞ、フランコ」

「おや、そうか?」フランコはのんびりと背中からリュックをおろし、地面に置いた。

「ああ、そうしたほうがいい、このデブ野郎が。さあ、カーターのやつはどこにいるんだ?」ロバーツが言った。

フランコはしばらくロバーツを見て、それからディランのほうを向いた。「ピーター、ここにいるおまえの北の友達に、そういう態度でしゃべられるのは好かんと言ってくれ」

「俺は俺のしたいようにあんたにしゃべる、だからそれが気に入らなけりゃ、うちのボスたちに言うんだな」

フランコは肩をすくめた。「この頃のおまえらのボスってのは誰なんだ？　去年おまえらは全員、あの聖金曜日合意（一九九八年にイギリスとアイルランドのあいだで結ばれた、北アイルランド紛争に関する和平合意。この合意の後、アイルランドは国民投票によって、北アイルランド六県の領有権主張を放棄することを決めた）ってやつに署名したんだから、ゲームから降りたと思ったんだが？」

「ＩＲＡは、常に、その利益と、アイルランド人民の利益を守るためにいる」

「ああ」フランコは言った。「その順番でな」

ロバーツは池のほうに煙草を捨てて前へ出た。「俺がここに来たのはトップのやつと話をするためだ、そいつの太った猿とじゃない」

「トミー・カーターは呼ばれたからって走ってきたりしない。敬意を払っているから、おまえたちの言い分を聞きに、俺をよこしたんだ」

「敬意だと、くそ食らえ」

フランコはあくびをして、それからディランのほうを見た。「おまえらがイギリス人（ブリッツ）と戦うはずだったとき、それがどうなったか、俺はおぼえているが？」

ロバーツは彼に飛びかかろうとしたが、ディランが大きな腕をさっと出して彼を引き戻した。

「もういい、こんなのはもうたくさんだ。フランコ、下衆を演じるのはやめろ」

フランコは両手に息を吹きかけた。「俺はここに来た、寒いし、もっとましな、やっているべきことがあるんだ。話を進めていいか？」

ロバーツはディランの腕を押しやり、ジャケットを直した。「わかった」彼は言った。「あんたらの若造の王様に、おまえの行動は注視されていると伝えろ。もう——二度も——手数料を払えと言われたのに、二度とも断りやがって」

フランコはうなずいた。

ロバーツは前へ出て、彼ら三人以外は誰も聞く者などないと思われるのにもかかわらず、声を低めた。「おまけに、あんたらが使ってる武器は、こっちの許可なく、俺たちから手に入れたものだろう」

フランコは笑った。「そいつはおまえらが二年前、カラにあるアイルランド軍の兵舎から、やつらの許可なくいただいてきたものと同じじゃないか?」

「誰も俺たちから盗ませやしないぞ」

フランコは噴き出した。「じゃあ今度はそうはいかないようだな?」

「賠償金を払う気があるのか、ないのか?」

フランコはまた噴き出した。「賠償金? そいつはうまい言葉だな。賠償金か」彼はそれを味わうかのようにゆっくりと言った。

ディランが彼のほうにまっすぐ体を向けた。「フランコ、この話は真剣に受け取ったほうがいい。われわれの友情がここであんたを守ってくれるとは考えないことだ」

フランコはロバーツから目を離さずに言った。「友情だと? 馬鹿言ってんじゃねえよ。おまえなんぞ、俺たちにはお笑い草だ、ディラン。おまえもおまえのくだらん夢見るお仲間も。ダブリンを出てIRAの仲間になって、どこかの北部野郎にいいように使われるなんて、どんだけ哀れなんだよ? あいつらは見こみのない戦いを繰り返してるっていうのに」

ディランはぶあつい手を突き出してフランコの肩を突いた。「くたばりやがれ、フランコ」

フランコはわずかに後ろへよろめき、自分の肩を見た。「俺がおまえなら、そんなことは二度とやらないがな」

「それで」ロバーツが言った。「あんたらの答えはもらえるのか？」

「ああ」フランコは答えた。「それどころか、トミーからおまえたちへの伝言をそのまま伝えるよ。賠償金を持っていけばいい、おまえたちの税金も盗んだ銃も持っていけばいいし、無駄にほしがればいい。実際には……」

フランコは口笛を吹いた——長く、大きな音で一度。

一秒もしないうちに、赤い点がピーター・ディランの胸にあらわれた。ポール・ロバーツの胸にあらわれたものよりわずかに早く。公正を期すために言うと、とフランコは思った。ディランのほうが狙える胸がでかいからな。

ディランは下を向いてごくりと唾をのんだ。「ポール？」

ロバーツはフランコに向かって笑みを浮かべたままだった。「こんなつまらない座興で俺が動揺するとでも？　ああ、実にうまいけどな。腕のいい兵士を自由に使えるのはあんただけだと思っているのか？」ロバーツはフランコに大きく笑うと、後ろへさがって声をはりあげた。

「トニー、そろそろ出てきて遊ぶ時間だぞ」

何も起きなかった。

何秒間も、何も起きないままだった。沈黙が長引くにつれ、ロバーツの笑みがゆっくりと消えていった。

ロバーツはわずかに声を大きくした。「トニー？」

フランコが爆笑した。「おまえの顔ときたら」彼は二歩さがってジグを踊り、さも驚いたようにまわりを見まわした。そして歌うような震え声をはりあげた。「トニー？　どこにいるんだ？　おまえのポールおじちゃんが出てきて遊んでほしがってるよ！」

ディランが何か言おうとしたが、ロバーツがにらんで黙らせた。しかし今度は彼も目を下に向け、まだ自分の胸に光っている赤い点を見た。

フランコはにやにやしていた。「それで、トニーってのはおまえがこのまわりの茂みに隠してた三人の坊やのひとりか？　それとも道路の先のバンにいた二人のうちの片方か？」

「俺たちをだまそうとしても無駄だ」

フランコはまた笑った。「だまそうとする？　もうだまされたってことはいずれわかるだろうよ」彼は前へ出て、その顔から笑みを消した。「これがトミー・カーターからの伝言の残りだ。ここはもう俺たちの町だ。おまえたちがもういっぺんでも俺たちのビジネスの邪魔をしようとしたら、次は死人が出る。おまえたちがいま自分たちの馬鹿げた目出し帽やら銃を撃つやらの葬式で、客寄せの出し物になっていない唯一の理由は、俺たちがそうしないことにしたからだ。それを忘れるな。これはおまえたちへの一度きりの警告だと思え」

彼は足元のリュックを蹴った。「こいつはやるよ。おまえらの見習い五人の服だ。俺だったらいそぐね、えらく冷えてきたし、あいつらもいまごろは寒さを感じているだろうよ、パンツ一枚だけであの木に縛られてるからな。おまえたちのボスに、トミー・カーターが〝とっと失せろ〟と言ってたと伝えとけ」

フランコはきびすを返して、さっき下ってきた坂をのぼりはじめた。

「これで終わりじゃないぞ」ロバーツが言った。

「おまえらのために、これで終わることを願うんだな」

19

ネイサン・ライアンははっと目をさました。

ここ何日もよく眠れていない。また悪夢を見たんだろうか？　いや、たぶん違う――そんな記憶の残りが意識に引っかかっていないのはたしかだ。たぶん騒音に関係あるんだろう。なんと言っても、テンプル・バー（リフィ川の南側にあるパブが多くある地域）に住んでいるのだ、それにこのペントハウスが二重ガラス窓になっているとはいえ、多数の下層民の酔っ払ったわめき声を完全に無音にできるわけではない。

時計を見た。午前三時十七分。

このところの悪夢はおかしなものだった。目がさめているときは、ことのいきさつをはっきりおぼえている。自分は魅力的だし、あの女は心理戦をしかけてきていた。たしかに、そもそもいきなり行ったのはまずい思いつきだったかもしれない、だが、ときにはまずいことを思いつかないやつなんているか？　あの女はすっかりキレて、俺のレミー・マルタンのボトルを投げつけてきた。こっちは殺されるところだったんだ。そのあと彼女が俺の目に指を突っこんだから、こっちも手を突き出した。完全に自己防衛で。

ネイサンはこの三日間サングラスをかけ、シャワー用のヘチマで目を突いてしまったことにしていた。あとに残るダメージはないようで、あの女は運がよかった、でなければ重大な訴訟に向き合うことになっただろうからな。ネイサンはそういう思考の道から頭を引き離した。楽しくない場所へ続いていたからだ。彼は人々が自分をどんなやつに仕立て上げようとするかわかっていた。それどころか、汚らしい噂(うわさ)をまきちらすことだってやりかねない。そういう噂でキャリアが終わってしまうことだってありうるのだ。

キッチンで物音がした。

「いいかげんにしろ、ミセス・トゥインクル！」彼がその猫を飼ったのはただ、元妻が飼いたがったからだった。飼いつづけているのもまったく同じ理由だった。実際には、彼は猫が大嫌いだった。とくにこの猫は、ネイサンのアパートメントにできるかぎりダメージを与えようとすることを楽しんでいるようにみえた。まさに彼が必要としているすべてだ――彼の生活における新たな気まぐれビッチ。

ネイサンは羽毛布団をめくって、ベッドの端に起き上がった。キッチンに痛み止めがあと二錠ある。あしたはジャッキーにもっと強いやつを用意してもらわなければ。医者には行きたくなかった。あいつらはいろいろきいてくるだろう。いまじゃみんな、人のことはほうっておいてくれないのだ。

不快な谷間にはさまっていたボクサーショーツを引っぱり出し、キッチンへ向かった。大きな窓は雨に濡れそぼったダブリンの比類なき景色を見せてくれている。そのむこうから、じきに夜明けの光が忍びよってくるだろう。さっさと動きだしてこのじめじめした街のゴミ捨て場を出ていけば、それだけ気分がよくなるというものだ。

週末にウォッカのストリーチナヤがボトル半分残ったから、それで痛み止めをチェースできる、そうすればやっと少しはぐっすり眠れるだろう。冷蔵庫をあけた。庫内のライトで、あの怒った筋肉野蛮人の卑劣なパンチが残した、右腹の紫になったあざが見えた。ネイサンがあの不愉快な出来事をそっくり忘れたがっているのは、あのけだものにとってラッキーだ。ネイサンの親しい友人には、高い地位についている警察官が何人もいるのだから。公務員の給料で、ネイサンのレストランで食事をしたい人間は、誰であれ、とても友達思いでなければならない。恩はいくつも売ってあった。彼はそっとあざにさわってみながら、もう片方の手でウォッカのボトルに手を伸ばした。

ボトルはなかった。ネイサンはとまどって冷蔵庫をのぞきこんだ。たしか……。

後ろにあるオープンプランの居間のランプが点灯し、ネイサンは飛びあがった。振り返ると黒い革の椅子がまわった。男がひとり、ミセス・トゥインクルを抱いて座っていた。

「おや、ミスター・ジェームズ・ボンド」

ネイサンは驚いて声をあげ、冷蔵庫のドアをバタンと閉めてそこに体をぴったりつけた。背中にあたる冷たいスチールが、自分がほとんど裸であることを突然気づかせた。思わず、両手で下の領域をおおった。

「フリーキックを待っているのか？」

もう一度見て、ネイサンはその男が誰か気づいた。そうだ！　こいつはあのお巡りじゃないか、〈チャーリーズ〉で何度か見かけたやつだ、たいていはあのでかいゴリラと一緒にいた。

「俺のアパートメントでいったい何をしてるんだ？」

その男は——ネイサンは誰かが彼のことを〝グリンゴ〟という名で呼んでいたのを思い出したような気がした——愛情をこめて猫を撫でた。

「ほらね、ミセス・トゥインクル、彼はきっとビビるって言っただろう」

ミセス・トゥインクルは不忠にもゴロゴロと喉を鳴らした。

ネイサンは指を突き出した。「その猫はさわられるのが嫌いなんだ！」言いながら、自分でも馬鹿馬鹿しく聞こえるのがわかった。

グリンゴは猫をくるりとまわして持ち上げた。「俺にはじゅうぶん喜んでいるようにみえるがな」彼が猫を抱きよせると、猫は彼の顔をなめた。「この子は喜んでいるチビ猫ちゃんだよ、そうとも」

グリンゴは猫を膝に戻した。「とはいえ、あんたが不適切にさわるという話題を出してくれてよかった」

ネイサンの頭はフル回転していた。携帯はベッドの横にある。アパートメントの電話は居間のむこう側だ。

「あんたはどうしようもない悪ガキだったんじゃないか、ネイサン?」

「なあ」ネイサンは声に恐怖が出ないようにしながら言った。「あのでかいゴリラがあんたに何て言ったかは知らないが、あいつは完全に勘違いをしてたんだよ。あれは全部誤解だったんだ」

「ほう」グリンゴは言った。「そうじゃないかと思ったんだ。それじゃあんたは自分の半分の大きさしかない女を襲わなかったし、もっとひどいことをするつもりもなかったわけか、あの――何だっけ? ああそう、〝でかいゴリラ〟が――あらわれたときに?」

「も……もちろんだ」

「驚いたな」グリンゴは言った。「あんたがポーカーをしてくれるといいな、すさまじく嘘が下手だからさ、ネイサン」

「言ってるだろう、あいつが嘘をついてるんだ。あれはそんなことじゃなかった」

「オーケイ」グリンゴは言い、今度はミセス・トゥインクルの顎(あご)の下をかいた。「本人にきいてみようじゃないか」

ネイサンはグリンゴがアパートメントの玄関ドアへ頭を向けたので、その視線を追った。マガリーがランプの光の中へ進み出てきたので、彼はあやうく飛びあがりそうになった。マガリーは怠(なま)け者の目にものすごい憎しみをこめてにらみつけてきたので、ネイサンは体の排泄(はいせつ)機能を制御できなくなる重大な危機に陥った。

「近づくな、でないと警察を呼ぶぞ！」

グリンゴはくっくっと笑った。「どうやって？　叫んでもらってもかまわないが」

「短くな」マガリーが付け加えた。

グリンゴはうなずいた。「短くな。それにわれわれがいるのはテンプル・バーだ。住民は夜中に人が叫んでも聞き流すのがうまいんじゃないか。そうならざるをえないだろう、ここに住めば」

「こんなことは許されないぞ。あんたたちは警官だろうが！」

「実を言うと」グリンゴは言い、ネイサンのストリーチナヤのボトルを、置いておいた椅子の横からとった。「いまのいま、俺たちは単なる憂える市民なんだ。それどころか、俺たちの名前を警察に言ってくれてもかまわない。ほぼ鉄壁のアリバイがあるんだ。俺たちはいま、深夜、閉店後の一杯を楽しんでいるところなんだよ、一緒にいるのは……」彼は指を折って人々を数えはじめた。「……ミスター・ノエル・グラフィ、ジャズバー〈チャーリーズ〉の経営者だ、それからジョーンとジェリーというチャーミングな定年後カップルで、それぞれ教師と銀行支店長だった。それから、待ってくれよ、待ってくれ……シスター・バーナデット――尼僧だよ、本物の、まぎれもない尼僧なんだ！」

ネイサンは半分しか聞いていなかった。うなずきながら、じりじりと右手を後ろへ、ナイフ類を差してあるブロックがあるはずのところへ動かしていた。優秀なシェフはみんな、自分のナイフ類がどこにあるのか常にわかっている。

　グリンゴは少しだけ身を乗り出した。「だから自分にきいてみなきゃだめだ、ネイサン、尼僧が、本物の尼僧が喜んで——いや、わくわくして——あんたを始末しにいく男にアリバイを与えようとするなんて、自分はどれくらい最低の人間なのか、ってな」

「悪かった」ネイサンは言った。「もういいだろう？　本当に悪かったよ」

　グリンゴはもう一度マガリーに顔を向けた。「悪かったと言っているぞ」

「本当か？」マガリーが答えたが、気にもかけてないのはあきらかだった。「これから思うほどじゃないだろう」

　グリンゴはうなずいてミセス・トゥインクルの顎の下を撫でた。「ところでネイサン、あんたのナイフ類は移動しておいたよ。誰にも怪我をしてほしくないんだ、そうだよな？」

　ネイサンは後ろに目をやり、体ががっくりとなった。「じゃあこれは何なんだ？　あんたたち二人は俺を脅しにここへ来たのか？」

　グリンゴは首を振った。「まさか、ネイサン。なあ、ここにいる俺の仲間は、女に手をかける男に対する考え方では、ある界隈でとても有名なんだ。つまりな、誤解しないでくれ、俺はたいていのほかの人間と同じく——それにもう一度言うとな、ネイサン、尼僧だよ、尼僧！——そういう男のために使う時間はたいしてないんだ、だがこいつは」グリンゴは言い、マガリーがぴくりともせず立っているドアのほうをさした。「レベルが違う。そういう男を探し出しては、法の裁きにかけるために、法律の範囲でできることはすべてやる、そしてもしそれができなければ、そうだな……」グリンゴはまぎれもない愛情をこめて彼を見上げているミセス・トゥインクルを見おろした。「そうだな、俺たちはバーの店主、教師、銀行支店長と尼僧で、ジンラミーをやりにいく」グリンゴはまたしてもひとり笑った。「マジかよ――尼僧とはね」

ネイサンはマガリーがこちらへ歩きだすとぎくりとした。

「やめろ、やめろ、やめろ、やめろ、やめろ、やめろ」

「ああ」グリンゴはおだやかに椅子に座ったまま言った。「それじゃいまの話の意味はわかるんだな」

パニックを起こしたアドレナリンがネイサンの血管をどくどく流れた。「それじゃあんたたち二人は、俺を殴りにここへ来たのか？　へええ、たいした男どもだ！」

グリンゴはユーモアのない笑い声をあげた。「いや違うぞ、ネイサン。ほら、ここにいる俺の友達はあんたに罰を与えにきたんだ」

ネイサンは冷蔵庫の光る金属の前面をずるずるとすべり落ち、自分を守るように両手を頭の上にあげた。

目を上げると、マガリーがのしかかるように立っていた。

「俺がここにいるのは、こいつがあんたを殺さないようにするためだよ」

20

バニーはブリーフィング室へ入ると、ピアース・ストリート署の有名なまずいお茶をグリンゴの前に置いた。グリンゴはありがとうとうなずき、バニーは彼の横の椅子に座った。

二人はクラナヴェイル・エステートの平穏無事な日中シフトのあと、まっすぐ署へ来た——まあ、前日の基準に照らせば平穏無事、ということだが。夜シフトの者たちはジョン・オドネルとフランコ・ドイルが午前一時ごろ帰宅したことを確認した。ジミー・モランは午前四時直前にタクシーからふらふらと降りてきて、そのあとに酔ったブロンドの女が続いた。そのときにはディニー・マルドゥーンとパメラ・〝ブッチ〟・キャシディの両刑事が彼の家を張りこみ中だった。ブッチはブリーフィング室の真ん中で立ち上がり、そのときの話を特捜班のほかの面面に伝えていた。

「それで、あいつが連れていたその若い女が着ていたのは——まったくねえ、あなたならあの服をどう表現する、ディニー？」

ディニー・マルドゥーンは、猫にひきずりこまれた何かのような顔をしたが、それでも相棒がその話をするのを楽しんでいた。彼の強いケリー訛りが部屋に満ちあふれた。「まあ、こう言わせてくれ、キャシディ刑事、問題の若いレディの服は、そうだな、〝ほとんどない〟とみなされるだろう」

　ブッチは指を一本、自分の鼻の頭に置き、それからマルドゥーンをさした。「ほとんどない(スキャント)。スキャントは実にぴったりの言葉よ、マルドゥーン刑事。彼女の服はあきらかに〝みごとなほどない(スキャンテラス)〟だった」

　集められた面々の笑い声がうなりと混ざり合った。

「それでとにかく」ブッチは続けた。「モランがわれわれの車のところへやってきて、通りすぎざま窓の内側へ手を振りながら、〝万事順調かい、お巡りさんたちよ、楽しい夜だっただろ〟――そういうことを言ってった」

「イヤな野郎だな」

「本当にそう、そしてそのあとあいつはその女をわれわれの車のボンネットに寄りかからせて、服を着たままセックスのまねを始めたの」

　ブッチはデスクのひとつに寄りかかり、ノリノリでそれを実演しはじめた。「それでこうよ〝ああそうだ、彼女はこれが好きになるぞ、ひと晩じゅうヤりまくるぜ〟」

「あの男は実に詩人だ」マルドゥーンが合いの手を入れた。

「個人的には」ブッチは続けた。「その場であいつを詐欺で逮捕したかった。あのド阿呆(マペット)がたぶん使ってるステロイドの量からして、あいつのちっこいチンチンが誰かを楽しませる最大のチャンスは、アレを飾り立ててパペットショーをやるときじゃないかと思うのよね」

　馬鹿笑いの波が十四人の警官たちに広がった。

「ともあれ、もううんざり。われわれは車を降りて、ディニーが色男をどかしたの」

マルドゥーンが前へ乗り出した。「本当にやったよ。ミスター・モランに、あんたは迷惑行為をはたらいており、そして一九九四年の刑事司法治安法の第五項によって、真夜中から午前七時のあいだに公共の場において不快な行為をした人はすべて罪になります、って説明してやったんだ」

「すげえな、ディニー」バニーが口をはさんだ。「あんたが引用をすると楽しくなるよ。その筋肉ガチガチ玉はどう反応した？」

「あんたがきくとは面白いな、マガリー刑事。好意的じゃなかったが、こっちが期待したほどひどくなかったよ。あいつが一発殴ってくればいいと思ってたんだ、そうすりゃ警官に対する暴行で引っぱれるからな。そこまでの幸運はなかった。そのかわり、〝これはハラスメントだ！　俺が誰に不快なことをした？〟ってな。まあ、〝俺にだ〟って言ってやりたかったよ、こっちは家に十か月の赤ん坊（バンビーノ）が二人いて、俺と妻がそろってはっきり目をさまして、赤ん坊が俺たちのどちらにも吐いてない状態で同じ部屋にいたのはずいぶん前だってのにさ」

「マルドゥーンの家では夫婦の面会が不足してるからねえ」ブッチが裏づけした。「この人はほんとに気の毒よ、わたし、あいつをうちに来させて見張ろうかと思ったこともあるんだから」

「それで、やつを逮捕したのか？」ジョン・クィン部長刑事がきいてきた。打てば響く機知で知られてはいない男だ。

「いいえ」キャシディが答えた。「もちろんしてない。〝操り人（リガー）〟が、ハラスメントの訴えに道を開いたり、そうなるよう仕向けたりするなと言ったんだから」

「それじゃ話のオチは何なんだ？」クィンはまわりじゅうがぐるりと目をまわしたことに気づかずに言った。

「ああ」ディニーが言った。「キャシディ刑事、その点についてクィン部長刑事の目を開いてやってくれないか？」彼はその言葉を宙ぶらりんにしながら、ブッチに目を向けて相方に話のヤマ場を譲った。

「それで、ディニーがモランと内緒話をしているあいだに、わたしは彼のご婦人の友達とおしゃべりしていたの。彼女に言ってあげたわ、〝ええそうなの、わたしたち彼を尾行しているのよ、彼は監視下にあるの〟。彼女はそのことは知ってたわ、ちなみに。それで興奮してるみたいだった。ワルい男のイメージが好きとかそういうやつね。だから言ってあげたの、〝ええ、彼をつけていくのよ、ジムとか、いろんな店とか、性感染症クリニックとか……〟」

笑い。

「〝性感染症クリニック？〟って彼女は言ったわ。わたしは続けた、〝おっと、しまった――それは言っちゃいけないんだった、聞き流して。たぶん何でもないわよ、そこで働いている誰かと知り合いなんじゃないかな――二週間に三度も行ってるし〟」

さらに笑いが起こり、拍手がぱらぱらと混ざった。

ブッチはお辞儀をした。「それで、シンデレラは突然、すぐ家に帰らなきゃならないことを思い出したの、プリンス・チャーミングがかぼちゃになる前に」

「むしろカニ（クラブズには"梅毒"の意味がある）だろ！」

「そうしたらモランの怒ったこと！」

「まったくなあ、みんな」ディニーがにっと笑いながら言った。「そのときのあいつの顔にはいくら払っても惜しくなかったよ」

「彼はひと晩じゅうがんばったんじゃない」ブッチが言った。「あのごりっぱな三角筋のせいで、両手を下にやっても自分のチンコをつかめないのを呪いながら」

キャシディは部屋のみんなを楽しませようとそのときのことを実演しはじめ、両わきの下に見えないカーペットロールを抱えているかのような、モランの筋肉ガチガチの歩き方をまねてみせた。

後ろから咳払いの音がした。

室内がしんと静まった。

ジェシカ・カニンガム部長刑事が入口に立って、彼女の高慢な基準に照らしても不機嫌そうな顔をしていた。

「みんな楽しくやっているようでよかったわ。わたしの知らないことで、何かお祝いするようなことがあったの？」

ブッチが赤くなって黙り、自分の席に座るいっぽうで、室内の面々は落ち着かなげにもぞもぞと動いた。

「われわれはカーターたちにコケにされたというのに、ここで全員揃って大笑いしているとはね」カニンガムは一瞬、室内を冷たく見まわしてから、最前列の自分の席へ移動した。オルーアク警部補とオーシェイ部長刑事がそのあとから入ってきたが、たったいま発せられた厳しい叱責(しっせき)には気づいていなかった。

オルーアクは最前列のデスクに寄りかかり、そのあいだにオーシェイがコピーを配りはじめた。

「オーケイ、みんな、集まってくれてありがとう。さて——きのうは道化芝居になってしまったし、われわれは全員そのことを知っている。ミスター・カーターはたしかに〝創意に富んでいる〟な、あのチビ野郎は、だがわれわれはそれを知っていた」オルーアクはいったん話をやめて室内にいる自分のチームを見わたした。「士気が問題なのはわかっている。わたしもそれが見えてないわけじゃない。この件にかかってもう五週間になる、だが率直に言って、そうはみえないかもしれないが作戦はうまくいっているんだ。きのう、やつらはかなりの手間をかけてまで、われわれの監視から逃げ出さなければならず、そしてそうしたとき、やつらには消えていたあいだのアリバイはなくなった。これまで連中が仕事をしたとき、われわれが抱えた大きな問題のひとつは、クラナヴェイル・エステートが連中にいくらでもアリバイを提供してきたことだった。しかしわれわれが監視につくと、彼らはアリバイが作れなくなった。われわれのおかげで連中は仕事がしづらくなっているんだ」

それは本当だ、とバニーは思った——ある程度までは。彼らがきのう何をしていたにせよ——そしてあらゆる銀行、現金輸送車、巡回中の警官たちは、武装強盗の危険が高まったと通知を受けていた――あきらかにはなっていない。何かをやっていたのかもしれないし、単に警察を間抜けにみせたかっただけかもしれない。いずれにしても、彼らは成功した。

「いま新しいガイドラインを渡した」オルーアクは言い、コピーした紙の一枚を持ち上げてみせた。「もっと人員を要請しているところだ。あの地域のすぐ外にも車を一台、配置するようやってみる、そうすれば彼らが今回のような曲芸をやっても、尾行をつけられるからな。さしあたっては、きみたちのすべての車のグローブボックスにビデオカメラを装備ずみだ。むこうがこちらを撮影するなら、こっちも撮影する。編集された動画が出てわれわれが悪者にされ、反撃できないのは困るんだ。カーターは利口だが、プレッシャーがかかればいずれ失敗をする。そうは思えないかもしれないが、われわれはこちらが望むところでやつらをがっちりつかまえているんだ」

21

「俺たちはこっちの望むところでやつらをがっちりつかまえてるんだ」ジミー・モランが言った。

トミー・カーターは指を一本、唇にあてて、これみよがしにジョン・オドネルのほうへうなずいてみせた。オドネルは彼らが最後にフロリダへ行ったときに持ち帰ってきたスキャン機器を手に、正面側の部屋を系統的なやり方で歩いていた。マイアミにいるオドネルの仲介者からのプレゼントは、役に立つことを証明中だった。

フランコはアームチェアに座り、ソファに伸びてクッションに足をのせているモランを見た。この男は何に対しても敬意というものがない、それにトミーが、彼の前には両親がしていたように、自宅を清潔にしていることから考えても、この態度は二重に敬意を欠いている。モランは生まれつきそういう感覚がないのだ。

「頼むよ、トミー」モランは続けた。「ジョーノ(ジョンの愛称)が二日前に全部調べたじゃないか。さっさとやろうぜ」

オドネルは手を止めて当てつけるように彼を見おろした。

モランのほうが体の存在感は堂々たるものかもしれないが、それでも彼はオドネルに見つめられるとしゅんとなった。「言ってみただけだよ」彼は言い、両脚の位置を変えた。いらだって、ポケットからジッポのライターを出し、カチカチつけたり消したりしながら、その炎に指をくぐらせはじめる。

トミーは母親が亡くなって以来二十年間、誰も弾いていないピアノに寄りかかっていた。彼がモランに向けた視線は何を考えているのか読みづらかった。トミーはいつも何を考えているのかわかりにくい。

オドネルが最後の壁に機械を上下に走らせるのを終えてから、カーターにこれでいいとうなずいてみせ、暖炉のそばに行った。トミーは体をまわしてピアノの上に置かれた電波妨害装置のスイッチを入れた。二重の安全対策だ。「よし、今回集まってもらったのは指示を出すためだ。簡潔かつ的確なものにしよう。フランコ、北からの友人たちとの話し合いはどうだった？」

「スムーズにいったよ、トミー。あのロバーツの野郎、俺たちがやつの手下どもを使えなくしたとわかったときには、クソをもらしそうになってたんじゃないか」

「こちらの想定外のことは何か言っていたか？」

フランコは首を振った。「いや。何かよこせっていつもの無駄吠えさ。自分たちが大きな悪い狼のつもりなんだ。あれ以来何も言ってきてないが、今後も耳はすましておく」

「オーケイ。いいだろう。安全確保の点は？」

カーターはオドネルに目を向けたが、答えたのはモランだった。「魔法みたいにうまくいったよ。素人の集団は何でやられたのかもわかっちゃいなかった。きっと……」

モランはトミーの顔に浮かんだ表情に気づいてしゃべるのをやめた。

「ジョン？」

「ああ」オドネルは言った。「だいたいうまくいった」

「だいたい？」

オドネルはモランのほうを見た。「ジミーが相手の若者のひとりと殴り合いになって、そいつを少しばかり痛めつけた」

モランは前へ乗り出した。「あいつが汚いまねをしやがったんだよ、トミー」

カーターはもう一度オドネルを見た。「どれくらい？」

オドネルは肩をすくめた。「たいしたことはない、だがそいつはもう救急救命科に行っただろう」

「それがどうした」モランが言った。

カーターはため息をついた。「たいしたことじゃない、ジミー、もちろんそうだ――しかしそいつは病院へ行く。見てそれとわかる傷ができているだろうな。そうなると質問がされる。警察だって殴られた顔をした人間がいることに気づく程度には頭がある。われわれは宣伝したいわけじゃないんだ」

「あれはメッセージになるぞ」

カーターは話しているときに身動きしない。フランコはずっと以前からそれに気づいていた。トミーは完全にじっとしていることが、薄気味悪いほどうまい。「われわれが送るメッセージは、俺が送ると言ったものだけだ。そこは本当にはっきりわかっているか?」

フランコが見ていると、モランは年下のトミーにおだやかに見られて居心地悪そうにもじもじし、それから小さく言った。「わかってるよ、トミー」そしてまたライターをカチカチやりだした。

フランコはトミー・カーターの肉親以外では誰よりも彼を知っているかもしれないが、その彼ですら、近くで見ていなければ、一瞬のいらだちが、それ以外は読めないトミーの顔をよぎるのはわからなかっただろう。

「いいだろう。それじゃ、おまえの友達とはその後どうなった?」

モランは元気づいた。「すごくうまくいった。荷は月曜の二十時三十七分に入ってくる——こっちの予想ぴったりに」

フランコは片手で髪をかきあげ、頬をふくらませた。「それに手を出すわけにはいかないぞ、トミー、俺たちには警察が張りついてるんだ」

モランが肩をすくめた。「俺たちはあの間抜けたちよりずっと先を行ける、何を大騒ぎしてるんだよ？ あんたはヤワになったんじゃないか、フランコ？」

「何を言いやがる、ジミー」モランは機会があるたびにフランコに対し、自分やオドネルの〝強い男〟の軍隊話をひけらかしたがり、フランコはそれにうんざりしきっていた。モランは賢明さとおびえを混同しすぎている。

モランは言い返そうとしたが、トミーが片手を上げてさえぎった。「おまえたちのいがみ合いに割く時間はないんだ。フランコ、あんたの遠足はどうだった？」

フランコはジャンパーの内側から二枚の紙を出した。「やつは名前のリストをよこしたが、値段が二倍になった。デカどもは、たとえ汚れたやつでも、ほかのデカを売るのは好まないからな」相手をなだめて名前を手に入れるのに三十分もかかったのだ。突然良心に襲われた汚職警官くらい厄介なものはない。

トミーはページをめくった。「よくやってくれた。これは小口現金から手に入れたんだな？」

「そうだ、しかし……」フランコは両手をこすり合わせた。「資金が少なくなってきている、このあいだの仕事は経費もかかってるのに、あがりが少なかったからな」

トミーはうなずいた。「問題ない、こっちは――」

リビングルームのドアをそっとノックする音にさえぎられた。トミーは唇に指を一本あててから声をはりあげた。「何だ?」

トミーの妹、エイミアがぴょこんと頭だけのぞきこみ、心配げに部屋を見わたした。「ごめんなさい、トミー」

「かまわないよ、エイミア」トミーは妹以外、誰にも使わないやわらかい声で言った。「いつもの連中だけだから」

全員がうなずき、笑って彼女を迎えた。エイミアは短く笑ったが、フランコのほうはまったく見なかった。

「何かあったのかい?」

エイミアはささやきよりは大きいが、それほどではない声で言った。「ジャネットと映画に行ってくるの、いいかしら?」

「もちろん。お金は持っている?」

彼女はうなずいた。

「よかった。車で帰りたくなったら電話するんだよ」

彼女はまたうなずき、さっと消えた。四人がしばらく待っていると、玄関のドアが開いて閉じる音が聞こえた。

「あの子は俺たちがいるとえらくおとなしいな」モランが言った。「ジョーノに気があるんじゃないか？」

　モランの馬鹿笑いは、オドネルとトミー両方の冷たい目が切りつけてきたとたん、喉の中で消えた。

「悪かった、言ってみただけだよ。悪気はなかったんだ」

　トミーはもう一秒だけモランをにらんでから、オドネルに目を向けた。「それでおまえのほうは？」

　オドネルはうなずいた。「万事順調。スケジュールどおり。つまりわれわれは、何か別のことを早々に起こすか、思いつく必要がある」

「心配するな」トミーが言い、手に持った紙を叩（たた）いた。「弱点は必ずあるし俺が見つける。とにかく全員が予定を守って、馬鹿なことはいっさいするな」

　全員がうなずいた。

「それじゃ」トミーは言った。「アイルランド警察（ガルダ・シーハーナ）の精鋭たちが、クリスマスキャロルを歌っている十二歳の子どもたちにしてやられるビデオを見たいやつは？」

22

　シモーンは〈チャーリーズ〉の店内を、これで三度も見まわした。椅子はすべてテーブルに上げられ、トイレの明かりは消してあり、灰皿はからっぽになっている。ノエルはいまカウンターで補充をしているところで、何の手伝いもいらないと言いはっていた。

「オーケイ、それじゃ」シモーンはボトルのぶつかる音に負けずに聞こえるように大声で言った。

ノエルの頭がカウンターのむこうにまたあらわれ、にっこり笑った。「気をつけてお帰り」

「わかった。そうね。うん」彼女はうなずいたが理由は自分でもわかっていなかった。「それじゃまたあした」

ノエルは記録をつけていた在庫品元帳から頭を上げた。「ああ、もう三回も言ったとおり、またあした」彼は笑ってそう言った。

ネイサン・ライアンとのことがあったあと、仕事に戻った最初の夜だった。ノエルはバニーが来た次の日に、わざわざ家に来てくれた。というか、バーナデットがようやくノエルに来ることを許可したのだった。彼は最初から来ようとしてくれていた。病気だというシモーンの言い訳が事実とはほど遠いことに気づくとすぐに。シモーンは彼を座らせて、おだやかにことのしだいを説明した。ノエルはひたすら謝った、まったく彼の落ち度ではないのに――少なくとも彼に関するかぎりでは。そのあいだじゅうチックと痙攣があまりにひどく、ネイサン・ライアンに対する彼の意見がどこで止まり、手当たりしだいの悪態が始まったのか、よくわからなかった。彼が警察へ行こうとするのを説得してやめさせるには、バーナデットとシモーンの二人がかりになった。そのあと彼はミスター・ライアンの面倒をみてくれるかもしれない人間を何人か知っているとほのめかした。シスター・バーナデットは彼を部屋から連れ出して話をし、シモーンはそれがさぞかし厳しかったのだろうと推測するしかなかった。ノエルは戻ってくると、あきらかに復讐の話題を避けたから。

シモーンは彼が車で送っていくか、タクシーに乗るよう言ってくれると思ったものの、どちらもきっぱり断るつもりだった。生活をいつもどおりに戻そうと決めていたのだ。少なくともノエルが歩いて横丁の口まで送ると言うだろうと思っていた。しかしいざそのときになると、その戦線の戦いもなさそうだった。シモーンはほっとしたが、同時に少し傷ついた。

「オーケイ、それじゃ」彼女は言ったが、すぐにもうその言葉は言っていたと気がついた。帰ろうとして、肩からハンドバッグをさげ、脇にしっかり抱えた。バッグはバーナデットからのプレゼントだった、中に入っているお手製の催涙スプレー缶と同様に。シモーンはそうしたものの有効性について疑いを表明するという失敗をしてしまった。そしてバーナデットが牛乳配達のフレディを連れてきて、彼に実演してみせたときには震え上がった。彼が両目ともまた見えるようになり、落ち着くには一時間以上かかった。彼がキッチンテーブルに座って焼けるような目から涙を流し、はあはあ息を荒らげているあいだ、バーナデットはあなたは主の仕事をしているのよと励ましていた。

シモーンは下を見た。スニーカーをはいている。鍵はポケットに入れてある。バッグも持っている。催涙スプレーも持っている。バッグをあけ、それを確認して、それから缶をコートのポケットに移した。バッグを閉じた。もう一度鍵をたしかめ、ドアへ目を向けた。深く息をする。最初がいちばんむずかしいのだ。さっさとやってしまいなさい、そして生活を続けていくのよ。

ドアを押しあけた。

バニー・マガリーが外の階段に座って、腕時計を見ていた。彼女が出ていくと、彼の顔に大きな笑みが広がった。「調子はどうだい？」

シモーンは足を止めて彼を見た。「ここで何をしているの？」

「通りかかったとかってだけだ」

「へえ、嘘でしょ」シモーンが振り返って店の中をのぞくと、ノエルの銀色の髪がカウンターの下に隠れるのがわずかに遅すぎた。「ねえ、ありがたいとは思うわ、でも護衛なんていらないから」

「俺がどんなに脂（あぶら）っこい朝食が好きか、話したことはあったっけか？」

シモーンは眉（まゆ）を上げた。「いいえ、そうは思えないから、そういう話はしてないんじゃない」

「まあ、そうなんだよ。たっぷりのアイルランド式なんだ、いいかい。ブラックプディング（豚の血入りのソーセージ）。ホワイトプディング（豚の脂身とオートミール、タマネギなどで作るソーセージ）。卵。ソーセージ。豆。キノコ。焼きトマトなんて馬鹿げたものはいっさいないが――それにそいつは伝統における最近の変化だ――ときどきはハッシュブラウンを食べる。きみの国からの最良の輸出品だな、いま目の前にいる人間をのぞけば」

「ご親切にどうも、でも――いまの話にオチはあるの？」

「実はある。ほら、俺は先週、警察の毎年の健康診断を受けてな、そうしたらそいつが俺を座らせて言ったんだ――聞いて驚くなよ――俺は肥満だって」

シモーンは南の訛りを強くして言った。「あらまあ、はっきり言わせてもらうけど、ずいぶん失礼な人ね」

「ああまったく、そうなんだ、俺もふだんならそいつを手ひどくひっぱたいてるところなんだが、朝食のケバブをあきらめるのはいやだった。いずれにしても、科学の話でごまかすつもりはないんだが、一日に十二時間も座りっぱなしなのはよくないとわかるだろ。医者は俺に酒と朝メシを控えて、ジョギングを始めろと言ってるんだ」

「あなたはジョギングするタイプじゃなさそうだけど」

「そのとおり。俺が走るのは誰かを追いかけるときだけだし、そいつらはあとで俺にそうさせたのを後悔するはめになるよ、言っておくが」バニーは立ち上がった。「それじゃ行こうか」

シモーンはあたりを見まわした。「わたし、しばらく気絶してた？　あなたがいま言ったことと、ここに来ている理由が全然つながらないんだけど」

「簡単さ。俺は少し運動が必要なんだ、だからできるときは毎晩、ここからラスマインズにある通りまで歩いて、また引き返してくる」

「あなたの健康のために？」

「俺の健康のために」バニーは横へずれて、手を振って彼女を通した。「さあ、きみは俺の後ろを歩いてもいいし、前でもいいし、どこかほかの全然違うところへ歩いてもいい――でも俺はラスマインズの、頭のイカレた尼さんたちがいっぱいいる家まで歩いていく」

　シモーンは彼を上下に見てからほほえんだ。「オーケイ、でも、あらかじめ言っておくけど、そこの人、わたしは催涙スプレーの缶を持ってるの、だからお行儀よくすることね」

　バニーはシモーンが坂をのぼりだすと、隣を歩きはじめた。「そいつはどこで手に入れたんだ？」

「シスター・バーナデットが作ってくれたのよ」

「おったまげたね、ほんとにおっかない婆さんだな？」

　シモーンは角を曲がると足を止めた。後ろを振り返る。横丁が後ろにあった。ただの横丁が。

「大丈夫か？」バニーがきいた。

「ええ、大丈夫」彼女は答えた。「あなた、本人の目の前でシスター・バーナデットをそう呼んでごらんなさいよ」

「遠慮しとくよ、催涙スプレーのほうがまだいい」

23

　バニーは大きなあくびをした。

「誰かさんは夜ふかししたようだな」

彼は隣の助手席に座っているグリンゴを見た。「あんたが言うか。俺が大間違いをしているんでなけりゃ、それはきのう着てたのと同じスーツだろ」

「あるレディと会っていたものでね」

バニーは眉(まゆ)を上げた。「本当に？」

「ああ。二人だな、実を言うと。残念ながら、もうひとりは三枚の9でベットしていたが（ポーカーで、9のスリーカードという弱い手で勝負に出たこと）」

バニーはあきれて頭を振った。「趣味の範囲を広げたほうがいいんじゃないか」

「言っているのはどっちかな。またおまえの南部美人(サザン・ベル)を夜遅くに送っていったんだろう？　そうやってもう何週間になる？」

「まだ二、三だよ」

「歩く段階の先へ行く幸運はあったのか？」

バニーは座りなおした。「そういうことじゃないんだ」

「ああ」グリンゴは言った。「ただのいい友達か。おまえ、最近の自分を見たことがあるか？」

「何だって？」

「教えてやろう。おまえときたら、ひげはきれいに剃(そ)っているし、少なくとも一ストーン（六・三五キロ）は体重が落ちたし、いまは二日酔いか？」

「もちろんそうさ」

「嘘つきめ。俺の言いたいのは——おまえと俺はいい友達だ、それでも俺はおまえの靴下をはきかえさせられない。おまえはな、アミーゴ、恋に落ちているんだ、だからそれをどうにかしろ。ゆっくり確実にというのはいい、だが氷河だっておまえのやり方はちょっとクールすぎると思うぞ」

バニーはおおげさに目をぐるりとやってみせた。「さあ達人からのさらなる恋愛アドバイスです」

「俺はこう言っているだけだよ——おまえは彼女が好きで、彼女もおまえが好き。何もロケット科学ってわけじゃない」

「これまでのところ彼女は、このあたりの男に最高の印象を持ってるわけじゃないんだ、だから近づこうとするのは無神経な気がして」

「おいおい、バニー、おまえはネイサン・ライアンじゃないし、彼女は誰よりそれをわかっているだろうが」

「あのめそめそ男は別の郵便区域から自分のタマを拾ってくることになってたんだ、あんたがほっといてくれりゃ——」

グリンゴは両手を上げた。「その話はもうやめろ。おまえにはたっぷりあいつをやっつけさせてやったじゃないか。そういや、二日前の夜にあいつに会ったことは話したっけ?」

「ほんとか? チビのネイサンはどんな調子だった?」

「何と言えばいいかな」グリンゴは答えた。「ただ悲鳴をあげてドアから飛び出していった」

「まあ、俺とまた会ったら、あいつは全速で逃げたほうがいい」

「おまえは頭のおかしなサンタクロースみたいにみえるぞ、それはわかっているか？　おっと！」グリンゴは勢いこんでダッシュボードを叩（たた）いた。「サンタクロースといえば、ある意味ではだが――いいか？　あのクランには連中版のサンタクロースがいるんだぜ！」

「どの氏族（クラン）？」

「あのクランだよ、クー・クラックス・クランの」

「頭に枕カバーをかぶってうろついてる、あの人種差別のくされキンタマどもか？」

「まさにそれさ」グリンゴはうなずいた。「先週テレビで見たんだ」

「それじゃあんた、ついに世界の終わり特番から別のへ移ったのか？」

「実をいうと、二〇〇〇年問題（二〇〇〇年になると世界中のコンピューターが誤作動を起こすといわれた）を扱ったすごく面白いドキュメンタリーのあとにやっていたんだ。そいつが何て呼ばれているかきいてくれ」

「誰が？」

「クラン版のサンタだよ。そいつが何て呼ばれているかきいてくれ」

「知りたくないかもしれないんだが？」

　グリンゴは顔をしかめた。「いいからきけ」

「どうして――」

「なぜなら」とグリンゴは言った。「人間はこうやってコミュニケーションをするからだ。あのレディを抱き上げたいなら、おまえは会話の技術を磨かなきゃだめだ」

「そのことには口出しするなって言わなかったか？」

「おまえの頭には彼女がいる、俺にはわかる。窓の外を見るやら、悲しそうにため息をつくやら」

バニーは両手をぱたぱた振った。「俺たちは車の中に座って張りこみをしてるんだぜ、このぐうたらバカ。窓の外を見るしかないってだけじゃない、そうするのが仕事だろうが」

「俺が言っているのはな、おまえには少しばかり指導が必要だってことだ、おまえが、ほら――ひたすらおまえでいるのをやめるように。そうすれば俺もその点は手を貸してやれる」

「それであんたの離婚はどんな進み具合なんだ、グリンゴ？」

「卑劣な攻撃だな、アミーゴ。おまえは恥ずかしくなると暴言を吐く。自分の気持ちについて話してみないか？」

グリンゴはいまやバニーににやにや笑っていた。バニーをいらだたせるより面白いことなどないようにみえた。

「俺の気持ち？　知るかよバカ」

グリンゴは頭を振った。「それがまさに俺の言っていることだよ。おまえは磨きをかける必要がある、なぜならいまのおまえは荒削りの――本当に荒削りの――ダイヤモンドだからだ。俺は、同僚兼友人として、マジでおまえに〝マイ・フェア・レディ〟をやってやろう」

「ご親切なこった」

「礼には及ばん。嘘をつくつもりはないが、ワードローブや個人的な身だしなみにはかなりの努力がいる、だが会話の技術はできるだけ早くとりかかったほうがいい」

「わかったよ」バニーは言った。「それで、あんたの勧める、黒人の女の子相手に雰囲気をほぐすおしゃべりってのは、〝やあ、きみ、クー・クラックス・クランには連中版のサンタクロースがいるって知ってたかい？〟なのか？」

「あー」グリンゴは言った。「そうだ、ただし、俺ならたぶんそこからは始めないが」

「へえ、そうなのか？　それじゃ、シラノ・ド・クソ・ベルジュラック役ごくろうさん——あんたのサーヴィスが入り用になったら声をかけるよ」

長い間があき、二人はそれぞれの側の窓のむこうの、あいかわらず何も起こらない外に目を向けていた。

とうとう、バニーのほうが口を開いた。「で？」

「で、って何が？」グリンゴが言った。

バニーは彼をにらみつけたが、グリンゴはそのままじらしつづけて、やっと……「クランタ・クロースだよ！」

「嘘だろ！」

「本当だ。連中はそいつをクランタ・クロースと呼んでいるんだ。フード付きのサンタの衣装まで着ている」

「ぶったまげたね。そいつはきっと真っ白いクリスマスを夢見るんだろうな」

「そんなところだろう」グリンゴは笑った。「そいつは配達先のリストをつくるとき、一度しかチェックしないんじゃないか。管理スタッフを減らすためにごく簡単なシステムを使っていて」

「フニャチンの悪党どもだ」

「だな」グリンゴは言った。「アイルランドも欠点はいろいろあるが、少なくともそういうバカはいない」

「たしかに」バニーは言った。「とはいえ、つい最近まで白人以外の人間はほとんどいなかったおかげで、人種差別が少なかったんだとは思うが」

「いいところを突いているよ、アミーゴ。いいところを突いている」

バニーは後ろへ手を伸ばしてリアシートにあった自分のバッグに突っこみ、ランチと一緒に買っておいたダイエットコークの缶を出した。

「おぉっと！」グリンゴが言った。「ダイエットだ！ 見たぞ！ ほらみろ、体に気をつけているじゃないか」

「黙れって」

「次は腹筋運動と野菜スムージーだな」

「だま――」そこまでしか言えなかった。言いかけたところで、中身が落ち着くまで待ってもらえなかったダイエットコークが缶をあけたとたん噴き出し、ズボンをびしょびしょにしたのだ。「あー、ったくもう」

グリンゴは爆笑して手を叩いた。「最高だな！ ちょっと早かったよ、アミーゴ。恥ずかしがらなくてもいい、誰にでもあることだ」

バニーは早くもべたつきはじめたズボンをむなしく手でぬぐった。

「黙ってティッシュかなんかくれよ、このゲリ便野郎」

グリンゴはグローブボックスの中を探しはじめ、バニーはリアシートを見まわした。そして自分の側のドアミラーに目をやったとき、車が一台、猛スピードで角を曲がってきて、道路の反対側にタイヤのきしる悲鳴とともに停まった。

「なんでディニーが戻ってきたんだ?」

「さあな」グリンゴは答えた。「でもあいつは父親になったばかりだ。きっとティッシュを持ってるだろう」

二人は午前八時にパメラ・〝ブッチ〟・キャシディとディニー・マルドゥーンを、彼らいわく〝死ぬほど退屈な夜シフト〟から解放していた。マルドゥーンは双子をみている妻を手伝うべく、朝のラッシュの前に帰ろうといそいで消えた。最後に会ったときには上機嫌だった。いまや彼の顔は赤く、首の筋肉はつっぱっており、まるで頭がすぽっと飛び去っていくのを引きとめているようだった。

「たぶんあいつは……」

バニーが何を思いついたところで、すぐさま勘違いになっただろう。ディニーは彼らに会いにきたのではなかった。彼は車から飛び出すと、カーターの家の玄関へ突進して、こぶしでどんどんとドアを叩いた。「カーター!」

バニーとグリンゴは目を見合わせ、すぐに車を降りた。

「ディニー？」バニーが声をかけた。「どうしたんだ？」

ディニーは振り向かなかった。二十ヤード離れていても、彼の体の緊張が見え、それが電気のようにシューシューと全身を駆けめぐっていた。この仕事に就いて二年もたつと、カンのいい警官ならその徴候がみてとれるようになる。

バニーとグリンゴが走りだしたとき、カーターの家の玄関ドアはすでに開きはじめていた。トミー・カーターの顔がその隙間にあらわれた。

「やめろ！」グリンゴは叫んだが、どうしようもなく遅かった。

二人が私道まで行ったとき、ディニーの右こぶしはすでにカーターの顎（あご）に命中するところだった。

ドアがばっとあいて、カーターは後ろむきに玄関に倒れ、ディニーがそのあとを追って駆けこんだ。

グリンゴがバニーよりほんの少し先に玄関を抜けた。

ディニーがあおむけになったカーターの体の上にかぶさって、両手で殴打の雨を降らせていた。カーターは腕で顔をかばっていたが、それ以外は何の抵抗もしていなかった。

グリンゴはディニーの両腕をつかんで攻撃をやめさせようとした。

ディニーは身長が五フィート十インチしかなく、ホイペット（グレイハウンドとテリアの交配犬種で、競走や狩猟に使われる）のように細かったが、蹴（け）ったり叫んだりしている彼をそこから引き離すには、グリンゴとバニーの二人がかりでやらなければならなかった。「おまえを殺してやる、殺してやる、殺してやるからな！」

ようやく二人で彼を外へ連れ出すと、バニーとグリンゴは彼を放したが、またディニーがカーターの家の中へ戻ろうとしたので、もう一度彼の前へ飛び出さなければならなかった。グリンゴは彼を後ろからはがいじめにして道路の反対側、まだグラナダがドアをあけたまま停めてあるところへ引きずっていった。

バニーがあたりを見ると、近所の住民が何人かそれぞれの玄関階段へ出てきて、ぽかんと見ていた。彼はきびすを返してまたカーターの家の中へ入った。トミー・カーターはまだ床に横たわったまま、ハンカチを手に、鼻から流れ出る血を止めていた。かすかな笑みの端と右目の下が、すでにそれとわかるほど腫れだしていた。バニーが目を上げると階段のてっぺんにエイミアが立って、おびえているようだった。

「お巡りさん」トミーが唇にかすかな笑みを浮かべて言った。「俺が襲われて命があぶなかったことは通報するよ」

「わかった」バニーは答えた。みぞおちの真ん中が沈んでいくようだった。彼はエイミアを見た。「それで、いまの件に目撃者はいるのか？」

トミーはほほえんだ。「目撃者はいらない」彼はバニーの肩のむこうを指さした。

バニーが振り返ると、ドアの上に防犯カメラがあり、玄関全体をとらえていた。

「用心しておくに越したことはないね」

24

　ガレス・ファーガソン警察長官はドレッシングガウンとスリッパ姿でバルコニーに立ち、口にはいつもの長い葉巻をくわえていた。彼は眼下の車の行きかいをにらみつけていた。あたかも彼の人生で不都合なことはすべて、それに直接の責任があるかのように。

　フィンタン・オルーアク警部補はバルコニーのドアを引きあけて出てきて、一緒になった。ファーガソンは振り向かなかった。

「そのドアを閉めろ、フィンタン。ドクター・ジャコビが診察室で葉巻のにおいを嗅ぎつけたら、果てしなく説教してくる」

　オルーアクが慎重にドアを閉めると、ファーガソンは口から葉巻をとってそれを見た。「キリストに誓って言うが、これはただの葉巻だ。なのにわたしがあいつのカーペットに排尿していたと思われるくらいがみがみ言うんだぞ。いまいましい医者どもめ」彼はまた葉巻を吸いはじめた。

「イエス、サー」オルーアクは言った。

　ファーガソンの患者服の裾（すそ）が、ドレッシングガウンの下で風にはためいた。

「わたしは……本当にこの話をするのはいまでいいんでしょうか、サー？」

ファーガソンはちらりとオルーアクを振り返った。「わたしを信じろ、フィンタン、こういうおしゃべりにいいときなどないんだ」

「わかっています、サー、しかし、つまり……こう言ってもいいでしょうか、お聞きしましたが非常に残念です、あなたの……」

ファーガソンは振り向いて彼を見た。「わたしの何だ？」

「あなたの病状です、サー」

「病――？　頭がどうかしたのか、フィンタン？　いったいわたしのどこが悪いと思っているんだ？」

「なるほど、サー、内密にしておきたいんですね、全面的にわかります。ただ残念です……」

オルーアクはいま通ってきた診察室のほうへ手を振ってみせた。ファーガソンは天をあおいだ。

「何たることだ！　わが国でも最高の推理力が働いている。わたしの作品をごらんください、偉大なる方よ、そして絶望してください！　わたしがここにいるのはな、フィンタン、尻から良性の嚢胞(のうほう)をとってもらうためだ。この国でも最高の神経科医の診察室のバルコニーに立っているのは、彼の伴侶がわたしの愛する妻のブリッジ仲間だからで、それと、医者たち用に隔離されたこの聖域にある二つのバルコニーのうちひとつが彼のものだから、葉巻を吸うために使わせてくれたんだ」

「あ」

「そうとも、だからまだわたしの職に就こうとして履歴書を出したりするんじゃないぞ。良性の嚢胞とは何か知っているか、フィンタン？」

オルーアクは答えなかった。答えを要求されているわけではないと正しく推察していたのだ。

「脂肪のかたまり、役にも立たない肉だよ、単にそこにあるだけで、見苦しい以外は何もない。そう考えると、前の司法大臣に似ているな、いまの大臣とは反対だ、あいつはたちの悪い小さな吹き出物だ――取り除かなければ――いつかわれわれ全員が殺される」

また冷たい風が吹いて、ファーガソンの患者服の裾をはためかせた。彼はバーガンディ色のドレッシングガウンをさらにぴったりかき寄せて、床に唾を吐いた。

「それに、なぜわたしがこんなみっともないものを着て、後ろから尻を出していなければならないんだ？　あと二時間は手術室に行かなくていいんだぞ。善良で聖なる人々全員の名にかけて言うが、それまでわたしの上等なシルクのパジャマを着て、何が悪いというんだ？」ファーガソンは突然進み出てオルーアクを見おろした。「ちょっと笑っただろう、フィンタン？」

「いいえ、サー」

「まともな頭の教養ある男なら、パジャマが不当に中傷されている服なのを知っている。まあ、きみは主のまなざしのもと、裸で寝ているのかもしれん、エデンの園のアダムのようにな――しかしきみの家が焼け落ちたら、大きくてたくましいたくさんの消防士たちが太いホースを持って、きみと奥さんのそばをふんぞり返って歩き、かたやきみは悩める小さなおちんちんを隠して棒立ちになり、そのあいだにこの世の全財産は煙になっていく、ということをおぼえておきたまえ」

オルーアクは自分の顔が完全な誠実さの仮面になるよう努力した。「助言をありがとうございます、サー、心に留めておきます」

「そうだ、そうしたほうがいい、フィンタン——なぜなら、きみは気づいているかわからんが、きみの家はいま燃えているからだ」

沈黙が数分つづき、ファーガソンは向き直ってまた車の流れをながめ、葉巻の先の灰を落として冬の風に舞い散らした。

「いったいどうしてこんなことになった?」

オルーアクは必要もないのに手帳をポケットから出してそれを見ながら言った。「午前八時四十三分、デニス・〝ディニー〟・マルドゥーン刑事が家に帰りました、トミー・カーターに対する十二時間監視シフトを終えたあとでした。妻のテリーサはひどく動揺していました。ついさっき、二人の双子の赤ん坊、ジャックとジョージアの寝室へ入っていったら、テディベアが二つ、首を切り落とされて、心臓のところにナイフが突き刺さっているのを見つけたんです」

「なんと!」ファーガソンは言った。

「誰かが夜のあいだに押し入ったことはあきらかでした。テリーサは午前四時三十分頃にもその部屋へ行って、子どもたちの様子を見たんですが、変わったことは何もなかったんです。それに、サー——状況をわかっていただけるよう申し上げますが——わたしは個人的に、マルドゥーン夫妻が何年も子どもを授かろうと努力していたことを知っているんです。奥さんはわたしの知るかぎり、少なくとも二度流産しています」

ファーガソンはくわえた葉巻を動かし、宙で指をくるくるやって先を続けるよううながした。

オルーアクはまた自分のメモに目を落とした。

「マルドゥーン刑事は、無理もありませんが感情的になって、すぐにトミー・カーターの住居へ引き返して彼を襲撃し、その後マガリー刑事とスペイン部長刑事に止められました」

ファーガソンは口から葉巻を抜いた。「それでその二人はいったい何をしていて、マルドゥーンがカーターのところへ行く前に止められなかったんだ？」

「サー、彼らは……あっという間のことだったんです」

「だろうな」ファーガソンは言った。「マルドゥーンの襲撃の狂暴さを証明するビデオもあるんだろう」

「サー、よろしいでしょうか――」

「いや、フィンタン、それはだめだ。マルドゥーンは無給で無期限の職務停止とする」

「ですが、サー――」

「いまいましい警官代理組合は騒ぎを起こすかもしれない――きっと起こすだろう――それにわたしのオフィスのシーラ・アプルトンもあしたの朝、まさにそうすることは間違いない、だがビデオはラジオのスターも抹殺したんだ（イギリスのグループ、バグルスの一九七九年のヒット曲『ラジオ・スターの悲劇』の原題 Video killed the radio star 〝ビデオがラジオのスターを殺した〟のこと）、フィンタン、マルドゥーンのキャリアにも同じことをするかもしれん」ファーガソンは言葉を切り、暗くなっていく空を見上げた。「それだけではない、きみの特捜班もこれ以上監視を続けることはできない、カーターにも、彼の――」

オルーアクは前へ出てファーガソンの視線に割りこんだ。「サー、それはいけません。それではまさにやつの思うつぼです」

ファーガソンは振り向き、オルーアクはその巨体に体を引かざるをえなかった。「そしてまさにやつの成果でもある」

「でもあいつらのしわざなんですよ！」

「もちろんやつらのしわざだ、フィンタン、わたしは馬鹿ではない。しかし、きみがカーターや彼の手下を今回のナイフやテディベア付きの派手なたわごとに結びつけるわずかな証拠でも手に入れていたら、もうわたしの耳に入っているんじゃないのか？　あるいはこれから差し出すのか？」

オルーアクは唇をすぼめて頭を振った。

「だったら口を閉じて、自分の不始末の罰を受けろ。こちらがカーターとやつの仲間からすべてを引き上げるか、やつの弁護士が六時のニュースでそのビデオを流すかだ。ビデオはわれわれの息の根を止める、きみもわかっているだろう、だから癇癪を起こしておもちゃを投げるんじゃない。きみははめられたんだ」

「しかし――」

「監視を引き上げろ――いますぐに。カーターをつかまえる別の方法を考えたまえ、それからその手はこれまでやってきたよりずっと利口なものにするんだ。こいつはただの嵐じゃなくて津波だぞ」

ファーガソンは葉巻の吸殻をバルコニーの出っぱりのむこうへ落とし、下の通りからあがってきた悲しげな「うわっ！」という声は無視した。

「前へ進む方法を見つけるか――あるいはこの捜査そのものを放棄するかのどちらかだ。いずれにしても、きみが愛してやまないキャリアを救いたければ、速く動くことだな」

オルーアクはバルコニーのコンクリートの床を見て、一瞬、そこにある鉢植えのひとつをできるかぎり手すりの遠くへ投げることを考えた。「イエス、サー」

ファーガソンはもう一度ドレッシングガウンのベルトを締めた。「さあ、もう用がすんだなら、わたしは尻からまったく無害な肉の塊をとってもらわなければならないんだ、わが神聖なる妻が見るのもいやだというだけの理由で。正直に言うと、妻はわたしのどこもかしこも見るのがいやなんだろうという気がするが、これは彼女がどうにかできるものだからな」

通りすぎざま、ファーガソンは足を止めて声を低めた。「もし、六か月以内にカーターと仲間どもがたくさんの告発や現行犯であげられれば、マルドゥーン刑事の状況はあっという間にもっとずっと扱いやすくなるだろう、それにメディアも彼の立場にもっと同情的になる。だがいまは、まあ……」

「イエス、サー」

「それまでは、わたしも二百ポンド出すからマルドゥーンへのカンパ人数に入れておいてくれ」

オルーアクはうなずいた。

「それも、それまでにわたしが熱心すぎる外科医の手で死んだりしない、と仮定しての話だがな」

25

タイヤのキーッという音がしてシモーンはびくっとし、思わずコートのポケットに入っている催涙スプレーをつかんだ。バニーの車、彼が深く愛するあのすさまじい一九八〇年代のポルシェが縁石(えんせき)のところで停(と)まり、本人はその車から出ようとしていた。彼女はまだそれを理解できていなかった。さまざまな意味で、バニー・マガリーほど見てくれにかまわない男に出会ったことはない、なのに彼はこの馬鹿げた車を所有していて、車はたいてい修理屋のところにいっているようだし、そうでないときだって、バニーは体が大きすぎて、缶切りの助けがなければすんなり車から出られないときている。

バニーはあわてて車をまわってきたが、その顔は心配を絵にかいたようだった。「ごめん、ごめん、ごめん」

「何を謝ってるの？」

「きみを送っていくはずだったのに、来れなくて」

「それはいいのよ、心配しないで。あなたが来ることなんてすっかり忘れてたし」本当は忘れていなかった。身を切られるような十二月の寒さのなか、二十分も待っていたのだ。バニーはいつもそれで時計を合わせられるくらい時間に正確で、それに――彼女は認めたくなかったが――彼の来る夜が待ち遠しかった。それは彼女の一週間のハイライトになっていた。彼が来ないとき、シモーンは自分では認めたくないほど気分が落ちこんだ。今夜はとりわけそうだった。彼女はそれをサインと受け取った。

バニーは傷ついたようだった。「ああ、そうか、まあ、それならよかった。きみに心配させたくなかったし。最後のバス停二つぶんは一緒に行っていいかい？」

シモーンは通りを見た。二人は〈聖人の姉妹たち（シスターズ・オヴ・ザ・セイント）〉のダブリン駐在所の玄関からたっぷり百ヤードのところにいた。彼女はうなずき、二人はすんなり歩きだし、二秒ほど黙ったまま歩いた。

シモーンはバニーを見上げ、彼の顔がこわばっていることに気がついた。「それで、何があったの？　疲れてるみたい」

「ああ、ものすごいへまをしでかしてさ、全部おじゃんになっちまったんだ。ディニー・マルドゥーンをおぼえてるかい？」

「ヤギを盗むのを手伝ってくれた人？」

「違う」

「あなたがオコンネル橋からぶらさげたやつ？」

「違う」

「言わないで、言っちゃだめよ……」シモーンは歩くのをやめ、頭の中をかきまわしながら握りこぶしに歯をたてた。彼女は人に話したいような物語をあまり持っていなかったが、バニーは無尽蔵の供給品があるようだった。いくつかは自分でも繰り返しだと認めていたが、本当に面白いので彼女は気にしなかった。シモーンはパチンと指を鳴らした。「あなたが一緒に訓練を受けた人ね。その人の独身お別れパーティーの一部として、みんなで彼を裸にしてベルファスト行きの電車に乗せたんでしょ？」

　バニーはおずおずとうなずいた。「そいつだ」

　シモーンは宙にこぶしを突き上げた。「やった！　抜き打ちテストをパスしたわ」すぐに彼女はバニーの表情に気づいた。「あー、ごめんなさい。その人、大丈夫なの？」

「いや」バニーは答え、二人はまた歩きだした。「無給の停職になったんだ。トミー・カーターをボコりまくったんだよ。グリンゴと俺は対処するのが遅すぎた。やつを止められなかった」

「でもその人はどうしてそんなことをしたの？」

　バニーは髪をかきやって頬をふくらませた。「やつは家に双子の赤ん坊がいてさ。やつと奥さんはずっと長いこと子どもを持とうとがんばってたんだ。やつが家に帰ったら奥さんが動転してた。誰かが家に押し入って、脅迫として二つのテディベアの喉をかき切ってたんだ」

「ひどい」

「ああ。胸くそ悪いよ。ディニーはキレちまった、本当にキレちまったんだ。そのままトミー・カーターのところへ行ってあいつを殴った。まさにカーターの狙いどおり。全部ビデオに撮られてた。カーターは警察の手をのがれて罪を問われず、ディニーは職を失おうとしてる。

何もかも俺たちがへまをしたせいで」

「あなたたちにわかったはずないように聞こえるけど」

バニーは頭を振った。「わかることができたし、わかるべきだったし、わかったはずなんだ。そのことを何度も何度も考えてた。いまディニーの家から来たんだ。奥さんはあいつが警察をやめたほうがいいのかもしれないと言ってた。今朝グリンゴと俺が彼らと交替に行ったとき、ディニーは上機嫌で、週末に物置を買うことをちょっとしゃべってたんだ。なのにいまは……」

シモーンはそっと彼の腕に手を置いた。「みんなを救うことはできないでしょ、でもあなたがそうしようとするのはすごくいいと思う」

二人は彼女の住まいのゲートまで、最後の数歩を黙って歩いた。

「そうだな、うん。ええと、いいニュースは、たぶんグリンゴも俺ももう昼間の仕事の日々に戻るだろうってことなんだ、だからこれからきみが歌うのをもっと見にいける。へまをした罰として、ドニゴールへ異動させられなければだけど」

「わかった」

「オーケイ、それじゃ。たぶんまたあした」

バニーはいつも夜にやる別れのハグをしようと両腕をさしだしたが、シモーンは彼の胸に片手を置いて止めた。彼の目をのぞきこみ、それから、考えすぎないうちに、彼のネクタイをつかんで下へ引っぱり、唇(くちびる)を重ねた。彼に強くキスし、やがて少し離れた。バニーは突っ立ってわけがわからないといった顔で彼女を見た。

シモーンは彼のネクタイをまっすぐに直しはじめた。

「まさか（シット・ザ・ベッド）（直接の意味は〝ベッドにクソしろ〟）。これはどういうことなんだ？」

彼女は目を上げず、ただバニーのもうまっすぐになったネクタイを直しつづけた。「オーケイ、そうね、おたがいのために、あたしはいまあなたが、もっとずっとロマンティックなことを言ったふりをする」

「なるほど。ごめん。うん」

「それからいまの質問に答えるとね、この大男、あなたが完璧な紳士でいてくれることに感謝してるの」

「なるほど」

「でもブラブラするアレに何かすることをのぞいて、こっちはこれ以上はっきりしたシグナルをいくつ送れるかわからない」

「何だかさっぱりだ」

「オーケイ、話すのは全部あたしにまかせてくれたほうがいいわ」

沈黙。

「それじゃこういうことよ。シスターたちの知り合いの司祭がゴールウェイにいて、引退するのでパーティーを開くの。だから、みんな今夜はむこうに行った。今夜……」

シモーンは手で彼のネクタイを上へたどり、また下へたどった。「だからあなたがコーヒーを飲みに寄っていかないかと思ったのよ――それからあなたが何か言う前に、あなたがコーヒーを飲まないことは知ってる、ってわかっておいて。それで、どう思う？」

彼女はバニーのネクタイを不安げにつまんだ。彼は何も言わなかった。

そのままずっと何も言わなかった。

そこでシモーンは、自分が彼に何も言うなと言ったことを思い出した。

彼女が目を上げると、バニーは大きく、おぼつかなげに笑っていた。彼はゆっくりと、強くうなずいた。

「オーケイ、それじゃ」

シモーンは彼の手をつかんで向き直り、早足で私道を歩いていった。玄関のところで、立ち止まってバッグの中の鍵を探しはじめる。彼がすぐ後ろに立っていて、彼の体が軽くくっついてくるのを感じた。

鍵が見つかった。

気が高ぶって、最初の二回は鍵が入らなかった。バニーが彼女の手をつかんで導いた。彼女は忍び笑いをした。

振り返って尻でドアを押しあけながら、同時に両腕を上へ伸ばし……。

「お帰りなさい」

シモーンは悲鳴をあげた。

バニーも悲鳴をあげた。

廊下の端のランプがつき、シスター・バーナデットに光を投げかけた。大きすぎるアームチエアにいると、いつもより小さくみえる。「わたしたちみんな、今晩はずいぶんびくびくしているようね」

「ごめんなさい、シスター、でもここで何をしているんですか？　つまり、何かあったんですか？」

「あのしょうもない車が壊れたんですよ、でしょ？　自動車協会（故障修理などのサーヴィスをおこなう団体）の人が直して持ってきてくれるのを待っているの」

バニーが言った。「あのう、シスター、AAは夜のこんな時間にそういうことはしないと思いますよ」

シスターは彼をにらんだ。「あの人たちはわたしが頼んだときにやってくれるんです。予想外の引渡しといえば、あなたはここで何をしているの、マガリー刑事？」

「あたしが、ええと、ちょっと彼に中へ入ってくれと言ったんです」シモーンが答えた。「というのは、ほら……ノエルが二日間家をあけなきゃならなくて」

「そうなの？」

「ええ、それで……あたしにフラットの留守番をしてくれって頼んだんです」

「彼は猫を飼ってるんですよ」バニーが合いの手を入れた。

「ええ、猫を。それで、まあ、シスターたち三人が出かけてしまうんだから、あたしもここでひとりでいるよりそのほうがいいと思って」

「うちにも猫がいるでしょう」

「もちろん」シモーンはうなずいた。「でもブローディはすごく自立した猫ですし」それは本当だった――彼は週に一度あらわれては、何かにオシッコをかけて帰っていく。「でもノエルの猫は……」

「ティドルズ」バニーが言った。

「ティドルズは」シモーンは繰り返し、バニーに視線を向けて、これ以上助けてもらう必要はないと指示した。「ノエルがいないとすごく寂しがるんです。うなり始めて」

「そうですか」

「だからあたしは荷物をとりにきただけで、バニーは親切であたしを送ろうって言ってくれたんです」

「猫のところへ」バニーが言った。

「ノエルのフラットへ」シモーンは話をつづけた。「そこへ行って、ほら、猫の世話をするんですよ」

「そう」シスター・バーナデットは言った。「それなら話が合うわね。よくできました」

シスターは立ち上がってキッチンのほうへ歩いていき、そうしながらひとりつぶやいた。

「猫の世話ですって、最近の人たちはあれをそう言うの？　何なのかしらね」

シモーンはバニーのほうを向いて顔をしかめた。

「ああ、驚いたよ」彼は言った。

「ええ、あれはまずかったわ」

「ひどかった」バニーは同意した。「俺の言うのは、俺はうまくやったが、きみは嘘が下手だってことだよ」

「そう？　いまが気のきいたことを言うのにいいタイミングだと思ってる？」

バニーは勢いよく頭を振った。「いや、まったく思ってない」

「よろしい」

「きみがノエルのソファで寝たら、彼は気にすると思うかい？」

シモーンは思ったよりちょっぴり強く彼にパンチをしてしまったが、そうされても当然な程度ではあった。

26

ベン・ウィリアムズはアントワープからのＡＩ４２４便の車輪が滑走路に降りると、腕時計を見た。午後八時三十七分――時間ぴったり。右手の無線機を持ち上げた。「車輪着地、予定どおり。準備にかかれ」ベルトにも別の無線機をつけており、そちらはイヤフォンで地上管制と話すのに使うものだった。

ベンは警備の責任者だった。彼の会社は年に何億ポンドもの仕入れ品を動かしており、その大半はオフィスから監視するだけだったが、今回は特別だった。アントワープ便は六か月ごとに入り、ここ七年間、立ち会わなかったことは一度もない。本当に重要な仕事なのだ。それを妻のメイリードに説明しようとしたが、彼女はベンの側（がわ）から状況を見ることを拒否した。彼女の誕生日は彼女の誕生日であり、彼の誕生日は、同僚のカレンが週末の女子会をするときのように、日をずらしてもいい祝いなのに、それは妻の誕生日にはあてはまらないらしかった。言い合いは先週に始まり、それから五日間、ウィリアムズの家の中での生活は、さながら冷戦時代のベルリンで暮らすようなものだった。ベンはこの不興をかっている状態を——彼はいまだにそんなしうちを受けるすじあいはないと思っているのだが——脱出する唯一の方法は、大物になってメイリードにダイヤモンドを買ってやることかもしれないと思った。その皮肉さは、ＡＩ４２４便が予定時刻ぴったりに滑走路の端で止まり、旋回を始めるのを見ていたときにも、彼の頭から消えていなかった。その貨物室には千六百万ポンドもの価値がある、カットしていないダイヤモンドが入っているのだ。年に二度、アイルランドにいるすべての宝石商むけの原材料がダブリン空港経由で入ってくる、そしてそれがすべてスムーズに運ぶようにするのがベンの仕事だった。

　絶対に失敗のないシステムだ。一台のバンが飛行機から石を降ろし、第三格納庫へ運び入れる。格納庫は事前にすっかりからにしてある。武装した警備員がおり、警察の緊急対応班（ＥＲＵ）のメンバー九人もいた。そこでダイヤモンドは分けられ、三台の現金輸送車によって運ばれ、それぞれに二人の武装警官を乗せた警護車がつき、全国にある社の集配送センターへ向かう。言うまでもないが、そこがこの業務の危険な部分だった。とりわけ、最近のいくつもの事件を考えれば。そんなわけで、現在第三格納庫には十二台の輸送車があった。ベン以外誰も、どの車が本物のダイヤモンドを運び、どの車がからっぽのケースをのせているだけなのかを知らない。ベンはその確率によって運に恵まれるようにしたかった。上司たちはよぶんな経費にいい顔をしなかったが、誰も何かあったときにじゅうぶん手を打っていなかったと非難されたくはなかった。

　飛行機と接触するときは、ベンと、長年運転手をつとめているピーター・ラヴジョイ、それからバンの後部に、同じく長年警備員をしているデリクとイヴォンだけになる。保険上の理由で、会社の被雇用者以外の人間はどの箱にもさわれない。飛行機は待機エリア・ブラヴォーに留め置かれる。そこが空港内にあり、あらゆる方向へ七百メートルにわたって何もない開けた場所だからだ。もし車が空港の外側フェンスのどこかを突破してきても、飛行機までたどり着く前に、現在第三格納庫に配置されている警察のＥＲＵチームが動き、阻止する時間はじゅうぶんある。周囲が安全と確認されると、ベンは地上管制に連絡し、今度は地上管制がパイロットに連絡し、そこでパイロットが貨物室のドアをあける。二分足らずで、ダイヤモンドをのせたバンは第三格納庫に戻り、厳重に武装した警備員に守られる。その手順はきわめて迅速におこなわれるので、飛行機の乗客たちは気づきもしないだろう。明瞭。ほころびなし。絶対に失敗はない。

　ベンのイヤフォンがビーッと鳴り、地上管制の女性の声が入ってきた。「ＡＩ４２４便が待機中、進入してけっこうです」

ベンは衿(えり)につけたマイクのボタンを押した。「了解(ラジャー)、管制」それから自社のチームと警察むけの無線機をとった。「許可が出た」

　ピーター・ラヴジョイはエンジンをかけて発車した。彼らが格納庫を出るとき、ＥＲＵチームのリーダーがうなずいた。第三格納庫の裏でさっと一服しようと思った空港スタッフの全員に、天の助けあれ。彼らは煙草(たばこ)の箱をあける前に、サブマシンガンの銃身をぼうぜんと見つめることになるだろう。

　バンはアスファルトを進んでいき、待機エリア・ブラヴォーでアイドリング中のＡＩ４２４便の後ろで停(と)まった。ベンは車を降りて周囲を見まわした。どの方向を見ても、芝生と何もない滑走路だけだ。いちばん近いビルでも半マイル離れている。透明人間がダイヤモンド強奪ビジネスに乗り出したのでないかぎり、ダイヤモンドにはさわることもできない。ベンの無線機が手の中でパチパチ音をたてた。

「周囲確認ずみ」耳元でＥＲＵのリーダーが言った。リーダーは順番にしたがい、警察の監視人たちに確認を受けたはずだった。

「了解した(ラジャー・ザット)」ベンは無線機に返答し、それから管制塔とつながる衿のマイクを叩(たた)いた。「管制、許可が出た」

「ラジャー・ザット」

　三十秒後、予定時刻ぴったりに、飛行機後部の貨物ドアが開きはじめた。

　まずいことになったと最初にベンが気づいたのは、耳の後ろに銃口を突きつけられるのを感じたときだった。

「動いたらおまえは死ぬ」脅迫のようには聞こえなかった。事実を述べているだけのようだった。ベンがぴくりとも動かずにいると、ラテックスの手袋をつけた手が彼の耳からイヤフォンをとり、手にあった無線機をつかんだ。彼を押さえている人間がそのまま後ろにいるあいだに、別の黒い襲撃服の――ERUの人間たちが着ているのとそっくり同じ――男が彼のそばを通りすぎた。そいつは助手席のドアごしにピーター・ラヴジョイに拳銃を向けた。

「ちょっとでも動くなよ」ベンの後ろの声が言った。

厚いベストが体にかけられ、乱暴に頭を通されたので、ベンの顔から眼鏡が落ちた。眼鏡がなければ、コウモリも同然に目が見えない。黒っぽい、ぼやけた形が周囲で動いた。ベストは重かった――重すぎた。彼にはそれの意味するものがわかった。はっきり考えようとした。バンのせいで視界がさえぎられてERUチームが見えない、ということはむこうからも彼が見えないということだ。いまごろは誰かが疑いを持ってくれているだろう――だが彼らが動くまでどれくらいかかる? ベンはバンの後部にいるスタッフ二人が動かないでいてくれるよう願った、この状況でいちばんいらないのは〝いっちょやってみる〟ヒーローなのだ。銃撃戦はいろいろな理由で悪いニュース以外のなにものでもないが、その理由の中でも小さくないのが、彼らが大きな飛行機の下に立っており、その飛行機にはまだたっぷり燃料が入っていると思われることだった。しかし、そうしたもろもろのことよりも、あるひとつの考えが何度も何度も浮かんできた。この連中がここにいるなんて単純にありえない。やつらは文字どおり何もないところからあらわれた。

一枚のカードがベン・ウィリアムズの顔の前に出てきて、さっきの声がまた言った。「読め」

「わたしは……眼鏡がないと見えないんだ」

動く音がして、すぐに眼鏡が乱暴にかけられた。

「読め」声がもう一度言った。

声はまだ彼の後ろから聞こえ、おそらくは銃を握っているのだろう。二番めの男はまだバンの中のピーター・ラヴジョイについていた。目出し帽をかぶって戦闘装備をつけた三番めの男は彼の前に立ち、片手にカードを、もう片方の手にはベンの無線機を持っていた。

後頭部にまたもや銃が押しつけられた。ベンはカードに目を凝らした。

「わたしの名前はベン・ウィリアムズ」こいつらは彼の名前を知っているのだ——どうやって知ったのだろう? 「わたしが着ているジャケットには六ポンドのC4(プラスチック爆薬)が入っている。現金輸送車にも別に十二ポンドのC4が取りつけられている。どちらもトリガーを離すと自動的にスイッチが入る」

ピーター・ラヴジョイに銃を突きつけている男が左手を高く上げ、その手は小さな円筒形の装置を持っており、親指がそのてっぺんを押さえていた。

「もしERUが第三格納庫を離れたら、わたしの運転手が死ぬ。もし誰かが飛行機に近づこうとしたら、まず運転手が死に、それからC4が爆発する。これは脅(おど)しではない」ベンは自分が次の箇所を読むべきなのかどうかわからなかったが、銃がふたたび先をうながした。「ええと、証拠物件A」

　緊迫した五秒間は何も起こらなかったが、そこで大きなボンッという音がした。ベンの視界の左端で煙があがるのが見え、同時に空港の外フェンスの一区画が倒れた。一秒遅れて、トヨタのハイエースがそのあいたところを通り抜け、すばやくこちらへ走ってきた。

　カードがひっくり返された。「警備態勢を解け。爆発物処理班に連絡しろ。その飛行機には百十四人の乗客と乗員がいる。われわれを試すな」

　カードが視界から消えて、手がベンを飛行機のほうへ押した。その真下に行くと、結束バンドが両手をぐるりと縛り、肌に食いこむと同時に、ベンは後部の車輪につながれた。数秒後、ハイエースが停まると、ピーター・ラヴジョイももう片方の車輪に結束バンドでつながれた。彼はベンが身につけているベストを見た。「それは……？」

　ベンは彼がそれ以上言う前にシーッと黙らせた。この連中を怒らせることはいっさいしたくなかった。それは会社からの基本アドバイスだった。もし何かの〝事件〟に巻きこまれたら――〝強盗〟という言葉は決して使われない――何を要求されても従い、抵抗の努力はいっさいせず、自分とほかの人々の安全だけを考え、あとで警察の役に立てるよう、おぼえられるものはすべて記憶せよ。ベンはこれまで新しいスタッフに二十回以上もその行動指針を教えてきた。ただし、六ポンドものＣ４を体に巻かれた場合にどうするべきかは含まれていなかったが。

　ハイエースの運転手はプラスチックの型抜きマスクをつけて顔をごまかしており、そいつが後部ドアをあけると、バイクが二台あらわれた。男はスロープをおろしてバイクを外へ出した。

そのあいだに、ほかの二人が飛行機の貨物室からダイヤモンドの入った黒いケースをすばやく運び出し、バンに積んだ。そのさなか、二番めの男は落ち着きはらって立ち、片手を宙に上げ、トリガーを押さえていた。バンに積み終えるまで六十秒もかからなかった。

十九のケース。ベンは習慣の力でそれを数えた。ほかのことも目に留めようとした。何であれ。とりわけ、ベストのことは考えないようにした。

ケースを積んでいた二人の男が後部ドアを閉めた。そのひとりはバンのフロントシートにいた運転手と合流し、すぐさま入ってきたときと同じフェンスの穴のほうへ走り去った。

もうひとりの積み係はバイクの一台に跳び乗り、目出し帽の上にヘルメットをかぶって、同じものをトリガー男にほうった。相手はそれをかぶりながら二台めのバイクへ歩いたが、まだそのあいだじゅう手を上げていた。ベンは自分が、もうあの男は腕が疲れてきているだろうと思っていることに気がついた。

一台めのバイクが轟音をあげてフェンスのほうへ向かった。

ベンはトリガー男がバイクに乗り、エンジンをかけるのを見つめた。それから、永遠にも思えたが、実際にはほんの何分の一秒だったのだろう、彼は男のバイザーでおおわれた目をのぞきこんでいた。男はトリガーを指さし、装置の底の何かを押し、それからむぞうさにそれをベンのほうへ投げた。

ベンが最後のバイクが遠ざかっていくのを目にすることはなかった、気絶してしまったのだ。

27

「きみは冗談を言っているんだろうな?」

フィンタン・オルーアク警部補はその穴をもう一度見おろし、それからまたリーアム・ベインズを振り返った。彼はダブリン空港の警備主任で、人生で最悪の一日になったという顔をしていた。彼らは待機エリア・ブラヴォーの端にいて、後ろにはいまやからっぽになった飛行機があり、百十四人の乗客と乗員は現在、空港内のあるエリアにいて、おおいそぎで集められた警官チームにまったく役に立たない証言をしていることは間違いなかった。爆発物処理班が到着するまでに十九分かかり、ベン・ウィリアムズの爆弾ジャケットには本物のC4が入っていたが、配線の大半は手のこんだ偽物であると判断するまでに、さらに四十分かかった。

追加の警官たちを現場に集める作業は、周囲の渋滞のせいでむずかしかった。バイクで逃げた強盗二人は空港に出入りする道路に鋲(びょう)をまいていき、おかげであちこちで衝突や玉突き事故が起きた。その真ん中に巻きこまれたのが警察の緊急対応班(ERU)だった。かたや、警察のヘリコプターはダブリン空港の上空に直接飛んでいくことができず、現在はダブリン内にある白のハイエースを捜索中だった。それは干し草の中から一本の針を探すというより、むしろ干し草の中から一本の干し草を探すことに似た任務だった。

穴は八フィート×三フィートで深さ四フィートほどあった。ちょうどベインズのキャリアを葬れるくらいの浅い墓。オルーアクはもう一度頭を振った。「いったいここにあるこれは何だ？」

「その」ダブリン空港のもうじき〝元〟警備主任は答えた。「もともとここには排水用の穴があったと思いますが、こんなに大きくはありませんでした。やつらが大きくしたに違いありません」

「どうやって？　いつ？」

ベインズは肩をすくめた。「わかりませんよ。この区画は誰もあまり調べないんです。やつらは何か月もかけて忍びこんでやっていたのかもしれない」

「なのに誰も何も見なかったと？」

「夜だったんでしょう」

「なるほど――なぜならおそらく、昼間にやっていれば、きみのところの鷹のような目をした部下の誰かが見つけたはずだものな」

ベインズはまた肩をすくめた。彼はマシンガンの銃撃に向かって歩きたがっている人間の顔をしていた。

「きみのスタッフと警察のＥＲＵの半数が見張っているはずの中で、やつらがどうやって今晩あの穴に入ったか、わたしはききたいんだろうか？」

「わたしが思いつく唯一の方法は、やつらがゆうべそこに入って、ずっとそこにいただろうということです」

オルーアクはまた頭を振った。何だって？　少なくとも十七時間、穴ぼこの中に息を潜めて座り、襲撃のときを待っていただと？　そんな我慢強さがあるのは誰だ？　答えは必要なかった、もうわかっていた。

「サー？」振り返ると、パメラ・キャシディ刑事がこちらへ走ってくるところで、手に電話を持っていた。「サー、お電話です」

「冗談を言うな、キャシディ。われわれは千六百万ポンドの値打ちがあるダイヤモンドを失ったところなんだ。電話なぞ山ほどかかってきている」長官には一時間後に状況を知らせると話してあった。ほかの人間はすべて無視していた。

「ええ、サー、ですがこの電話にはお出になりたいのではないかと」

28

バニーはベッドに横たわり、シモーンのきゃしゃな指が彼の胸毛のあいだで円をかくのをながめていた。

「約束してほしいことがあるの」彼女は言った。

「何？」

「絶対に胸毛を剃らないで」

バニーは自分の胸を見た。その場所にはこれまで何の注意もはらってこなかった――警察の面通しの列の中にあったとしても、自分でも見分けられないレベルで。

「そんなことするやつがいるのか？」

「人によってはね」

「どうして？」

「さっぱりわからない。自分たちがどんなに大きくて強いかを示すためなんじゃない」

「俺はもっと楽しいやり方でやるほうがいいな」

シモーンは頭をまわして彼の胸に顎をのせ、にっこり笑った。「知ってる！」

シモーンが〝ノエルの猫シッター〟をしにいってから六日がたっていた。あの最初の夜以降、彼女はカブラにあるバニーの家に泊まっていた。最初の朝、二人はそこで寝坊したが、長く眠ったわけではない。シモーンはその夜には戻ってくることに同意していた。ノエルの猫が、もっと寂しがるだろうからと。それ以来、彼女がそこにいることがごく自然に思えた。

今夜、二人はずっと恐れていたことをとうとうやりとげた。シモーンがシスター・バーナデットのところへ戻り、これからしばらくバニーの家にいることを説明したのだ。彼も連帯を示すために一緒に行った。シスターの反応は、二人が思ってもいなかったものだった。

「まあ、そろそろそのときってやつでしょうね」

バニーとシモーンは驚いて顔を見合わせた。「わたしが言いたいのは」シスターは続けた。

「ええ、ええ――結婚して、赤ちゃんを生んで、それやこれや、それも願わくはその順番でね、でもあなた方に身の振り方を教えるには、これまでいろいろなものを目にしすぎてきましたから。それでもねえ――あなた、ついていらっしゃい」

シスターは曲げた指をバニーに向け、彼はシスターのあとについてキッチンへ入った。シスターはドアを閉めると彼と向き合った。シスター・アサンプタがコンロのところに立ち、じゃがいもをゆでている大きな鍋を見ていた。バニーは不安げに彼女を見た。また服を脱ぎはじめるのではないかと思ったのだが、彼女は妙に心ここにあらずといったふうだった。

「さて」バーナデットが言った。「これまであなたを見てきましたが、善良な方のようですね。名誉を重んじる誠実な方。あなたが自然の正義を重んじていることはすばらしいと思います」

バニーはうなずいた。彼女の言わんとしていることはわかったが、そういう言い方を聞いたのははじめてだった。

バーナデットはドアのむこう側をさした。「あの子は特別な娘で、本当に恐ろしい体験をしてきたんです」

「正確にいうと――」

バニーはさっと上げられた手にさえぎられた。「あの子があなたに何を話すかは、すべてあの子しだいです。わたしは軽薄なガチョウみたいなおしゃべりじゃありませんよ。さて、もう二度と話の腰を折らないでちょうだい」

「はい、シスター。すみません、シスター」

「さっきも言ったように、あの子はいい子だし、わたしの保護下にありました。いまはあなたがその役割を引き受けてくれると信じましょう。それを台無しにしたら、ちゃんと説明してもらいますよ」

バニーは彼女に笑ってみせ、彼女の腕を軽く叩(たた)いた。「心配いりませんよ、約束します――」

シスター・バーナデットがテーブルからカービングナイフを、よもやと思うほどのスピードでつかみ、目の前に突きつけてきたので、バニーは話をさえぎられた。

「わたしにえらそうな口をきくんじゃない、このでかいハム。あなたの倍もある男たちをキィキィ叫ぶだけの能なしにしてやったこともあるのよ」

バニーの目はひたすらナイフの刃を見つめていた。その刃が、完璧に静止したまま、彼の視界の真ん中に浮かんでいたからだった。「はい、シスター」

「あの子の誕生日を忘れるなとか、今日はどんな一日だったかきけとかって意味じゃないわ。あの子の過去は過去、望むらくはそれが過去のままであること、でも何かの理由でそうでなくなったときは、あなたがそれに対処しなければだめ」

「はい、シスター」

「よろしい。それと、あなたはわたしに借りがあるわ」

「そうなんですか？」

「そうよ」ナイフが消えた。「あなたが必要になったときは言います。あなたのような腕前の人間が必要なときがたびたびあるの。いまの話ができてよかったわ」バーナデットはキッチンドアのほうを向いた。「それと、あの子の誕生日は忘れないで。それは単なる基本的な常識」
「まったくです」バニーは言い、車で帰るときにシモーンに誕生日をきこう、と心にメモをした。彼女はホールで待っていて、心配まじりのわくわくした表情を浮かべ、小さなスーツケースをひとつ持っていた。

そしてそれが今夜だった。二人はシモーンが越してきたことを祝った。実際にはそうは言わなかったけれど。どちらもわざと曖昧にしていたのだ、しゃべりすぎると魔法がとけてしまうような気がして。

シモーンは彼の胸にキスをして、彼を見上げた。「あなたのほうはわたしに変えてほしくないことがある？」

バニーは片手を彼女の腰に置いて彼女の体をまわし、彼女の上になったが、自分の体重を支えて、彼女の額、鼻、唇にキスをしていった。「全部。何も変えないでくれ。いまのままのきみを愛してる」

シモーンは目をそらし、唇から笑みが消えていった。「やめて」彼女はそっとバニーを押しやって体を起こし、彼に背中を向けた。

「俺が何か言ったか？」

「何にも、ただ……」シモーンはわずかに頭をまわし、ベッド横にあるランプの光が彼女の左目のうるむ光をとらえた。「そのことを思って、それを感じて、もしそうしたいなら、でも……その言葉は言わないで、オーケイ？」

彼はシモーンの背中を撫(な)でた。「きみの気持ちを乱すつもりはなかったんだ」

「あなたのせいじゃない、ただ……それってみんながすごく手軽にふりまく言葉でしょ、それにあたしはその言葉を返せない。あたしは……」シモーンはぱっと彼の手をつかんだ。「たぶんいつかはね、でもあたしが相手のときはじっくり待ってほしいの。オーケイ？」

バニーは起き上がって彼女に腕をまわし、自分の体で彼女の体をつつみこんだ。それから彼女の髪を後ろへかきやって、顔の右側に走る傷にそっとキスした。シモーンは彼の頭の後ろへ手をやり、彼を引き寄せて、たがいの頬(ほお)を重ねた。彼女の熱い涙がバニーの顔をつたい落ちた。

彼の携帯が鳴った。

「ああくそっ」バニーはディスプレーを見た。「仕事だ。あいつらときたら、昔からタイミングってものを完璧に心得てやがる」

シモーンは彼の頬を叩いた。「出なさいよ。大事な仕事じゃないって確認して」

ため息をつき、バニーは後ろへ体を伸ばして、震えている携帯を充電台からとった。

「もしもし」十秒ほど黙って耳を傾けていた。「すぐ行く」

29

ストロボのように光るパトカーのライトが霜(しも)のおりた地面に踊っているなか、バニーは走りだそうとする衝動をこらえきれないかのように、早足で舗道をやってきた。車はノース・ストランドに停(と)めてこなければならず、何かの広告板の前の舗道に乗りあげておいた。オサリー・ロードは現在引き寄せているような車の列には対処しきれなかった。たとえいまが真夜中をとうにすぎている時刻でも。長屋式の家が、どれもわずかに違うトーンの赤色で、彼の左側の道路に並んでいた。反対側には灰色の石の塀があり、そのむこうにはコナリー駅から延びている線路、それにロイヤル運河(キャナル)があった。

　連絡ではスペイン部長刑事がある作戦に関係し、警官がひとり負傷したとだけ言っていた。指令部はそれ以上の死傷者について何の情報も持っていなかった。バニーは服を着て玄関を飛び出し、現場まで車を走らせた十分間に二十回もグリンゴに電話した。応答なし。留守番電話に毎回同じ陽気な挨拶を繰り返されるばかりだった。

　そんなはずがない。二人は勤務についてさえいないはずだった。特捜班が縮小されてから、彼とグリンゴはペアース・ストリート署での仕事に戻され、河岸地区(ザ・キーズ)の新しいアパートメント地区で続いた泥棒に加えて、特捜班のために横へ押しやられていたほかの事件を追いかけていた。こんなことはわけがわからない。

　バニーは警察の規制テープのところへ来た。若くてぽっちゃり顔をしたブロンドの警官が両手を突き出した。バニーは片手で自分のＩＤを出しながら、もう片方の手でテープをつかんだ。警官は彼の前に出た。「すみませんが、厳しい指示が出ているんです。中に人が多すぎて。立ち入り禁止の現場(クローズド)なんですよ」

バニーはその制服警官が自分にかけた手を見た。「いますぐその手をどけろ、さもないと現場が閉じられた（クローズド）棺（ひつぎ）になるぞ」

制服警官は身がまえた。「自分は命令を受けているんです」

「俺のパートナーが中にいるんだ。だからおまえは命令をきいて――」

「かまわない」二人が振り向くとフィンタン・オルーアク警部補がいて、両手に開いたフォルダーを持ち、そばに鑑識員が二人いた。「彼を入れてやれ」

制服警官はしぶしぶ横へどいた。バニーは彼をにらみつけてからテープをさっとくぐった。

オルーアクは目も上げなかった。「あいつはむこうにいる」鉄道橋の下にいる救急車をさした。後ろのドアがあいているのが見えた。

金属のゲートを抜けると、小さな工業団地のようなところへ出た。中庭が広がっていて、ここにも白衣を着た鑑識員たちがいた。ハイエースのバンの焼け焦げた外枠がその真ん中にあった。

救急車の後ろへまわっていくと、その縁にグリンゴが腰かけて、救急救命士に検査をされていた。ぼうっとした表情をしていて、肩に毛布がかけられており、その下の薄いブルーのTシャツは前側に血がついていた。

「なんてこった」バニーは言った。グリンゴが彼の声を聞いて頭をまわした。「いったい何があった？」

グリンゴは下を向き、まるでいまはじめて血に気づいたかのようだった。「俺のじゃない、目を向けた。「アミーゴ」短いブラウンの髪で唇を結んだ女の救急救命士は、バニーのほうへうんざりした目を向けた。

「こいつは」グリンゴは言った。「俺の仕事での女房役なんですよ、ドク。俺のことを心配しているんです」

「わたしはドクターじゃありませんし、あなたも患者というほどじゃありません」彼女はバニーのほうを向いた。「この人に病院へ行って、ちゃんと診てもらわなければだめだと言ってあげてください」

「こいつは俺に何か命令したりできないんです、ドク、俺のほうが階級が上ですから。ちょっと二人にしてもらえますか?」

彼女はいらだって不満げに頭を振った。「手短にしてください」彼女は自分のバッグをつかみ、救急車をまわって前のほうへ行った。

バニーはグリンゴを見た。「俺はあんたに命令できない、だって。あんたは病院に行くんだ、でなきゃ俺が連れていく」

グリンゴは手を振って断った。「本当に、俺は大丈夫だ」

バニーは彼と並んで救急車の後部の折りたたみステップに腰をおろした。「いったい何があったんだ?」

グリンゴは髪をかきあげて頰をふくらませた。「俺とオーシェイとカニンガムで、仕事帰りにちょっと飲みにいったんだ」

グリンゴはバニーの顔に浮かんだ驚きに気づいたのだろう。「何だよ？　俺だってときどきは同僚の警官たちと付き合うさ。そんなに仰天するようなことじゃないだろう？」

「ああ、ただ思ったんだよ、あんたとあの氷の乙女とのいきさつが……」

グリンゴは手を振って否定した。「ああ、彼女はいいんだ、それにデアラは話が面白いしな。おまえは少し忙しかっただろう、ほら……」グリンゴは下を向いてしばらく何も言わなかったが、やがてTシャツを引っぱってみせた。「これはデアラの血だ」

バニーはしゃべりたい衝動をこらえ、グリンゴに自分の言葉で話す時間を与えた。

「俺たちは連絡を受けたんだ、空港で強盗があったって。飛行機から降ろしたダイヤモンド、襲撃チーム、爆薬がどうとか。カーターと一味のしわざだとそこらじゅうに書かれているも同然だった。デアラとジェシカは何か月も前にフランコ・ドイルを追っていたとき、やつがとくにこれという理由もなくこの工業団地に来たことがあると言った。まるでこの場所を下見しているみたいに」

バニーは自分が通ってきた金属のゲートへ目を向けた。その角度からだと、印刷所とバイクの修理店の正面が見えた。

「二人は強盗の準備じゃないかと思った、だが調べてみたところ、金目のものは何もなかった。倉庫は安売り屋の安物のがらくたや、そういうものでいっぱいだった。いずれにしても、一味が空港を襲ったあと、ジェシカが考えたんだ、ほら、百にひとつの確率だが、やつらが車か何かをここで廃棄するかもしれないと」

「それで運が向いたのか?」

グリンゴは自分のTシャツをさした。「運が向いたようにみえるか?」

「すまん」

「三人でここへ来たら、バンがゲートを抜けていくところが見えた。俺たちが不意を突こうと飛びこんでいったとき、やつらはバンを燃やしているさいちゅうだった。デアラが俺の前にいた。胸を撃たれた。こっちも撃ち返した。やつらの誰かの脚に命中した、たぶん。やつらは二台めの車に乗って消えた」グリンゴは感情のない一本調子な声で言った。「俺は両手でデアラの傷を押さえていた、どうにかして……わかるだろう。ものすごい血が流れていて」

「あんたは最善をつくそうとしたよ」

グリンゴは短く苦い笑い声をあげ、灰色の石の塀のほうへ目をやった。出てきた声はやわらかく、遠かった。「そうかな?」

「こんなことをしたやつらをつかまえてやろう」

「どうやって?」グリンゴは言った。「はっきり誰かもわからなかったし、むこうはマスクをかぶっていた」

「ひとりは撃たれたって言っただろ?」

グリンゴの額(ひたい)に皺(しわ)が寄った。「ああ、そうだった。そうだったと思う。あれは、わからないが、あれは……」

咳払(せきばら)いの音がして、二人はフィンタン・オルーアク警部補が来ていることに気づかされた。

彼の青ざめた顔に浮かぶ表情に、バニーはみぞおちが沈んでいくような感覚をおぼえた。「いま病院から……デアラは救急車の中で死んだそうだ」

グリンゴは両手に頭をうずめ、髪をぎゅっとつかんで、きつく目を閉じた。

オルーアク警部補はバニーのほうを向いた。「しばらくスペイン部長刑事と二人にしてもらえるか、頼む、バニー」

「わかった」

バニーは現場の反対側へ歩いていった。警察のテープが道路をまたいで橋の反対側の端まで延びていて、仕事熱心なフリーのカメラマン二人と何人かの地元民の野次馬が足止めされていた。彼は塀に寄りかかり、グリンゴとオルーアクが話しこんでいるのを見た——オルーアクはたびたびまわりを見まわしているが、グリンゴは断固として地面に目を落としたままだ。

振り返って塀のむこうを見ると、からっぽの線路があり、運河がまるで、ほかの気の毒な人間の最悪な日を見物しようとスピードを落とすドライバーのように、ゆっくり流れていた。バニーは深く息を吸って、いまの情報を消化しようとした。

デアラ・オーシェイの死で受けたショックは、グリンゴではなかったという後ろめたい安堵と混ざり合っていた。ここへ来るまでの道中、グリンゴの母親にあなたのひとり息子が職務中に撃たれて亡くなりましたと伝える役になるところが、何度も何度も頭に浮かんだ。

それから怒りがやってきた。もしこの世で最後の仕事になっても、あのチビ野郎のカーターを縛り首にして、からからに乾くまでぶらさげてやる。

何かが動いてバニーの目をとらえた。坂になっている広い空き地に廃小屋があった。運河の端が、その空き地を介してもっと高いところにある鉄道線につながっていて、その線路は彼の頭の上の橋と交差していた。その人影ははっきり判別しづらかった——というか、バニーがそこに誰が住んでいるか知っていなかったら、判別しづらかっただろう。

彼女なら、バニーの頭を騒がせている最大の疑問への答えを持っているかもしれなかった。なぜグリンゴは俺に嘘をついている?

30

バニーは小屋のドアをノックした。オサリー・ロードからそのまま運河を渡れる道がないので、橋へぐるりとまわり、空き地を通ってこなければならなかった。

応答なし。

「メアリー、そこにいるのはわかってるんだよ」

「帰って」聞きおぼえのある声がいつもの高飛車な口調で聞こえてきた。「レディは邪魔をされたくないの」

「すまない、メアリー、でも大事なことなんだ。バニー・マガリーだよ」

中で人の動く音がして、それからドアが二インチだけキーッとひらき、メアリーの目がその隙間からのぞいた。相手が誰かわかると、彼女はドアをいっぱいにあけてくれ、両手を体に走らせ、自分がちゃんとそこにいること、いつものティアラが定位置にあることをたしかめた。

「まあ、バニー、ごめんなさいね。あなただとわからなかったものだから。暗くなってから紳士がいらしても、ふだんはお会いしないのよ。あなたを中へ通さなかったらすごく傷つくかしら？」

バニーは彼女の後ろへ目をやった。小屋はぴかぴか光るがらくたの宝でいっぱいだった。子ども用の携帯電話が天井からぶらさがり、壁にはありとあらゆる光るかけらが紐（ひも）で吊るされ、〝かささぎ（マグパイ）〟メアリーがダブリンのゴミ箱をたんねんに調べてきた休みなき歳月の集大成となっていた。床には薄いマットレスが敷かれ、それが小屋全体で唯一の家具だった。

「もちろんそんなことはないよ」バニーは答えた。「礼儀にかなわないことだろうしね。外のここでちょっとおしゃべりできないかな？」

メアリーは不安げにほほえんでうなずいた。「もちろんいいわ、少しなら」

彼女は小屋の横から、昔はもっとましだったであろうデッキチェアを二つ出してきて、広げて置いた。バニーはメアリーに指示されたほうに用心しいしい座りながら、自分の大きな体にそのチェアがついに耐え切れなくなりかねないことを痛いほど感じていた。

メアリーはむかい側に座った。彼は気がついた――グリンゴと二か月前、マーサー・ストリートでメアリーに会っていたから――彼女が衣装に光る棒（グロースティック）のネックレスを加えたことに。

「すまない、メアリー、きみが病院へ行かなきゃならなくなって以来、会いにこなくて。様子を見に寄るつもりだったんだが」

　メアリーは手を振って彼の心配をはらいのけた。「そんなことは全然かまわないのよ、バニー。そんなに心配してくれたなんて、あなたもお仲間も本当にやさしいのね」

「とんでもないよ、メアリー」彼はポケットから自分の名刺を出した。「さらに言うと、もしきみがまたごろつきどもからああいうトラブルをこうむったら、俺に連絡してくれ。そんなことになったらたいへんだから」

「まあ、そうね、でも公共医療サーヴィスはとてもいい手当てをしてくれたのよ。本当に驚いたわ。あなたでもわたしでも、あるいはわたしたちの中でもっとも不運な人たちでも、あのサーヴィスのスタッフはみんな同じにいい手当てをしてくれるの。すばらしいことね」

「まったくだ」バニーは言い、メアリーは自分を運があるほうだと思っているんだな、と気がついた。

「そういえば」メアリーははっとしてまわりを見て言った、「わたしったら礼儀をどこへやってしまったのかしら。お茶を一杯いかが？」

　バニーは両手を上げた。「いやいや、本当にけっこうだ、メアリー、もうずいぶん遅い時間だし。カフェインはだめなんだ、さもないとひと晩じゅう起きていることになっちまう」

「本当に？」

「うん」バニーは答えた。彼はまだオサリー・ロードでばたばたと続いている騒ぎや、必要もないのにまだくるくると夜の中へ光を放っているパトカーのライトのほうへうなずいてみせた。

「あれのせいできみが眠れなくなったらすまない」

「ああ、そうね」メアリーは言った。「本当に大騒ぎだこと」

バニーはうなずいた。「ちょっと思ってたんだが、少し前にあったことを何かしら見たんじゃないか？」

メアリーは落ち着かなげに座りなおし、デッキチェアが彼女の不安をキーキーと代弁した。「わたしは何にも巻きこまれたくないの。あなたには敬意を持っているけれど、法執行機関に関するわたしの経験は、概してよいものではなかったし」

バニーはわかるようとうなずいた。彼とグリンゴは二年前、二人の制服警官がメアリーをこの小屋から立ち退かせようとしているところを止めたのだ。コナリー駅の職務熱心すぎる新しい管財人が、小屋はアイルランド国鉄の土地を不正に使用しているとみなしたからだった。

「俺は警官として来たんじゃないんだ、メアリー。友達として来たんだよ」彼は何も持っていない両手を上げた。「メモをとってないだろ、これはただのおしゃべりだ」

「そうね」彼女は言った。まるでいろいろなことを秤にかけ、やがてそれが彼のほうへ傾いたかのように。彼女は身を乗り出し、話したいことがあるおしゃべり屋になった。「実はいろいろ見たわ」

「そうなのか？」

メアリーはうなずいた。「ここに座っていてね、たまたま、寝酒を飲んでいたの」

彼女はきゅうに落ち着かなくなり、常習的な呑み助の不安で顔がくもった。

「そりゃあそうだろうね」バニーは言った。「寒い冬の冷えこみから身を守ってくれるし」

メアリーは同意してうなずき、安堵の笑みが唇に浮かんだ。「本当にそう。それでね、あのバンが工業団地の中へ入ってきたのがわかったの、おかしいなと思ったのよ、遅い時間だったから。そうしたらそのあとすぐ、ズドンズドンっていう音が始まった。最初は何だかわからなかったわ。花火かしらと思った。正直に言って、このあたりの子どもたちはハロウィーンにやるような、ああいう爆発する花火を持っているでしょ、生きた心地がしないわ。悪魔よ、あいつらは、本物の悪魔！　あるときなんて、朝の三時に――」

バニーは手を伸ばして彼女の腕に触れた。「ごめんよ、メアリー、そうじゃなくて……でも今夜は花火じゃなかったんだろう？」

彼女はうなずき、それから首を横に振った。「そうじゃなかったわ、銃の発砲だった。すごかったわ、それに叫び声もした。聞くに堪えない言葉もあったのよ。それから車が一台、青い車が、そこから飛び出してきて、猛スピードで道路を走っていって――とてもむこうみずな運転、と言わざるをえないわね」

「なるほど」バニーは言った。「それじゃ誰かが入っていくのは見ていないんだね、そのバンが入っていってから、青い車が出ていくまで？」

「ええそう」メアリーは答えた。「誰も。あのご婦人が走り出てくるまでは」

「ご婦人？」

「ええ」メアリーはうなずいた。「あの人が目出し帽をとったときには驚いたわ」

「何だって？」

メアリーはバニーの愕然とした口調に顔をしかめた。

「ごめん、メアリー。それから？」

「ええと、そうね。そのご婦人、彼女は両手で何かを持っていた。道路を走ってそこにいた車のところまで行って、それから引き返してきたの」

バニーはうなずいた。ジェシカ・カニンガムだ。なぜ彼女は、パートナーが地面に倒れて血を流しているのに、自分の車まで走って戻ったんだろう？　応急手当てキットか？　たぶん。彼らはそれぞれ携帯を身につけていて、救急車を呼べたはずだが？

「その人は戻ってきたわ」メアリーは続けた。「そうしたらまた何度かズドンと音がして、そのあと、二分ぐらいして、警察や救急車が来たの。わが主よ、あの騒ぎ！」

バニーは考えに没頭していたせいで、メアリーの言ったことが数秒たってやっと頭に届いた。

「待ってくれ、ちょっと――その女が戻ってきて、それからまた発砲があったんだな？　たしかか？」

バニーが張りつめた気持ちを顔に出してしまっていたのだろう、メアリーは落ち着かなげに座りなおした。「そうよ。そのとおり。わたし、もうトラブルはいっさいごめんよ。いまの話は覚え違いをしているかもしれないわ。このことは黙っていてくれると信じていいのよね？」

バニーは答えながら、もう一度運河と、静まりかえっている線路と、灰色の石の塀のむこうにある工業団地を見た。事実がさしている方向ではなく、別なほうにその事実を結びつけようとして。「そうだよ、メアリー、心配しなくていい。いまのは俺たちの単なるおしゃべりだ。それどころか、ほかの誰かがききにきても、きみは眠っていて何も見なかったと言うんだよ」

「それがいちばんいいと思う？」

彼は立ち上がってうなずいた。「思う。改めて、お邪魔してすまなかったね」

「全然かまわないわ」

うなずくと、バニーはきびすを返し、線路のほうへ坂を歩いて戻りはじめた。後ろにオサリー・ロードの存在と、それが隠しきれなかった秘密の重さを背中に感じた。

31

トミー・カーターはアームチェアを動かして正面側の部屋の窓に向け、腰をおろして待った。二時間前には逮捕されると思っていた。まだされていないという事実をどう考えたらいいのかわからなかった。オルーアク警部補はたぶん慎重になっているのだろう。万事抜かりないよう念を入れて。連中もいまではカーターが自宅に防犯カメラを設置しているのを知っている、だからたぶんほかのやつも同じようにしているはずだと正しく推測したのだろう。警察も同じ手には引っかからない、ディニー・マルドゥーン刑事が彼を襲ったビデオテープはまだ役に立つが。逮捕されるときは、警官たちは人を拘束する手本になるに違いない、少なくともトミーの家の中では。彼らの仲間が死んだのだ。それでゲームは変わった。

ゆうべはほとんど眠れなかったし、眠ったときも、夢はとぎれとぎれで、炎でいっぱいだった。目をさましたらエイミアが部屋の入口に立って、おびえていた。いつもよりひどかったに違いない。トミーのシーツは汗まみれで、拳は壁を叩(たた)いていたらしいところから血が出ていた。トミーはエイミアに自分は大丈夫だからと言い、彼女はベッドに戻っていった。それから彼はもう眠りたくなくて、体を起こしていた。オドネルがまた炎に焼きつくされるのを見たくなかった。

仕事自体は流れるように運んだ。彼、オドネル、モランは計画どおり、あの穴の中でじっとしていた。中はひとりがときおり体を伸ばせるくらいの広さしかなかった。拷問のようだったが、トミーは千六百万ポンドの価値がある、カットされていない追跡不可能なダイヤモンドのために、多くのことに耐えた。

しかしバンの始末は完全に失敗し、トミーはなぜそうなったのかまだ突き止めようとしていた。フランコが運転していて、オドネルはリアシートでケースをあけ、すべてのダイヤモンドを出していた、まったく計画どおりに。ケースに追跡装置が仕掛けられているという情報はなかったが、危険を冒すつもりはなかった。バンに焼夷(しょうい)物質をセットし、安全な車に乗り換えていたときに不意打ちされた。オドネルは銃を持っていたのが三人いて、全員が目出し帽をつけていたと言っていた。彼は襲撃者のひとりを倒したものの、そのさなかに自分も脚を撃たれた。はじめ、トミーはＩＲＡがこちらの思っていたよりかなりの不意打ち能力を見せてきたものと思った。そのあと、警察無線の傍受装置であの情報を拾った――オサリー・ロードの工業団地で、警官が撃たれた、と。フランコは激昂した。やつらは警察だと名乗りもしなかったし、逮捕しようともしなかった。泥棒から盗もうとするなんて、それ以上卑劣なことがあるか？　それでも、とトミーは考えた。もしやつらがまともにやっていたなら、三人の欲深な豚ではなく、重武装した緊急対応班（ERU）が待ち伏せしていただろうし、オドネルが銃で退路を切りひらくことすらできなかったかもしれない。

　フランコはオドネルをスキナーの迎えの車まで運んだ。それは長年にわたる取り決めだった。使い捨てのプリペイド携帯にメッセージを送ると、怪我をしたのが誰であれ、スキナーのもとへ、彼の指定した場所へ運ばれるのだ。トミーたちは怪我人がどこへ運ばれていくのかも知らない。それがスキナーの防御策だった。彼はクリーンなのだ――トミーたちとのつながりも知られていないし、犯罪歴もない。イギリス軍時代に、戦場で支援ができるよう医療訓練を受けていた。オドネルは彼のところで身をひそめ、回復できるだろう――回復するとしての話だが。

オドネルは問題だが、トミーにとって最大の問題ではなかった。お巡りたちは彼らの行く先を知っていた――それを知っていたのは、トミーを含めて四人だけだ。彼はほかの理由を考えつこうとしたが、いつも同じことに戻ってしまった。その四人の誰かがしゃべったのだ。

　信頼の輪は破れた。

　家の外に集められた何台もの警察車のあいだに動きがあった。トミーの目に、私道をやってくる大人数の警官隊がちらりと見えた。

誰かが玄関ドアをやかましくノックした。

「入れよ、ドアはあいている」

32

フィンタン・オルーアク警部補は深く息を吸いこみ、頬（ほお）をふくらませ、それからドアをノックした。痰（たん）がからんだような、爆発のような咳払（せきばら）いの音が聞こえ、つづいてガレス・ファーガソン長官のいつもの大砲のような声がした。「入れ」

ファーガソンは自分の大きなオークのデスクのむこうに座り、葉巻を指のあいだでまわしていた。半ズボン、チュニックに、ふくらんだ袖のシャツを着ている。その組み合わせは革のブーツで完成されるのだが、いまそれはデスクの上で休んでいた。長官は昔から服に独特のセンスを持っていたが、それにしてもこれはなかなかの新機軸だった。

「おぉ、フィンタン。すばらしい。きみは背が高い。いい子だからそこにあるそのドライバーをとってくれ」

長官は本棚に立てかけてあったゴルフクラブを指さした。オルーアクの困惑した表情に、いらだちまじりのうなずきが返ってきた。「早くしろ」

彼がクラブをとると、長官は天井をさした。「それでは、きみの上官として、あのいまいましい煙探知器を取り払うよう命じる」

オルーアクは探知器を見上げ、肩をすくめ、それから言われたとおりにした。三度めのスイングで探知器は割れ、三つの破片となって床に落ち、ゴルフボールサイズの漆喰のかたまり二つと、かなりの散らばった粉塵と一緒になった。

「ナイスショット。椅子を持ってこい」

ファーガソンはデスクの引き出しからウィスキーのデカンタと、二つのグラスを出し、両方にたっぷりついだ。「仮装パーティーに行ってきたんだ、よりにもよって」

「わかりました、サー」

「おべんちゃらを言うんじゃないぞ、フィンタン、きみにはできんのだからな。わたしは、抵抗したのだが、ヘンリー・ろくでなし八世になった」

「ミセス・ファーガソンは誰になったんです？」

「クレオパトラだ」

「しかし……」

「そうだ、わたしもさんざんその点を指摘した。しかしわが聖女はもともと着るはずだった衣装が気に入らなくてな、着替えたんだ。わたしにこの珍妙なタイツやら、世間が何と言ってるか知らんがこういうものを身に着けさせて、王様ごっこをさせておきながら、自分の服も選ばせてはくれなかった」

ファーガソンは自分のウィスキーの半分を飲み、顔をしかめた。顔のまわりを撫でる。「おまけにこのひげの糊(のり)で、肌がものすごくひりひりする。着替えをとりに新しい助手を家にやったんだが、あのべそっかきが何をしたか、きみにはわかるまい？」

　オルーアクは肩をすくめた。

「自分の家に帰って、正装の制服で戻ってきたんだよ。嘘ではないぞ。わたしがあいつをめかしこませるために家に帰したと思ったんだ。あのろくに口もきけないマザコン息子が、農業大臣のお気に入りの甥(おい)だろうとどうでもいい、その場でクビにしてやったよ」

「イエス、サー」

「あいつは泣きだした。つまりだな――泣くことは警察の活動に入ってない、言うまでもないが」ファーガソンはグラスの中の酒をまわし、未来の予言を探すようにのぞきこんだ。「そういうわけで、今晩の雑談部分は終わりだ。いったい何があった？」

「ええと、サー、ご存じのように、やつらはアントワープから入ってきた便を襲撃しました。年に二度入ってくる便で、カットしていないダイヤモンドが運ばれてくるんです。やつらはすべて知っていました――タイミング、手続き、区画を。マディガン社の警備リーダーに爆弾ベストを着せて、その飛行機の着陸装置につないだんです。悪夢ですよ。やつらがあらわれて消えるまで二分でした」

「尋ねてもいいか」ファーガソンは言い、デスクの別の引き出しからクリスタルの灰皿を出した。「重武装をして、高度な訓練を受けた緊急対応班(ERU)はいったいどこにいたんだ、わたしは何度も大臣にあれの資金増額を頼みにいっているんだが？」

「すでに空港にいた者たちは爆弾の問題に対処しなければならなかったんです、本当の爆発物処理班が出動するまで」

「それから?」

「それからほかの者たちは空港の内外で道路にまかれた鋲にやられました。一味のうち、バイクで逃げた二人がやったんです。やつらのせいで何もかも止まってしまいました——あの混乱で誰も死ななかったのは小さな奇跡ですよ」

「そうだな」ファーガソンは言い、苦々しげに葉巻の先端を歯で嚙みちぎり、それをゴミ箱に吐き捨てた。「なんという幸運だ。もしその悪党どもが——それに犯人がカーターと仲間ではないかもしれないなどというふりはぶかせてもらおう——きれいに消えてしまったのなら、今回のめちゃくちゃな事件で理解しかねるたくさんのことのひとつは、どうしてそのあときみの部下三人が彼らと銃撃戦になったのか、という経緯だが?」

オルーアクはごくりと唾をのんだ。〝きみの〟の意味はちゃんとわかっていた。彼は座ったまま身を乗り出し、首の後ろを手でさすった。「彼らはカンで動いたんです、サー。数か月前に、われわれが連中をひそかに尾行しようとしていたとき、彼らはカーターの手下のひとりがその場所を下見しているのを見ていたんです。彼らはたまたま近くにいて……」

「それではなぜ応援を頼まなかったんだ?」

「時間がなかったんです、サー。彼らは一味が中へ入るのを見て、連絡するにも一分しかないと悟った。はっきり申し上げて、わたしは彼らの判断を支持します」

「なるほど」ファーガソンは言った。「まあ、われわれ二人とも、いずれ審問の際には、そこを説明するのにたっぷり時間をかけなければならないだろう。元陸軍レンジャー相手に突撃とはな。まったく」

「イエス、サー。オーシェイは胸に一発食らっていました。強盗のひとりは脚に食らい、そのあとやつらはまんまと逃げおおせました」

ファーガソンは天井を見上げた。「それで、そいつらを逮捕できるのか？　きみの部下たちはそいつらの身元を特定できるのか？」

「そうですね、イエスでありノーです。襲撃者たちは終始目出し帽や面をつけていました、ですからカニンガム部長刑事も、スペイン部長刑事も、たしかな身元確認はできないでしょう、しかし、先ほども言いましたように、襲撃者のひとりは脚を撃たれています。われわれはついさっきカーター、ドイル、モランをそれぞれの家から引っぱってきました。彼らは二時間前に戻ってきたんですが、どこにいたかについては、岩のように強固な、複数の証人付きのアリバイを持っていることでしょう。残るはオドネルで、まだどこかに隠れており、うまくすれば重傷を負って、どこにも逃げられずにいる。われわれがやつらを押さえるのはそこです、サー」

「そうだな」ファーガソンは言った。「カーターがすでに手下の頭に二発ぶちこんでなければだが」

オルーアクは何も言わなかった。その可能性はすでに彼の頭にも浮かんでいた。

部屋の中にしばらく沈黙が降りた。ファーガソンはデスクから脚をおろし、かなりの巨体を立ち上がらせた。げっぷをして、それからグラスを上げる。「ディヴェイン、ウォレス、マコール、マグレイス、ホジソン、マーフィー、レイドロー、もうひとりマーフィー、スミス、ギャラハー、オーシェイに」

オルークはとまどった表情でファーガソンを見た。

長官はグラスをおろした。「きみがこの地位に就いたとき、たぶんいつか就くだろうからな、フィンタン、いまのはきみが目をさましているあらゆる時間にとり憑いて離れなくなる名前だ。いつもそこにいて、一日のいちばんいいときにもするりと入ってきて、雨を降らす。この地位に就けばそうなるんだ。勤務中に道路の事故に巻きこまれて死ぬ者もいれば、薬を切らしてカーヴィングナイフを持った頭のおかしなやつに対応していた者もいれば、サンドバッグを殴るよりそのほうが有名になれると思った馬鹿な酔っ払いに、通りすがりに襲われる者もいる。原因はどうでもいい、その全員がきみの失敗になるんだ、だから言っておこう、その名前はきみの魂に焼きつけられるんだとな」

オルークは立ち上がってグラスを上げた。ファーガソンは名前を繰り返した。「ディヴェイン、ウォレス、マコール、マグレイス、ホジソン、マーフィー、レイドロー、もうひとりマーフィー、スミス、ギャラハー、オーシェイに」二人はグラスを干した。

ファーガソンはグラスを置き、葉巻をとって、ポケットからライターを出した。

「あす、きみとわたしの両方で、残された奥さんに会いにいこう、彼女がいいと言ってくれればだが。子どもは？」

オルーアクはうなずいた。「二人です、サー——三人めがもうすぐ生まれます」

ファーガソンはひどく静かになり、一角にある金魚鉢を見つめた。金魚は入っていなかったが。それからライターを点火し、葉巻をすぱすぱやって火をつけた。「たいていの場合」彼は葉巻をくわえたまま言った。「そういう声をなだめるのに使える人間はいない。責めるべき相手は。いたとしても、どこかの哀れな阿呆（あほう）だし、それで気持ちがすむわけじゃない。だが今回はそういう場合ではない」

ファーガソンは葉巻を長々と吸い、ゆっくり煙を吐き出した。「今回は、責めるべき相手があり、えぐりとるべき一ポンドの肉もある（シェイクスピアの戯曲『ヴェニスの証人』で、金貸しシャイロックが借金のかたにアントニオの胸から肉一ポンドを切り取ろうとしたことをさす）。三十分前、大臣との電話を終えたんだ。あの泣き虫のチビに選ばせてやったよ——われわれに全権をゆだねるか、さもなければわたしの辞表を受け取るか、そしてわたしはきれいなやめ方はしないと保証してやった。あいつはパパに電話をしたぞ、あのぴいぴい泣くチビのイタチはな、そして長広舌をふるって自分に何か言うことがあるようなふりをしたあと、やっとことを進める許可を出した」

ファーガソンはデスクをまわってきた。「厳しくやれ、フィンタン、カーターが予想できる以上に厳しく。やつらの知っている人間全部、やつらの会った人間全部、引っぱってこい。あの地域は自分たちのわがままな息子どもにアリバイを提供しようとするだろう——だがそれには代償がつく。駐車違反切符を切られただけのやつも全員、最高のもてなしを受けるんだ」ファーガソンは話に夢中になって、指で宙を突きはじめた。「しめあげて、しめあげて、住民がわが身を守るために、列をなしてあの悪党どもを裏切るようにするんだ。アイルランド市民は、ときには感謝知らずで愚かにみえるかもしれないが、アイルランド警察の一員が公務中に、人間のクズに撃たれて殺されることを許してはならない。攻撃の合図を出せ、戦いの犬どもを解き放つんだ」

キューが出たかのように、床の壊れた煙探知器が悲しげにピーピー震える声をあげた。

ファーガソンは歩いていって、決意をこめてただ一度足を踏みおろし、それをつぶした。

「言い換えると」彼は言った。「トミー・カーターは逮捕される」

33

タラ・フリンは磨く必要もないグラスを落ち着かない気持ちで磨いていた。〈オヘイガンズ〉で働いてまだ一週間だが、ここの仕事が気に入っており、このまま続けたかった。ここの前は、ウェイトレスとしてみじめな一週間を送ったあげくクビになり、それから〈ディーガンズ〉のバーメイドとしていっそう悪い一週間を――オーナーのフィルのつきまとう両手と、ペンキはがしのような口臭を避けながら――送ったあとで自分からやめた。いまの仕事は好きだった、それにこれまでの雇用期間の記録を破って、八日めまで行きたかった。しかし、現在進行中の状況はそれを妨げかねない。店は一時間前に閉めてみんな帰宅しているはずなのに、〝客〟が帰ることを拒んでいるのだ。ふつうなら、彼が喧嘩を始めようとしたとたんにほうりだされていただろうに、目こぼしされていた。そのかわり、みんなは彼を店の奥の個室に入れて、コーヒーを飲ませようとした。タラは不安げに唇をかんだ。自分はこれに対処する立場にないはずだが、マネージャーのグレアムは病気だと電話してきたし、カウンターのスタッフで勤務中なのは彼女だけだった。つまり残っているのは彼女と二人の用心棒だけ――ブライアンと、そのおじのアンソニーだ。ブライアンは望まれない客をほうりだすほうに大乗り気だったが、おじのほうが慎重にやるよう言い、タラにあの電話番号にかけさせたのだ。

ドアがドンドンと叩かれた。アンソニーが立ち上がり、かんぬきを引いてドアをあけた。ひとつうなずくと、バニー・マガリーのひとめでわかる姿がどすどすと入ってきた。タラはまだこの店に入って一週間かもしれないが、何人か印象に残る人間はいた。

「彼はどこだ?」

タラは個室のほうを指さした。「あの奥」

バニーはうなずいた。

「そうだよ」ブライアンが言った。「それからあいつに態度に気をつけろと言っておけ、でないと平手打ちを食らうことになるってな」

バニーが正面からにらんできたので、ブライアンはパイントグラスを口へ持っていきそこねた。「何だと?」

アンソニーが走っていき、マガリーの腕に手をおいてなだめた。「こいつのことは気にしないでくれ、バニー、まだ考えなしの若造なんだ」彼はブライアンをにらみつけた。「こいつは生まれつき分別ってものがなくてな。俺が謝るよ」

バニーはもう一度アンソニーを見て、やがてうなずいた。そしてくるりとむきを変え、個室のほうへ歩いていった。彼が行ってしまうと、アンソニーはブライアンの耳のあたりを強く殴った。

「何をす――？」

アンソニーは甥をぐっとつかんだ。「俺は何て言った？　彼らはゆうべ仲間をなくしたんだ。少しは良識ってもんを持て、わかったか？」

タラはまた別のグラスをとって、必要もないのに磨いた。今日は長い一日になりそうだった。

「ったく、あんたの哀れな様子を見てみなよ」

グリンゴは殺気立った目でのぞきこんでいたからっぽのパイントグラスの底から視線を上げた。水が入ったパイントグラスと、さめたコーヒーのカップが横のテーブルに手つかずのまま置かれていた。

「バニー！」彼は熱をこめて声をあげた。「俺のアミーゴ。椅子を持ってこいよ。全員に酒をやってくれ！」彼はテーブルをがんがん叩きはじめた。

「もうじゅうぶん飲んだだろう。あんたときたら、どこかの飲んだくれが吐いてすっきりいい気分になったものみたいだぞ」

「ふん、俺は最高の気分だよ。きいてくれてありがとう。休みが出たんだ——特別配慮による休暇だよ。デアラ・オーシェイの血で、申し分なくいいTシャツがだめになったかわりにもらったのがそれさ」グリンゴはグラスを持ち上げた。「ずいぶん安いもんだな」

「あんたは酔ってる、それにろくでなしになりかけてるぞ」

「おやおや、誰が言ってるのか見てみろよ」

「そうだよ、俺だ、あんたの親友だ。それにあんたがいまみたいなままでいつづけたら、唯一の友達だ」

「ハハ、おまえみたいな友達がいたら、浣腸剤はいらないな」グリンゴの声はろれつが回らず、目はぼうっとしていて、視線は部屋の隅をあちこちさまよっていた。

「あんたは面白いよ。最後に聞いたところじゃ、あんたは公式な供述をしていて、そこで消えたそうじゃないか。最初に俺が聞いたのは、あんたがここでダブリン大学の学生と喧嘩を始めようとしているって」

「ああ、あいつか、おまえもあいつを見とくべきだったぞ、バニー、顔だけでも……あいつとあいつの顔」

「ああ、たしかにそいつは怪物らしいな」

グリンゴはパイントグラスをとった。「この店では変則的なサーヴィスを受けられるのか？こっちに来いよ、そのすてきなケツをぐりぐりまわして……」

バニーは彼の顔を平手打ちした。強くはないが、グリンゴにしゃべるのをやめさせるくらいに。

「そんな話はしないぞ」

「ああそうだな、忘れていたよ、無敵のモラルを持つバニー・マガリー。あらゆるところでご婦人の純潔を守る者。くそくらえ」

「あんたもな」

グリンゴはからっぽのグラスを長いこと見つめ、その手がわずかに震えていた。「さあ、きけよ」

「何を?」

「わかっているだろ」

「ここじゃないし、いまじゃない」バニーは言った。

「どうして? ほかにいるべきところがあるのか――でなければ、ほかに加えるやつが? おまえを引きとめたりしないよ」

バニーはため息をついた。「俺の話を聞けよ、グリンゴ。あんたにはこんなことをしている時間はないだろう」

「何をだって? 俺には世界じゅうの時間があるよ」彼は大きく腕を広げ、酔っ払いの笑みを浮かべた。

バニーはテーブルにこぶしを叩きつけた。「こんなことだよ! あんたにはこんなクソに使ってる時間はないんだ。ここには前も来ただろ。ああもう、それで腕時計を合わせられるくらいだよ。この頃は気の滅入る日ばっかりで、そうなるとあんたはここへ来て、誰もあんたに手が届かない。俺にできるのは後ろについていって、あんたが自分やほかの誰かを傷つけないようにすることだけだ。俺はそれでいい、友達ってのはそういうためにいるんだから、でもはっきり言うぞ、あんたにはもうこんな馬鹿げたまねをやってる時間はないんだ」

グリンゴは酔っ払いらしくふんと笑った。「ああ、どうぞ、その叡智を分けてください、賢いお方。自分がすごく賢いつもりなんだろう」彼の声は歌っているかのようになった。「俺はおまえの知らないことを知っている」

「最高だな。さあ、もう行こう」

グリンゴはパイントグラスで額をこすった。「おまえがあれをきくまではどこへも行かない」

「さっきも言っただろう、ここじゃだめだし、いまじゃだめだ」

グリンゴはテーブルにパイントグラスをドンと置いた。「いや、ここだ、それにいまだよ。心配なんか追い払おう。すごい晩になるぞ。俺とおまえと、おまえの可愛い黒い娼婦と——」

バニーはさっと腕を伸ばしてグリンゴのシャツの衿をつかみ、荒っぽくテーブルの上をひきずったので、テーブルにあったものが床に落ちて、ガラスや陶器の割れる音が水っぽいクレッシェンドになった。「あんたがやってることはわかってる。いまみたいなたわごとを本気で言ってるんじゃない。あんたは誰かに蹴っ飛ばしてもらって、自分が当然と思う報いを受けたいだけだ。いいとも、それ以上いまみたいなくだらないことを言ったら、お望みどおりにしてやるからな。さあしっかりしろ、もう行くぞ」

バニーは立ち上がり、グリンゴを腕の下に抱えた。そして方向を変えて、トイレ横の非常用ドアへ向かった。タラが心配そうな顔で食器渡し口からのぞいた。バニーは少しだけ足を止めた。「こんなになって本当にすまない」彼はポケットから札を二枚出し、カウンターにバシンと置いた。「壊れたもののぶんだ」

「俺の伝票につけてくれ」グリンゴが言った。

「彼もいつもはこんなに最低じゃないんだよ」

「最低だよ、隠しているだけさ」

バニーはグリンゴを連れて通路を進み、非常用ドアを蹴ってあけ、霧雨の中へ彼をほうりだした。グリンゴは何フィートかよろめき、それからゴミ箱に倒れこみ、その汚れた側面に体を起こした。バニーは非常用ドアを閉めて、あとについてきた。

「さあ、バニー、横丁に出たぞ。ここここそおまえが本領を発揮できる場所だろう」

「ちっとも面白くない」

グリンゴは顔を向けた。「俺も面白くしようとはしてないかもな。さあ、きけよ」

「知りたくない」

「ハハ。信じられないな。おまえはもう知っているんだろ。ゆうべおまえの目を見てわかった。おまえの頭の悪い乱暴者ふうのはぐらかしは俺には通じない、忘れたのか？　俺はおまえを知っている。おまえは自分が認めているよりも頭がいい、それにおたがい、おまえが何ひとつぞんざいにしないことも知っている。だからさあ、きけよ」

「いやだ」

「やれって。おまえはききたいことがある、俺にはわかっている。誰のアイディアだったのか？　カニンガムだよ、彼女の考えなんだ。まあ、少なくとも俺に持ちかけてきたのは彼女で……」

「黙れよ、グリンゴ」

「彼女とオーシェイだ。二人は知っていた――俺が困ったことになっているのを知っていた。俺は……借金が払えない。借金の利息すら払えないんだ。俺にはもうじき〝元〟になる妻と、とても死にそうにない母親がいる。そしてカニンガムたちにはつながりがあるんだ、わかるだろ。カニンガムはいろいろなことを知っている。というか、少なくとも、知っている男を知っている」

「どうして――」

グリンゴは片足をまたゴミ箱に蹴り入れた。「冗談じゃ……なぜおまえを誘わなかったのかって？　これだよ！　こうなるからだ！　こういうがっかりした弟みたいなおきまりの反応。そういうのはもううんざりだ」

「あんたの問題を教えてやるよ、このクソ馬鹿野郎、あんたは助けなんかほしがってない。自分がどれだけめちゃめちゃにしくじれるかを見たいだけなんだ」

グリンゴはふらふらと前へ出てきて、バニーにもすえた酒臭い息がわかるくらいまで近づいた。「そうだな、やっとわかった気がするよ。俺たちは単純な待ち伏せをするだけで、千六百万ポンドのカットしてないダイヤモンドを、足のつかないやつを手に入れられて、同時に悪党どもを倒せるはずだった——なのに何も手に入らないどころか、オーシェイは死に、俺とカニンガムは刑務所で長い刑期をつとめるはめになりかけている」

「うまくいくとでも思ってたのか？　どうして俺のところに来てそれを話してくれなかったんだよ？」

「二人はそうしたがった、でも俺は言ったんだ……おまえは絶対に賛成しないと。おまえは道徳心がありすぎるからな」

「それにあんたは馬鹿すぎる」彼は最後の言葉を吐き捨てるように言った。「あんたはつかまりたかったんだろ。俺がどんなに簡単に気がついたかわかるか？　〝かささぎ(マグパイ)〟メアリーが運河のむこうに住んでて、何もかも見ていたんだよ。二分間」

グリンゴは一瞬、酔っ払った怒りの合間に意識がはっきりし、両手で髪をつかんだ。「ああ、くそっ」

「落ち着けよ。彼女は俺にしか話してないし、俺はこのまま黙っているように言っておいた。ほかの警官はたぶん、どこかの頭のおかしい婆(ばあ)さんだと思って、彼女の話なんか聞かないだろう。一級の証人になれる人間じゃないからな。彼女はあんたにとって問題じゃない——問題なのは法医学のほうだよ。自分でもわかってるんだろ？」

グリンゴは何も言わず、ただ横丁の真ん中にできた水たまりの表面に踊る、ぼんやりした雨粒を見ていた。

「カニンガムは最善をつくそうとした、それは認めるよ。あんたがあそこにへたりこんで、彼女の相棒の血にまみれていたとき、彼女はあの車まで走っていったんだろ？　あんたたちは警察から支給されてる銃でカーターの手下を待ち伏せするわけにはいかなかった、もちろんな、だから別の銃を持ってた、そうだろ？」

グリンゴはうなずいた。

「だから、彼女は走って戻り、盗品の銃と目出し帽を車のトランクに突っこんで、合法の銃をとってきた。そのあとあんたたちは何発か撃った、撃ち返さなきゃ銃撃戦にならないからだ。それで捜査は混乱するだろうが、いずれ鑑識は受けた説明以上の銃弾を見つけるぞ。本当に、それで長いこと誰かをだませると思ってたのか？」

「彼女が言ったんだ……まさか……」

「オーシェイが撃たれるとは、ってか？　冗談じゃない。カーターの一味がおとなしくやられる連中だと思ったのか？」

グリンゴの声が小さくなった。「こっちの思ったとおりだったんだ。やつらの行き先はわかっていた、だから待っていた、なのに……」

「なのに何だ？」

「オドネルが見えたんだ、命中間違いなしだった、なのに俺は……撃てなかった。そうしたらやつが撃った、オーシェイに当たった。俺のせいだ」

バニーは声をさげた。「違う、そうじゃない。オーシェイは自分が何にはまりこんでいるかわかっていたし、悪いのは引き金を引いたやつだ。あんたは冷血な人殺しじゃない」

「おまえと同じにか、なあバニー？」

バニーはグリンゴをにらみつけ、押さえきれない怒りで顔が引きつった。「そのまま進んでいけよ、グリンゴ、どうなるかやってみろ」

グリンゴは地面に唾をはき、酔っ払ってふらふらと後ろに寄りかかった。「ふん、まだほんの手始めだよ。あの悪党のカーターをつかまえてやるんだ、やれないかどうか見てろ」

バニーは両手を上げた。「ったく、グリンゴ、しゃんとしてくれよ。あしたの朝には、ダブリンじゅうの警官がカーターと手下どもを狙うぞ。さっき聞いたんだ――あいつらは尋問で何も言わず、捜査でも何も出なかった、だから釈放されるだろうって。ファーガソンはじきじきに、連中と、やつらの近くにいるような馬鹿を全員、死ぬほど締め上げろって許可を出した。もし警察が彼らを待ち伏せしようとしたって話があっちから出たら、それだけでいろいろきかれるぞ――そうなったらあんたたち二人ともまともな答えは持っちゃいないだろうが」

「まいったな」

「だから自分を哀れむのをやめて、考えはじめなきゃだめだ。俺もあんたを助けられるようやってみるよ、でも――」

「おまえの助けはいらない」

「ああ、あんたはひとりで立派にやってるもんな。自分を見てみろよ、ぷんぷんにおうほど酔っ払って、自己憐憫におぼれてる。心のどこかでこれを望んでたんだろ――自分でもわかってるんだろうが、ええ？　あんたは自分を罰したいんだ、パパに置いていかれて、ママに愛してもらえなかったから」

ほかの誰かからだったら、バニーもパンチが飛んでくるのが見えただろう。しかしそうではなかったから、ぎりぎりで顔をそらすのが精一杯で、衝撃は顎を折るのではなく、唇を打った。グリンゴは自分の腕を振った勢いでくるりと回った。バニーは彼の足をはらい、グリンゴは大きな水たまりにぶざまに倒れこんだ。

「気がすんだか？　それとも赤ちゃんはまだ馬鹿みたいに不機嫌でいたいのか？」

グリンゴは彼を見上げ、その表情にはバニーがこれまで見たことのないものがあった。「自分は利口だと思っているんだろう、バニー？　おまえも俺と同じ大馬鹿だよ」

「水たまりにケツがつかってるのは俺じゃない」

「ああ、人殺しとヤっているのはおまえだからな」

その言葉は宙に浮き、雨のぱたぱたという、しだいに激しくなっていく音以外はしんと静まった。

バニーはグリンゴを見おろした。耳の中が混乱でブーンと鳴っていた。「何だって？」

「彼女がライアンを訴えようとしなかったとき、怪しいと思ったんだ」

バニーはみぞおちが氷のように冷たくなるのを感じた。「あんた、何をしたんだ？」

「何をした？」グリンゴは言ったが、いまやその声には挑戦的な響きがあった。「おまえのために探ってみた、それが俺のやったことさ。仕事で知り合ったやつがアメリカ大使館にいてな、そいつにちょっと調べてもらった。二週間前に、おまえがあのカウンターでシモーンとしゃべっていたとき、俺が写真を撮ったのをおぼえているか？　そうさ、俺はずるがしこいやつになった。そいつに頼んで、むこうの顔認証にかけてもらった。結果は部分的な一致だったが、彼女だったよ。シモーン・ワトソンは、本当はシモーン・デラメアだ——ファーストネームも変えてなかったんだな、まったく。去年ニューヨークで男をひとり殺している」

「それであんたはただ……」バニーは一歩グリンゴに近づき、彼を見おろすように立った。両手がこぶしに握られる。

「隠しておいたよ。そいつには無駄骨だったと言っておいた、あの写真の女はまったく別人だったとわかったとな。コンピューターを点検しておけと言っておいた」

「そうか」

「何を考えていたんだ？　というか、そもそも考えていたのか？　おまえの頭ははたらいていなかったのか？　正直に言えよ——おまえは知りたくなかったんだ。俺の失敗には、べたべたまとわりつくくせに。彼女のには知らん顔か」

「黙れ」

「こっちはもう十年もおまえの友達をやってるんだ、なのに女と寝たとたん、用ずみか？　おまえみたいな友達がいると……」

バニーはグリンゴを見おろした。「でたらめばかり言いやがって」

「そうか？」

「俺はあんたの父親じゃない、あんたのクソみたいな人生の八つ当たりをするなら別のやつを探せ」

「おまえなんかくそくらえ、アミーゴ」

「あんたもな」

　バニーはきびすを返して横丁の端へ歩きだし、そうしながら唇の血をぬぐった。「俺たちはもう縁切りだ、グリンゴ。聞こえたか？　もう縁切りだよ」

「いいさ。もうじき終わりなんだ、アミーゴ、もうじき終わる」

34

「あああ、もう」シモーンはオーヴンのドアをあけるや、どっと流れ出した目を刺す煙に歓迎された。「もうやだ」チキンの上で手を振った。チキンは死んで以来、最悪の日を迎えていた。

　おもて側のドアがあき、閉じる音が後ろから聞こえた。「ヘイ、ベイブ、遅い時間なのはわかってるけど、料理の腕を試してみようと思ったの。やっぱり全然うまくないってことがわかったわ」ベーキングトレーをつかもうとして、親指をやけどしてしまった。「んもう、もう、もう！」

　そこで煙探知器が鳴りだした。

シモーンはふきんをつかんで、それでオーヴンをバタンと閉め、くるっと振り返って頭上の煙探知器にむけて思いきり手を振った。

バニーが後ろからキッチンに入ってきた。

「やんなっちゃう！　ここの目盛りの数字、アメリカのものと違うんだもの。それにあれ、ちゃんと書いてないし……」

やっと探知器がウァンウァン鳴るのをやめ、シモーンは両腕をおろして芝居がかったため息をついた。「なんちゃってね。あたし、料理は全然だめだわ」

彼女はバニーがあたたかく笑ってくれているものと思って振り返った。だがそうではなく、暗く厳しい表情があった。「ベイビー、唇をどうしたの？」

「あ」バニーは言い、恥ずかしがるように手を持ち上げた。

「誰にやられたの？」

「グリンゴだ」

「いったい……？　あなたたちの友情ってめちゃくちゃね」

「そう呼ばれるものはもう放棄されたと思うよ」

シモーンはカウンターにふきんをほうった。「あなたたち二人、いったいどうしたの？　あの気の毒な人がゆうべ撃たれたことと関係あるの？」

バニーは首を振った。「なあ、座らないか？」彼は言い、キッチンテーブルの横のいちばん近い椅子をさした。

「オーケイ、でもちょっと――」

「いますぐ」彼は自分自身の声の強さに驚いたようで、すぐに続けた。「頼むよ、いいから……」

シモーンはつけていたエプロンをはずしてテーブルに置いた。そして不安げに椅子の端に少しだけ腰をかけた。

バニーは深く息を吸った。「何があったか話してくれ」

「何を――」

「ニューヨークで。俺に何もかも話してくれないとだめだ」

彼女は頭を振った。「だめよ、前に言ったでしょ……」

バニーはしばらく目をつぶり、片手を上げた。「わかってる、それに……わかってる。でもライアンのことのあと、グリンゴが疑いを持った。そしていくつか問い合わせをした」

シモーンはぎゅっと目をつぶり、天井に顔を向けた。「そんな」彼女は立ち上がった。「逃げなきゃ。あたし……あいつらが探しにくる」左右に目を走らせながらも、どこへ向かえばいいのかわからない。「ああ、どうしよう、どうしよう」

バニーは前へ動いて彼女の腕に手を置いた。「落ち着いてくれ。誰も来ないから。グリンゴはごまかしてくれた――誰も知らない。でも俺には説明してくれないと。何からきみを守ればいいのかわからなければ、守ることもできない」

シモーンは彼の、均整はとれていないが誠意にあふれた目をのぞきこんだ。「このことからあたしを守るのは無理よ」

「守れるよ、ただ……きみが殺人で指名手配されているのは知ってるんだ。いいから、話してくれ。俺は聞く、それからどういうことであろうと、きみを愛してる」

彼女は顔をそむけた。「それは言わないで」

バニーはそっと彼女の顎(あご)の下に手を置いて、自分のほうへ向かせた。「同じ言葉を言ってくれなくていいんだ、でも俺がそう言うのは止めないでくれ、なあ?」

シモーンはそっと彼を押しやった。「その言葉を言う前に、すべての事実を知るまで待ったほうがいいわ」

彼女はもう一度椅子の端に腰をおろした。バニーはカウンターにもたれ、そして焦げたチキンのにおいのするなかで、シモーンはすべてを語った。

「あたしはシモーン・ミシェル・デラメア、一九六九年のクリスマスにニューオーリンズで生まれた」寂しげに少し笑った。「ファーストネームも変えなきゃだめだったのよね、ノエルのところで働きはじめたときに、でも……変えなかった。失敗したと言ったけど、実際は、名前だけがあたしに残されたものだって気がしてたの。馬鹿でしょ、ねえ?」

「そんなことはない」

「二人姉妹の上のほうだった。ママはデニースを生んだときに死んだの。本当につらいことだった、それでパパは若くしてやもめになって、早く老けこんでしまった。本当の意味では立ち直れなかった。みんなが言ってたわ、二人は夢のカップルだったって。二人がダンスに出かけるのを見るとこう思った、〝自分もあの二人みたいになりたい〟って。ママが亡くなってしまって、パパも死にたくてつらかったんだと思う。悪い人じゃなかった、ただ壊れてしまったの。お酒を飲みすぎて、飲んだときには間違った判断をいろいろした。結局は刑務所に入った。最初の刑を終えて出てきたときには別人になっていた。パパみたいな人は刑務所に入れたらだめなのよ、向き合えないの。ただもう心を閉ざしてしまったのよ、たぶん」

シモーンは青いワンピースの裾から、見えない皺を落ち着かなげに伸ばした。

「あたしたちはあちこちの親戚を出たり入ったりしたけれど、時間がたつにつれて、だいたい自分たちだけになった。あたしとデニース、って意味よ。あたしはいつもあの子の面倒をみていた。ママと、パパと、お姉ちゃんの役割が全部ひとつにまとまって。でも、お涙頂戴な話じゃないのよ。あたしたちはうまくやっていた。二人とも音楽が大好きだったし、ニューオーリンズは昔から歌えれば食べられる街だった。あたしたちは地元のゴスペルコーラス隊から始めて、大きくなるにつれて二人とも地元のバンドで歌い、夏にはいい暮らしをしたわ、フレンチクォーターでのギグに出たり、観光客むけに歌ったり。その合間には、レストランで片づけをしたり、テーブルに給仕をしたり、人が生きていくためにやるあらゆることをやった。

それから、あたしが二十四のとき、予想していなかったことが起きたの。ハッピーエンディングよ。デニースがミシシッピのクルーズ船のバンドで歌っていたときに、彼女のプリンス・チャーミングを見つけたの。口のうまい遊び人のミュージシャンたちに囲まれていたもんだから、まいっちゃった相手はオタクの若い子で、クロースアップ・マジックをやってた。テーブルをまわってするトランプ手品とか、そういうやつ。結局、ずっと妹のほうが賢かったのがわかったわ。デリク・ワーグナー、ミネアポリスの出身。マサチューセッツ工科大学（MIT）の卒業生なんだけど、競争からドロップアウトしちゃったのよ、手品をやるのが何より好きで。まあ、うちの妹に出会うまでは」シモーンの顔にやさしい笑みが広がった。「彼がうちのデニースをどんなふうに見るか見せたいわ。誰だって、一生に一度はあんなふうに見つめてもらうべきよ。彼の月であり星。美しいもの。あたしが最後に聞いた話では、中西部のどこかにいるらしい。ずっと連絡がとれてなくて……」

　シモーンは一瞬バニーと目を合わせ、すぐにさっとそらし、椅子の奥へ体をずらした。「それであたしが残ったの、二十四歳でいきなり、若くて、自由で、シングルで。誰の面倒もみなくてよかったし、いなければならない場所もない。残されたのはいちばん恐ろしいこと――自分の人生でやりたいことをやるという選択。それで、あたしはそこを離れてニューヨークへ向かったの。ブロードウェイへ！」シモーンは空中に両手をぱたぱたさせ、唇にはさびしげな笑みを浮かべていた。「あたしも、あそこの五つの区のウェイトレスも全員がね、そうでしょ？」何かで手をふさいでいたくて、さっきのふきんをとった。「つまりね、あたしはけっこうよかったの、正直言って。歌うことでは、オーディションの二次にも何度か呼ばれたわ、希望をつなげられる程度には。でもそのあとで、いつもダンスをしろって言われるのよね」

　彼女は話しながら足をぐるっと動かしてみせた。「かかと、つまさき、ステップ、ステップ、回って……生まれつきの名人ってわけじゃなかった、だからバーで働いて、ウェイトレスをして、レッスンに通った。そのためにね、あと演技と。変だったわよ――歌は一度聞いたら、おぼえられるの。昔からただ……わかるでしょ」彼女は肩をすくめた。「でもせりふをおぼえなきゃならなくなると……要するに、下手くそじゃなかったけど、名人じゃなかった。いくつもある道のうちで最悪の道よ。続けていくだけの希望はあるんだもの、いつも何かが角のむこうにあって。そんなわけで四年間、あたしは角を曲がりつづけた、何度も何度も。どこへもたどり着けないまま。人間の体って、最後にはあらゆるものに抵抗力がつくのよね――希望にすら。一緒に働いていた女の子が大きな成功をつかんで、あたしは彼女のために喜べない自分に気がついた。そういう自分が嫌いになった。あれは本当に最低のときだった。思い返すと、わからないけど、そのせいだったのかもしれない……」

ふきんはこのときにはシモーンの手の中でぎゅっと丸められていた。彼女はそれを広げて、膝(ひざ)の上でたいらにした。「彼の名前はジェームズ。チャーミングで、おかしくて、ハンサムだったと思う。あらゆる人と知り合いみたいで、でも彼が話しかけてくると、自分が世界でたったひとりの人間みたいな気持ちにさせられるの。彼には大きな夢があって、しゃれたスーツを着て、一文無しだったけど、ああもう、あいつはしゃべりがうまかった。これこれのクラブを、これこれの代理店を、マンハッタンの野心家たちにむけたおあつらえの執事派遣サーヴィスをつくるんだ、って。彼は自分の夢が実現できるだけじゃなく、こっちの夢もそうなると思わせるのよ。あたしたちは一緒に住んだ。彼はバーの経営みたいなことをしていたんだけど、そのあとマネージャーと不仲になってね。それでもあたしは働いていて、だから大丈夫だった、たいていは。それから彼はあるクラブに投資して、あたしたちは——彼は——元手資金が必要になった。あたしは仕事を二つしていたの、しばらくのあいだだけ。だけど彼はすぐにお金をもうけて、あたしは仕事をやめて、オーディションに専念できるはずだった。ああ、いま言っても、どんなに浅はかに聞こえるかわかるわ。でもね、自分がそのあぶくの中にいるときには、なかなかわからないものなのよ」

シモーンは話をやめ、考えに沈んでリノリウムの床に目を落とした。バニーはしばらくそのままにしていたが、やがて静かに咳払（せきばら）いをした。シモーンは夢からさめたようにちょっと驚いて、顔を上げた。

「それで、ジェームズはずっと、ほら、ドラッグに手を出していたの。たいしたものじゃないのよ。彼はパーティー好きだったから。みんながやっているからやっただけ。まあ、あたしは違ったけど。二回ほどやってみたんだけど、リラックスできなかった。あたしはアルコールの信者だし、それであたしたちは二つある道のひとつを進むことになった。二人で同じ破滅のパターンを繰り返すか、もしくは全部やめるか。それでも、彼がほしがるなら、それはしょっちゅうだったけど、たいしたものじゃなかったし、あたしは気にしなかった。やがて土曜の夜にときどきは毎週末になり、じきに毎日になった。クラブが失敗したときにはひどくなったわ。失敗したのは、ジェームズがまともに仕事をやれなかったからで、彼の反応はさらに怒ることだった。その時点で、あたしは彼のコカイン代を払うために働いていたけれど、追いつかなかった。彼はあいかわらず口先だけで、でもそのときにはもうそれしかなかった。売買を始めて、大物の悪党になったつもりでいたの。でも自分が自分の最大の客だったのよ、だからじきに口先三寸じゃ逃げられないところまで行ってしまった。本物の悪党に出会って、自分はそうじゃなかったと気がついた。それで唯一自分に残っていたものを売ったの……」シモーンは言葉を切り、深く、震える息を吸った。「あたしを」

シモーンの視界の縁で、バニーの足が近づいてくるのが見えた。

彼女は手を上げた。「だめ……お願い。これを最後までやらせて」

彼の足が床のなかほどでためらい、それからカウンターの横の位置へ戻っていくのを見守った。彼の声はささやき声よりかろうじて大きいくらいだった。「オーケイ」

「彼はあたしのところへ来て、本当に困ったことになったと言った。手が折られて、あきらかに単なる小手調べだと。あたしが彼を助けなければ、その人たちに殺されると。一度だけだ。そいつらの友達の知り合いにある男がいる、もしくは——ああ、詳しいことは知らないの。ジェームズが本当に知っていたのかも知らない。要するに、すごい金持ちの男がいる、彼らはビッグ・フィッシュと呼んでいたわ、その男が街に来る。彼はその晩、女を望んでいる。秘密で、と彼は言っていた。言い換えると、娼婦はほしくないってこと。何かの、あたしは知らないけど、何かの出張だったのかな、どうでもいいけど。その男は、少なくとも直接には金を払わないでいい女をほしがっていた。あたしはその男がちょっと変わっていると言われた、それから、手短に言うと、あたしがそれをするか、ジェームズがばらばらになってイースト川にまかれるかだって」

シモーンは言葉を切り、右の手のひらの下で目をぬぐった。「それでそのときその場で、何かのスイッチが入ったみたいに、ジェームズを見たら彼の正体がわかったの――ぴかぴかのスーツを着たケチなクソ野郎。昔からそうだったのかもしれない、あたしにはわからない、あるいはあのやさしい男はまだどこかにいて、途方に暮れているのかもしれない。もしそうだったら、そんな状況に彼を置いていくわけにはいかない。だからあたしはひと晩考えた。夜じゅう天井を見て、それから彼を座らせて、やるけど条件がひとつあると言った。あたしがそれをやるなら、あなたはこれっきりあたしの人生から消えて、二度と会わないでくれって。あたしはこの街を出ていくし、あなたは絶対に探しにこないで、って。彼が躊躇なくその取引をのんだとき、彼にとって自分が何だったかはっきり悟った。三日のあいだに準備がととのえられた。あたしのところには服や、特定の香水のボトルが送られてきた。何でもいいけど。その夜がやってきて、あたしは心の小さな隅でジェームズが来て、行くなと言ってくれるのを待っていた。一緒に逃げようって。何かを。何でもいいから。あたしも一緒に行っていたでしょうね、そのときになっても、馬鹿だったから。でもそうはならずに、彼はあたしを車でそこまで送っていった。薬をひとつくれて飲むように言ったわ、それですべてがもっと楽にすむって。あたしの頭の中では、映画の『幸福の条件』（一九九三年のアメリカ映画。若い夫婦が富豪から、百万ドルで妻とひと晩過ごさせてくれという申し出をされる）みたいなものじゃないかと思ってたの、ほら……でもそうじゃなかった。その男は、彼にはある種の……嗜好があったの」

シモーンはその言葉を言いながら喉に苦い味がするのを感じ、本当に吐いてしまうかもしれないと思った。バニーが気を張りつめているのがわかったが、彼を見られなかった。泣いてしまうとわかっていたし、このことでは二度と泣かないと自分に誓っていたのだ。

次に口を開いたのはバニーで、その声はかすれていた。「何が——」

「だめ」シモーンの声はきっぱりしていた。「だめよ。そのドアは閉じたまま」

彼女はふきんをきちんとたたんで、キッチンテーブルに置いた。「次の日、あたしは家へ帰って、二日後のニューオーリンズ行きの便を予約した。ジェームズはどこにも姿が見えなかった。テーブルに彼の鍵が置いてあったわ、あたしが頼んだとおりに。次の日、あの男たちがやってきた。会ったことのないやつらだった。二人。あたしを家の外の通りでつかまえると、バンに引っぱりこんだの。どこかの倉庫へ連れていった。ジェームズと彼の友達がある計画を立てていたことがわかった。あたしは知らなかったけど、彼らはあの部屋にカメラを据えて、ひと晩じゅう、全部を……あれの録画を持っていたの。ビッグ・フィッシュをゆすろうとしてたのよ。ビッグ・フィッシュのところにその朝、ビデオテープのコピーが送られてきて、それに付いていた要求は……どれくらいのお金だったのかあたしは知らない。ジェームズたちがあたしの屈辱にどれだけの値打ちがあると思ったのかは。知りたくないのかも」

シモーンの胸に怒りの火花がひらめき、彼女はそれにしがみついた。それがここで彼女の持っているいちばんよいものだったから。怒ることはほかの選択肢よりずっとましだった。

「ビッグ・フィッシュは、彼はそれを快く思わなくて、その男たちは〝問題に対処〟していたの。彼らはジェームズがどこにいるのか知りたがった。正直言って、あたしだって知ってたら話したでしょうよ、でも彼らは信じなかった。あたしを痛めつけた。そのテープをあたしに見せた。なぜあんなやつのために嘘をつくのかときいた。あたしは知らないんだと誓った。それでもあいつらはあたしを信じなくて、それで……」

シモーンは右手を持ち上げて髪を後ろへやり、顔の右側を走っている焼けた線を見せた。

「リーダーのやつがこれをやったの、火に突っこんでおいた火かき棒で」

皮膚が焼けるあのにおいの感覚の記憶がよみがえってきて、彼女は胃がうねるのを感じた。

「〝こうしたのは、念のためなんだ〟ってそいつは言った。あたしは彼の目を見た……あんなに落ち着いた表情の人間は見たことがない。いまでもあの目を思い出せる」

バニーがもう一度こちらへ来ようとしているのを感じたが、シモーンは手を振って彼を戻らせた。触れられたくなかった。

「リーダーのやつ、彼は行ってしまった――どこへかは知らないわ、ああいうサイコどもは暇な時間に何をするのかしらね、公園でチェスとか？　いずれにしても、そいつの手下は同じくらい嫌なやつだったけど、頭のよさでは及びもつかなかった。彼は自分もあたし相手にちょっと楽しもうとしたの、でもベルトに抜き身のナイフをはさんでいた。それであたしは……」シモーンは体の前に両手を突き出した、まるでその手がひとりでに行動したというように。「そのクソ野郎を殺したか？　たぶんそうだと思う。そうなるくらい何度も刺したし、本当のことを知りたいなら言うけど、いろいろ後悔していることはあっても、それは後悔してない。あたしは生き延びた。やらなければならないことをやったの。床でゴボゴボいってる彼を置いて、足首に巻かれた鎖をはずして、あのテープを持って出た、誰にも、こんりんざい、あれを見られたくなかったから」

彼女はテーブルの端を指で撫(な)であげ、また撫でおろした。「ともかく、血を流して、半分裸のまま、あたしはよろよろしながら街を歩いた。逃げているときに、家には帰れないと気がついた。仕事場にも。あいつらに見つかってしまう。そのときいた友達にも、こんなことをあの人たちの玄関先に持ちこんでいいわけがない。どこへも行き場がなかった。教会が見えて、そこにふらふら入っていった。ただひと休みしたくて」

シモーンは深く息を吸って、これまででいちばん長く思えた時間ではじめてバニーを見た。彼の頰(ほお)には涙があった。

「それから」彼女は続けた。「目がさめたら白い部屋にいて、自分は死んだんだと思った。天国にいるんだろうかって。でも天国にいるならこんなにたくさん包帯を巻いているはずがない、って思ったのをおぼえてるわ。そうしたら小柄な尼僧(にそう)が入ってきた。彼女が、あたしは〈聖人の姉妹たち(シスターズ・オヴ・ザ・セイント)〉に保護されているんだと言った。聞いたことなかったけど。たいていの人がそうじゃないのかしら。二日たって、彼女たちが新聞に載ったあたしの写真を見せてきた。記事にはあたしが人を殺したと書いてあった。それで、ほかにましな考えが浮かばなかったから、本当のことを彼女たちに話したの」

「警察には行けなかったのか？」

シモーンは頭を振った。「シスターたちは、はっきり説明してくれたことはないけど、いくつもコネがあるのよ。彼女たちは慎重に調べて、警察に行くのはとてもまずい考えだと言った。ビッグ・フィッシュには力のある友達が何人もいたのよ」

「なんてこった」

「ええ」シモーンは言った。「それで、二週間がたち、あたしの傷が治ると、シスターたちは真夜中にジャージーを出る船にあたしを乗せてくれて、あたしはまたしてもこっそり対岸に逃げた。ここに。ダブリンに」

シモーンは立ち上がった。「そういうこと。さあ、もうよければ……」

バニーはもう一度彼女のほうへ動いた。

「だめよ、やめて」

しかし今度は彼は止められなかった。彼女に両腕をまわし、二人がいままででいちばん長くそうしていると、やがてシモーンの涙が彼のシャツにしみとおった。

最後に、彼女はそっとバニーを押しやり、背中を向けて二階へ行こうとした。

口を開いた彼の声はかすれていた。「俺ならきみを守れる」

シモーンは足を止め、うなずいて笑おうとし、それからまた歩きつづけた。

そのあと、階段をのぼりながら、彼には聞こえないように小さな声で言った。「あなたはみんなを救えるわけじゃない、でもそうしようとするところは本当に好きよ」

35

トミー・カーターは長々と厳しい目で鏡を見ていた。目の下に隈（くま）がある。ここのところは厳しい時期が続いていたが、外見は重要だ。彼はこの二日間の大半を取調室で過ごし、同じ話を繰り返した。解放されたのはゆうべ遅くだった。自分たちが最大限の七十二時間まで拘束されなかったのは意外だった。警官たちも、同じ答えを何度も何度も聞かされるのにうんざりしていたのかもしれない。家に帰ってモランとフランクに電話をすると、二人とも旅はよかったと言った――尋問では何もなかったという暗号だ。

　このあいだの仕事で何がまずかったのか、話し合う時間はほとんどなかったが、だからといってトミーがそれを考えていないわけではない。この新しい展開をどうするかも考えていた。もしこれをうまく使えば、彼をつかまえようとしている人間の中に――不本意ではあっても――味方ができることになるかもしれない。

　だがまずはこれからの数日を切り抜けなければならなかった。彼と、ほかの二人は、二十四時間態勢での監視を受けるだろうし、これまでとまったく違う接触方法をとらなければならない。今回の状況ではもう、クリスマスキャロル合唱隊で切り抜けるわけにはいかない。とはいえ、これは単に忍耐と意志の問題だ。以前もやつらが引き上げるのを待った。だったらもう一度同じことができるだろう。

トミーが階段に目をやると、エイミアがおずおずとこちらを見ていた。

「大丈夫かい？」

「大学に行かなきゃならないの、トミー、でも外にお巡りさんたちがいて」

彼はいちばんあたたかい笑みを浮かべた。「やつらは気にしなくていい、興味があるのは俺だけだから。俺はこれから出かけるから、そうすれば邪魔者はいなくなるだろう。オーケイ？」

彼女はうなずき、自分の部屋へ戻った。

トミーは最後にもう一度鏡で自分を見ると、身をひるがえして玄関ドアをあけた。

彼をとりかこむ半ダースほどのカメラから、フラッシュの弾幕をあびせられた。カメラの後ろからはさまざまな声がやかましく飛んできた。「トミー、オーシェイ警察官の死にかかわりがあったんですか？」「あなたはギャングなんですか、トミー？」「あなたのしたことについてお父さんは何と言うと思いますか、トミー？」

トミーは人々の中を押しとおっていった。警察の車が四台、車道の両側に二台ずつ停まっていた。私道の端で、二人の制服警官を両横にしたがえたパメラ・キャシディ刑事に迎えられた。

「あら、トミー、おはよう、お偉いさん」

トミーは後ろを指さした。「この人たちはうちの敷地内に侵入していますが」

「そうねえ」彼女はさも言いたくないかのような顔をして答えた。「それは民事の問題なのよ――彼らに危害を加えられたと思うなら別だけど？」

トミーは何も言わなかった。

「つまりね、署に電話してもらってもいいのよ、でもうちはいま本当に忙しくって。警官殺しで大規模な犯人捜査がおこなわれているの、あなたも聞いているんじゃない?」

ジャーナリストのひとりが割りこんできた。「ジョン・オドネルはどこにいるんです、トミー?」

「それはいい質問ね」キャシディは愛想よく笑って言った。「お友達のジョン・オドネルはどこにいるのかしら?」

トミーは彼女の〝お友達〟の言い方が気に入らなかった。彼は声を張りあげた。「この二日間の休みないハラスメントのあいだ、警察に何度も話したように、ジョン・オドネルがどこにいるかは知りません。最後に聞いたところでは、ロッククライミングに行くところでした」

「なるほど。銃弾の傷があるとそれはむずかしいと思わない、トミー?」

トミーは強引に道を進んでいった。いつもの習慣を続けるつもりだった——警官だの低俗な新聞のハゲタカだのが何人ついてこようと知ったことじゃない。さらに二人の警官が彼の前を歩きはじめ、同様に頼んでもいないほかのお付きたちも後ろからついてきた。

道路のむこうで、バニー・マガリーとフィンタン・オルーアク警部補が車のボンネットに寄りかかっていた。彼は二人に会釈し、二人も会釈を返した。

「それはともかく」キャシディ刑事がいつもの陽気な口調のまま、まるで秘書が今日の約束を知らせるように話を続けた。「立ち入り検査であなたの車の後輪が規格を満たしていないことがわかったの、だからそれは罰金になる、それから現在の状態で車を走らせようとしたら、もっと罰金がかさんで二千ポンドと、六か月の刑務所行きになるわ。ああそうだ、国税庁から知らせるよう頼まれたんだけど、あなたの事業すべて――タクシー会社、クリーニング店、パブ、印刷屋――に会計検査が入るそうよ。だからこの五年間の帳簿が必要になる」

トミーは落ち着いたペースを保って歩きつづけた。この常ならぬパレードはいつもより多くなの人目を惹いていたが、それは想定内だった。しかし彼が近隣の人々と笑顔をかわして、みんなに万事うまくいっていると、これは彼の手に負えないことではないと示そうとすると、目をそらされたり、顔をしかめられたりした。

「ところでね、トミー、あなただけをいじめていると思われたくないから、この通りの人も全員、会計検査を受けることになったの。国税庁の新しい計画よ。それに、あなたのご近所さんのうち二人がすでに、テレビの認可証を更新していなかったり、自動車税をおさめてなかったりで逮捕されたわ。ミスター・ジェームソンも給付金詐欺で逮捕された。ミセス・ジェームソンも逮捕されたの、ミスター・ジェームソンを給付金詐欺で逮捕しようとした警官に暴行したから……」

一行は通りの角まで来た。

「あ、それはそうと、もしパブの〈ザ・リーピング・トラウト〉に朝食をとりに向かっているなら、あそこは今朝、大量の衛生基準法違反で閉まっているわよ」

トミーは立ち止まり、また歩きだし、それからまた止まった。周囲でカメラがカシャッ、カ

シャッ、カシャッと音をたてた。

「ほかに朝食を食べにいけるところはないんじゃありませんか、トミー?」「ジョン・オドネルはどこで朝食を食べているんですか、トミー?」「警官殺しは朝、何を食べるんですか、トミー?」

トミーは引き返し、人々の中を押し分け、にやにや笑っているジャーナリストたちや警官たちの前を通りすぎた。

「食欲がなくなったの、トミー?」キャシディがきいた。

人々のあいだを通っていくとき、道路の反対側でエイミアがバスの停留所へいそぎ、そのあとを警官二人と五人ほどのジャーナリストたちが追いかけていくのが見えた。

トミーはオルーアクのほうをにらみつけたが、相手は肩をすくめた。「ルールを破るのと同時に、ルールを定めることはできないんだよ、トミー」と、彼が呼びかけてきた。「このゲームはそういうふうにはできていない」

トミーは振り返って両腕を広げた。「あなたがたはジャーナリストのはずでしょう、本物のニュースを報道したらどうです?　これを見てください——国家によるハラスメントだ。わたしの人権はどこへ行ってしまったんですか?」

「デアラ・オーシェイにも権利はあったんじゃないですか、トミー?　彼の子どもたちはどうです?」記者たちの誰かが声をあげた。

トミーは返事がわりにそこにいた警官全員を指さしはじめた。「だったらこれを見てくださいよ？　警察はどうやってこれだけの経費を正当化できるんですかね？　無実の人間に対して仕返しをするためだけに」

彼はオルークに目を向けたが、答えたのはマガリーだった。

「〝我は(キーウィス・)ローマ市民なり(ローマーヌス・スム)〟だよ、トミー。おまえはいままでローマ市民とは本当はどういうものか、わかっていなかっただけだ」

36

ジェイソン・アームストロングは地下の駐車場で、自分の車を見つけるためのボタンを押した。電子音が、アウディをむこう端のＳＵＶの列の後ろに停(と)めておいたことを思い出させた。このスカッシュクラブは、朝のこの時間はいつもせわしない――みんなが早い時間にゲームをするか、あるいは朝食ミーティングの場所として使うからだ。〈リージェンシー・クラブ〉の会員権は、スカッシュコートの広さはどこでも同じなのを考えれば、外部の人間にとっては不可解なほど高料金だが、差が生まれるのはほかの便益のせいだった。このクラブは外交官たちのあいだで人気があり、もちろん、彼らの誰ひとりとして自分で会費を払ってはいなかった。

ジェイソンはいつになく上機嫌で、それはこの二年間ではじめて、フランス大使館のフィリップ・アルベールを負かしたばかりだったからだった。ゲームが自分の思ったように進まなくなると、アルベールは気分がよくない、何かのウイルスにやられたんじゃないかと、ぶつぶつ言いはじめた。まさにフランス人だ。

ダブリンはアメリカにとっての重要性という点で例外的な存在だった。正直に言って、経済的に際立ったところはほぼないし、ましてや軍事的なそれもない、なのにいまだに政治的には重大なのである。アメリカ政治のちょっと頭のおかしいおばあちゃんだ。アメリカの大統領候補者は全員、選挙民に求婚することすら考えないうちに、ダブリンの賛同を勝ち得る必要がある。海外駐在員としては、とジェイソンは思った。みんなが英語を話すというのはボーナスだ。それで天気の埋め合わせができるわけじゃないが。

トランクにスカッシュ用具を入れ、それから運転席に飛び乗った。イグニションにキーを差しこむ前に、助手席側のドアが開いて男が横のシートにすべりこんできた。中折れ帽と、十二月の暗いダブリンの日中ではもっとも必要ないものであるサングラスを身につけている。肌は浅黒い。もしジェイソンが当ててみなければならなくなったとしたら、キューバ系ではないかと言っただろう。

「何を――?」

「ミスター・アームストロング、警戒する必要はない」

名前を使われて、ジェイソンは間を置いた。「おまえは誰だ?」

「あんたはミスター・ジェイソン・アームストロングで、イエール大のロースクール卒業生。いまはこのダブリンにあるアメリカ大使館に、防衛副担当官として勤務している。奥さんのサマンサ、二人の可愛い子どもたち、ジェイコブとジェマイマがいる」

「自分が誰かは知っているよ、わたしが知りたいのはおまえが何者で、わたしの車でいったい何をしているのかということだが？」

「すばらしい質問だ。こちらが説明しているあいだ、そのまま声を低くしていてもらおうか。われわれのほうに注意を惹きたくない」

「ほう、そうなのか？　さっさと出ていったらどう――」

ジェイソンの言葉は睾丸に強く叩きこまれた肘打ちにさえぎられ、彼は全身を走る激しい痛みで体を二つに折らずにいられなかった。頭がハンドルにぶつかり、クラクションが悲しげな音をあげた。

手が彼を座った姿勢に引き戻した。「体を起こせ、そうだ。息をしろ。息をしろ。いい子だ」涙で濡れた視界ごしに、ジェイソンがもう一度男を見ると、相手は何もなかったかのようにおだやかに笑っていた。

「さあ、あんたがそのまま静かに息をしているあいだに、質問に答えよう。ひとつ、俺が誰かは重要じゃない、だが名前があるほうがいいなら、ミスター・ロペスとしておこうか。俺が何者か？　俺は問題を解決する人間だ。配管工だな、一種の」男は話をやめ、その考えが面白かったかのようにひとり笑った。「俺がここに来たのは、あんたの助けが必要だからだ」

「失せやがれ」ジェイソンはそんなことを言うつもりはなかった。噛みしめた歯のあいだから、思わずその言葉が出てしまったのだ。

「いまのは聞こえなかったふりをしよう。俺が頼みたいのは、同胞のアメリカ人愛国者に対する、ささやかな親切だ。とくに、シモーン・デラメアという人物に関することで。あんたが先週、顔と名前で検索をかけたときに出てきたやつだ」

「あれは何でもなかったんだ。人違いだった」

「なるほど。検索するようあんたに頼んだのは誰だ？」

「おまえに教えるつもりはない、おまえは――」

今度は、ミスター・ロペスはジェイソンの指をつかみ、痛みの棒が何本も左腕を突き上げるようなかたちにした。

「あぁぁぁっ」

「あんたはこの件をむだにややこしくしてるよ、ミスター・アームストロング。おかげでこっちは汚い手を使わなきゃならない」男はジャケットのポケットから茶色の封筒を出し、ダッシュボードの上にほうった。「それはあんたが一年前、〝ゴルフ旅行〟でキー・ラーゴへ行ったときに、撮られた写真だ。ただし、その写真の中であんたはゴルフをしていない、だろ？　そう、あんたは奥さんじゃない女とセックスしている。それどころか、問題の相手は女ですらない、あんたの奥さんの服を着ているがな、あんたと同じように。たしかに、俺にとっては初めて見るものだよ、だが俺は人を裁く人間じゃないんだ、ミスター・アームストロング、俺は問題を解決する人間にすぎない。たとえばあんたは、この写真の存在という問題を抱えている。俺はそれを解決してやる、そしてこっちが交換に頼むのは、さっきの女に関心を示した人間について、すべて教えることだ。知っていることを全部話してくれるかぎり、それに、ハハ――いいか、話してなければ俺にはわかるんだ――そうしたらあんたの問題は消えてなくなる。おまけに、俺はこのドアをあけて、車を降り、あんたの人生からきれいさっぱり消えるだろう、次にその口から出る言葉が俺の聞きたいものならな。わかったか?」

ジェイソン・アームストロングはうなずいた。

「すばらしい。おたがいに手を貸しあってこういうつまらない問題をなくせると聞いて本当にうれしいよ。俺は問題というやつが大嫌いでね。しゃべっていいぞ――いますぐだ」

37

ジミー・モランがタクシーの窓から外を見ると、街が雨の中をビューッと通りすぎていった。運転手にはわざと遠まわりをしてくれと頼んであった、単に河岸地区(ザ・キーズ)の北側を行けるように。二か月前に現金輸送車を襲った地点を通りすぎたとき、ジミーは頭を窓から出して、後ろをついてくる三台の警察車に手を振ってやった。彼らはここ数日間、糊(のり)のようにぴったりついてきて、ジミーは彼らをまいてしまいたかった。警察は彼が通っていたジムを、何かの〝建築規格違反〟というでたらめで閉鎖させてしまった。やつらはやりたいことをやれる――ジミーやトミー・カーターを負かすには、それだけじゃ足りないだろうが。反対に、フランコ・ドイルは

――まあ、ジミーは長いあいだずっと、フランコは鎖の中の弱い輪だとトミーに言いつづけていた。あの夜、もしフランコのやつのかわりにジミーがバンに乗っていたなら、オドネルが撃たれることはなかっただろう。それは間違いない。最後にトミーが聞いたところでは、オドネルは順調に回復しており、それからもっと大事なことに、警官どもも彼らの捜査も、オドネルの発見にはまったく近づいていないらしい。やつらは何もつかんでいない。

だからといって、この一週間がストレスなしだったわけではない。ジミーの母親の彼氏のリックが、収益をごまかしていたとして逮捕され、母親もジミーがクリスマスに手に入れてやった盗品のパラボラアンテナで、こっそりスカイTVを見ていたことで逮捕された。あのお巡りどものおかげで大迷惑だ。それにジミーは最後にセックスしてから一週間以上がたっていた。彼にはルールがあった。仕事前の三日間にはセックスしない。感覚をとぎすまし、緊張感を持っていたいからだ。なのに五日たっても、いつまでもぞろぞろついてこられるせいで、まったくやれないでいる。ジミーはキャロルを説き伏せてこっちに来させようとしたが、彼女は外にいるお巡りたちに、すぐさまその気をなくしてしまった。キャロルは仮釈放中なので、いざこざはごめんだったのだ。ジミーはあちこち電話してみたが、収穫はなかった。だからこそ、ウエンディからのメールがあんなにもありがたかったのだ。彼女は見た目は六点だが、ベッドルームでは奔放なのだ。明かりが消えていれば実質九点。ジミーがお付きの連中から逃げる方法まで伝授してくれた。ジミーは興奮していた。目の前にある助手席のシートの後ろに、すばやくパンチのコンボを叩(たた)きこんだ。

「おい！」タクシーの運転手が言った。「何をしてんだよ？」

「何でもない。落ち着けって」

運転手はジミーを迎えにきて、警察のエスコートに出迎えられたとき、すでに大騒ぎをしていた。ジミーをどこへ乗せていくのも断ろうとしたのだが、ジミーは受けつけず、相手が走り去る前にタクシーに乗ってしまった。ジミーは自分の権利を知っていた。理由なしに彼をほうりだすことなどできはしない。

ジミーはメーターを見た。十七ポンドをちょっと超えたところ。財布をあけて二十ポンド札を出した。車はヘイペニー橋を降りてくる歩行者用信号のところで赤にぶつかった——完璧だ。この車は停まると、自動的にドアのロックがはずれる。ジミーはじっと信号を見つめた、まだ赤だ。夜にくりだしてきたがっしりした男たちが数人と、手をつないだカップルが道路を渡り、橋のむこうのテンプルバーへ向かっていく。信号の緑の人間マークが琥珀色に変わった。ジミーはドアのハンドルに手をかけた。赤い人間マーク。ジミーはドアを押しひらくと同時に、フロントシートに金をほうった。「ありがとよ、このくたびれ野郎が」

ジミーは消えた。走って。リフィ・ストリートを進み、ベンチに座ってしゃべっている老人たちの彫像を通りすぎて。後ろで、車のドアが開く音や、はりあげた声が聞こえた。角を曲がってノース・ロッツへ入りざまに振り返ると、三人の制服警官たちが彼を追ってくるのが見えたが、彼らはまだリフィ・ストリートに入ったところだった。ジミーは二十ヤード走って、バチェラーズ・ウォーク・アパートメンツの黒い金属ゲートへたどりついた。上下に目を走らせる。あった、鍵だ、ウェンディがあると言ったとおりのところに、ゲートのてっぺんに紐で下げてある。彼はそれをとって歩行者用入口へいそいだ。

鍵を差しこむ。あける。閉める。

ゲートの反対側に立ち、三人の制服警官がドシンとそこに突っこんできたときには、わずかに手の届かないところにいた。

ジミー・モランは心底笑いころげた。「おまえらの顔ときたら！」

「このゲートをあけろ」

「あけないとどうなるんだ？　悪いな、坊やたち、俺は一夜のお楽しみにお出かけで、おまえらは招待されてないんだ」

彼は二度、腰を突き出してみせ、それからお辞儀をした。くるっと背中を向けて中庭へ歩いていったときには、お巡りたちの誰かが無線に叫んでいるのが聞こえた。「対象者はバチェラーズ・ウォークのアパートメントに入りました……」

ジミーはいそいで動いた。彼らがインターコムの番号を押し、誰かが〝こちらは警察だ、ドアをあけろ〟のセリフをでたらめじゃないと思うまで、そう長くはかかるまい。

ウェンディに教えられたドアへいそぐと、石をはさんであけてあるのがわかった。石を蹴とばし、ドアを閉める。ウェンディは四階に住んでいたが、エレベーターを使う手間ははぶいた。ジミーは興奮していた。警察をやりこめ、これから彼女とファックするのだ。

階段のてっぺんで右へ曲がった。彼女の言ったとおり、ドアはあいていた。それが彼女の最後のメールだった。忘れないで、四一六よ——ドアはあいているから。寝室で待ってる！

ジミーは乱暴にドアを通り、両手をこすりあわせ、廊下を二歩で進んだ。寝室のドアを押しあける。

彼女はいた、ベッドの上に、縛られて。さるぐつわをされて。目隠しをされて。ウェンディ、おまえはおかしな趣味の……

彼女がちゃんと服を着ていることが頭に入ってくる前に、後ろでカチリと音がした。ジミーはすぐさまその音がわかった。

「動くな」北の訛りの声が言った。

部屋のむこう側で、衣装戸棚のドアが開いて、目出し帽の男が出てきた。その手にも銃があった。

ベッドの上で、周囲の物音を耳にしたウェンディがさるぐつわごしに悲しげな声をもらした。目出し帽の男は彼女に目をやったが、銃はジミーから一インチたりとも動かさなかった。

「落ち着きな、カワイコちゃん、じきに終わる」男は前へ出て、直接ジミーに話しかけた。

「三歩下がって居間に入れ。何かしようとしたら、おまえは死人だ」

ジミーは言われたとおりにした。後ろの男も下がり、ジミーが何かしようとするのを防ぐのにじゅうぶん離れたままでいるのが音でわかった。銃二挺に対してゼロ。こっちの勝率はよくない。

正面側の部屋に入ると、二番めの男がもう一度口を開いた。「壁につけ」

「誰――」

「壁につけ。いますぐ」

ジミーは後ろへ下がった。衣装戸棚の男が同国人にうなずくと、そいつは目出し帽をとった。

「俺をおぼえているか、ジミー？」

しばらく時間がかかったが、ジミーは思い出した。最後にそいつを見たとき、ジミーはフェニックス・パークの木にそいつを縛りつけ、態度が気に入らなかったので何度か平手打ちを食わせた。

衣装戸棚の男も目出し帽をとった。彼のほうは、ジミーはすぐに思い出した。ポール・ロバーツ、アイルランド共和国軍（IRA）のやつだ。ジミーが最後に彼を見たのは、狙撃ライフルの照準ごしにだった。

「先週は甥（おい）の誕生日でな、それでこの子におまえをやらせることにした」

ジミーはできるだけさりげなくあたりを見まわした。何でもいいから使えるものを探して。

「こんなことをすれば、トミー・カーターがおまえたち二人をただじゃおかないのはわかってるんだろうな？」

ロバーツは笑いだした。「おいおい、ジミー、このちょっとしたデートをおぜんだてしたのは誰だと思ってるんだ？　俺たちはあんたがどこの淫売とヤってるかも知らないんだぜ？」

「こいつの顔を見てみろよ」甥のほうが言った。「やっとわかってきたんだ。最高だな」

「さっさと――」

二時間後、近隣の住人たちは、床に体がどさっと倒れた音がどんなものだったかや、自分たちは誰かが家具を動かしているだけだろうと気にしなかったと説明するだろう。

38

フィンタン・オルーアク警部補は私道を歩いていき、足の下で砂利が音をたてた。外にある車の中に座っている警備の警官たちにうなずいてから、ドアベルを鳴らした。呼び出されたのだ。実のところ、〝呼び出された〟は控えめな表現だった。彼が受け取ったのは怒鳴り声の罵倒に満ちたヴォイスメールで、それは総合すると、アイルランドでもっとも高い地位にある警察官が、オルーアクとその先祖たちと少なくとも一匹のペットに対してこれからおこなうつもりの、常軌を逸した、かつ徹底的に不愉快な行為を微に入り細にわたって説明していた。

オルーアクはドアがあくと身がまえた。何が来ようと――実際の身体的な暴行まで含めて――覚悟はできていた。彼が覚悟していなかったのは、小柄なブロンドの女性がやさしげな笑みを浮かべ、氷の入ったグラスを持っている姿だった。

「ハロー。あなたはオルーアク警部補ね。合っているかしら？」

「ええ、ハロー。ミセス・ファーガソンでしょうか？」

彼女はうなずいた。「まあ、誰かがそうならないとね。夫は裏庭の端にいます。あの人が去年置くと言ってきかなかったあのぞっとするホットタブに、わたしが行かせたの。罵詈雑言や身ぶり手ぶりで話すのが度を越すと、そうさせるのよ。また花瓶を割られたらたまりませんからね」

「なるほど」

「こうすれば、あの人はあのすさまじい葉巻を吸えるし、わたしは知らん顔ができる。警告しておきますけれど、ガビーはかなりご機嫌ななめよ」

ガビー？　長官はいろいろな名前で知られていて、どれも好意的なものではないが、いまのはオルーアクにとって初耳だった。

ミセス・ファーガソンは氷の入ったグラスを彼のほうへ突き出した。「さあ、これを持っていって。ウィスキーのボトルにはこれがいるでしょうし、それもわたしは知らないことになっているから。家の横をまわっていってくださいな。ゲートはあいています」

「わかりました」

「ああ、それから近づいていくときにはご自分だと名乗ってね。あの人は飲んでいるし、あの恐ろしい銃みたいなものを持っていっているの」

彼女はほほえんでドアを閉めた。オルーアクはしばしそれを見つめ、それから手に持った氷のグラスを見た。今日はこれまでもすばらしい日ではなかったが、すぐにそれが好転することはなさそうだった。

家をぐるりと歩いていった。大きく、設備がととのっている家で、シーポイント（ダブリン県の海岸にある有名な景勝地）にあった。セキュリティライトがついていたので、手入れのいきとどいた芝生があって、おどけた大地の精（ノーム）の像がそこここに置かれているのが見えた。長官ではなく、ミセス・ファーガソンの趣味だろうと思ったが、〝ガビー〟が週末に何をしているのかは神のみぞ知るだ。

　オルーアクは横の道を歩いていった。その先に落葉樹にかこまれた広い裏庭の芝生があり、道は下り坂になって、ホットバスのあるあずまや（ガゼボ）につながっていた。

「ええと……ハロー、長官。オルーアク警部補です」

「誰だと？　オルーアクというやつは知り合いにいるが、一時間前に制服警官に降格してやったはずだぞ」

「ええ、長官。そちらに行ってもよろしいですか？」

「ああ、ああ、早くしろ」

　オルーアクが歩きだすと、別のセキュリティライトが彼の頭上で点灯し、裏庭全体を照らしだした。ここでもノームたちがじっと立っており、まるで何かよからぬことをしているさなかに邪魔されたかのようだった。

　ホットタブに近づいていくにつれ、オルーアクはその泡立つ湯の中で警察長官その人が片手に葉巻、もう片方の手にはウィスキーのグラスを持って座り、顔には人を殺すというより、村をまるごとひとつ消せそうな表情が浮かんでいるのがわかった。ホットタブにエアライフルらしきものが立てかけてあるのも見えた。オルーアクはボスが熱心な酒飲みかつ愛煙家で、手が二本しかないことにおおいに感謝した。

「おぉ、フィンタン、きみも加わってくれるとはいいやつだな。忙しいスケジュールから時間をひねり出してくれてほんとぉぉに感謝しているよ」

オルーアクは、ハリケーンと化したファーガソンに可能なかぎり勢力を使いきってしまわせるには、黙っているのが最善の行動だと判断した。

「さぞかし忙しかったのだろうな」ファーガソンは続けた。「わたしもそうだったのはわかっている。司法大臣を三度、首相本人もごまかしたんだぞ、アイルランドの全ジャーナリストは言うまでもなく。やつらはどうやったのか、わたしの個人用携帯の番号を知っているんだ」

「そうですか、サー」

「電話はまたかかってくるだろう、ただし……」

ファーガソンはウィスキーのグラスを葉巻を持っている手に移し、それから湯の中へ手を入れて携帯を取り出した。「意外なほどしぶといやつだったよ。思っているよりずっと溺れさせにくい」

ファーガソンは暗闇へ携帯を投げた。オルーアクの後ろのセキュリティライトが消え、ホットタブの水中照明だけが残っている明かりとなった。

「きみも自分の飲むものを持ってきたんだな」

オルーアクは手に持っていた、忘れていた氷のグラスに目を落とした。「すみません、サー」彼は言い、グラスをさしだした。「奥様からこの氷をことづかりました、ウィスキー用にと」

ファーガソンは頭を振った。「たいした女だよ、何でもお見通しなんだからな。あれは生まれつきじゃない」彼は身を乗り出し、氷のキューブを二つとって自分のグラスに入れた。それからジェムソンのボトルをホットバスの縁からとって、自分のグラスとオルーアクの持っているグラスの両方にたっぷりついだ。

「乾杯(チアーズ)」オルーアクは反射的に言った。

「何だと——？　何がほっぺただ(チーク)」ファーガソンはオルーアクの手からグラスを引ったくった。「まったく、きみは状況を読み違えているぞ。きみに飲ます酒はない」

オルーアクはファーガソンがグラスのひとつめから飲むあいだ、顔が赤くなるのを感じた。ファーガソンは長々と葉巻を吸いこみ、オルーアクは彼が冷たい夜の空に煙の輪を吹き出すあいだじっと待っていた。

「それで」ファーガソンはようやく口を開いた。「いったいなぜ全面的な監視のもとにある人物が——前例のない監視、人権に関するジュネーヴ条約にもおそらく違反するほどの監視だぞ——その人物が、いったいぜんたい、どうして撃たれて死んだりしたんだ？」

「そのう——」

「しかも鷹(たか)のような目のスナイパーの手によってじゃないぞ、いいか。そうとも、近くにいた人物から至近距離で撃たれたんだ、いまわたしが、じきに〝元・アイルランド警察長官〟になる人間が、きみに、じきに〝史上最高に有能な駐車違反監視員〟になる人間に対しているのと同じくらい近くにな。どうしてそんな事態になるのを許してしまったんだ？」

「あきらかに、われわれの側(がわ)に重大なミスがありました」

「そう思うか？」

「彼の携帯を回収しました。襲撃者たちは事前に女性を人質にとり、そのあと彼女の携帯から、モランにセックスを約束する、かなり露骨な言葉のメールをいくつか送って、彼を誘い出したんです」

「本当か？　ことが起きたのは、セックス遊びをほのめかされたからだったのか？　そいつはだまされた（ファックト）、われわれもだまされた（ファックト）、だから言っておくが、きみの愛するキャリアは完全に、人生のとんでもなくぶっ壊れた（ファックト）側にあるようだぞ」

ファーガソンは二つめのグラスの酒を飲んだ。「一時間前、司法大臣が今回の事件からきみをはずすよう命令してきた、それから、新聞に今回の件の見出しが載ったら、きみの辞職を受け入れろと」

「はい」

「大臣におまえの気取ったケツなんぞどうにでもなれと言ってやったよ。わたしのキャリアもきみのキャリアも、いまやほどけないほどからみ合っているようだからな」

「ありがとうございます」

「礼など言うな。妻はわたしが早期引退を受け入れて、船で地中海をまわる旅に出ることを望んでいるんだ。今回のことは、妻の望みをかなえる、わたしなりのマゾヒスティックな方法なのかもしれん」ファーガソンは言葉を切ってまた酒を飲んだ。「わたしは船酔いするんだ」

オルーアクは何と言えばいいのかわからなかった。

「今度のことをやった犯人に心当たりはあるのか？」

「そういったものはありません、サー、ありませんが、まだ捜査は初期段階なんです。カーターがアイルランド共和国軍(IRA)と仲違(なかたが)いしたという噂(うわさ)はありました。それから、カーターはクラナヴェイル・エステートに関する彼のファミリーの支配権をめぐって、ドラッグ売買のギャングたちには昔から人気がありません」

「われわれがこれまで言っていないことを誰か知っていると思うか？　いまの点に関して、カーターがじきに猟場の番人から密猟者に変わるとか？」

「知っているとしても、そいつらはあまりしゃべっていません」

「話は変わるが、きみの気の毒なケツを救うために、首相に約束しなければならなかったよ、数週間後にアイルランド史上最大のドラッグ逮捕劇が起きる、言うまでもなくアメリカ人(ヤンクス)どもは大喜びするだろう、とな。だから逮捕劇を実践することだ。それしかわれわれが有利になれる手はない。カーターの次の動きに関するきみの情報が間違っていたら――」

「間違っていません、サー」

「正しい情報をつかむのが身のためだぞ。われわれが首相にクビにされないためには、やつらのくだらんドラッグ戦争に打撃を与えて、アメリカ人(ヤンクス)どもに首相の腹をくすぐってもらうチャンスをつかむしかない。個人的には、ヤンキーなんぞにぺこぺこするのは面目が立たないと思うが、誰もわたしの意見など求めていない――求めているのはわたしの職務だけだ」

後ろでセキュリティライトがふたたび点灯したので、オルーアクは振り向いた。

ファーガソンの声がささやきにまで小さくなった。「噂をすればだ！　どいていろ、フィンタン」

オルーアクがプラスチックのローンチェアに座ると同時に、ファーガソンはウィスキーを飲み干して、エアライフルに手を伸ばした。あたりをざっと見ると、灰色のリスが一匹、迷うように芝生を走りながら、そわそわとまわりを見ていた。

「ちっこい灰色のヤンキーどもめ。ここへやってきて、赤毛の先住民を追い払い、うちの鳥の餌台から木の実を食いおって」オルーアクの耳に、後ろで小さく水のはねる音が聞こえ、長官がそろそろとホットタブの中で立ち上がった。

「できることがあるとわかっていれば――」オルーアクは振り返るという過ちをおかしてしまい、すぐさままた向き直った。

ボスは餌台の下のところをこそこそと見まわっている灰色のリスに狙いをつけていた。しかし、オルーアクがぎょっとしたのはそのせいではなかった。ボスは素っ裸でホットタブを楽しんでいたらしい。オルーアクは不運にも、アイルランドの法執行機関でもっとも高位のペニスとまともに目が合ってしまったのだった。

オルーアクは餌台に全神経を集中した。リスは台のてっぺんまでたどりついていた。

「コツはな……」ファーガソンは葉巻を噛みしめたまま低い声で言った。「あのチビの悪党がいちばん油断しているときに……仕留めることだ」

その〝だ〟と同時に、いくつものことが起きた。ミセス・ファーガソンがパティオのドアをあけ、そのせいでリスが驚いて逃げ出し、ファーガソン長官はあわてて狙いをつけなおそうとして、必要以上に大きく動き――長官のために言い訳するならば、すでにこのときにはぐでんぐでんに酔っていたので――自分のいたガゼボの支柱を撃ってしまい、弾がはね返って、ホットタブからびっくりするほど少女じみた悲鳴があがり、威厳もだいなしの転倒が起きた。

それから少しばかり血が流れ、山のような罵詈雑言が続いた。

39

シモーンはモップを絞り、必要以上に勢いよく床におろした。疲れる一日だった。ゆうべは眠れず、横にいるバニーも目をさましていて話をしたがっているのを感じながら、ただベッドの中でじっとしていた。彼女は目を閉じたまま、息をひそめていた。彼女にしてみれば、あの晩は話したかった以上のことを話してしまったのだ。

あらゆる本能が逃げろと告げていた。それこそがしなければならないことだとずっとわかっていた。ダブリンは単なる最初の立ち寄り場所のはずだった。二週間、輸送用コンテナの中に座り、懐中電灯の電池が切れてしまうまで同じ三冊の本を読み、ほかにはほとんど何も考えなかった。フランス語は身につけていた。いずれにしても非英語圏の国のほうが安全だろう。フランス人はジャズも大好きだ。レディ・デイが絶頂期のいくらかを過ごした場所でもある。名もない街の真ん中に小さなバーくらい見つけられるだろう、そうしたら……。

いまやっていることをやる。シモーンは〈チャーリーズ・プライヴェート・メンバーズ・クラブ〉を見まわした。ああもう、本当にここが大好きなのに。名前すら。ノエルは〈ノエルズ〉なんて名前のジャズバーには誰も行かないから、この名前にしたのだと言っていた。狭いし、変なにおいはするし、しつこいカビのはえるところが三か所あり、女子トイレは一週間以上ちゃんと使えることがない。彼女は歌うはずではなかった、ただカウンターに入るために雇われた。そうしたら、ある午後にノエルがピアノを弾(ひ)いていたので、彼女は『クライ・ミー・ア・リヴァー』（一九五三年にアーサー・ハミルトンが作詞作曲したポピュラーソング）に合わせて小さくハミングしていた。少なくとも、自分ではハミングしているつもりだった。ノエルは曲が終わるとあの目で彼女を見た。いまでは彼女もよく知るようになった、子どもみたいな興奮でいっぱいのまなざし。「歌が歌えるなんて言わなかったじゃないか？」

そして彼女は話した。あのルールを破ったのだ。もう大丈夫だと自分に信じこませた。もう一年近くになるのだから。あの連中も彼女が死んだと思っているだろう。

彼女が破ったルールはそれひとつではなかった。何よりも求めていないのは恋愛関係だった。バニー――それが最大の失敗だった。彼は……何をしたのだろう？　忍び寄ってきた？　それはない。自分の気持ちをはっきり言ってきた。シモーンは自信たっぷりだった、思っていたのだ、彼はチャーミングな気晴らしにすぎないと。なのに心をしっかりつかまれてしまった。

もし時をさかのぼって以前の自分と話ができるものなら――そして主(しゅ)よ、ただそうできたらと何度思ったことか——言いたいことがたくさんある。だけどひとつでも言えるチャンスがあれば、それは〝花火を火と間違えないこと〟になるだろう。ジェームズはまさにそれだった。まばゆいカラフルな光と爆発だけど、熱は生みださない。一目惚れは愛ではない。単なる生物学だ。火は違う。火は冷たさに対抗してあたためてくれ、真っ暗な夜にも道を照らしてくれる。それがバニー、彼女の一日のいちばんまぶしい部分だった。彼女をあたためてくれるもの。彼と一緒にいるのが好きだった。彼といるときの自分が好きだった。だから離れられないのだ。離れたいのに。そうしなければならないのに。体じゅうの細胞がさっさとそうしろと叫んでいるのに、彼女にはできなかった。何もかもクソ食らえ。愛しているんだもの——

ドアがドンドンと叩かれて思考の糸が断ち切られた。

午後二時だ。こんなに早く〈チャーリーズ〉に入ろうとする人物はオーナーだけだろう。

「今日の午後は会計士に会いにいくって言ってたじゃ——」

シモーンはドアをあけて凍りついた。

悪夢からの目が彼女を見ていた。

彼はドアを肩で押して入り、シモーンは後ろ向きに床に倒れた。

「やあ、シモーン。また会えてうれしいよ。大きな声はあげないでくれ、俺が問題は大嫌いなことは知っているよな」

40

教会は人けがなく、祭壇近くにロザリオの数珠を繰っている老人がひとりいるだけなのに、ジェシカ・カニンガム部長刑事は端側の斜めになった列席のひとつに座っていた。そのおかげで後ろと横のドアがさえぎるものなしに見える。彼女がここに来てもう二時間以上がたっていた――それだけ長くいるので、親切な老司祭から困ったことはないかと二度尋ねられ、お茶はいかがかと誘われ、告解をしてはどうかと申し出られたのを、丁重に断らなければならなかった。

告解にはちょっと心が動いたが、丁重に辞退した。しかしドアを見張りながら、デアラ・オーシェイの魂のために、忘れかけていた祈りを唱えた。彼は友達ではなかった、少なくとも昔ながらの意味では。でも何年も一緒に仕事をしていた。オーシェイの死によるトラウマで彼女は休暇をとるべきだ、と警察が主張する程度には長く。彼女は迷うふりをしてみせた、まさにその休暇こそ必要としていたものだったけれど。悲しむためではない。デアラと彼の家族のために胸を痛めてはいたが、カニンガムたちには考え、計画を練り直す時間が必要だったからだ。あらゆることが失敗に終わってしまったが、まだ挽回することはできる。助けも得られるだろう。

フランコ・ドイルが奥のドアから入ってきて、人に見られないようにしようとしてパンフレットでいっぱいのスタンドをもう少しで倒しそうになった。彼女に気づくと、間違ったやり方で十字を切り、それから中央の通路をこちらへやってきた。カニンガムは入念にその位置を選んであった。フランコは痛む親指のように目立ったが、それはまさに午前十一時に教会に彼がいるとは誰も思わないからだった。つまり二人が一緒にいるところを誰も見るチャンスがないということで——まさにそこが重要なのだった。

フランコは祭壇のほうへ片膝(かたひざ)を低くして中途半端な礼をし、それから彼女の横の席に座った。

「何てこった」フランコは言った。「こんなのは馬鹿げてる、あんたはわかってるのか?」

「声を抑えて、言葉に気をつけてよ。自分がどこにいるのか忘れないで」

「俺がどこにいるのか忘れるなだと?」

教会の前方にいた老女が顔をしかめてあたりを見まわした。フランコは恥じ入ったように下を向き、さっきより小さな声でもう一度言った。「俺がどこにいるのか忘れるなだと? ここに来るために何をしなきゃならなかったのか、あんたにわかるか?」

カニンガムはちらりと彼を見た。「どうやってここに来たの?」

「どうやってかというとだな……病院に行って、それからトイレの窓から抜け出したんだ、そこらじゅう切っちまった」彼は右腕を持ち上げて、ダブリンゲーリック体育協会(GAA)のトラックスーツの上着のダークブルー色から、血の赤いしみがにじんでいるのを見せた。「あとでテトリスみたいなまねをしなきゃならないよ。とても逃げ出せなかっただろうな、受付でヘロイン中毒のやつが二人、おっ始めてなけりゃ」

「それは幸運だったわね」

「全然違う。ひとこと言いたかったんだが。俺を尾行している、あんたのところの制服警官半ダースはあんまり頭がよくないな」

カニンガムは振り向き、彼をにらみつけた。「態度に気をつけなさい」

「気をつけろだと……冗談言ってるのか？　あんたらがしくじったくせに？」フランコは信じられないというように頭を振った。「あんたたちは俺たちを銃で脅してダイヤモンドをぶんどるはずだっただろう、ＯＫ牧場の撃ち合いを始めるんじゃなく。俺がまだ生きてるのは奇跡だぜ」

カニンガムは誰の神だろうと、フランコ・ドイルのようなやつのために奇跡を無駄遣いすることなどないだろうと思ったが、それは胸におさめておいた。「計画どおりにいかなかったのよ」

「そいつはとんでもなく控えめな言い方だな。あんたらは今回の件を完全にだいなしにしちまったんだぞ」フランコは頭を振った。「完全に」

「落ち着きなさいよ、フランコ。わたしたちの協定は以前と変わらない」

「あんたはどう考えてるんだ？」

「あなたはただ取引のおこなわれる時間と場所をわたしたちに教えればいい――」

「だめだ！」さっきの老女がまたあたりを見まわしたが、今度はフランクも声を落とさなかった。「あんた、頭がおかしいんじゃないか」

「いつなのか教えて、そうすればわたしたちがカーターとダイヤモンドを途中でつかまえて、あとは全部やるから」

「馬鹿らしい」

フランコは肘（ひじ）をあばらに食らって、肺から空気が抜けてしまい、それ以上何も言えなかった。

カニンガムは老女に礼儀正しく手を振ってみせながら、歯を食いしばって言った。「落ち着いて、赤ん坊みたいなまねはやめなさい。自分がなぜこんなことをしているのか思い出すことね」

フランコは左脇腹を手で押さえたが、カニンガムはおおげさだと思った。もう一度彼が口を開いたときには、言われたとおりの低い声になっていた。「俺は街にドラッグを入れたくないんだ。俺もトミーの親父も――」

「もう、勘弁してよ」カニンガムは言った。「好きなだけ自分に嘘をつけばいい、でもわたしの時間を無駄にしないで。あなたはわたしが言うことを何でもやるのよ、エイミア・カーターはまだ十五にもなっていないときに、ジェニーおばさんにロンドンへ買い物旅行に連れていってもらったんだから」

「やめてく――」

カニンガムはきっぱりと続けた。「ただし実際はそうじゃなかった、でしょ、フランコ？彼女は中絶をしにいった。彼女はおびえた子どもだった。パパには言いたくなかった、パパの心が傷ついてしまうから。兄さんにも言いたくなかった、兄さんは愛する妹を汚した男に最高に残忍な復讐をしようとして、世界を破壊してしまうから」

彼女はポケットから茶色の封筒を出した。「あなたが見たいなら、あの書類はまだ持っているけど？　おびえた十四歳の女の子が質問を勘違いして、父親としてあなたの名前を書くなんてことがあるかしらねえ」

「あれは――」

「間違いだった、ええ、あなたはそう言ったわね」

「なんであんたがそれを持ってるんだ？　ああいうことは秘密のはずだろう」

「MI5にいる友達に貸しがあったの」

フランコはいらだたしげに頭をかき、トラックスーツの上着にちょっとしたフケの雪嵐を落とした。「それは俺の市民権の侵犯だ」

「もう、やめて」

「あんたの思うようなことじゃなかったんだ」

「どうでもいいわ、でもそれをトミー・カーターに説明するときには幸運を祈るわね。ティーンエイジャーのときに、妹にさわろうとした男の両腕を折ったやつよ。としただけで。あなたは彼もあれからだいぶ丸くなったから、わたしがしろと言うことを全部はやらなくてもいいと思っているんでしょう。それに、誰がわたしたちに情報をもらしたかについて、カーターが突然ユーモアのセンスを身につけたと思っているんでしょう――ゆうべ、わたしが思うに、彼が疑っていた人物を始末したからって。これでおたがい状況は全部理解しあえた?」

フランコは椅子を指で叩いた。「あんたは自分が疑われないと思ってるんだろう、カニンガム? 俺がマスコミのところへ行って、本当は何があったかやつらに教えたらどうなる。やつらはさぞかし喜ぶ――」

フランコはしゃべるのをやめた。息を止め、ぴくりとも動かずにいた。ナイフの鋭い刃を陰嚢に突きつけられれば、どんな男でもそうなる。

「よく聞きなさい、フランコ。二度とわたしを試したり脅したりするんじゃない、さもないと女たちにおおいにためになることをしてあげる。あなたの知っているいちばん恐ろしい人間はトミーでしょうけど、わたしも僅差の二位よ。もう一度口を開く前にそれを考えるのね。さあ、あなたの席の下に、袋に入った携帯がある。番号がひとつだけ入っているわ。メキシコ人との取引の時間と場所がわかったら、その番号にメッセージを送って、そのあと携帯は破棄しなさい。それをやれば、あなたとあなたの大事な男性能力はクリスマスまで生きていられるでしょう。ちゃんとわかった?」

フランコはのろのろとうなずいた。

「それじゃおとなしく行って、主を愛し奉仕しなさい」

41

バニー・マガリーはサイドラインに立ち、かたや十二歳の少年たち十六人は畏敬と恐れと理解できなさをないまぜにして彼を見上げていた。

「ハーリングはシンプルなゲームだ、みんな。大事なことは二つ。集中と決断。それから技術だな、わかりきったことだが。三つだ」

「それから体力です、ボス」補欠兼マネージャー補佐のデシーが話に割りこんだ。

「オーケイ、四つだ。集中、決断、技術、体力」

「それから練習も、ボス」

「それから練習もだ、もちろん。集中、決断、技術、体力、それから練習。その五つ」

「それからチームワークも、ボス」

「おい待て、デシー、そんなことをどこから聞いてきた？」

「あなただよ、ボス。先週そう言ったでしょ。チームワーク——それについて大演説をぶったじゃない」

「そのとおりだ、そうだった。オーケイ、それじゃその六つだ。集中、技術、体力、練習、チームワーク、それから……あとひとつは何だった？」

後ろのほうから声がした。「情報」

「フィル・ネリス、おまえは口をはさむんじゃない。俺は情報なんて言ったことはないぞ」

「それがあるんだ、ボス、言ったよ」とデシー。「二週間前、帰りのバスでそれについて大演説をぶった」

賛成する声ががやがやと少年たちからあがった。

「そうか、わかった」バニーは言った。「その七つだ」

「それから女性に敬意を示すこと」

「何だって?」バニーはだんだんいらいらしてきた。「そんなことは言ってない!」

「いえ、彼の言うとおりだよ、ボス、言った」

「俺の言うのはな、言ったことはわかってるが、それはハーリングにかぎったものというより、人生の教訓だってことだ」

「タマを洗えとも年じゅう言ってるよ」

「ちょっと待て」バニーは言った。「落ち着け。個人の衛生が大事だってことは言ったが、誰かのタマの状態を人に言ってまわったりするんじゃないぞ。そんなことをしたらとんでもない誤解をされかねない。俺が言ってたのは――」

ピッチの中央で審判が笛を吹き、第二ハーフのために両チームを呼び集めたため、バニーの話はさえぎられた。「ああ、まったく。俺が言いたかったのは……おい、デシー、俺の言いたかったのは何だ?」

「ポーリーにボールをまわせ」

「まあそうだ、そうするんだぞ。あいつらをやっつけてこい」

みすぼらしいなりの選手たちはいそいでフィールドへ走っていった。

「デシー、俺たちの話はチームを元気づけてないんじゃないか」

「みんなのせいだよ、ボス、あいつらはわかってないんだ……」

バニーはあとをひきとった。「ゲームの基本を。いつもながらそのとおりだ、デシー。どうしてうちのチームは九ゲーム負けなしなんだ?」

「ポール・マルクローンがハーリングがクソうまいからだよ、ボス」

「おまえの言うとおりだ、デシー、だが汚い言葉は控えておけ」

「あんたはこのゲームでいまのところ九十七回、汚い言葉を使ってるよ、ボス」

「それは違うだろう」

「僕は数えてたんだ、ボス」

「何でそんなことをしてるんだ?」

「みんなで賭けをしてるんだよ。ひとり五十ペンス、いちばん近い予想をしたやつが総取り」

「何だってそんなことを俺に教えるんだ? 待て、だめだ、言うな。俺は刑事だ。おまえの予想はいくつだった?」

「百だよ、ボス」

「おまえは悪魔みたいなクソチビだな、デシー、自分でわかってるか?」

「九十八。気楽にいこう、ボス、まだ第二ハーフがそっくり残ってるんだから」

デシーはくるりと後ろを振り返り、それからバニーのトラックスーツの袖を引っぱった。

「ボス、あのファイヴ・オーがまた来てるよ」

「何が?」

「あのポーポー。ファズ（いずれもスラングで警官のこと）」

バニーは下に目を向けてデシーの肩に手を置いた。「またドラッグの危険について話をしなきゃならないのか（ファズには〝ハイな気分〟の意がある）？　おまえのあのろくでなしのいとこにはこれ以上かかわらない、って約束したよな」

デシーはバニーの手を振り払った。「あいつらを何て呼べばいいんだよ、ボス？　豚（ピッグ）って言うなって言ったでしょ」

バニーが振り返ると、フィンタン・オルーアク警部補が後ろに立っていた。「ったく、クソったれが」

「九十九」

「ようし、そこまでだ。デシー。ピッチを一周してこい」

デシーは握った両手を胸にあて、何もしていないのにという傷ついた表情を浮かべた。「僕が何をしたの?」

「おまえは賢い子だよ。走ってるうちにわかるだろう」

デシーは何やら意味のわからないことをつぶやいた。

「聞こえたぞ」バニーは言った。「だったらこういうふうに考えろ――ピッチのむこう側なら俺が汚い言葉を言っても聞こえない、ってな」

「頭がおかしいのかい？　あんたなら宇宙からだって毒づいているのがみんなに聞こえるよ、ボス」

デシーは意外なほど速いスピードでサイドラインを走りだし、バニーがさっと手を伸ばしたのをきわどいところで逃れた。二人の後ろで、審判が球を投げ入れ、球はすぐさま、オルーアクが前回見たときにおぼえていたポーリー・マルクローンというやせた小さな子どもへまわった。敵が三人、それぞれ彼にタックルしようと走ってきたが、無駄だった。マルクローンはひとりで進み、それからショットを放つと、その恐ろしい勢いのあまり、敵のゴーリーキーパーがよけてしまったほどだった。

「ゴール！」バニーが叫んだ。「みんな見たか――あれこそ俺の言ってることだ。集中、体力、決断、チームワーク、技術、情報、それから練習だぞ」

「それに彼のタマはすっごい清潔」

「聞こえたぞ、デシー！　ピッチを二周！」

オルーアクは大きく咳払いをした。

バニーはいらいらと後ろへ目をやった。「今日は日曜だぞ、休息の日だろうが」

「おまえの様子は、わたしなら〝リラックスしている〟とは言わないな」

「休みの日なのにいきなり上司が来たからだ」

「まあいい」オルーアクは言い、近づいてきた。「おまえがうちの特捜班から離脱したと聞いたよ、ということは、もう上司ではないわけだ」

「俺には向かないと判断したんだ」

「いったい何が気に入らない？」

「今回みたいな強権的なやつだよ。俺には向いてない」

「そうか？　おまえがもっと繊細なかたちの警察活動が好みなら、わたしが読んだおまえの適性報告書はずいぶんと間違っていたんだな」

「いいか」バニーは言った。「俺はこの仕事に就いてこのかた、一度も病欠をとったことはない。あしたは出勤して、いつもの取り扱い件数をこなすよ。トミー・カーターがかかわっていない事件は山ほど起きてるんだから」

「それは先週、わたしの部下のひとりを殺して、きみの相棒を殺そうとした手下のいるトミー・カーターと同じ人物じゃないのか？」

バニーはそわそわと体を動かした。「元相棒だ。スペイン部長刑事とは一緒に仕事をしないほうがいいと判断した」

「いいかげんにしろ、バニー、こっちはいまさら結婚カウンセラーになるまでもなく、うんざりするほどやることがあるんだ」

「誰もあんたにそんなことをしてくれとは頼んでないよ、フィンタン。さあもういいだろう」

「いや」オルーアクは言った。「いや、だめだ」彼は進み出て、バニーの腕をつかみ、ぐっと引き寄せた。声を低くする。「わたしに話したいことがあるんじゃないのか?」

「あるよ。いますぐその手を離せ。子どもらの前で上司の警官を殴りたくはないが、必要とあらばやるぞ」

オルーアクは手を引っこめたが、長々と探るような目でバニーを見た。「何を隠しているんだ? わたしの知らないことを何か知っているなら、いますぐ話してくれ」

バニーはいつもの目つきで彼の視線を受け止めた。いいほうの目はオルーアクを見つめているようだったが、怠(なま)け者の左目は試合を見ていた。

「何もありませんよ、サー」

「本当に?」

「イエス、サー」

オルーアクは頭を振った。「この件でおまえはキャリアを台無しにしようとしているぞ、バニー。誰も忘れてはくれない」

「ありがたいですね」

オルーアクはため息をついた。「わかった。好きなようにしろ」彼はまたゲートのほうへ歩きはじめた。

三フィートも行かないうちに、後ろでバニーの声があがった。「フィル・ネリス、そのクソ指を抜け!」

「百!」叫び声が聞こえた。

「よし、デシー、ピッチを三周だ。数えられるかやってみようじゃないか！」

「あんたの問題は何かわかってる、ボス？」

「ゲームの基本をわかってないってことか？」

「違うよ、クソッタレだってこと」

「ピッチ五周！」

42

バニーは左手でぐっとドアベルを押しつづけ、右手でもどんどんとドアを叩いた。

「なあ、あけてくれ。俺はただ――」

ドアが少しだけ開いたのでバニーが一歩あとずさると、チェーンをつけた隙間から、シスター・バーナデットの張りつめた小さな顔がいつもの刺すような青い目でのぞいてきた。「あら、あなただったの」

「ええ、シスター、お邪魔してすみませんが、俺はただ――」

「ちょっと待って、ちょっと待って」

ドアが閉じ、中でチェーンのはずされる音がした。もう一度ドアが、今度はもう少しだけ広く開き、シスター・バーナデットがまともににらみつけてくるだけの幅ができた。「もう真夜中をすぎていますよ、いったいどういうことなの？」

「すみません、シスター、シモーンのことなんです。仕事先にもいないし、家にも帰ってこないんですよ。ノエルの話だと今日はずっと彼女を見ていないそうで、でも……」

「何？」

「ノエルは今日彼女が床にモップをかけていったと思う、と言うんです、彼が店に行ったときには床がきれいになっていたから。あの、彼女はいますか？」

「いいえ」

「いるなら教えてもらえますか？」

「彼女がそれを望んでいなければ教えません」

「俺は法の代理人ですよ」

「だったらわたしは神の代理人です。予定よりずっと早く神にお会いしたいなら、このドアを破ってみることね」

「俺はただ彼女が無事か知りたいだけなんです」

「わたしは尼僧（にそう）ですよ。男性が自分で必要と思っているものを与えるのが仕事じゃありません」

「ねえ、俺はここでご乱行をする気なんかありませんよ、シスター」

バーナデットは後ろへさがってドアをあけた。「わたしもですよ」

彼女の後ろで、シスター・アサンプタの巨大な体が廊下をふさいでいた。そしてバニーの頭にまっすぐショットガンを向けていた。

バニーはバーナデットを、それからアサンプタを、それからまたバーナデットを見た。「あなたたちはいったいどういうクソ尼さんなんです？」

「『サウンド・オブ・ミュージック』を見たことはある？」

「ええ」

「あれとは違うわね」シスター・バーナデットはバニーをもっと近くへ来るよう手招きし、彼は秘密を教えてもらえるのかとかがみこんだ。ところが耳の穴のところを強く打たれた。

「いてっ！」

「いまのは汚い言葉を使ったからですよ」

「そんな！」

バーナデットは彼のつまさきを踏んづけた。「それからいまのは不敬なことを言ったから」

「この……」バーナデットはせいぜいジャガイモひと袋くらいの体重しかなかっただろうが、彼の足の親指のところに全部の重みを集中させた。バニーは唇を嚙んで、汚い言葉を消化不良になるくらい飲みこんだ。

彼は自分を落ち着かせて深呼吸をした。「すみませんでした、シスター。俺はただ彼女が心配なんです。何かがあったんですよ。でなければ、彼女は自分がもう安全じゃないと思っているのかもしれない、なぜなら……」

バーナデットは目を見ひらいた。「あなた、知っているのね？」

バニーはうなずいた。

バーナデットは十字を切った。

「でも俺は気にしてません。彼女を信じているし、彼女を守るためにやれることは全部するつもりです、ただ……」

バーナデットは彼を上下にじっくり見た。「あなたがそうすると信じますよ。あなたは善人ですもの」

バニーはまだショットガンの銃身のむこうからこちらを見ているアサンプタに目をやった。

「彼女にそう言ってもらえませんかね?」

バーナデットは彼女がそこにいることをいま思い出したかのように、後方機を振り返った。そして銃身を上に押した。「それじゃ、お聞きなさい——彼女はここにはいないわ、それからノーよ、あなたが調べることはできません、いまはお客が来ているから。わたしの言葉を信じてもらうしかない。もし彼女がここへ戻ってきたら、もちろんわたしたちが面倒をみます、でももう何日も彼女には会っていないのよ」

アサンプタがうなずき、この状況を多少なりと把握していることをはじめて示した。

「あなたが帰ったときには彼女も戻っているんじゃないかしら」バーナデットは言い、彼女なりのやさしい笑みらしきものを浮かべた。「あなたがこのことで大騒ぎしても何にもならないわ」

「オーケイ」バニーは髪をかきあげた。「それじゃ、もし彼女に会ったら、俺が心配していると伝えてください」

「そうします。おやすみなさい」

「おやすみなさい、シスター」

ドアが閉まりはじめた。

「待ってください」

バーナデットが頭をのぞかせた。「今度は何？」

「ついさっき、あなたは〝この人はあの男じゃない〟と言いました——誰が来ると思ってたんです？」

バーナデットはあたりを見まわし、それから声をひそめた。「いま上の階に、ドニゴールからのお客がいるの。彼女は二日前に母親に電話をかけて、自分がいる場所を教えてしまったのよ、わたしたちは原則として反対しているのだけれど、それでもね。その母親は、娘がどこかの筋肉ゴリゴリの乱暴者にサンドバッグとして使われることより、結婚の聖性のほうが大事だと考えている女性のようなの。その男はこともあろうに、ウェイトリフターと自称しているのよ。花やら脅迫の言葉やらを持参して一日じゅうここのドアを叩いていたわ、どちらも受け取りませんけれどね。過度に攻撃的なタイプのようよ。十中八九、あのおっかないステロイドを使っているわね。あれを使うと頭がおかしくなるのはたしかだわ」

「それにペニスが縮むの」それがバニーのはじめて聞いた、シスター・アサンプタのしゃべった言葉だった。たしかではないが、イタリアのアクセントのような気がした。

一瞬、彼とシスター・バーナデットは、アサンプタの幅広いにこやかな顔を、驚きのあまり言葉もなく見つめた。

「ええと」バーナデットは言った。「誰かがまたテレビを大きくして見ているようね」

バニーは彼女に目を戻した。「警察には通報したんですか、その……」バニーはまた耳のあたりをガンとやられるのがいやで、言葉を切った。「その人物のことを？」

「ええ」バーナデットは苦々しげな顔で言った。「だからその男がまた脅すようなことをしようとしたら、すぐに来てくれるわ。すばらしいシステムね。その男はもう二日間も、外で自分のバンに座って見張っているの。気の毒な女性は震え上がっている。でも心配いらないわ、その男よりもっとひどい相手にも対処したことがありますからね。あなたには想像もつかないでしょうけど」

バニーはポケットから自分の名刺を出した。「それじゃ、助けが必要になったら」

バーナデットは受け取った。「まあ、怖いもの知らずね、マガリー刑事、あなたにはいろいろとやってもらいたいことがあるわ」彼女はすばやい指さばきで名刺をはさみ、それは彼女の僧衣の見えないポケットに消えた。「おやすみなさい」

「おやすみなさい、シスター」

彼女はドアを閉めた。

バニーはもう一度携帯を出した。不在着信なし。

シスターの言うとおりかもしれない。シモーンは彼が帰ったときには家にいるのかもしれない。

バニーはきびすを返して自分の車へ向かった。

通りの先を見ると、青いバンがあり、フロントシートに大柄な、頭を剃った男が座っているのがわかった。

家に帰らなければ。バニーは車に乗って走りだした。

二百メートル行ったところでUターンした。五分くらい、たいした違いにはならないだろう。リアシートに手を伸ばして、そこにあったハーリングスティックをつかむ。「さあ、キャスリーン、さっさとすまそうぜ」

短い会話が始まり、それは筋肉ガチガチ男のほうから手を出させるという目的を達成した。それに続いて、筋肉があっても、神の与えたもうた生まれながらの凶悪さにはかなわない理由が、あざやかかつ効果絶大に証明された。

43

バニーはアームチェアに座って携帯を見ていた。きのうは夜じゅう眠れずに、十五分ごとに携帯をチェックし、同時に少なくとも三十分に一回はシモーンに電話しようとした。もう日が変わってだいぶたっており、彼がすがりついていた小さな希望はどんどん消えつつあった。

彼女は逃げることにしたのかもしれない、また過去に追いつかれる前に出ていくことに。彼女と話せさえしたら……バニーの思いはいつも二階にある服に戻った。シモーンが自分で望んで出ていったのならあれを持っていっただろう——きのう彼は〈セント・ジュードス〉の試合で何時間も出かけていたのだから。それには試合そのものだけでなく、少年たちをフィッシュアンドチップスを食べに連れていったり、それぞれを家まで送っていったり、ちょっと話をしたり、いくつかの問題に対処したりすることも含まれていた。

シモーンの服が残されているのは、二つのうちどちらかの意味だ。何か思いがけないことが起きて、彼女はすぐに逃げ出さなければならなくなった、もしくはバニーが疑念を持たないようにわざと置いていった。どちらもぴんとこなかった。バニーはいまや自分が彼女に、この人からも逃げなければならないとみなされたのかもしれない、とは思いたくなかった。自分が彼女に言ったことを全部、何度も何度も思い返し、失敗を見つけようとした。彼女が頼めば、一緒に逃げたのに。結局、彼をここにつなぎとめているものはたいしてないのだ、とくにいまは。自分が正しい言葉を見つけてさえいれば。彼は昔から話すのがうまくなかった、そっちはグリンゴの長所だった。

グリンゴといえば、バニーがシモーンから電話がかかってくるのを、あるいはかけた電話に彼女が出るのを待っているあいだに、グリンゴから何度も電話やメールがあった。バニーが特捜班を抜けたことを聞いて、不満なのだろう。数日前の夜に〈オヘイガンズ〉でしたことの後悔にどっぷりひたっているのは間違いないが、バニーは興味がなかった。元相棒からのメールは、グリンゴが悲しみの五段階（アメリカの精神科医キューブラー＝ロスによる、死の受容過程の五つ、否認・怒り・取引・抑うつ・受容をもじったもの）を通りぬけつつあることを示していたが、バニー自身はまだ怒りにいたったばかりだったので、やっと応答したのは十五回めの電話だった。

「いいかげん邪魔をするな。おたがいに言うべきことは全部言ったはずだ」

「わかっているよ、なあ、すまなかった――」

「知るかよ。大事な電話を待ってるんだ。あんたがでっかいクソ鼻をつっこんでつくったダメージを修復するには遅すぎないといいがな」

「いったい――」

バニーは通話を切って携帯に目を落とした。それからうなずいた。これでいい、あっちはすんだことだ。グリンゴと自分はもう終わった――これからは自分自身の面倒を片づけにかかれる。バニーはスペイン部長刑事が頭から飛びこんでいった肥溜め（こえだ）なんぞに、いっさいかかわりたくなかった。彼とカニンガムが何をやるつもりだったにせよ、そのせいでデアラ・オーシェイは死に、彼らはありとあらゆるトラブルの渦中にいる。バニーは自分で突き止めたことも、グリンゴから聞いたこともいっさい忘れるつもりだったが、いまのところはそれでよかった。彼にはもっと心配するべき大事なことがあるのだ。

グリンゴはまた電話してきた。バニーは切った。すぐまた携帯が鳴ったとき、バニーはもう一度切ろうとして、番号に気づいた。シモーンだ。

応答しようとあせるあまり、手がもたついて、携帯をつかむためにカーペットにダイブしなければならなかった。「もしもし、シモーン、きみか？　無事なのか？」

　間があき、やがて男の声が言った。「いや、シモーンじゃない」

「どこのどいつだ？」

「俺は……」また間があき、やがてその声が戻ってくると、面白がっているような響きがした。「俺が誰かはどうでもいい、マガリー刑事。大事なのはあんたのほしいものを俺が持っていて、俺のほしいものをあんたが持っているってことだ」

　訛り（なま）が外国のものだった――スペイン系、だろうか？

「シモーンと話をさせろ」

「あんたは命令する立場じゃない。そのまま落ち着いていろよ、刑事さん。みんながほしいものを手に入れる方法をこれから言う」

「いますぐシモーンと話したい、さもないと――」

　通話が切れた。バニーはぞっとして携帯を見た。シモーンの番号へ折り返そうとしたとき、また携帯が鳴った。

「もしもし」

「俺を試すんじゃない、刑事さん、次に俺がこの電話を切ったら、二度と俺からも、シモーンからも、連絡はない。わかったか？」

「わかった、ああ、聞いてくれ、俺は……」バニーは親指の爪をいらいらと噛み（か）はじめた。「なあ、俺はただ彼女が無事なのか知りたいんだ。つまり、どうやったらわかるんだ、彼女が……あんたがただ彼女の携帯を手に入れただけじゃないと?」

おおげさなため息。「いいだろう」

何かが動く音が数秒続き、耳をつんざくような女の悲鳴が回線から響いてきて、バニーは心臓が口まで飛び出した。シモーン。バニーは汗でじっとりした手に携帯をきつく握りしめた。

さっきの声が戻ってきた。「またあんなことをさせないでくれよ。俺は暴力が大嫌いなんだ」

「おまえに手をかけられるときがきたら、この根性曲がりのヤギ姦野郎、必ず——」

相手は歌うように言った。「切るよ、刑事さん……」

「だめだ、わかった。切らないでくれ」

「ここからは全面的かつ素直に協力が得られると思っていいか?」

「ああ」

「けっこう。さて、さっきも言ったように、シモーンはあんたが俺のほしいものを持ってると言っている。それが何だかわかるか?」

バニーの頭は猛スピードで回転し、あの晩に彼女が話してくれたすべてをたどった。この男が復讐を望んでいるだけなら、すでにシモーンを手に入れている。となれば答えはひとつきりだ。「テープか」

回線のむこう側に沈黙が降りた。ほんの数秒のことだったのかもしれないが、それはバニーの前に広がり、彼自身の血が耳の中で駆けめぐる音、息を詰めている胸の圧迫感でいっぱいになった。

ようやく。「そうだ、刑事さん。あのテープだよ。あんたが持ってるんだな?」

「持ってる」

「だったら今日はあんたのラッキーデーだ。それをシモーンと交換してやる。彼女は俺にとってたいした使い道はないし、正直言って、もう彼女には飽きてきた」

バニーの頭の中に胃がねじれるようなさまざまな想像がきしみあい、彼はそれを見るまいとした。集中しなければ。

「この件で法執行機関の同僚たちに助けを求めたいだろうな。そうしないことを強く勧めておくよ。俺たちが話しているあいだ、仲間があんたの家を見張っているんだ。おたがいの時間を節約してやるよ。あんたはテープとシモーンを同時に交換したいと言うんだろう?」

「そうだ」

「残念ながら、予想どおりか」声は陽気に言った。「世界に信頼ってものは本当にわずかしか残っていないな、そう思わないか?」

バニーは何も言わなかった。

「この話が終わったら」声は続けた。「あんたはテープを持って、外にいる俺の仲間に会う、そこで仲間はあんたを連れて――」

「まずテープを持ってくる時間がいる」

電話の男はわがままな子どもをしつけるような声で言った。「だめだ。シモーンはテープがそこにあると言ったんだよ。そうでないなら、話は終わりだ」

「違うんだ」バニーは頭をはたらかせようとした。「テープはここにある、ただ……取り出すのに壁をちょっと壊さなきゃならないんだ」バニーは、殺人未遂で告発されたグラスネヴィンのとりわけ仕事熱心なあるドラッグディーラーが、そんな方法で銃を隠していたのを思い出していた。もし金属探知機がなければ――そしてそいつが殺そうとした男のほうを妻が選んだのでなければ――警察は銃を見つけられなかっただろう。

電話のむこうで間があいた。バニーは計算がはたらいているのがわかった。「いいだろう、十分やる」

「二十分。うちにはハンマーより大きいものはないんだ、それに俺が破城槌を買いにいくのは許してもらえないんだろう」

「十五分だ。さっさとやれ。この話が終わったらすぐ、携帯を家の正面の芝生に投げろ」

「できない」

「さよなら」

「違うんだ、待ってくれ、うちには正面の芝生なんてないんだよ。あんたがそれでよけりゃ、携帯は敷石に投げる」

またため息。「けっこうだ。それから、あんたが調べる前に言っておくが、家の電話回線はもう遮断してある。ちょっとでも疑わしい行動がみえたら、取引は終わりだ、わかったか?」

「わかった」

「何か普通でない行動もだ」

「わかった、理解したよ、ただ……彼女に痛い思いをさせないでくれ」われながら、打ちのめされて必死な声に聞こえた。そのふりができていればいいのだが。

「携帯を投げろ。あんたの十五分はもう始まってるぞ。俺を試すなよ」

通話が切れた。

バニーは玄関へ歩いていき、ドアをあけて、外の敷石へ携帯を投げた。

コナー・ジャイルズナン、六歳か七歳のちょっと変わった子どもは、数軒先のおばあちゃんの家の外に立って、彼女の車輪付きゴミ容器を棒で叩(たた)いていた。

「何でそんなことをしたの、ミスター?」

「受信の質(レセプション)が最悪だった」

「ああ、だよねー(〝レセプション〟には日本の保育園にあたる〝幼児学校〟の意味がある)」

バニーは家の中へ戻り、ドアをバタンと閉めた。あからさまに見ないように気をつけたが、道路の反対側の五十フィートほど先で、銀のアウディの中に座っている男がちらりと見えた。

彼には十五分しかなかった。そのうえ、電話の男が探しているテープなど持っていなかった。

44

フィンタン・オルーアク警部補は後ろから三列めの席に立ち、そわそわとネクタイをいじった。基本的に葬式は好きではなかったし、あまりにも多く列席しすぎてきた。きのうはデアラ・オーシェイの葬式に行った。遺族は、提示された国による全部入りの葬儀はしないよう求めてきたので、列席した警察官は彼とカニンガムだけで、しかも礼装用制服ではなかった。ジェシカ・カニンガムは押し黙っていた、いつもの霜がつきそうな寡黙さという高い基準に照らしても。

今日の葬儀に際して、オルーアクはやはり礼装用制服は控えたのだが、個人的な好みというより、個人的な安全の観点からだった。今回はジミー・モランの葬式なのだった。後方支援上の問題がある、と言うのは控えめな表現というものだろう。クラナヴェイル・エステートの全住民がセント・ジョゼフス・チャーチに詰めこまれたかのようだった。前方の二列は遺族でいっぱいで、ジミー・モランの悲しみに暮れる母親が中心にいて、娘らしき人物にもたれて支えられていた。モラン家の後ろにはフランコ・ドイルとその家族、それから彼の後ろにはカーター一家。エイミアはいつものように落ち着かないようで、父親のデューナル・カーターの存在によってそれがいっそうひどくなっているのは間違いなかった。ジミーの棺は閉じられていた――もっともなことだった、頭にまともに銃撃された傷があることを考えれば――しかしデアラ・オーシェイはそうではなかった。デューナル・カーターの生きている姿より、死んでいるオーシェイのほうがましにみえた、とオルーアクは思った。デューナルの肌は病的に黄色がかっていて、その色は、自然界ではほかの者への警告としてしか存在しなかった。しかし彼は列席すると言って譲らず、デューナル・カーターは簡単に何かを思いとどまらせられる男ではなかった。

式の前のボディランゲージには目を奪うものがあった。年かさのクラナヴェイル住民たちはデューナルに敬意を表するためにやってきて、若い者たちは彼らの青年王、トミーに服従を示しにきたのだった。

教会は暑苦しく、人が多すぎた。それにもかかわらず、年配の司祭が自分の教会がめずらしく満員になったのをとことん利用する決意なのはあきらかだった。あすの午前のミサには参列者が二桁いれば幸運だろうし、それも犬を含めてなのだ。

信徒たちが立ち上がったとき、オルーアクは父カーターが今度は立てなくなっているのを見てとった。

オルーアクの横では、パメラ・〝ブッチ〟・キャシディが不安げにそわそわしていた。彼女を責めるわけにはいかない。若い男の死に際しての悲しみという重苦しい幕の下で、教会はオルーアクたちがいることへの、低レベルではあってもはっきり感じられる憤懣でぐつぐつ煮えたっていた。正直に言うと、彼らが列席してもらいたくないのに劣らず、オルーアクのほうもここには来たくなかったのだが、選択の余地がなかったのだ。トミー・カーターとフランコ・ドイルはいまでも、警察官一名の死と、千六百万ポンドの未加工のダイヤモンド強奪事件における最有力容疑者だった。誰かが彼らをたえず見張っていなければならない。オルーアクが来たのは、自分なら行かないであろう敵意に満ちた場所へ部下を送りこみたくなかったからだった。キャシディを連れに選んだのは、地元の歩兵たちも、相手が女ならわずかなりとも襲う可能性が低くなるのではないかと判断したからであり、キャシディが元全アイルランド柔道のチャンピオンだからでもあり、それはつまり、彼らが襲ってきたとしても楽しい経験にはならないだろうということだった。

外には警察がびっしり待機していたが、できるかぎり距離を置くよう指示されていた。とはいえそれはむずかしいバランス維持策で、なぜならもはやそれが単なる監視をはるかに超えたものになっているからだった。誰かがモランを殺した、そして警察はいまだに誰が犯人かわかっていない。もしこれがギャング抗争のオープニングシーンだとすれば、葬式はその続きになるのに昔から人気の場所だ。それからモランがジョン・オドネルの親友だという事実もあった。オドネルは現在アイルランドでもっとも行方を探されている男で、武装しているうえにあきれるほど危険だとみなされている。

オルーアクは信心深い人間ではないが、祈禱にあわせて祈りを唱え、それから座る前に後ろに目をやった。歓迎されていない葬式に出るのははじめてではない。彼はひと言も言わずに、彼の尻が座るはずだった場所に忽然とあらわれた飲みかけの、さわるとべたべたする子ども用フルーツジュースのボトルをどかした。そうしたときに、がっかりしたうなり声が実際に聞こえた。

そのささやかな勝利も、トミー・カーターが立ち上がって祭壇へ歩きはじめると忘れられた。キャシディとオルーアクは視線をかわした。

メモも持たず、トミー・カーターは聖書台のむこうの位置についた。オレンジ色のレンズの眼鏡をはずし、ゆっくりと教会内を見まわし、できるだけ多くの人々と目を合わせた。それから落ち着いて目の前のマホガニー製の棺を見おろした。

「ジミー・モランは天使ではなかった——わたしはここに立って、それは違うと皆さんに言うつもりはありません。彼は長所と短所を持った人間でした、ほかのわたしたちと同じように。わたしたちの誰ひとりとして完璧ではありません、そうでしょう？」

いくつもの頭が横に振られたり、うなずいたりした。いまの話の問いに答えるか、同意するかによって。

「ジミーは愛情ゆたかな人間でした——彼のお母さんのジーナ、姉妹のキャロル、セアラ、それから弟のデリクへの。それに自分のコミュニティも愛していました。隣近所の人が必要としていたら、彼はどんなことでもやったでしょう。玄関をノックすればジミーはそこにいて、誰かの車を発進させるのを手伝ったり、窓を直したりしたでしょう——何であれ。幼かった頃から、わたしと彼はずっと毎年、ミセス・バーンの家のどぶを掃除してきました」——四列めにいた老女が涙を浮かべ、ティッシュで鼻を押さえてうなずいた——「でもそれは純粋に利己的な理由のためでした。わたしたちはどちらも、彼女のつくる有名な、あの絶品のフェアリーケーキ目当ての悪魔だったのです」あちこちで笑いがもれた。「この地域は昔からそういうところでした、たがいに面倒をみあっていた。ジミーの父親、パトリック——神よ彼を安らかに眠らせたまえ——彼も昔、この地域を安全に保つために、わたしの父を助けてくれました。よその人間は誰もわたしたちの面倒をみてくれなかった、だからわたしたちはおたがいに面倒をみあったんです。いまでもそうです。一九九〇年にドラッグの売人たちが気の毒なテリー・フリントの膝を撃ち抜いたとき、警察はどこにいました？　ゲリー・ファロンやほかのドラッグ売買をするクズどもが、家にいたわたしと妹を生きたまま焼こうとしたとき、警察はどこにいたんです？」

オルーアクは参列者たちの中をその言葉が広がっていくのを感じた。四方八方から燃えるような目が彼らにそそがれているのを感じた。

「そしてジミー・モランが、コミュニティを愛し、もし忘れている場合にそなえて言いますが、軍でも殊勲を立てて国に奉仕した男が……」

そうだな、とオルーアクは思った。不名誉除隊になる直前までは。

「彼が無残に処刑されたとき、警察はどこにいました？　警察は、ジミーがいかなる理由でも逮捕も告発もされていなかったのに、あらゆるところへ彼をつけまわしていたんですよ。皆さんも彼らを見たでしょう、わたしたちをつけまわしているのを」

うなずき。

「彼らはこの地域全体に嫌がらせをしてきました。誰かの車が壊されたり、バッグをひったくられたりしたとき、彼らはどこにいます？　教えてあげましょう、どこにも見当たりません。なのにいまは？　彼らは侵入してきた、そうではありませんか？　それは彼らにとって、わたしたちは人間ではないからです——そう、単なる犯罪者のクズなんです。わたしたちは何かの濡れ衣をきせられ、見下されるためだけにここにいる、そうじゃありませんか？」

問いかけのたびに、賛同のつぶやきがどんどん大きくなっていく。オルーアクの目はひたとカーターに据えられたままだった。

「それでそのたくさんの警察官は、わたしたちをつけまわしていたのを皆さんが見た彼らは、かわいそうなジミー・モランが撃たれたとき、どこにいたんですか？　教えてあげましょう――彼らはまさにそこにいたんです。彼らは誰がジミーを撃ったのかわからないと言っています。もちろんわかっているんですよ！　やったのは彼らなんです」

罵倒とにらみつけてくる目が、いまやあらゆる方向からオルーアクたちに向けられていた。オルーアクは横でキャシディが不安げに座りなおすのを感じた。彼はほとんど唇を動かさずに言った。「しっかりするんだ」

「これを思い出すんです」カーターは続けた。「誰かに何があったのかときかれたら、これを思い出すんです。わたしたちの家に侵入してきたのは警察のほうです。通りでわたしたちに嫌がらせをしたのは警察のほうです、そして」――カーターは効果を狙って間を置いた――「ジミー・モランを処刑して、この戦争の口火を切ったのは彼らのほうなのです」

45

玄関のベルが鳴ったとき、バニーはバスルームで悪戦苦闘しているところだった。腕時計を見る——また十分もたっていない。怒りにまかせてズボンを引き上げ、まだベルトを締めおわらないうちにドアをあけた。

「まだ——」バニーは止まった。グリンゴが目の前にいて、校長室に呼び出された子どものような様子だった。「もうあんたに言うことはない」

グリンゴは懇願(こんがん)するように両手をさしだした。「なあ、悪かったよ」

バニーの目は無意識に、まだ通りの先に停(と)まっている銀のアウディを盗み見た、それから監視している目を……


ミスター・フロックは携帯をとってあの番号にかけた。携帯を耳にあてたまま、通りの先で進行中のできごとを監視しつづける。

呼び出し音が二つ鳴ったあとで——「何だ?」

「おたくのお友達のところに客が来た」

「誰だ?」

「わからない。変なやつ(ジーザー)だ」

「何だって?」

「男だよ」

フロックがミスター・ロペスと名乗る男に会ったのはわずか二日前だった。いつもの経路で入ってきたものの、いつにない要請だった。アメリカ人がアイルランドで数日間——長くて一週間——人手を必要としている。通常レートの三倍以上の支払いだった。疑わしいほど高い、実のところ。要求されたのは銃を持ってくることと、七日間二十四時間いつでも呼び出せること、慎重さが期待され保証されること。フロックはあの女を誘拐するのは気が進まなかったが、我慢できないわけではなかった。まっとうな仕事に、そんなに気前よく払う人間などいるわけがない。彼はいま、拾ってくるよう指示されたでかいアイルランド人（パディ）が、自宅の玄関に立ち、別のやつの顔の前で指を振っているのを見物していた。

「二人は何をやっているんだ？」ロペスがきいた。

フロックは大きいほうがもうひとりの男を押すのを目にした。

「言い争っているようだ、それから……おおっと」

「どうした？」

「大きいほうがもうひとりをいきなり殴った。もう完全に喧嘩（けんか）になってる」

「ここは野蛮人の国のようだな」

二人はいまや地面をころげまわっていた。

「あんたのやつのほうが勝ちそうだ」

「ほう、それはよかった」ロペスは皮肉をしたたらせながら言った。「うれしいね」

二人はそれからもしばらく組み合っていたが、やがて大きいほうのマガリーが先に立ち上がった。フロックはこれまで、仕事の内でも外でも、じゅうぶん以上に闘ってきたので、それが意味するところはわかった。負けたほうはそのまま倒れているのがふつうだ。いい蹴（け）りを二つほど入れてやれば、〝おやすみ、アイリーン〟となるだろう。ところが、大きな類人猿はそばにあったゴミ箱を持ち上げ、もうひとりの男に投げつけた。

ことのなりゆきを見物しに駆けつけていた子どもが、あの馬鹿馬鹿しいアメリカのレスリングのマネージャーみたいに両腕をあげて叫んだ。マガリーはその子に何か言って大急ぎで逃げ出させ、回れ右をしてまた家に入り、バタンとドアを閉めた。

フロックはその場で決めた。ふつうなら他人に運転させるのは好かないが、今回は例外としよう。そうすればマガリーの両手をハンドルの上でふさいでおけるし、あのでかくて頭の悪い類人猿は何かしようとしてもできないだろう。

マガリーの客はのろのろと、ふらつきながら立ち上がり、鼻から血を流していた。シャツが半分体からちぎれ、ぼうっとしているようにみえた。

フロックは彼が叫んでいることを聞きとろうと、窓を少しだけおろした。

「また来るからな、バニー、聞いてるか？　また来るからな」

彼は足をひきずりながら反対の方向へ、打ちひしがれた犬のように遠ざかっていった。

フロックはもう一度携帯を耳にあてた。「やつは状況を処理した、もうひとりのほうは帰った」

「たいへんけっこうだ。四分後にやつを拾って、しっかり見張っていてくれ」

そうするとも、とフロックは思った。絶対に。

46

「ここで停めろ」

「上等だ」バニーは答えた。「メーターは三十二ポンドだと言ってるが、もちろん、三十ってことにしよう。いまのおしゃべりはずいぶんと楽しかったからな」

「黙ってろ」

銀のアウディが彼の家の外に停まり、中にいた人間がクラクションを鳴らしたのは、だいたい一時間前だった。バニーはビデオテープの入った〈アーノッツ（ダブリンの老舗デパート）〉の手提げバッグを持ってあらわれた。いつものアノラックを着ていたのは、迫りくる夕暮れに不吉な夜を約束する暗い雲が垂れこめていたからだった。

彼は車の横に立っている男を見た。体格はいいが筋肉過多ではない、四十代、油断なくしているくらいには頭が切れ、神経質にならない程度には場数を踏んでいる。元軍人のにおいがした。たぶん六フィート二インチ、かなりの数の闘いをしてきたが、そのほとんどで損をしなかった人間のものごしだった。バニーはそういう人間を見分けるコツを身につけていた、なぜなら自分がそういう人間だからだ。

バニーは片脚を落ち着きなく動かし、もたもたと下着のパンツを引っぱり上げた。「すまんな。さっきのやつがマーサ&ザ・ヴァンデラス（アメリカの女性コーラスグループ）を聴いているさいちゅうにちょっかいを出してきたもんだから」

「おまえが何か武器を持っていたとしても、むこうに着いたら調べられるさ」イギリスのアクセント。

「俺にあるのはすばらしい機知だけだ」

「車に乗れ、おまえが運転するんだ」

イギリス男はリアシートに座り、バニーが前に乗った。

「バックミラーを見てみろ」

バニーがミラーを調節すると、男が新聞の下で銃をかまえているのが見えた。

「わかったか？」

「ヌーディストの性的嗜好（しこう）よりはっきりと」

「何だって？」

「なぜなら、ほら、目に見えるじゃないか、やつらが誰に――」

「黙って運転しろ」

バニーはテープの入った袋をシートの下に置き、座る位置を調整して、居心地よくしようとした。「どこへ行くんで、だんな？」

それからの一時間、バニーの乗客は道を指示するだけで、二人はM50号線経由でウィックロウ・マウンテンズに入った。気さくな会話をしようといくら試みても、厳しい声の〝黙っていろ〟が返ってきた。彼を挑発するのも、味方に引き入れるのも、方法はなさそうだった。あればもうできていただろう。バニーは敵がうんざりしてまともに考えられないようにする戦法を頼みにしていた。この男は相手になる気がなさそうだった。むしろ、このこと全体に少々飽きているようだった。

「車を降りろ」

とぎれとぎれの雨はいま、より長く続くどしゃ降りになっていた。彼らはどこかの谷の底にある待避所におり、両側にはうっそうとした森の丘があった。

バニーの案内人は、いまは銃をダークグレーのオーバーのポケットに入れ、樅の木々のあいだにある踏みわけられた泥だらけの小道を顎でさした。歩いていくあいだ、バニーは後ろのほうでときどき車がシューッと通りすぎる音しかわからなかった。もし誰かがアウディに気がついたとしても、どこかほかのところへ行く途中ですぐに忘れる、一瞬の銀色のきらめきになってしまうだろう。夏のあいだなら、この地域が丘陵地帯を歩く人々や、環境保護活動家に人気なのは間違いないが、くそ面白くもない十二月の昼間の消えゆく光の中では、二つの地点を結ぶ線のどこかにある場所として存在するだけだった。

二十ヤードほど進んだところで、開けた場所に出た。バニーは丘の南面をのぼっていく石の階段があることに気づいた。冬の雨に浮かれた小川が、階段の下にある木の橋の下を流れていた。

「止まれ」

バニーは言われたとおりにした。

案内人は彼の前へ来て、携帯で番号をダイヤルした。「着いた」彼はうなずくと、用心深く携帯をバニーのほうへさしだし、もう片方の手には銃を握って、バニーの体の真ん中の部分に狙いをつけていた。

バニーは携帯を受け取って耳と肩のあいだにはさんだ。左手はズボンの後ろを引っぱり、右手はそのまま手提げバッグを持っていられるように。

「マガリー刑事、来てくれてありがとう。万事うまくいっているか？」

「最高だよ、ああ。残念ながら、さっきの騒ぎのせいでキンタマがちょっとばかし悩みのタネになってるが」

バニーはアノラックのポケットに左手を戻した。

「テープは持ってきているんだろうな？」

バニーは手提げバッグを持ち上げてみせた。「ああ、持ってきた。ブツはある――それからシモーンに会うまでは、あんたがテープに近づけるのはここまでだ」

声が笑った。「きみは交渉における自分の立場を過大評価しているようだ、刑事」

「どうかな。ビビ・バスキンの話をしてやろう」

「誰だって？」

「彼女は金魚だった。グリンゴは知ってるだろ、俺の元パートナーだが、やつが俺がひとり暮らしなのは健康的じゃないと言ったんだよ――だから気むずかしくなっているんだってな。それで、やつはある日出かけていって、俺に金魚を買ってきた」

「ビビ・バスキンを?」

「そのとおり。そいつの名前は、テレビに出てるあのインテリのお気に入りのインテリ女からとった(ビビ・バスキンは一九五二年生まれのラジオプレゼンター、元テレビ司会者)。アイルランドのテレビは知ってるか? 知らないだろうな。いずれにしても、彼女は美人の赤毛で、その金魚は赤っぽかったから――」

「この話におちはあるのか?」

「あるさ」バニーは言い、案内人に目をぐるりとまわしてみせた、おまえのボスは考えるのが少々苦手なんだなとばかりに。「それでグリンゴは俺にその金魚を買ってきてくれた、だがビビに水槽やら何やらを買ってこなきゃならなかったのは俺だった。まったく、どんどん増えてってさ。全部で数百ポンドになっちまった、だができるものはすべて揃(そろ)えたぞ、あんたらアメリカ人(ヤンクス)が言うように。とにかく、一週めに、家に帰ったらビビが――いまでもどうしてそんなことになったのかわからないが――水槽から飛び出して、床で死んでたんだ」

「おやおや。いまの話の核心は、きみは人生において女たちを守ることはできないということかな?」

「いや、いや、全然違う。核心は、俺はああいう道具を全部買ったってことだ、水槽から藻をとりのぞくやつも含めて。店のやつは本当に俺に売りこんだんだよ、それがあればずっと生活が楽になるって。〝これがあれば水槽の掃除が楽しみになりますよ〟――あいつがそう言ってたのをはっきりおぼえてるんだ」

声はいまやわずかにいらだたしげになった。「何が言いたいんだ?」

「そうだな」バニーは言い、ポケットから左手を抜いて黒い物体を出し、それをバッグの一フィート上に持っていった。「俺の言いたいのは、その藻をとる装置のおかげで、うちにはなかなかのサイズの磁石があることになった、ってことだ。そしてビデオテープと磁石は相性が悪い」

「それじゃこういうことか、刑事。きみは、わたしがここへ破壊しにやってきたテープを、自分が破壊すると脅(おど)しているんだな?」

「おっと、それじゃこう言おうか、もしあんたの目的がテープを破壊することだけなら、俺は失敗できるかぎりの大失敗だろう。問題はだな、俺はあんたみたいな人間は、このテープをただ破壊するより、自分で持っていたいんじゃないかと思うんだ。これはまだ存在していることに、これを持ってるのがあんただってことに価値があるんじゃないかと思うんだよ。そうじゃないか?」

「それできみは、ミスター・フロックがきみの頭に弾を撃ちこむ前に、その小さな磁石がテープを破壊できると思っているわけだな」

「さあね、俺にはわからないし、あんたもわからないんじゃないか。だから、ここにいるフロッキーってやつに俺の頭を撃つように言おうか、そうしたらおたがい結果がわかるだろ?」

ミスター・フロックは唇(くちびる)をすぼめてバニーを見た。

携帯からの声はため息をついた。「よくわかったよ、刑事さん、きみのゲームをしようじゃないか。きみはその磁石とテープを持っていていい、だがきみが必ず持っているはずの武器を身につけたまま、これ以上先へ行かせるつもりはない」

「やりたきゃボディチェックしろよ」

「そうしてきみに〝何かやってみる〟チャンスを与えろと？　それは必要ないだろう。携帯をミスター・フロックに返してくれ」

バニーは磁石を右手に持ち替え、それからすばやく携帯をフロックにほうった。

フロックは冷静に一歩下がり、携帯がぬかるんだ地面に落ちるままにさせておき、銃はバニーを狙ったまま揺るがなかった。それから前へかがんで携帯を拾い、何やら低くつぶやいたが、〝クソったれ〟のように聞こえた。

ミスター・フロックは何秒か相手の話を聞き、やがて通話を切った。

「脱げ」

「何だって？」バニーは言った。

「脱げ」

「なあ、ここへ来る車の中で、おたがいのあいだにセクシャルな緊張があったのはわかってるよ、でも俺には付き合ってる相手がいるんだ」

「脱げ」

「本気か？　雨が降ってるし、凍えそうな天気だぞ」

「俺の知ったことか。あんたは馬鹿なやつを演じたいんだろう、けっこうじゃないか。脱げ」

「わかったよ、でも、その前に言っておくが、こんなに寒いんだから、最高の状態の俺を見られないってことはおぼえといてくれよ」

バニーはテープの入ったバッグをそばの石の上に置き、服を脱ぐあいだも磁石をその上に持ったままでいた。脱ぐのはゆっくりで、最後にはバニーは雨で濡（ぬ）れ、震えていた。

「靴ははいたままでいいか？」

「だめだ。何も残すな」

「本気であんたを嫌いになってきたよ」

ミスター・フロックは石の階段のほうへ頭を傾けてみせた。「上がっていけ」

「あんたが先だ」

「歩け」

「本気だぞ。あんたは俺の前に行け。こっちがそれとわからないまま、あんたに頭の後ろを撃とうって気にさせるつもりはない。あんたは俺の見えるところにいてもらいたい、でないと……」バニーはこれみよがしに、磁石と、ビデオテープが入っている手提げバッグに目を落とした。

フロックは渋い顔をして、ゆっくり木の橋を後ろ歩きし、バニーはその六フィートあとに続いた。つつしみを保つ努力はしておらず、それよりももし彼が磁石を落と（ドロップ）したら、もしくはフロックが彼を殺（ドロップ）したら、磁石がテープの入っているバッグの中へ落ちるように、両手を持ち上げているほうを選んでいた。

フロックはゆっくり階段をのぼりはじめたが、顔はバニーに向けたままだった。

「それで、フロック、それはドイツ系の名前かい？」

フロックは何も言わなかった。

「ドイツ系の名前でイギリス軍にいたのか、おやおやまあ。ほかの子どもたちに意地悪されたか？」

階段のてっぺんにたどり着く頃には、バニーは寒さが体の中までしみこんできて、震えが止まらなかった。足の下の花崗岩（かこうがん）は固く、激しく降る雨のせいですべりやすくなっており、雨の音がほかのものをすべて流し去っていた。木立の中へあちこち目をやっていると、頭の中に、ここの野生動物たちはこの事態をどう思っているんだろうという考えが浮かんだ。

階段のてっぺんには、森の中の空き地があり、バニーがいま立っている場所へむかって斜面になっていた。ピクニックテーブルが四つ散らばって置かれてあり、バニーからいちばん遠いテーブルのむこうにシモーンが座っていた。右手を手錠でテーブルにつながれている。髪は濡れて顔にへばりついていたが、その顔は腫（は）れてふくらんでいるようだった。バニーを見たとたん目がうるみ、彼女は目をそらした。着ているオーバーオールは、〈チャーリーズ〉の掃除をするときに彼女が着るものだ、とバニーにはわかった。

別のテーブルに寄りかかっているのは黒っぽい肌のラテン系の男で、頭の上にゴルフの傘をさしていた。黒いムートンのコートの下には、この天気にも環境にも合わないクリーム色のスーツを着ており、黒っぽい色のサングラスは十二月のアイルランドに対する楽観主義をはっきりあらわしていた。服装の仕上げに、さりげなく右手に拳銃をかまえている。

ミスター・フロックは空き地のてっぺんのほうへ進んで、広い視野と同時に、ひどい雨からのシェルターを並木の下に確保した。

「やあ、刑事さん、やっと会えたな。俺のことはミスター・ロペスと呼んでくれていい」

バニーは彼を無視し、ぎこちない足どりでシモーンのほうへ進んでいった。「大丈夫か？」

「おおっと。離れていろよ、刑事さん」

シモーンは目をあげてバニーにうなずいた。口を開いたとき、彼女の声はかすれていて、激しい雨の中でかろうじて聞こえてきた。「ごめんなさい。本当に、本当にごめんなさい」

バニーはやさしく言った。「俺を見てくれ、シモーン」

彼女はのろのろと頭を起こして、彼と目を合わせた。

「何があっても、きみが謝らなきゃならないことはひとつもない」

「これはまたずいぶんと泣かせるね」ロペスは言った。「だがこの雨のせいで俺の靴は大損害になりそうだ、だから話を進めていいか？」

バニーははじめてその男のほうを向いた。「おまえに教えといてやる――この一件が落着したら、おまえがゆっくり死ぬのを見物するのが待ち遠しいよ」

男は薄笑いを浮かべた。「それじゃ、この件がうまくいかなかったら？」

「そうしたらおまえはあっさり死ぬ」

それで少なくとも男の顔から笑みが消えた。「あんたの芝居がかったやり方にはうんざりだ。

テープをテーブルに置いて離れろ」

「いやだね」

「言うとおりにするんだ、さもないとあんたの脚を撃つ」

「ずっとききたかったの……」シモーンの言葉が割りこんできて、二人は揃ってそちらを向いた。彼女はバニーを見ていた。「あの夜、〈チャーリーズ〉の外の横丁で、ライアンが、その……」

バニーはうなずいた。

「あのとき、どうしてあそこにいたの？」

「俺は……わからない。期待してたんだ、偶然きみに会えたらとか……何かを。馬鹿だよな」

シモーンは頭を振った。「ううん。そうだったらよかったのに」彼女は左右いびつな笑みをみせ、バニーは一瞬、すべてを忘れた。「いろんなことが違うふうになっていたらよかったのに」

「だがそうじゃなかった」ロペスが言い、バニーのほうに一歩進み出た。「現実的にいこうじゃないか、刑事さん、あんたが持っているテープは本物じゃない可能性が大いにある。そうじゃないと思っていたら俺は馬鹿だ。俺はあんたに自分で持ってこさせたかったから、この筋書きで進めた、そしてあんたはそうした、素っ裸でなすすべもなく。もっとありそうな選択肢は、あんたがテープを持ってない、もしくはほかの場所に隠したというやつだ。もしあとのほうだったら、じっくり時間をかけてあんたからその情報を引き出してやる。俺は答えを手に入れるのがとてもうまいんだよ――それが俺の持っている技術なんだ。ちなみに、あんたの女友達は今回、この前のときよりずっと早く口を割った。それがあんたに比べて前の彼氏への気持ちを物語っているかは知らないが」

バニーは餌に食いつくのを拒（こば）んだ。「それで、もし俺がテープを持っていなかったら？」

「そのときはその答えを確認するのをおおいに楽しめる。俺は仕事が好きでね」

「ああ、なるほど、任務は楽しんでるが、一生に一日だって働いたことがないんだろう。胸くそ悪いサイコのアホンダラでラッキーだな？」

「言葉じゃ痛くもかゆくもない、まさにそうだろ？　つまりな、あんたがここへ来たこと、それは何だったんだ？　馬鹿げたロマンティックな意思表示か、あるいは何かの計画があったのか？」

「あんたには正直に言うが、何かひり出せればと思ってたよ」

「それで、それはどんな具合に運んでる？」

「まだ言うのは早すぎる。だが、あんたは間違ってるよ、これからどうなるかについては第三の選択肢があるんだ」

「本当かな？」

「ああそうさ、アミーゴ」

そこでシモーンが悲鳴をあげた。

二十一・八マイル離れたところで、七十六分前……

グリンゴは玄関のベルを鳴らし、深呼吸をしてあたりを見まわした。小さな子どもがバニーの家の数軒先に立ち、棒で何かを叩くのを一休みしてこちらをじろじろ見ている。

グリンゴの足の下で何かがパキッと音をたてた。下を見ると、携帯電話の残骸のようなものがあり、それからドアが開いた。

彼の基準からしても、バニーは怒っているようにみえた。「もうあんたに言うことはない」

グリンゴは懇願するように両手を広げた。「なあ、悪かったよ」

バニーは踏み段に出てきた。グリンゴは後ろへさがった。

「いまは謝ってるときじゃない。自分がどんな厄介ごとを引き起こしたのかわかってるのか?」

「アミーゴ、すまなかった」

バニーはグリンゴを突き飛ばし、グリンゴはよろめいた。「これから思うほどじゃないだろうよ」

「なあ、埋め合わせるためなら何でもするから」

「オーケイ」

そこでバニーはグリンゴの顎にまっすぐパンチを見舞った。

グリンゴの体が回り、世界も彼のまわりでルーレットのように回った。地面に倒れたとき、さっきの子どもが興奮してうわぁーと言うのがかすかにわかった。それからバニーが彼に馬乗りになり、大きな腕をグリンゴの首に巻きつけた。

バニーは彼を引き寄せ、耳元でささやいた。「俺たちがケンカしてるふりをしろ」

グリンゴは返事が喉に詰まって、苦しげな咳しか出せなかった。

バニーはわずかに手をゆるめ、同時にグリンゴの背中を膝で蹴った。「何だって？」

「こう言ったんだ、いま、ケンカしているだろ、って」

「じゃあ殴れ」

グリンゴはバニーの頭の横を拳で殴った。

「いてっ、俺の耳を、このクソったれ――いいぞ。やつらはシモーンをつかまえてる。銀のアウディ。あとをつけろ」

「しかし――」

バニーはグリンゴのシャツをぐっとつかむと引っぱり、ボタンが三つはじけとんだ。

「いったい――？」

「時間がない。やってくれ」

バニーは立ち上がった。グリンゴは地面に倒れたまま、血を流し、頭がぼうっとして混乱していた。彼が見ていると、バニーはそばにあったゴミ箱を持ち上げ、彼に投げつけた。グリンゴは膝を上げ、さほどダメージもなくゴミ箱をそらした。

後ろで、子どもが喜んでわーっと言っているのが聞こえた。

「あんたは――とっととここから出ていけ、でないと生きたまま皮をはぐぞ」

グリンゴはさっきの子どもの足が歩道にぱたぱた音をたてて、安全な距離までおおいそぎで走っていくのを耳にした。

バニーはくるりと背中を向けてまた家に入り、ドアをバタンと閉めた。

グリンゴはよろけながらのろのろ立ち上がり、鼻からは血が流れていた。シャツは半分ちぎれ、吐きそうな気がした。

彼はふらふらとゲートを出ながら、実際感じているよりももう少しぼうっとしているふりをしていたが、ちらりと銀のアウディを、そしてそのフロントシートに座っている男を見るくらいには頭がはっきりしていた。

グリンゴは玄関を振り返った。

「また来るからな、バニー、聞いてるか？　また来るからな」

足をひきずって角を曲がり、車を停めておいたところへ行った。

そして車を出した。

ブロックをまわり、幹線道路に停めた。銀のアウディをこっそり見張れる場所に。


シモーンの悲鳴に、空き地にいた全員が彼女のほうを向いた。

それでグリンゴには木立とフロックのあいだの距離をほぼ——完全にではないが——進む時間ができた。すべての目がバニーに向いていたとき、シモーンはグリンゴが空き地をまわってくるのを見たのだった。

残念ながら、全員の目をそらそうという彼女の試みは、一部は成功したものの、それでもフロックには、本当の脅威がどこから迫ってきているのか判断できるだけの時間があった。彼は横へ体を沈め、グリンゴが彼を狙って両手で振りおろした大きな丸太は、フロックの手首に当たっただけで、銃は木立の中へ飛んでいった。フロックは倒れたが、冷静さを失わず、両脚を突き出してグリンゴを道連れにした。

ロペスはバニーのほうへ、銃でまっすぐ彼の頭を狙ったまま動き、バニーが飛びかかろうとする前に制した。「やめておけ」

ロペスはまわりを見て、騎兵隊は非武装の男ひとりだけだとたしかめた。

「これがあんたの壮大な計画だったのか?」

「まあ、正直に言って、やつが銃のひとつも持ってくるだろうとは思ってた」

「がっかりだな」

ロペスはバニーから、グリンゴとフロックの繰り広げている闘いに目を向け、それからまた戻したが、銃はぴったりとバニーに向けたままで、彼が何かしようとするチャンスを与えなかった。「最後までやらせようか。あんたの友達が勝ったら、彼を撃つ。俺の仲間が勝ったら――そうだな、埋める死体がもうひとつ増えるってだけだ」

「悪くとらないでほしいんだが」バニーは言った。「あんた、友達少ないだろ?」

二人で丘を転げ落ちているあいだに、グリンゴはどこにいるのかわからなくなっていた。彼の全世界はいまや、彼と、彼が組み合っている男だけでできていた。敵の股間であってくれと思ったところへ膝蹴りを食わせようとしたが、ねじった脚がその攻撃をそらした。フロックの左手がグリンゴの足首をつかんだ。グリンゴは鋼鉄がひらめくのを目にした。とっさの動きで脚にナイフが深く刺さるのを止め、腿の端を切られただけですんだ。闘いの焦点はふたたび移り、彼は必死でフロックの左手首をつかみ、ともに丘を転がり落ちた。敵のほうが大きく、力が強く、おまけに武器を持っていた。グリンゴは対抗策が種切れになりかけていた。

二人はさらにごろごろと転がった――グリンゴの頭が木のピクニックテーブルの脚にぶつかったと同時に、フロックの膝がグリンゴの股間に命中した。思わず、グリンゴは敵の腕から手を離した。フロックがのしかかり、目に炎を燃やして、頭の後ろへナイフを引くのが見えた。

女の手に髪をつかまれ、後ろへ引っぱられて、フロックは怒りに吠えた。

グリンゴは両脚を蹴り、自分より大きな男の下から逃れた。

フロックが振り向き、彼のナイフが雨をはらってシモーンの腕に切りつけ、一瞬、どしゃ降りをよぎって赤い血の線をえがき、同時に彼女の悲しげな悲鳴があがった。

グリンゴが自分の全体重をフロックの背中にぶつけると、敵は胸からピクニックテーブルに当たり、そのテーブルと体のあいだで、ナイフを持ったフロックの手がサンドイッチされた。

グリンゴは、ナイフが相手の胸の抵抗を通り抜け、その下の心臓へと突き刺さるときの、吐き気をおぼえるほど甘く響くグチャッという音を感じた。

ゴボゴボとあえぎながら、フロックの最後の息が体から抜けていった。

グリンゴはやわらかい濡れた芝生にあおむけに倒れこみ、そこで横になったまま荒い息をした。相手の男の体がテーブルからごろりと落ち、その胸からはまだナイフが突き出していた。

彼が目を上げると、シモーンが手錠でつながれているほうの手でやりにくそうに、左の上腕から出ている血を止めようとしていた。

「大丈夫か？」

「死ぬことはなさそう」

「それは疑わしいな」ロペスの声が雨のむこうから響いた。グリンゴが振り返ると、銃がまっすぐ彼を狙っていた。「つまりだ、いいほうの面としては、きみはフロックに報酬の後金を払わないですむようにしてくれた。とはいえな。人間が多すぎ、複雑になりすぎた。プランAに戻る潮時だな、俺の雇い主にミス・デラメアは二度と問題にならないと証明するんだ」

ロペスの思考は視界の端にバニーが見えたことでさえぎられた。「どうかしたのか、刑事さん？」

グリンゴはむこうを見た。バニーは、何と言うか、自分の尻に過度の関心を示しているようにみえた。

「この寒さのせいだよ」バニーは言った。「そのせいで痔（じ）がひどくなってきた」

ロペスは顔をしかめた。「われわれはいつ死ぬのか決められないが、どれくらい品位を持ってそうするかは決められるだろうに。さよなら、刑事さん」

「健康に乾杯（スランチャヤ）！」バニーは叫び、後ろむきに倒れた。

ミスター・ロペスが最後に目にしたものは、バニー・マガリーが、倒れながら両脚を大きく広げ、その脚のあいだから彼の右手が見えたかと思うと、股間のあたりからまばゆい閃光が走ったことだった。

それから百三十グレイン（約八・四グラム）の弾丸が秒速六百八十五フィートで飛び、百十一フィートポンドの弾道エネルギーを生み出して、ミスター・ロペスの右目から脳へ入り、その晩の彼の予定に深刻な支障をきたした。

47

バニーは死んだ男から借りたムートンのコートの下でまだ震えながら、グリンゴを見た。

「もうそれを言うのをやめてくれないか？」

「おまえのケツだって？」

ようやく雨がやんで、三人はほぼ暗闇の中でピクニックテーブルのひとつに座っていた。シモーンはできるだけバニーをあたためようと、ぎゅっと彼を抱きしめ、両手で彼の体を上下にさすっていた。バニーは冷えきっていた――それどころか、感覚がなくなっていた――しかし、彼女がそばにいると感じることが別の意味で彼をあたためてくれていた。グリンゴはロペスのコートの中に手錠の鍵を見つけ、そのコートをいまバニーが着ているというわけだった。グリンゴは自分の車へ引き返し、トランクに入れてあった応急手当てキット、強力な懐中電灯二つ、ジャミードジャーズ（イギリスのビスケット菓子）の半分残っている袋、ウィスキーのボトル等々を収穫して戻ってきた。自分の使っていた臭いサッカー用の服一式も持ってきてくれ、いまバニーは無理やりそれに体を押しこんでいた。自分の服は雨でずぶ濡れになってしまったのだ。シモーンは応急手当てキットを使って自分の腕の傷に包帯を巻き、グリンゴの腿にできるだけの手当てをしたが、どちらも縫う必要があった。それから彼らは黙って座り、ビスケットとウィスキーがまわされた。

「しかし、どこからデリンジャーピストル（口径が大きく銃身が短い小型のピストル）なんて出してきたんだ？」

シモーンがぐるりと目をまわした。「彼のお尻よ。もう終わりにして」

グリンゴはジャミードジャーズを口へ持っていく途中ではたと手を止めた。「あれは……」

「何？」

「ずっとあそこにあったのか？」

「何をぶつぶつ言ってるんだよ？」バニーが言った。「俺が何年も歩きまわってたと思ってんのか、あれを」――いまでは三人の目の前のテーブルに置いてある長さ四インチ、単発式のデリンジャーピストルを指さした――「自分の排出トンネルに突っこんだままで？　違う！　あいつらが十五分後に、俺が持ってもいないテープを持って家から出てこい、ってなったときに入れたんだよ。こっちが有利になるにはそれしかないと思ったんだ――驚かすしか」

「俺は驚いたよ」グリンゴが言った。

「たしかに」

「おまえがケツからあれを出したんだからな」

「グリンゴ――あんたはこれまでに何回、誰かが武器を持ってないかボディチェックした？」

「何百回も」

「それでそいつらのケツを調べたか？」

「いや」

「証明終わり（クワド・エラト・デーモンストランドゥム）」バニーは言い、手を振った。

「だがこうやっておまえがあれを出したのを見ると……やっぱりこれからもケツは調べないよ。むしろ撃たれたほうがいい。つまりだな――ケツだぞ！」

「もうやめて」シモーンが言った。「拷問されてたほうがましだっていう気がしてきたわ」

バニーは彼女をつねり、額（ひたい）にすばやくキスをした。グリンゴがいなかったあいだ、彼女はしぶしぶこの二日間がどうだったのか、いくつか細かいことを教えた。シモーンはなぜ彼の名前を連中に教えたのかを説明するときだけ泣き、すすりあげながらしゃべった。「あなたか、シスターたちか、ノエルだったの、それにあなたなら自分で身を守れるんじゃないかと思った」

彼はシモーンにきみは正しい判断をしたんだと言った。あのシスターたちなら、誰が想像するよりはるかにずっと、自分たちの身を守れるだろうという考えが浮かんだが、それは言わずにおいた。

「ところで、おまえの家の外であったことについてだが」グリンゴは続けた。「どこでパンチを手加減することをおぼえたんだ？　こっちは顎（あご）を折られるところだったぞ」

バニーはにやっと笑った。「本当らしくみせなきゃならなかったんだ」ウィスキーを長々と飲み、グリンゴにボトルをまわした。

「あれはどこで手に入れたんだ?」

「何を?」

「あのケツ(デリエール)ピストルだよ。それと、そういや、その名前を商標登録しといたほうがいいぞ」

「ああ、うちの弁護士にすぐやらせる。あれはバニーおじさんからのプレゼントだったんだ。たしかスペイン市民戦争か何かから持ち帰ってきたんじゃなかったかな」

「ちょっと待て、バニーおじさんは実在したのか?」

「もちろん実在したさ、当たり前だろ、何年もあんたにおじさんの話をしてきたじゃないか?」

「車の中での退屈な張りこみを楽しくしようと、おまえがでっちあげた人物かと思っていたよ」

「俺があんたを楽しませるために身内をでっちあげると思ってるのか? この何にもわかってない馬鹿たれが」

グリンゴは興奮した様子でテーブルの板を手で叩(たた)いた。「バニー・マガリーたちの長い家系は実在するんだな? 時代を超えて?」

「そうだよ」バニーはいらいらと答えた。「何年もあんたにその話をしてきただろ?」

「ふむ、それじゃさらにたくさん疑問ができたよ」

「そっちはとっとけ」バニーは言い、立ち上がった。「この状況を片づけにかからなきゃならない」

日の光は急速に消えつつあり、やらなければならない作業があった。グリンゴとバニーはグリンゴがさっき車に戻る前に、ほんのふた言しか言葉をかわしていなかったが、バニーはずっとそのことを頭の中で考えており、グリンゴもそうしていたとわかっていた。シモーンの過去を隠されたままにしておくチャンスがあるとしたら、公式なチャンネルを通すわけにはいかない。もし彼女を追っている人間たちが、彼女の恐れているとおりに大きな力を持っているなら、そしてこの二日間に起きたことはたしかにそれを裏づけているようだったし、となれば選択肢はひとつしかなかった。

「ほかにも俺に理解できないことがあるんだが」グリンゴが言った。

バニーはテーブルに乗り出した。「またさっきのをやる気はないからな」

「そうじゃない」グリンゴは言い、デリンジャーを顎でさした。「とはいえ、イエスでもある。違う。テープのことだよ」彼はテーブルの真ん中にある〈アーノッツ〉のバッグを指さした。

「そのテープは何なんだ?」

「気にするな」バニーは言った。「あんたが知る必要のあるのは、これはやつらが探してたものじゃないってことだけだ。これは一九九二年のオール・アイルランドの、キルケニー対コークの決勝戦」

「コークが勝ったのか?」

バニーは苦々しげな目をグリンゴに向けた。「んなわけないだろ、こっちが勝った試合のテープを危険にさらすかよ、このトンチキ」

「なるほど、おまえが言ったことのなかではじめて理屈が通ってるな」

「さあ行こう」バニーはグリンゴに言い、シモーンの額にキスをした。「きみはここにいてくれ、ラヴ」

「それでいいの？　あたしも手伝えるわよ」

「それはそうだが」グリンゴが言った。「これは重労働だからね、こいつみたいなやつ向きなんだ」

「そうだよ」バニーも言った。「それにこのバカはまっとうな仕事をする借りがあるんだ」

二人は直接そうと言わなかったものの、グリンゴが車から戻ってきたときには、ことは決まっていた。彼はフロックの銀のアウディの鍵を持っていき、戻ってきたときには死んだ男の車のトランクからとってきたシャベル二つと、新品の懐中電灯二つを持ってきていた。完璧な墓掘りセットだ。

二人は周囲を見まわし、やがてグリンゴが階段から離れた方向を指さした。

「いいんじゃないか」バニーはうなずいた。「場所が見つかるまで歩いていこうか。まず穴を掘って、それから……」

グリンゴもうなずき、懐中電灯を両方ともつけて、ひとつをバニーに渡した。それから二人ともそれぞれシャベルを持った。「このあたりの山にはさぞかし死体が埋められているだろう、俺たちも新しい場所を見つけられるよ」

バニーはシモーンに目をやった。「長くはかからないから」

二人は森の中へ入っていき、歩きながら懐中電灯で前の地面を調べていった。

「彼女は大丈夫だと思うか?」グリンゴがきいた。

「ああ」バニーは答えた。「見た目よりタフなんだ。それに俺が彼女の面倒をみる、彼女がさせてくれればだが」

「おまえがいて彼女はラッキーだよ」

「どうかな。ヘイ、ひとつ質問があるんだ。どうして銃を持ってこなかったんだよ?」

「おいおい、アミーゴ、俺はデアラのことがあったあとの恩情休暇中なんだぞ。連中はカウンセラーの電話番号まで教えてきたんだ。銃を家に持ち帰らせてくれるわけないだろう」

「ああ、なるほど」バニーは言った。「そうだな。もちろん。すまん。そっちはどんな具合だ?」

「カウンセリングか?」

「いや。ほら、カーターの件……」

「知りたくないんだろう」

「知りたくないさ、でもな、このことであんたに借りができた。あんたは……助けが必要なことがあったら、そう言ってくれればいいから」

「いや」グリンゴはきっぱりと頭を振った。「俺たちがおたがいに持ってる借りみたいなものが消えることはない、二人ともそれはわかっているだろう。だがこっちの件は――おまえはこっちの借りはない」

「何言ってんだよ、あんたは俺を手伝って死体を二つも埋めようとしてるまっさいちゅうじゃないか」

「そうさ、アミーゴ――ここへものすごく悪いことをしにきた、二人の悪党のな。俺が期せずしておまえのところへ連れてきてしまった男二人の。俺たちはどちらも、神聖なるアイルランド警察（ガルダ・シーハーナ）の一員だ、そして、法廷がどう見ようと、俺たちがいまやったことと、やろうとしていることは正しいんだ。俺はそれでいい。まったく、つかのまでも天使の側（がわ）に戻るのはいいものだな。誰かの〝手っ取り早く金持ちになる〟計画に加わったおかげで俺が巻きこまれた悪夢は、おまえには何の関係もないし、おまえを俺と一緒に引きずりおろすつもりもない」

「でも――」

「でもじゃない。いまやおまえが気にかけなきゃならないのは自分だけじゃないんだ、それに彼女は――神よ彼女を助けたまえ――おまえを得るだけの値打ちがある。それにおまえも彼女を得るだけの値打ちがある、その点に関していえば。俺は自分が始末をつけなきゃならないことに始末をつける、だがおまえはかかわるな。この話はこれで終わりだ、わかったか？」

「わかった」

二人は木々のあいだの小さい空き地に出た。一方がそびえたつ岩肌で守られている。誰かがそこに大きなピエロの絵をかいていた。

「ピエロってぞわぞわするよな」バニーが言った。

「俺たちはここへ死体を埋めにきたってことを思い出してもらっていいか」

「たしかに」

グリンゴは地面を調べた。「まずまずやわらかそうだ」

そこで雲が分かれ、やわらかい銀の月光が二人に降りそそぎ、ピエロの色あせた笑いを浮かびあがらせた。

二人はともに黙ったまま掘りはじめ、二分ほどたったとき……。

「しかし真面目な話、おまえのケツだって？」

48

ブッチは気に入らなかった——その何もかもが。
彼女たちはクラナヴェイル・エステートの真ん中で再開したパブ〈ザ・リーピング・トラウト〉を、ほぼ八時間見張っていた。正面入口の外で立って飲んでいる二人をのぞけば、まるでこの地域じゅうがその店に集まってきたかのようだった。パブは事実上、中央広場にあり、どの角からも道路が延びていた。ブッチは現場指揮官として、どの側にもパトカーを配備していた。追加の応援も要請していたのだが、あいている人員はいなかった。北アイルランドの政治家が二人、新しい連携精神を告知するために訪問中で、警察は頭の悪いやつらが誰も彼らに近づかないようにし、アングロ・アイリッシュの関係をひと世代戻さなければならなかったのだ。

ブッチの命令はごく明確なものだった。敬意を払うこと、しかし姿を見せておくこと。彼らのここでの役目は二つあった。ひとつめ、この起こるかもしれない対ギャング戦の相手側にいる誰からであれ、これ以上の攻撃がないようにすること。そして二つめ、トミー・カーターまたはフランコ・ドイルを見失わないこと。現実には、ブッチは彼らがパブに入るのを見て以降、たっぷり六時間、どちらの姿も目にしていなかった。この店には地下に何らかのトンネルがあって、自分たちはまたしても馬鹿のようにみえることになるのでは、という考えが一度ならず浮かんだ。

最後に聞いたところでは、オルーアク警部補はこの日の大部分をマスコミへの電話についやし、ジミー・モランの死に警察が共謀していたというトミー・カーターの非難を否定することにやっきになっていた。どういうわけか、カーターはまたもや警察を守勢にまわらせてしまった。オルーアク警部補とあの葬式を歩いて出たときのことは、彼女の記憶に長く残るだろう。純粋な憎悪の目、教会の中にいるのに、一触即発の危機という圧倒的な脅威。あれに近い唯一の経験といえば、子どもを殺した犯人を法廷へ連れていったときだった。

それ以降、弔問客は〝ブッチ〟・キャシディに見える範囲ではかなりたっぷり飲んでいた。来る者もいれば出ていく者もおり、パブのドアの外に集まっている男たちのグループから、キャシディたちのほうへ向けられる視線は増えつつあった。

彼女は車のルーフごしにポール・ノーマンを見た。制服警官で、ひどく若くてまだにきびがある。彼女はあたたかい笑顔を見せようとした。「力を抜いて。わたしがヘテロセクシャルなデートをしようとしたとき以来、そんなにおびえた人は見たことないわ」

ノーマンは笑いを返そうとしたが、パンツをだめにする瀬戸際にいるようにみえた。キャシディは内心、自分自身を叱った。自分のユーモアのセンスは学習を要する味わいであることを忘れてはいけない。ああ、ディニー・マルドゥーンがいてくれたらいいのに。自分たちがカーターを押さえるのは早ければ早いほどいい。

〈ザ・リーピング・トラウト〉の正面入口の外に座っている酒飲みたちに目を向けた。彼らは予想どおりのつまらない〝ちょっかい〟を出してきたが、彼女はそういうものにはとっくの昔に無感覚になっていた。二人ばかりぴしゃりとはねつけてやれば、群れの残りは教訓を学ぶ。しかしいまは、来れば歓迎しただろう。だがそうはならず、興奮した目と、集団の中でこそこそかわされる会話があるだけだった。

ときおり、お巡りとして、自分の運命がまったく自分の手を離れていると感じることがある。何が迫ってきているか、直感でわかるのだが、それを止める力はない。今夜はいまのところ、こちらに有利なものは警官の最高の友――天気だけだった。しつこい雨が、ときにひどく激しくなりながら、弔問客をほとんど店内に、警官たちを彼らの視線の外に、保っていてくれた。しかしいまは、その雲が晴れて、寒くて身の引きしまるような夜になっていた。

キャシディの携帯が鳴った。オルーアク警部補だ。

「キャシディ、そちらはどんな様子だ?」

「よくありません、サー。雨がやんで、住民たちは落ち着きがないようにみえます」

「あの二人の姿は？」

「ありません、サー。最後に目撃されたのは午後三時四十五分に〈ザ・リーピング・トラウト〉へ入るところで、それ以降は何もなしです」

「二人がそこにいるのはたしかなのか？」

キャシディはその質問をされたくなかった。「彼らが出ていくところは見ていません、サー、ですからいると思います」

「なるほど。いずれにしても、店はじきに閉めるだろう」

「それはわかりません」

「だが免許が――」

「謹(つつし)んで申し上げますが、サー、この状況でわれわれに中へ入って、閉店時間を守らせろと？きっと言われますよ、われわれが……くそっ！」

「どうした？」

酒を飲んでいた人々から歓声があがった。十代の少年らしいグループがサニーヴェイル・ロードの路地からあらわれた。キャシディは彼らの体格だけにもとづいて年齢を推測したのだが、それはひとりも顔が見えないからだった。

「面(めん)をつけた男たちです、サー」

別のグループが塀をよじのぼってあらわれ、ディズバリー・ロードに出てきた。フレディ・クルーガー（ホラー映画シリーズ『エルム街の悪夢』に登場する悪霊の殺人鬼）が、『スター・ウォーズ』のストームトルーパーと、ホーマー・シンプソン（アメリカのテレビアニメシリーズ『ザ・シンプソンズ』のキャラクター）のカップルと、少なくとも三人の悪魔と一緒にいる。違う状況だったら、面白い見ものだっただろう。だがこの状況では、面白いどころではなかった。

「何を……」

キャシディはオルーアクに答えず、車の中へ手を入れて無線マイクをつかんだ。「全車輛（しゃりょう）、警戒せよ、警戒せよ。面をつけた若者たち、男たちがサニーヴェイル・ロードを近づいてくる、たぶん二十人、それから別に十人あまりがディズバリー……」

左側の舗道に石があたった。彼女の後ろにいる、サニーヴェイル・ロードの群衆から飛んできたのだ。「うわっ、ボス！」ノーマンが叫んだ。

「大丈夫よ」キャシディは言ったが、一秒も信じていなかった。

また耳に携帯をあてた。「サー、面をつけた男たちが石を投げています。現在、この地域から出る二つのルートをブロックしています。ディズバリーとサニーヴェイルはふさがれて——くそっ！」

ディズバリー・ロードの口にいる群衆の動きにかろうじて気づいたとたんに、炎の燃えあがる光がひらめいた。火炎瓶がくるくると宙を飛び、パブの左側に駐車していたパトカーにみごとに命中した。パトカーからリオーダンとブレナンがおおいそぎで飛び出してくるのが見えた。怪我（けが）はない、少なくともいまは。

面男たちのグループ二つは大声をあげ、〈ザ・リーピング・トラウト〉の外で飲んでいた者たちも同じようにした。キャシディにはパブからさらに客たちが走り出てくるのが見えた、祭りが始まったのだ。

サニーヴェイル・ロードの端にいた群衆が歌いだした。「ジミー！　ジミー！　ジミー！」

ほかの人々もすぐに加わった。

「もうたくさん」

キャシディは運転席に飛びこみ、ダッシュボードに携帯をほうった。ノーマンも横の助手席に飛び乗った。「全車、いますぐ退避せよ。わたしはリオーダンとブレナンを拾う」

携帯からオルーアク警部補の最新状況を報告しろという声がかすかに聞こえたが、彼女は答えなかった。

バックミラーに目をやると、サニーヴェイル・ロードの端にいる群衆が見え、ダース・ベイダーがその前に立って、手に火のついた火炎瓶を持っていた。彼はそれをこちらへ投げた。さいわい、ダース・ベイダーは最初に投げたやつにはまったく及ばない腕だった。火炎瓶はキャシディたちの車にあたらず、二軒先の家の私道へそれ、誰かのアイスクリームバンを燃えあがらせた。

キャシディはボタンをバシンと叩いて回転灯を稼動させ、同時に思いきりアクセルを踏んだ。遠ざかるときに、ダース・ベイダーがホーマー・シンプソンに頭の上を叩かれているのがちらっと見えた。誰かさんはアイスクリームが好きらしい。

ディズバリー・ロードから来る群衆は燃えている警察車へ向かっていた。少なくともそうだった──もう一台の警察車がまっすぐ自分たちに向かってくると気づくまでは。

「ブッチ？」

二十人ほどの大半はキャシディたちの行く手へ曲がってきた。もっと頭のいい連中は車の行く手から離れ、鼻っ柱の強いやつらはそのまま道路にいつづけ、腕を高く上げて歌っていた。

「ブッチ？」

キャシディはずっと前に、はったりをかますのにいちばんいい方法は、あれこれ悩まないことだと判断していた。思い上がった大胆さも物理学にはかなわない。ある時点で、彼らのうちでいちばん頭の鈍い者でも、彼女が止まるつもりはないことに気がついた。車を右へ鋭く曲がらせると何人もが散り散りになった。車が尻を振りながら角を曲がるときに、後ろの端がゴリラの面をつけた太った若者にゴツッとぶつかったが、死ぬことはなさそうだった。

「うわっ！」反対にノーマンのほうは、この十五秒で十年も老けたかのようだった。目をつぶり、どうやらイエスと一方通行の会話をしているらしい。

彼女がキーッと車を停めたとき、クロッサン・ロードの端で、トリック・オア・トリートの三番めのグループがこちらへ押し寄せてくるのが見えた。車に石が降りそそぎはじめた、ほとんどは群衆の前側からだった。ディズバリー・ロードの群衆はもう一度集まるのにいっとき気がそれていた。ブレナンとリオーダンがリアシートに飛びこみ、トニー・ブレナンは二番めになるという栄誉と引きかえに肩にレンガの半分を食らった。

ドアが閉まりきらないうちに、キャシディはアクセルを踏みこんだ。後ろの群衆はふたたび結集し、彼らのほうへ走ってきた。より大きな懸念は前方にあった。キャシディには何だかわからない面をつけた若者が新たな火炎瓶を持ち、仲間が火をつけようとしていた。キャシディはまっすぐ彼らへ走った。彼らの恐怖が度胸をうわまわることをあてにして。

アドレナリンがどくどく出て、キャシディは助手席のノーマンがいつ果てるともなく〝アヴェ・マリア〟と唱えていることもぼんやりとしかわからなかった。

「つかまって！」

さっきの若者たちが布きれに火をつけたとき、キャシディは三十フィートほど手前にいた。彼らが顔を上げ、狙っている犠牲者が自分たちのほうへ爆走してくるのを目にしたときの白目が見えた。投げ手が自分の投下弾を落っことし、その過程で、じきに〝故〟がつくことになる仲間の脚が燃えあがった。彼らは反対の方向へ飛んだ、仲間たちと同様に。これがボウリングだったらストライクだっただろう――実際にはボールは当たっていなかったが。

車がみるみるうちに広がる炎を突っ切っていったとき、ブッチのプロとしての意識が一瞬ゆるみ、彼女はルーフにこぶしを突き上げた。「やったあぁぁーー、クソったれどもが!!!」

車がクロッサン・ロードを走っていくとき、反対のほうから来たバイク二台とすれ違った。部下たちはうまく助け出したものの、やがてブッチはフランコ・ドイルとトミー・カーターの行方を見失ったという事実を確信することになるだろう。

49

フランコ・ドイルはバイクには心底うんざりしてきていた。トミーの計画にはすべて、どんなかたちであろうとバイクが入っているように感じる。

二台のバイクは、逃げていくお巡りたちと反対の方向にクロッサン・ロードを飛ばしてきて、パブの外で停(と)まった。フランコは出されたヘルメットを受け取って、バイクの片方の後ろに飛び乗り、トミーももう一台に同じようにした。

それからバイクが発進したときには必死でしがみついた。一行はクロッサン・ロードの奥を通りすぎ、フランコはその先で、トミーを後ろに乗せたバイクが、落とした火炎瓶のせいでできた四フィートの炎の壁を突破するのを見た。フランコは自分のほうのライダーが派手な見せびらかしをしたがらず、わずかにスピードを落として炎を迂回(うかい)したことをありがたく思った。ディアドリ・ダフィのところの若い、まだ十四歳のやつが目がとけるほど泣いていて、ほかの者たちが彼の焼け焦げた両脚を見ているところがちらりと見えた。あれにはかなり払ってやらなければならないだろう。

クロッサン・ロードからの路地を走っていき、それから左に一回、右に一回曲がり、そのあとまた別の路地を走って、反対側のパーネル・ハイツ・エステートの芝地に出た。

トミーのバイクが停まって彼が降り、ヘルメットを脱いだ。呼吸がおかしいようにみえた。彼のバイクのライダーがヘルメットを脱ぐと、ミック・キッチナーがあらわれた。トミーは彼の父親を知っていた。

「ワーオ！」ミックが叫んだ。「サイッコーの走りだったよな」

次の瞬間、トミーは自分のヘルメットをミックの顔に叩きつけた。若者はバイクに倒れこみ、折れた鼻と血の出た口を両手で押さえ、震え上がりながらもわけがわからないといった表情を目に浮かべた。

「どうしたのよ？」もうひとりのライダーが言い、フランコは突然気づいたが、そいつは若い女だった。全身革ずくめだったので、わからなかったのだ。誰なのかもわからなかった。「何だってそんなことをしたの？」女が言った。

「俺にきいているのか？」

フランコは女のほうへ走っていき、何とかトミーと彼女のあいだに入った。

「そうじゃない、そうじゃないんだ。落ち着け、トミー」

トミーの目はフランコがこれまで見たことがないほど荒れ狂っていた。もしもっと事情がわかっていなければ、トミーが何かでハイになっていると思っただろう。狂った笑みが顔の上で凍りついてみえた。息は短くて早く、レースのあとのグレイハウンドのようだった。

「大丈夫か、トミー？」

トミーはしばらく間を置き、それからフランコを押しのけた。「俺は大丈夫だ。必要のないリスクが好きじゃないだけだ」彼は背中を向けて数歩歩いた。「フランコ——話がある」

フランコはおとなしくあとをついていき、振り返ると、女がキッチナーを立たせてやり、彼が歯を二本吐き出すのが見えた。

トミーは振り向いてフランコを見た。さっきの狂った炎がいまはもう目から消えていた。

「計画はわかっているな？」

フランコはうなずいた。

「それから場所もおぼえているな？」

フランコはまたうなずいた。

「それならいい」

「オドネルはむこうで合流するのか？」

トミーは足を止めてしばらく地面を見つめた。「ジョンは死んだ」

「何だって？」

トミーは肩をすくめた。「スキナーがきのう連絡してきて、やつはもうよくなりそうにないし、傷に菌が入ってしまったと言った。彼が対処してくれた」

「なんてこった」

「問題があるか？」

フランコはトミーの顔を見たが、いつもの感情のない外見に戻っていた。「いや、俺はただ……おまえは大丈夫か？」

「大丈夫じゃないわけがあるか?」

「おまえは、ほら……」

フランコはしゃべるのをやめた。

しばらくすると、トミーはうなずき、キッチナーのバイクへ歩いていってまたがった。キッチナーは何か言おうとしたが、女があっぱれな生存本能を見せ、彼が何か言う前に引っぱっていった。

トミーはバイクをキックスタートさせた。「彼女があんたの行きたいところへ連れていってくれる」

フランコはうなずき、トミーは主要道路のほうへ走り去った。

「彼、いったいどうしたのよ?」女が言った。

フランコはトミーが遠ざかっていくのを見送った。「おまえは知らないほうがいい」

50

グリンゴはシャワーの下に立ち、火傷しそうな湯が顔を突き刺すにまかせた。

彼らは夜中の一時にようやくバニーの家に戻った。長年にわたり、ウィックロウ・マウンテンズに数々の死体を埋めることに犯罪者友愛会が見せてきた肩の入れようは正しかった、と認識を新たにして。やわらかい地面とはいえ、八フィートの深さの穴を掘るのはだいぶ時間がかかった。また、いまでは〝死人の重み（自力で動けないものや人の重さのこと）〟という言葉の意味も理解した。もしあれをもう一度やらなければならなくなったら、死体たちを自分で穴へ歩かせてから、この世の混乱から解放してやるだろう。グリンゴたちは念を入れて地面を葉でおおい、あとは冬の天気がやってくれるはずだった。夏に散歩する人々が戻ってくる頃には、彼らは自分たちが何の上を歩いているのか、気づきもしないだろう。

グリンゴは自分たちがやったことの〝なぜ〟と〝何を〟をはっきりわかっていたが、〝誰を〟は最後の厄介な驚きだった。大きな男、フロックは、いっさいのＩＤを身につけていなかった。しかし、ロペスはつけていた。財布にあった名刺には、彼がダニエル・ザヤスというＦＢＩ捜査官だとあった。グリンゴはそれが偽物かもしれないと論証しようとしたが、二人とも納得しなかった。それは悪いニュースにしかならなかった。グリンゴはその財布を自分のコートのポケットに入れた。あとでどこかに捨てる、自分にそう言い聞かせて。

彼もバニーも、死体の身元を判明しにくくするためには、歯を抜いたり指紋を破壊したりする手もある、と知っていた。一度もはっきりとは話し合わなかったが、どちらも、なぜだか、それは一線を越えすぎだと感じることがわかっていた。その夜、あとになって、二人は増えていく自分たちの犯罪的悪事のリストに項目を追加した。バニーはフロックのアウディをガーディナー・ストリートのはずれへ運転していき、キーをイグニションに入れたままにして置いてきた。いまごろは、自然がいつものコースをたどっただろう。車はばらばらになっているか、さもなければまったく別の色になって、まったく別のナンバープレートがついているだろう。
全体として、グリンゴは自分がこの一件についてどう感じているかに驚いていた――というか、むしろ、感じていないことに。無感覚、それがぴったりの言葉だった。自分たちを殺したであろう二人の男――そして実際にそうしようとしていたのだ、彼らの墓掘り道具からみて――は死に、グリンゴとバニーは彼らの死体を処理した。グリンゴは彼らのひとりを殺した。数週間前だったら、それは良心のない行為だと思っただろう、だがいまではもう別の人生でのことのようだった。

こんなにも完全に人生がめちゃくちゃになったことのいい点は、ものごとがすばらしくはっきりすることだった。大きな剣が頭上にぶらさがっているときには、針でちくちく刺されることなどどうでもいい。

彼は借金に溺れていた。カードは趣味として、一週間を活気づけてくれるちょっとした興奮として、結婚生活の砕けたかけらからいっとき解放してくれる現実逃避として始まった。やがて、起こりうる最悪のことが起きた。彼は勝ったのだ。突然、母親の法外な料金のケアホームの費用や、離婚による請求書の支払いができ、それでもまだお釣りがきた。人生は上々だった。それはいちばん単純な罠だった――勝ったときは腕がよかったからで、負けたときは、そう、一時的に運が悪いだけ。グリンゴの依存症は目に見えない、においのないガスであり、彼は愚かすぎて、自分の転落がまわりの世界にそっとささやきかけていることに気がつかなかった。
それでも、いま彼は、少しでもチャンスを与えれば自分とバニーとシモーンを殺せたし、殺したであろうサイコ二人のことなどどうでもよかった。これで状況は変わるかもしれない、だが彼は疑わしいと思った。そう、彼の夢にとりついている幽霊はデアラ・オーシェイの幽霊だった。グリンゴにはいまだにどうしてなのかわからなかったが、ジェシカ・カニンガムはフランコ・ドイルを従わせ、ドイルは自分からこちらにすべてを渡す気でいた。彼女たちは助っ人が必要だと判断すると、用心深くグリンゴに接近してきた。彼の借金のことはすべて知っていた。それがどんなにひどいかを。すべてを。彼女たちはそんなものは短い期間ですぐに追い払えるし、長い期間やればもっとずっと稼げると言った。

グリンゴの背中は痛み、脇腹は紫、茶、黒のかなり華やかなコラージュになっており、腿のナイフ傷はものすごく痛かった。シャワー室に入る前、包帯をとってよく見てみた。傷は三インチの長さはあったものの、ありがたいことにそう深くなかった。彼らが戻ってきたとき、シモーンは傷を完全にきれいにすると言って譲らなかった。グリンゴは痛み止めを二つ飲み、次に目をさましたときには午前三時をすぎていた。バニーのソファで目がさめたのだが、羽毛布団がかけられており、体じゅうが痛かった。

もう何年もちゃんと眠っていない気がした。ここ何週間も、彼の夜はさまざまなテーマのヴァリエーションでいっぱいだった。夢の中で彼は引きずっていかれた——馬や、車や、大型トラックの後ろを——それも、一度などは、忘れられないことにゾウだった。どのときも、なすすべもなく前へ引きずっていかれる。どういうことか理解するのに、心理学の博士号は必要なかった。

水が冷たくなりはじめ、グリンゴは自分がタンクに残っていた湯を使いきってしまったと気がついた。バニーとシモーンはもうシャワーを使っていた。二人は下の階にいて、脂たっぷりの朝食を作っていた。夜中の三時半だったが、バニーは昔から朝食はいつ食べてもいいという原則の信奉者だった。シャワー室に入る前、グリンゴはしばらく二人を観察した。二人のあいだには言葉のないやりとりがあり、シモーンがバニーに自分は大丈夫だと示そうとするいっぽうで、バニーは彼女を守りたいというようずくような欲求をさりげなさの下に隠そうとしていた。二人がどこから始まったのかを考えると、グリンゴは、今度の惨事が起きる前に、二人がふつうの恋人たちのような状態になったことがあったのかわからなかった。それでも、そこには何かがあった。そばにいると少しつらかった。バニーのために喜んでいないわけではない――本当に喜んでいた。しかしグリンゴ自身の結婚は欲望と愛の取り違えであり、本当の愛情のそばにいると胸が痛んだ。ずっと地下にいたあと、日の光を目にしたように。

バニーは一杯のお茶と謝りの言葉で彼を起こした。彼を眠らせておこうか迷ったものの、いまブッチから受け取った知らせをグリンゴも聞きたいだろうと、当然ながらそう判断したのだと言った。暴動に近いものを隠れみのにして、カーターとドイルが行方をくらました。グリンゴが自分の携帯を見てみると、恐れていたメールが入っていた。

シャワーのおかげでわずかながら人間らしい心地になり、グリンゴは包帯を巻きなおして、服を着て下へ降りていった。バニーたちの寝室で、シモーンがメランコリックな歌を小さくハミングしているのが聞こえた。

「やっと来たか――眠れる森の美女(スリーピング・ビューティ)」バニーは調理台の前でいっしんに料理にとりくみながら言い、焼ける肉の香りが下の階じゅうに広がっていた。

「生まれたての子羊みたいにさっぱりしたよ」

「そりゃよかった！」

グリンゴはカウンターに寄りかかって声を低めた。「それで、誰かがあいつらを探しにきたらどうするんだ？」

「それは心配するな」バニーは答え、慣れない手つきで目玉焼きをひっくり返した。

「バニー？」

彼はそこではじめてグリンゴに顔を向けた。「それは心配するなと言っただろ」

「ああ、しかし――」

「よく聞け――そのことはほうっておくんだ、わかったな？　誰かがやつらを探しにきたら、俺がどうにかする。あんたはあそこにいなかった、このことはあんたに何の関係もないんだ」

シモーンが顔の前で手をぱたぱたしながらキッチンに入ってきた。「まったく、この家には断末魔の声をあげない食べ物はないの？」

「そのようだな」バニーは答え、彼女ににっこり笑った。

「そうね、ちょっとでも健康な生活をすると、あなたは死んじゃうんだものね」

「教えてやるよ、うちのじいさんは生きてるあいだ毎日、たっぷりのアイルランド式こってり朝食を食べてたんだ。何の害もなかった」

「本当？」シモーンがきいた。「それはあなたが生まれる前に亡くなったおじいさんと同じ人じゃない？」

バニーは肩をすくめた。「かもな」

「そう、惜しかったわね。何か定期的に運動もやったほうがいいんじゃない」

「きみがその気なら喜んで」

「バニーったら！　お行儀に気をつけてよ」シモーンは恥ずかしそうな笑みをグリンゴに向けた。「それで、気分はどう？」

「大丈夫だ」グリンゴは答えた。

「彼の朝食を食べすぎたら、そうはいかないわよ」

「まあ、その点は運が向いたよ。もう行かないと」

「何だと？」バニーが言った。「馬鹿言うな。まだ夜中だぞ！」

「わかっている、でも早朝会議があるんだ」

「お願い」シモーンが言った。「ここにいて。せめておいしい朝食くらいあなたに出さなきゃ。もしよければ、ふすまのフレーク（ブラン・フレークス）も隠してあるのよ？」

「なんとまあ」バニーが言った。「おまえもか、ブルータス（エ・トゥ・ブルート）？」

「もう、黙ってて。大人らしく食べはじめてちょうだい。この・話は・おしまい」

「彼女の言うとおりだぞ、アミーゴ、行儀よくしなきゃだめだ。別の武器をあそこにためこんでるなんて話はするなよ」

「ハハハ、すっげえ面白い」

「あした連絡する」

バニーとシモーンは視線をかわした。

彼は調理台からまっすぐグリンゴのほうへ来た。「なあ、もしそれがカーターの件なら……俺たちでおまえを引っぱり出してやる。手助けさせてくれ。ただ、言ってくれればいい」

グリンゴは手を上げた。

「違う。それにどのみち、前に言ったように、おまえの問題じゃない」

「でも――」

「でもじゃない」

グリンゴはシモーンをハグし、ふざけてバニーの腹をパンチした。「真夜中の朝食を楽しめよ。あした連絡する」


グリンゴは自分の車に座って、番号をダイヤルした。

「やっとかけてきた」

「ちょっとあってね」

「あなたを引っぱり出さなきゃならなくて悪いわね。彼は何て言っていた?」

グリンゴはバニーの家の玄関のほうを振り返った。「前も言ったように、あいつは興味がない」

「馬鹿言わないで。彼は知りすぎている」

「大丈夫だ」

「いいえ、大丈夫じゃない」

「あいつは何も言わない、わかったか？」

「自分の未来をゆだねる気はないわ、そんな――」

「その必要はない。いいか、俺はあいつの弱みを握っている、あいつも俺の弱みを握っている。相互確証破壊（他国から核攻撃を受けた場合も相手に甚大な被害を与える核による報復攻撃能力を保有することが抑止力となるという概念）とでも言おうか」

むこう側で沈黙が続き、それが長かったので、グリンゴは電話がまだつながっているのかたしかめたくなったほどだった。

「いますぐここへ来て、それからこの件をもっと話し合いましょう。時間が迫っている」

51

トミー・カーターは自分のジープに寄りかかり、ウィンドブレーカーを体にかき寄せ、東の空が明るくなって新しい一日を迎えようとしているのをながめた。彼は午前五時半からここにいて、その時間の大半を黙ったまま考えこんでいた。海には何か安心させてくれるものがある――広大で力に満ちていて、こちらの存在などまったく気にかけていない。それは彼が生まれる前からここにあり、彼が死んだあともずっとここにあるだろう。一瞬、理性が消え、桟橋を歩いていって、靴も靴下も脱いで、水遊びをしてこようかと思った。だがすぐにそんな考えは追い払った。いまは厳しく冷えこんだ十二月の朝だし、だいいち、彼はビジネスでここに来たのだ。

　長い道のりだった、道中はひどくでこぼこだらけで、しかしそれだけの値打ちはあった。太陽が空に高く昇る頃には、彼らの計画は大きく一歩前進しているだろう。もう一度海を振り返った。三十分後には、七十二梱(こり)の最高に純粋なコロンビア製コカインを積んだ豪華なヨットが沖にあらわれるだろう。彼らの接触した相手は夜明けに入ってくることを主張し、それは意外にも理屈に合っていた。夜のあいだに動けば、そのことからしてほぼ確実に疑いを招く。夜明けの最初の光は、善き人々がそれぞれの仕事を始める時間だ。今回、彼らの高速モーターボートは、アイルランド市場を無限に支配するにじゅうぶんなコカイン(コーク)を岸へ運び、アイルランド海のむこうに非常に重要な友人たちをつくることになるだろう。トミーはすでに二人の人物を確保していた、ひとりはリバプールに、もうひとりはグラスゴーにおり、彼らはぜひともトミーの手から大量の荷を受け取ろうとするだろう。ゲリー・ファロンはこの十年間ずっと、アイルランド市場におけるまぎれもない中心人物として不動の地位を築こうとしてきたが、それもじきに変わる――しかも急速に。やつはトミー・カーターの家を焼きはらおうとしたことを後悔しながら生きるだろう、しかし長く後悔するほどは生きられまい。

　今朝の仕事を片づけたら、トミーは二日ほど身を隠すつもりだった。何かの罪で告発する気でないかぎり、警察は彼がどこにいたかについて、アリバイをきこうともしないだろう。言うまでもないが、このことは何か月も前に決められ、現在の状況に応じて予定を修正した。どうせ、警察が静まるのを待てばいいだけだ。やつらは何もつかんでいない、そのうえ、汚職警官どもがオドネルとフランコを待ち伏せて襲おうとしたのだから、警察もあまり証拠を調べすぎると、自分たちの望まないところへ連れていかれることにじきに気づくだろう。カーターはひとりほくそえんだ。敵どもが強欲にならなかったら、彼はいまごろ鉄格子のむこうにいたはずだ。有意義な教訓だった。今後は、実際の行動から一歩引くことにしよう――この取引が終わって、未来が安泰になったら。

ブロンクルイック・ビーチは彼が非常に入念に選んだ場所だった。ドニゴールの風光明媚(ふうこうめいび)なビーチとは違い、八月の土曜日ならなかなかの客がいるだろうが、十二月の早朝には人けがないままのはずだ。いちばん近い人家からも二マイル離れていて、ジョガーや釣り人やほかの誰の興味も惹(ひ)かない。それにもしそうでない状況になったら、トミーはトランクに高視認性(ハイビズ)のジャケットを入れてあり、水質汚染についての警告をしにきたというもっともらしい話も用意していた。

右側に目をやると、ビーチが上へ向かって傾斜し、頂上がハリエニシダの生えた崖になっており、その下の岩場には波が砕(くだ)けていた。夏には、彼の調べたところによれば、地元の若者たちがたびたび、崖の端から下の海へ五十フィートのジャンプに挑む。それも二年前、スペイン人の交換学生が車椅子生活になるという悲劇のあとでなくなった。いまは危険な飛びこみを警告する札がいくつもあり、誰も必要な助走ができないようにフェンスも設置されていた。以前は頂上に灯台があったのだが、八〇年代に安全でないとして取り壊され、いまそこには気象観測所があり、大きすぎる野心を持った子どもの科学プロジェクトのようにみえた。それが破壊されていないという事実が、ここが地元の若者たちの好奇心からも隔絶した場所で、むこうみずにみずからを危険にさらすこともはやかなわないことを証明していた。

モランのことはがっかりした。トミーとオドネルはこの一年に何度も、彼の行動についてひそかに話し合っていた。モランは見栄っぱりすぎた、そして彼らの組織がいちばん避けたいものがおしゃべりな人間なのだ。ずっと一緒に軍で勤務していたので、オドネルはジミー・モランに対処することをひどく渋っていた。待ち伏せで腿に弾を食らったあとですら、オドネルは情報をもらしたのがモランではないかもしれないと証明しようとしたのだ。それでも、モランの死はトミーがまさに必要としていたものを与えてくれた――監視から逃亡する手段だ。少なくとも一時的にＩＲＡと同盟を組まなければならなかったが、その価値はあった。彼はモランを失ったことを勝利に変えたことに、苦い満足をおぼえた。情報の漏洩元はふさげたし、またしても警察を馬鹿にみせてやった。オドネルのことは、まあ……。

トミーが後方のエンジン音を耳にして振り返ると、砂丘の線のむこうから青いバンがあらわれた。それは道路というより、一車線のわだちに近く、崖につながる斜面の底をぐるりとまわってから、くねくねとビーチへ曲がってくるのだが、彼らの目的にはかなっていた。トミーは腕時計を見た。時間ぴったり。バンは桟橋の上で彼のジープの後ろに停まり、フランコ・ドイルがドアをあけて降りてきた。

「何か問題は？」

「ないよ、トミー、万事順調だ。おまえがあると言った場所でこのバンを拾ってきた。ボートと何か連絡をとったか？」

「船」

「え？」

「船だよ、フランコ。あのサイズのものは船というんだ。あれが乗りつけてくるランチはボートだが」

「何でもいいさ。何か連絡は？」

トミーは頭を振った。「ない、だがそれを言うなら、ないのが当然なんだ。無線は静まっている。心配するな、万事把握している。あんたは荷を降ろす用意をしてくれればいい」

「それで」フランコはバンの前側に寄りかかり、さりげなく両手をポケットに入れて言った。「ダイヤモンドは持ってるんだな？」

「今朝はずいぶん質問が多いな、フランコ」

「そりゃそうさ。俺もこの件にはかかわってるんだ、わかってるだろ。もう残ってるのはおまえと俺だけじゃないか、トミー、そういう秘密主義な馬鹿げたことはやめてもらわないと」

トミーはフランコを長く、険しい目で見てから、ジャケットをさらにきつく体に引き寄せた。

「そうだよ、フランコ、俺はドラッグの取引に必要なものを持たずに来たりしない。死にたいなんて願望はないからな」

フランコはあくびでもするように両腕を伸ばし、それからオーバーのポケットからさっと拳銃を抜いた。「それを聞いてうれしいよ、さあダイヤをよこせ」

トミーは動かず、まっすぐフランコの目を見た。「フランコおじさん、これは何かのジョークであってほしいな」

フランコはにやりとした。「俺が笑ってるようにみえるか？」

「あんなにいろいろしてやったのに」

「へっ、勘弁してくれよ。俺を小間使いみたいに扱いやがって、いつも自分はとんでもなく利口だと思ってるんだろ。おまえは鼻持ちならないチビ野郎で、昔からずっとそうだった」

バンの後ろのドアが開き、ティム・〝グリンゴ〟・スペイン部長刑事が左側から出てきてトミーの頭を銃で狙い、すぐに同じように武器を持ったジェシカ・カニンガム部長刑事があらわれ、バンの反対側の位置についた。

「新しい友達を連れてきたようだな、フランコ」

「ああ」フランコは答えた。「もうそれほど利口じゃないな、そうだろう、トミー？」

「ああ、そのようだ。正直いって、生まれたときから知っていて、親父が兄弟と呼んでいた男が、こんなにも簡単に俺を裏切れるとは思わなかった」

フランコは地面に唾（つば）を吐いた。「やめろよ。おまえは俺よりずっと前に親父さんを裏切ったんだ。というか、ドラッグ売買のビジネスに参入することを親父さんには話したのか？」

トミーは肩をすくめた。「あんたも知っておくべきだな、フランコ、オドネルはずっとあんただと思っていたんだ——情報をもらしているのが、ってことだよ」しゃべりながら、トミーは自分に向けられている三つの銃を、そのむこうの目を、順番に見ていった。「実のところ、俺はあんたをかばっていた。モランを罠にはめたときはずいぶんうまくやったな、それは認めてやるよ。あんたにしちゃ予想外に緻密だったな」

「俺の機嫌をとろうとしてもちょっとばかり手遅れだ」

「ああ、違うよ」トミーは言い、ちょっと笑った。「説明していただけだ。ほら、ジョンに約束したんだよ、もし俺が間違っていたら、彼が自分の手であんたを始末していいと」

「だったら、そのチャンスを得る前にやつが死んだのは気の毒だったな。俺があのくそったれを始末してやりたかったよ」

「死んだ？　彼が死んだなんて、どこで聞いたんだ？」

「おまえが言ったろう」

「俺が？」トミーはまた笑った。「じゃあ、それが真実なんだろうよ。俺たちはおたがいに嘘をつかないんだものな、フランコおじさん？　でも想像できるか？　想像してみろよ、いまのいま、あんたがワールドクラスのスナイパーの照準に入っていて、そのスナイパーはあんたに親友を殺されたんだ、ってことを。それは面白くないんじゃないか？」

「嘘だ」

トミーはフランコがあたりを見まわしたい衝動に抵抗しているのを見てとった。汗の玉が彼の額をつたい落ちている。まばたきが二度。トミーはフランコの後ろにいる警官たちも不安げに地平線に目を走らせていることに気づいた。砂丘、崖、海。

その時間が彼らの周囲で延びつづけた。何も起きなかった。

「最後に言いたいことは、フランコおじさん？」

フランコは落ち着きなく唇をなめ、それからその唇をゆがめてあざ笑った。「おまえは大ぼら吹きだよ、トミー。自分を何かの気取った天才だと思ってる。おまえはただ俺の頭をだめに――」

言葉選びの間が悪かった。そのコンマ数秒後に、フランコ・ドイルの頭は爆発したのだから。アキュラシー・インターナショナル・アークティック・ウォーフェア・ボルトアクション式スナイパーライフルの銃弾は、熟練した者の手にかかれば、八百七十ヤード先にいるターゲットを難なく倒すことができる。それが二百ヤード足らずの距離で、ジョン・オドネルの手にかかっていた以上、フランコ・ドイルの運命は、彼がトミー・カーターに銃を向けた瞬間から決まっていたのだ。オドネルはボルトアクションを後ろへ引き、次の弾をこめた。

グリンゴは身を隠す場所を求めてバンの陰へ飛び、ジェシカ・カニンガムも同じことをした音が聞こえた。あたりを見まわすと、トミー・カーターがジープのむこうへ消えていくところだった。しかしいま最大の懸念は彼ではない。スナイパーから隠れる場所が必要だった。問題は危険がどこから迫っているのかわからなければ、隠れ場所は隠れ場所にならないことだ。二台の車をのぞくと、ほかの防護物からは四十メートル離れていた。一マイルも同然だ。

「いったい彼はどこにいるの？」カニンガムがバンのむこう側から言った。声にパニックがまじっている。

「わからない」

　グリンゴはビーチの端の砂丘を探した。映画なら、照準器の反射や、少なくとも銃口の閃光が見えるのだろうが、ジョン・オドネルが単純なミスをするほど馬鹿とは思えないし、銃口に閃光が走ったときにはほぼ確実に手遅れだ。

　グリンゴはフランコを——というか、フランコの残骸を見おろした。彼は左側へ倒れていた、バンのグリンゴがいる側だ、ということは……

　彼は銃弾がバンの反対側に命中する鋭いガンッという音を、そして半秒遅れてその狙撃の銃声を耳にした。それからジェシカ・カニンガムの体が地面にどさっと倒れた。

「ジェシカ？」

　グリンゴは目の端の動きに気づき、二発撃ち、トミー・カーターをジープの陰へ逃げこませた。それにこたえて銃弾がヒュッとグリンゴの左側に飛んできた。グリンゴの心臓はどくどくと脈打ち、胸から飛び出してきそうだった。オドネルは彼らの右側の、崖の上にいるに違いない。つまり相手はビーチに対して高い角度があるということだ。

「銃を捨てろ、そうすれば生きていられるぞ、刑事さん」

「わかったよ、トミー、それがよさそうだ」

　カーターの頭がジープのフロントバンパーのむこうにちらっとあらわれたが、前輪にブスッとめりこんだ銃弾と同じくらいすばやく消えた。

「タイヤがパンクしたんじゃないか、トミー」

「面白いな、スペイン刑事。オドネルがあんたに伝えてほしいそうだ——あんたがゆっくり苦しみながら死ぬようなところを撃ってやりたいとな」

「まったく」グリンゴは言った。「誰かの脚を撃つと——一度でも——相手は本当に根に持つんだよな」


数百ヤード離れた場所で、一匹の羊が、その横に人間がかがみこみ、双眼鏡を持っているのをおだやかに見ていた。この羊の世界ではめったに見ない光景だったが、脅威でもなく食べられるものでもないようだったので、羊は口をあけてまた草を食べはじめた。

遠くで大きなパンという音がした。羊に関係する範囲の外だったが、それはアキュラシー・インターナショナル・アークティック・ウォーフェア・ボルトアクション式スナイパーライフルの銃声だった。

「おいおい、クソマジかよ」

その人間は自分の車へ走って戻っていったので、羊はのんびりと仕事を続けることができた。


静かすぎる。

グリンゴは地面に伏せて、できるだけ音をたてずにいた。バンの下には何も見えなかった。

ジープのそばでも何も動きはない。ジェシカ・カニンガムの体が、バンの運転席側の後部タイヤの横で動がなくなっているのは見ないようにした。彼女の体はねじれていた。まるで飽きた子どもにむぞうさに捨てられた人形にすぎないように。

海から風が吹いてきて、冷たい微風が彼の周囲の潮と海藻の香りに吹きつけた。グリンゴは前後に目を走らせ、手に持ったグロック22は汗で湿っていた。彼は呼吸を落ち着けておこうとした。考えようとした。いまのいま、浮かんでくる唯一の考えは、ジョン・オドネルはいい角度を探して、冷静に砂丘を進んでいるかもしれないということだった。もし彼に運があれば、グリンゴは気づく間もなく弾に撃たれるだろう。

静寂が重苦しくなりはじめていた。

さっと何かが動き、それからバンのフロントガラスがひび割れて、そこに狙撃の穴があいていた。グリンゴのまわりにガラスがぱらぱら落ちてきた。トミー・カーターの足がいそいでジェシカ・カニンガムの死体に近づくのが見えた。グリンゴはバンの下に三発撃ちこみ、トミー・カーターが悲鳴をあげた。体はコンクリートに倒れてころがったものの、トミーは反射的に二発撃ち返してきた。

別の羊が崖の上に続く斜面のなかばにいた。羊はさっきまでてっぺんにいて、ハリエニシダの茂みを吟味(ぎんみ)していたのだが、大きな音が近くの、地面にみえるが実はそうではない一角から発せられ、その羊とほかの二匹もおびえてそこを離れた。羊の仲間たちは下へ散らばったが、その羊はおいしそうな草があったので気をとられたのだった。

また大きな音が崖の上から聞こえたが、羊はもうそれほど気にしなかった。遠かったし、ショックを与える力はなくなってきていた。

そのとき、ものすごい音をたてる獣の咆哮が聞こえた。羊が顔を向けると、何か大きくて黒い、怒りに満ちたものが、一車線の道路を疾走してまっすぐこちらへ向かってきた。羊は知らなかったが、それは一九八三年のポルシェ928Sというもので、塗装は黒く、インテリアは赤い革製だった。羊は自然界においていちばん生き延びる力のあるものではないかもしれないが、それでも本能にかられ、できるだけ速くまた斜面をのぼりはじめた。

羊の上のほうで、さっきの地面ではない地面が突然立ち上がった。

ジョン・オドネルは、ライフルの照準を見ているときは気をそらされないよう、存在するその瞬間だけを生きるよう訓練されていた。ある年配の教官はよくオドネルの耳から一インチのところに来て、ありとあらゆる罵声をあびせてきたが、オドネルは冷静に、射程上の割り当てられたターゲットを見つけ、片づけた。

それでも、頭の奥で、彼の内なる見張り番が警告の叫びをあげた。オドネルは右目を照準から引き、左目をあけた。斜面を見おろすと、黒いポルシェがひどくガタガタと揺れながらこちらへ丘をのぼってくるという、現実とは思えない光景が目に映った。パニックを起こした羊がその前を走り、加わりたくもない突撃を先導するはめになってしまっていた。

オドネルは片膝をついた——右腿の傷のせいでぎこちなく——そしてフロントガラスを貫いて中央左に撃ちこんだ弾は、ガラスを粉々にして、運転席のヘッドレストのべたつく赤い革を貫通した。

運転席には誰もいなかった。

さっと手際よく、オドネルは遊底を引いて、次の弾を装塡した。一瞬考えたあと、車のエンジンブロックを撃ち抜こうとした。車がでこぼこの地面ではずんでいるせいで、弾はナンバープレートを突き抜けた。

羊がオドネルのそばを走り抜けると同時に、彼は右へ飛び、車は彼をかすって、三百二十七ポンドもするアイルランド気象局のモニタリング装置をぶち壊した。

羊はいつのまにか自分が悪魔と深い青い海のあいだにとらわれていることに気づき、崖の端で止まり、下の岩場をおののいて見つめた。黒い塗装と赤い革のインテリアの一九八三年ポルシェ928Sは、そんな実存的危機の時間もなく、挑むような雄たけびをあげて、崖から下の何も知らない海へわが身を投げた。

羊はそのボンネットに飛び乗り、一瞬、自分があの獣の上に立っていることに気がついた。次の瞬間には宙を飛んでいたが、それは羊というものにはめったにないことだった。

ジョン・オドネルは車が海へ飛んでいき、驚いた羊がそのボンネットを飛びこえていくのを見つめた。彼は崖の端から見ようとして立ち上がりはじめた。

九十秒前、バニー・マガリーは自分が武器をひとつも持っていないことに気がついた。少なくとも厳密な意味では。

仕事上、銃を携帯することは許されていたし、ときには要請もされた。しかしあいにくと、その銃は警察署の施錠されたキャビネットに入れられていた、彼は厳密には勤務中ではなかったからだ。

デリンジャーは持っていたが、弾は一発しかなかったし、すでに使ってしまった。実をいうと――彼は認めていなかったが――あれがちゃんと撃てたのはうれしい驚きだったのだ。もしこの状況で何か役に立とうというつもりなら、文字どおりではなく、比喩的に何かをひり出す必要があった。

彼は何も持っていなかった、このときは珍しく修理店にいってなかった車一台とハーリングスティックをのぞいては。公正を期すためにいうと、ハーリングスティックはしょっちゅう武器として使っていた――接近戦のときはいい働きをするのだ。しかし、スナイパー相手の戦いではいちじるしく役に立たない。実のところ、まったくフェアではなかった。スティックは半分に折られ、彼の一九八三年ポルシェ928Sのアクセルペダルを押さえたまま保ち、おかげでバニーは助手席の下にしゃがみ、むこう側へ乗り出して右手でクラッチペダルを、左手でギアスティックを操作することができた。ハンドルはズボンから抜いたベルトで縛って固定していた。体を沈めていたので、運転は選択肢に入らなかったのだ。最初の方向設定がうまくいくことを願うしかなかった。なんとかギアをサードに入れ、車は悲壮な叫び声をあげながら、崖から飛び出した。まるで大西洋にジャンプする最初の車になるという、非現実的な挑戦をするかのように。

バニーは車が地面を離れるのを実際には見なかった、その何分か前に助手席側のドアからころがり落ちたからだ。石が体にめりこみ、ハリエニシダの茂みが肌を裂いたが、そんなことにかまっている時間はなかった。彼はできるだけ早く立ち上がって走った。

ジョン・オドネルは彼が迫ってくるのを見ると、向きを変えはじめた。スナイパーライフルを手にしたまま。

バニーの頭のどこかで、本人はそれと気づかないまま計算がなされたに違いない。敵はスナイパーライフルと、間違いなく携帯用の武器を持っている。武器のあるのもないのも、どちらの闘いにおいても高度の技術を身につけている。片脚を怪我していたが、それでも優位が元軍人レンジャーの側にあるのは明々白々だった。

だからこそ、オドネルがほとんど向きを変えおわって肩にライフルをのせたとき、バニーは肩を低くして両腕をのばし、敵に完璧な腰の高さのラグビータックルを実行したのだった。しかし彼は敵を安全に地面に倒さず、勢いのまま一緒に崖から飛び出した。

下には岩場があり、そこに落ちればまちがいなくひとりは死ぬだろう。

バニーは計画を立ててあったとはいえ、自分が最初ではなく、二番めに落ちるほうになることを切に願った。

トミー・カーターはバンの後輪にもたれて座り、荒い息をしていた。この位置に自分を引きずってくるだけでもひどく苦しかった。左足の甲と右脚のむこうずねを撃ち抜かれていた。立つのはまったく不可能だった。三フィート這いずるだけで、苦痛に声をあげてしまった。

「刑事さん？」

答えはなかったが、動く音は聞こえた。スペイン部長刑事はまだ生きているが、彼以上に悪い状態のようだ。トミーが撃った弾のひとつが何か重要なところに当たったに違いない。

トミー・カーターはトミー・カーターなので、頭のなかで状況と組み合わせを何度も何度もやってみていた。

自分自身の悲鳴に気をとられて、崖の上で起きたことは見ておらず、車が一台、海に落ちた音だけが注意を惹いた。そのとき彼は、苦痛に涙が出てきた目で、二人の人間がぶつかって崖の端のむこうへ消えるのを見た。それ以降、何の動きもない。

太陽はじゅうぶんに高く昇ってトミーの目をくらませ、彼は崖を見ながら、これで三度めになるが、さまざまなことを考え合わせた。当局があらわれたらどうする？　刑務所での一生。敗北。それにクルース・カルテルの代理人たちが岸へ来たら？　彼らが崖から飛んだ車を見ておらず、気を変えていなかったと仮定して？　まあ、千六百万ポンドのダイヤモンドを持った男が重傷を負って、逃げる手段を持っていなかったら、誰でもそいつの幸運を祈り、銃弾を食らわせ、品物と支払い金を持って消えるだろう。トミーでもそうする。彼らを責めるわけにはいかなかった。

彼の唯一のチャンスはジョン・オドネルだった、だから誰かが波間からあらわれて、岸へ歩きはじめたときには大いなる関心を持って見守っていた。

トミー・カーターはほほえんだ。

「おはよう、バニー」

「おまえにはマガリー刑事だ」

マガリーは溺れたネズミのようだった。トミーは銃を持ち上げた。

「ジョン・オドネルは死んだのか？」

「あいつがあの岩にぶつかったときの音からすると、そうだろうな、でなければあいつはサイコーのリンボーダンサーになれる」

「銃を持った人間にじゅうぶんな敬意を見せていないよ、刑事」

「へえそうかい」バニーは言った。「俺に墓碑銘が必要になったら、それでいこう。グリンゴはどこだ？」

トミーはバンの後ろのあたりへ手を振ってみせた。「命乞いをしたくないのか？」

バニーが肩をすくめると、そのせいでベルトのないびしょ濡れのズボンが落ちた。

彼はズボンを見おろし、顔にあきらめの表情を浮かべた。

「スラップスティックのコメディアンをめざしてるのかい、刑事？」

バニーは頭を振った。「おまえには正直に言うが、この二十四時間は、キンタマをディープ・ヒート（患部を熱くして筋肉痛を緩和する薬用クリーム）に漬けた雄牛に乗ってるみたいだったんだ、だからおまえも同じなら、俺を撃つつもりなら、さっさと撃て。もうこんなくだらないことはうんざりだ」

ちょうどそのとき、率直に言って、このろくでもない出来事の巻き添えになった羊が一匹、海から出てきて、ふらつく脚でビーチを駆け上がっていった。

つかのま、トミー・カーターとバニー・マガリーは二人そろって、羊が砂丘のほうへ遠ざかっていくのを見守った。

「まあ」トミーは言った。「毎日見られるものじゃないな」

バニーは濡れたズボンを引っぱり上げてビーチを歩きはじめ、一歩ごとに靴がガボガボ音をたてた。「銃をおろせ。救急車を呼んでやる。おまえはよくなるよ」

トミー・カーターは頭を振った。「遠慮しておこう」彼は銃を動かしてバニーに狙いをつけた。「歩くのをやめろ。聞け。あんたに約束してほしいことがある」

「何だ？」

「あいつらに言ってくれ……親父に言ってくれ……俺の腎臓を親父にやるようあいつらに言ってくれ」

「待て――」

バニーが手を伸ばす間もなく、さっとなめらかな動きで、トミー・カーターは銃をくるりとまわし、自分の口に入れて引き金を引いた。

グリンゴは波が岸に寄せてはかえすのを見つめていた。目を上げて空を見ると、いきなりバニー・マガリーがぬっとあらわれてさえぎられた。

「なんてこった、グリンゴ」

バニーは彼の横に膝をついた。

グリンゴはやっと声を出したが、ささやくくらいにしかならなかった。「おまえ、来たのか?」

「ああ、今日はほかにすることがないしな。それにあんたがシャワーを浴びてるあいだに、メッセージを調べた」

「おせっかいめ」

グリンゴは腹を押さえていた自分の両手が、横へどけられるのを感じた。手はべたついていた。バニーは自分の濡れたジョニー・キャッシュ(アメリカのカントリー&ウェスタンのシンガーソングライター、ギタリスト)のTシャツを脱いで、グリンゴの傷を押さえた。

「いたっーーー!」

「すまん」

「何で裸になるんだ? 死にかけてる男を誘惑する気か?」

「黙れよ、スペイン部長刑事。あんたの教えた感受性訓練(人間関係を深めるためのトレーニング)を思い出させてやろうか。だいたい、あんたが死ぬなんて誰が言ったんだよ?」

グリンゴは笑った。彼の命は、いまでは長く思える時間のあいだずっと、指のあいだからこぼれつづけていた。弾がどこに当たったにしろ、それは彼の胃を貫通し、いやなにおいをさせていた。風が変わって、潮の香りがそれを追い払ってくれたのがありがたかった。

「いいんだ、アミーゴ」

「待ってろ、俺が――電話するから――くそっ、携帯を持ってこなかった。とってくる……ここらのどこかに携帯があるだろう、ちょっと待ってろ」

バニーは立ち上がって行こうとしたが、グリンゴが彼の手をつかんだ。そして口を開いたとき、彼の声はかすれて遠く、まるで海のむこうで放送されている、別の時代の彼自身の録音を聞いているかのようだった。「すまなかった……」

「やめろよ――」

「聞けって、このデカい馬鹿」

バニーは彼の横に膝をつき、その大きなほてった顔には涙のすじがついていた。グリンゴはまた笑おうとした。口の中に血の味がした。

「おまえはいい友達だった、だからすまない……わかるだろ」

「そのことは忘れろ」

「できたら、おふくろの面倒をみてくれ」

「それはあんたが自分でやるんだ、いいから――」

「それにおまえ自身のことも大事にしろ。おまえは幸せになっていいんだ。おまえの罪なんてみんなと同じようなものだし、おまえの善行には価値がある」

「体力を無駄遣いすんな」

バニーは下を向き、まばたきで涙を追い払おうとした。唇が何かを言おうとしてはやめるかのように動きつづけていた。

グリンゴの声はひとりごとのように小さかった。「もうじき終わりだ、アミーゴ」

バニーはあたりを見まわした。絶望が体じゅうに鳴り響いている。「いいから呼ばせてくれ……俺に……できるから……緊急救命輸送機をよこしてくれるはずだ、でなきゃ……」

もう一度下を見たとき、彼はビーチでひとりぼっちになっていた。

52

バニーは左手でドアベルを強く押しつづけ、右手ではドアまで叩いていた。

「なあ、あけてくれ、俺はただ――」

ドアがほんのわずか開き、彼は一歩後ろへさがった。チェーンのかかった隙間から、シスター・バーナデットの張りつめた青い目がのぞいた。「ああ、あなただったの」声がいつもよりやわらかかった。「ちょっと待って」

ドアが閉まり、中でチェーンのはずされる音が聞こえた。ドアがもう一度開くと、シスター・バーナデットは彼のまわりをさっと見まわしてから、頭を引っこめた。バニーは彼女がシスター・アサンプタに、あなたもショットガンももう警戒を解いていいわよと言っているのだろうか、と思った。彼女の顔が隙間に戻ってきた。

「彼女はいますか?」バニーはきいた。

「いいえ」

「いるかどうか、教えてもらえますか?」

バーナデットは答えなかった。そのかわりに寂しげな笑いを見せた。

バニーはもう二日間もシモーンに会っていなかった。グリンゴを追うために出ていってから。計画では距離を置いて尾行し、グリンゴがすでに陥(おちい)っている以上のトラブルに陥らないようにするつもりだった。彼にそれだけの借りはあると思っていた、結局は何もできなかったが。

医者たちは経過観察のためバニーをひと晩病院に留め置くことを主張した。脳震盪(のうしんとう)の症状を呈していると言って。あの岩場にどんなに強くぶつかったかを考えれば――衝撃のほとんどを受けてくれたオドネルにはおよびもつかないにせよ――脳震盪、手首の捻挫(ねんざ)、それからすでにあったあざのみごとなコレクションに、また少し逸品の追加があっただけ、というのは驚くべき結末だった。それに軽い外耳炎もあったが。

少なくとも、バニーが外に出されなかった裏の事情の一部は、その夜、彼がフィンタン・オルーアク警部補に眠りから起こされたときにあきらかになった。公式には脳震盪ということになっているので、バニーはいかなるかたちの供述もすることができなかった。振り返ってみれば、そのおかげでオルーアク警部補は考える貴重な時間ができた。バニーは彼が説明するのを無言で聞いていた。むろん、それは外交官的な言いまわしでほのめかされたのだが、実際は、〝操り人〟と彼の上司たちが、ことのしだいを突き止めたということだった。バニーはいままでも彼らが事前に疑いを持っていたのかどうか確信がなかったが、ブロンクルイック・ビーチでの殺戮は、それを危険なほどはっきりさせたに違いない。警察官三人が――それも彼らの顔見知りが――自分たちだけのビジネスに乗り出し、カーターを逮捕するどころか、彼の上前をはねようとした。そのスキャンダルは少なくとも今後十年、警察を揺さぶり、国民の信頼をさらに損なうだろう。オーシエイ、カニンガム、スペインら警察官たちもまた、マスコミに悪霊扱いされ、遺族は給付金を失い、恥を抱えて生きていくことになる。

しかし別の手がある。悪しき警官殺しと泥棒たちの一味が正義のもとへ引き出された。数名の勇敢な警察官たちの行動が、この国史上最大のドラッグ押収につながったのである。豪華ヨット〝天使の翼〟号には、イギリス人たちの応援を得たアイルランド海軍が沖合十五マイルで乗りこみ、七十二梱の純正コカインが押収された。バニーはただ、オルーアクが説明するであろう事件の顚末を支持すればよく、そうすれば、同僚たちから何か疑いのつぶやきが出ても、おなじみのパレードにそなえて準備しているマーチングバンドにかき消されるだろう。オーシエイの遺族、カニンガムの夫、グリンゴの母親は死亡給付金を満額受け取り、倒れたヒーローの思い出に励まされるだろう。

バニーは同意した。疲れたなんてものじゃなかったし、グリンゴが世間からさげすまれるより、ヒーローとして記憶されてもらいたかった。

次の日、彼はオルーアク警部補と〝ブッチ〟・キャシディに正式な供述をした。ときどき、ブッチはわずかに疑っている様子を見せたが、探りはしなかった。トミー・カーターに不利となる山のような証拠のおかげで、ディニー・マルドゥーンは朝にはフル勤務に戻ることが決まっており、それでブッチも共犯者となったのだった。

バニーは真っ赤な嘘をつき、大がかりな隠蔽（いんぺい）に手を貸し、そのあと警察は彼をパトカーの後ろに乗せて家へ送った。

シモーンはいなかった。

それで彼はここへ、〈聖人の姉妹たち（シスターズ・オヴ・ザ・セイント）〉の玄関へ、もう一度来たのだった。

バーナデットは彼を見上げた。「あの子は行ったわ」

バニーは戸枠にがくりともたれた。いずれこうなるとはわかっていたが、少しも耐えやすくはならなかった。

「あの子を探さないで、それはあの子の望んでいることじゃない。あなたはそれを尊重するべきでしょう」

「でも……」

バーナデットはドア横の小さいテーブルから何かをとって彼に渡した。手紙だ。「中に入る？」

バニーは頭を振った。

バーナデットは長く、じっと彼を見つめた。「自分を大事になさい、刑事さん。あなたは善き人々のひとりですよ」
彼女がドアを閉めると、バニーは背中を向けて冷たい石の階段に腰をおろした。
それから手紙をあけた。

最愛のバニー

いままででこんなに書くのがむずかしい手紙はなかったわ。ティムのことは本当に残念だった。あなたが彼を助けるために、できることはすべてやっただろうということはわかってる。あなたがあたしにそうしてくれたように。そのことで自分を責めないで。あなたはすべての人を救うことはできない、でもあなたがそうしようとするところは本当に好きです。

別の方法を考えようと、何度も何度もやってみたの、でも現実は、あたしの過去はずっとあたしを追いかけてくるということ。あなたを巻き添えにして悪かったと思ってる、だから良心にかけて、それを続けることはできない。あたしの命のすべてで、死ぬまでここにあなたといたい、でもそれはフェアじゃない。あなたはいい人だし、そんなものよりもっと良いものを得るのが当然だもの。

あたしを探そうとしないで。あなたがいまの生活で本当に得るべきものを得られるよう願っている。もう二度と本当に幸せになれることなんてないと思っていたときに、一生でいちばん幸せな時間をくれてありがとう。

愛してる、
あなたのシモーン

エピローグ

三週間後

「フィル・ネリス、ラマ乗りキリストの名にかけて、何をやってるんだ？　もう一度ヘルメットをかぶれ、いいな？　まったく！　脳に深刻なダメージを食らってもおまえにはたいして影響ないだろうが、球がおまえの働かない頭をふっ飛ばすのを見たら、ほかの子たちが動揺するだろ！」

「彼の問題は何かわかってる、ボス？　ゲームの基本をわかってないんだよ」

「おまえの言うとおりだ、デシー、おまえの言うとおりだ」

「それに、彼は豚のクソ（ビッグ・シット）くらい鈍（にぶ）いんだ」

「デシー！　そんなことは言っちゃだめだ」

「でもあんたが先週言ったんだよ、ボス」

「ええと——俺が言うことを繰り返しちゃいけないんだ」

「それってフェア？」

「人生がフェアだなんて誰が言った、デシー？」

「あんただよ、ボス」

「ええと……たしかに。俺の言いたかったことが証明されたな」

「どうして？」

「俺に生意気な口をきく気か、デシー？」

「ううん、ボス」

「マイケル・ドーラン、ボールを蹴るんじゃない！　おまえにでかいスティックを持たせてるのはまともな理由があるんだ！」

「彼の問題は何かわかってる、ボス？」

「ああ、デシー、とてもいいことを思いついたぞ」

「ボス、あの――」

「何だ？」

「あの〝いつものあれ〟が後ろにいるよ、ボス」

バニーが肩ごしに見ると、フィンタン・オルーアク警部補が後ろに立っていた。

「おっと」バニーは言った。「ポリ公だ」

「でも、ボス――」

「おまえは俺の言うことを繰り返しちゃいけない、おぼえてるな、デシー？」

「そんなのずるいよ！」

「人生へようこそ。さあ――むこうのサイドラインのところへ行って、ラリー・ドッズが鼻の穴に指を突っこむたびに怒鳴ってやれ」

「そのたびに？　もう、声がかれちゃうよぉ」デシーは肩を落としてどたどたとサイドラインを歩いていった。

「バニー」

「警部補、あんたが子どもも連れずにアンダー12のハーリング試合に姿を見せつづけるなら、当局に報告するって警告しておかなきゃな」

「了解した。保険会社はおまえの車を資産価値ゼロとみなしたと聞いたが？」

「そうだよ。だから俺が連中からスクラップとして買い戻した。テリー・フリズビーがいま乾かしてくれてる。元に戻して走れるようにできると言ってるよ、時間がかかるが」

「それはすばらしいニュースだな。ところで時間がかかるといえば……」

「いまのはセグエ（音楽用語で、次の楽章などへ切れ目なく続くこと）ってやつか、警部補？」

「たぶんな。復帰するのか？　こちらの申し出はまだ有効だ」

バニーは一瞬、オルーアク警部補を振り返ったが、また試合に注意を戻した。「どうかしたのか、フィンタン？　あんたは俺をテントに閉じこめて小便をかけたいんじゃないのか？　そういうことだろ？」

「おまえはいい刑事だ。うちにはおまえが必要だ」

「へえ」バニーは言った。「いまの言葉が俺の適性報告書にもっと書かれてなかったのは意外だな」

「おまえの腕は再評価されている。それどころか、長官が伝えてほしいそうだが、もし戻ってくるなら、おまえの名前は次の部長刑事リストに入るそうだ」

「どうでもいいね」

「そんなことはない。そうなれば新しく丸ごとひとつ、怒鳴りつけていい階級ができる」

「ヴィニー・カリー、おまえが着ているのと違う色のジャージのやつにタックルしろ。もう何度も言っただろう！」バニーは目の前に置かれていた用具バッグを蹴り、それからオルーアクがいるのを忘れていたかのように振り返った。

「それじゃ、伝言はつたえたからな」

「たしかに」

「また会おう」

「俺ならそっちには賭けないね」

オルーアクは少し笑った。「意外だろうが、俺は賭けるよ」

バニーは振り向いて彼を見た。

「おまえは生まれながらのお巡りだよ、バニー、それ以外の生き方は知らないだろう。そういう質なんだ。月曜の朝、おまえはまた仕事に戻ってくる」

「いずれわかるさ」

「いずれな」

月下の天使たちは、〝善人〟すぎて手段を択(えら)ばない
――高潔なれどたがの外れたあぶない野郎どもと聖女たち(ガイズ&シスターズ)

川出正樹

「あの二人組のデカは食らいついたらトコトンやる主義だ」
　マックス・フランクリン『刑事スタースキー&ハッチ　ボスが消えた日』

「尼さんから『ざけんじゃないよ』なんて言葉をきくとはな」
　コリン・ベイトマン『ジャックと離婚』

飛び切りクールですこぶるホット！

クイーム・マクドネルの『悪人すぎて憎めない』は、一九九九年のダブリンを舞台に、固い絆(きずな)で結ばれたアイルランド警察(ガルダ・シーハーナ)の曲者(くせもの)コンビが、人生においてなによりも大切なものを守るべく命がけで奮闘する様を、熱量マックスかつ軽妙洒脱(けいみょうしゃだつ)に活写した最高に生きのいいバディ小説だ。独自の信念に基づいて行動する規格外の刑事二人が、連続武装強盗団を追い詰めるべく頭

と拳をフル回転させながら奔走する。
と同時に、凄惨な体験のせいで心身に癒やしがたい傷を負った女と、粗野で無骨な外見の下に純粋でナイーヴな魂と危ういまでの正義感を抱えた男との運命的な出逢いと、二人が過酷な状況に抗う姿を鮮烈に描いた仄暗くほろ苦い愛の物語でもある。

主人公のバニー・マガリー刑事は、アイルランド南部の街コーク出身の三十二歳の大男だ。きついコーク訛りで謳いあげるように話す陽気な大酒飲みでアノラックを愛用、常にチェシャ猫のような笑みを赤ら顔に浮かべている。小さくて真っ黒な眼は、右眼は警戒を怠らない一方、斜視の左眼はよからぬことをしているような、相手を落ち着かなくさせる印象を与える。身長六フィート二インチで太っているけれども敏捷で、「赤ちゃんゾウが三輪車に乗っている」かのようにしなやかかつスピーディーに動き、敵味方問わず相手の意表を突く。

警官の仕事を愛しており、警察は富裕層の安全しか気にしていないと侮蔑交じりに非難する貧困地区の支配者に対して、「法の範囲にとどまっている人間は誰でも守る」と言い切る反面、正しいことをするために必要とあらば、躊躇なく悪いこともする。告解を聴いた神父曰く、「彼は悪人ではない。それ以上に悪い。正しいと思うことのためなら、悪いこともやる善人なんだ」。悪党どもにとっては何ともやっかいな相手であり、この特性は、とりわけ社会的弱者に仇なす者に対して〝極端な敵対感情〟を持って発揮される。

その一方で——というよりもそれが故に——再開発計画未定の元運動場に素早くアンダー12のハーリングチーム〈セント・ジュードス・ハーリングクラブ〉を設立し、けんかっ早いスラム街の少年たちを強制的に参加させて、ストリートに溢れる悪の誘惑から遠ざけるべく尽力している。

威圧感のある風貌と粗野な言動が災いして、お世辞にも人当たりがいいとは云えない上に、しばしば問題を起こし上層部からマークされているバニー。そんな彼の本質を正しく見抜き、「俺の知っているなかでいちばん高潔で立派な人間」であり、「善と悪があることを心の底から信じているし、独特のたがはずれた田舎者ふうのやり方で、世界をもっといい場所にしようと本当にがんばっている」と断言するのが、バニーとは新人警官時代からの友人で三年来の相棒であると同時に上司でもある〝グリンゴ〟ことティム・スペイン部長刑事だ。

長身痩軀にダークブラウンの髪。カシミアのコートを着こなし、「スター・ウォーズ」時代のハリソン・フォードにそっくりな彼は、人が反射的にほほえんでしまう種類の人間であり、女性にもてる。ただし妻とは離婚寸前状態だ。思い詰めすぎない性格で、まさに画に描いたような陽キャのグリンゴだが、これが過酷な少年時代に生存戦略として生み出されたキャラクターである点がミソ。実は様々な鬱屈を抱えた複雑な人間なのだ。粗野で雑ながさつ者のバニーと洗練されて抜け目のないダブリンの都会人のグリンゴが無二の親友なのは、ともに正反対のペルソナの下に必死の思いで隠し護っている傷つきやすい純真さを互いに尊重しているからに他ならない。

本書『悪人すぎて憎めない』は、そんなアイルランド警察の名物コンビが、ダブリンの繁華街で建物の屋上の縁に立った男を説得する緊迫したシーンで幕を開ける。ビルから飛び降りるという男の真意を見抜き、いつものようにグリンゴと軽口をたたき合いながら諦めるよう諭すバニー。だがパニックに陥った男が突然暴れ出したため、バニーは野次馬の整理に当たっているグリンゴが見守る中、咄嗟に思い切った行動に出る（映画「リーサル・ウェポン」を彷彿とさせる幕開けだが、実はこの冒頭は、刑事が相手に手錠をかけて一緒に飛び降りるあの名シーンに対する不満と疑問から思いついた、と作者クイーム・マクドネルは自身のブログの中で明かしている。確かにあれは不自然だった）。

この軽いプロローグに続いて、警護に当たる警察の盲点を突いた狡猾かつ周到な現金輸送車襲撃事件の顛末がスリリングに描写され、物語が本格的にスタートする。犯人と目されているのは、天才的な頭脳とカリスマ性を備えた弱冠二十二歳の若者トミー・カーターだ。病身の父親の跡を継いで貧困地区クラナヴェイル・エステートの王として君臨する彼は、結束が固く腕が立つ強盗団の頭目として、過去二年間に発生した複数の高額現金強奪事件の容疑をかけられているものの、これまで全く証拠を残していない。しかも彼を支持する住民が提供する〝鉄壁のアリバイ〟のせいで警察は手が出せない状態だ。

野心家で〝操り人〟と渾名されるフィンタン・オルーアク警部補は、警察の威信を回復すべく大規模強盗捜査班を組織。バニーとグリンゴも一味の監視任務を命じられる。警察官として初の大舞台に立つバニーだが心境は複雑だった。なぜならトミーとは深い因縁があったからだ。かつて友人であるトミーの父親が、同地区からドラッグを閉め出したため、逆恨みした売人によって自宅に放火されたとき、幼いトミーと妹を焼け落ちる家から救い出したのが同地区の巡回を担当していたバニーだったのだ。葛藤を抱えたまま任務を続けるバニー。一方トミーは捜査陣の裏をかき、犯行を重ねていく。

このメインストーリーと並行して語られるのが、ニューオーリンズ出身の黒人ジャズ・シンガー・シモーンとバニーの過酷な愛の物語だ。グリンゴが酒を飲む口実としてでっち上げたバニーの偽の誕生日の夜に、二人は運命的な出遭いをする。彼女の歌声と美貌に心を鷲づかみにされたバニー、彼の善良さを理解しつつも、過去のおぞましき経験で負ったトラウマから愛情を受け入れられないシモーン。徐々に心を開いていくシモーンだが、決別したはずの過去は彼女を諦めていなかった。トラブルを抱えつつも安定していたバニーの人生は、公私ともに大きく変わり始める。

頼りになる相棒に手強い敵、そして運命の女性。犯罪小説の定番キャストたる彼等が十分個性的であるのに加えて、悪党のみならず部下をも震え上がらせるものの葉巻嫌いの妻に頭が上がらない警察長官ガレス、トゥレット症候群を患うピアノの名手でジャズ・クラブを経営する老人ノエル、そしてシモーンを庇護する〈聖人の姉妹たち〉のシスター・バーナデットを始めとする過激な尼僧たちといった一癖も二癖もある面々を揃えることで、刺激とユーモアが倍増し物語の厚みがぐっと増している。なかでも〈聖人の姉妹たち〉の存在感は群を抜いている。なにしろバニーに対して、臆するどころか「わたしにえらそうな口をきくんじゃない、このでかいハム。あなたの倍もある男たちをキィキィ叫ぶだけの能なしにしてやったこともあるのよ」と痛快に啖呵を切るのだからたまらない。

作者クイーム・マクドネルは、二十世紀末のダブリンを舞台に、一九七〇年代から九〇年代にかけて一世を風靡した警察官コンビが縦横無尽に暴れ回る一連の映像シリーズ——〈刑事スタスキー&ハッチ〉や〈マイアミ・バイス〉、映画「リーサル・ウェポン」等——のテイストを受け継ぎつつ、二十一世紀の世相や風潮、常識も織り込んだ新たな時代のバディものの犯罪小説を生み出したのだ。


さて、ここまで敢えて触れてこなかったけれども、本書『悪人すぎて憎めない』は、作者のデビュー作『平凡すぎて殺される』、第二作『有名すぎて尾行ができない』、第四作 *Last Orders* からなる〈ダブリン三部作〉の前日譚にあたる。とは言え、本書から読んでも全く問題ないし、むしろ時系列順に読んだ方が、その後の展開が判っていないため驚きは大きい。

一作目の『平凡すぎて殺される』は、二〇一五年のダブリンを舞台に、〝完全なる平凡〟な顔ゆえ他人と間違われてしまい執拗に命を狙われる羽目に陥った青年ポールと、〝平凡な人生なんて誰にとっても物足りないと思っている〟〝度を越すほどの犯罪実録もののファン〟の看護師ブリジット、そして〝地域の治安維持について自分流の型破りなところ〟があるレジェンドでポールと因縁浅からぬはみ出し者の部長刑事バニーという、矜持も信条も、そして正義感もあれど、なぜか世間とズレてしまう三人が、三者三様の持ち味を活かして未解決誘拐事件の真相を解明せざるをえなくなりダブリン中を走り回るノンストップ犯罪小説だ。

続く『有名すぎて尾行ができない』は、前作から八ヶ月後にトリオで私立探偵事務所を開こうとしたものの、恋人のブリジットとはある理由から喧嘩中、バニーとはなぜか連絡が取れず、正式オープン前に坐礁しそうな状態の事務所で不遇をかこっているポールのもとに謎の美女が訪れて不可解な尾行を依頼するシーンで幕を開ける。アイルランド中が注視する不動産開発詐欺裁判の関係者を尾行するポールと、バニーの行方を探り出そうとするブリジットの二つの現在進行形視点に、ハーリングクラブを守るべく、金に目が眩んだ再開発事業を阻止しようと暗躍する十六年前のバニーの過去視点を加えた三本の筋が絡み合いスタンピード状態となってクライマックスへと雪崩れ込む。これまたコメディ色が強烈なテンポの良い犯罪小説だ。

そんな二作に対して、苦笑と失笑と血と愛と暴力と風刺とユーモアに溢れる点はそのままに、丁々発止のやり取りや互いに相手の背中を守り合うといったバディ小説の醍醐味を前面に立て、ノワール色を濃くしシリアス度を高め、よりクールかつホットに仕上げたのが『悪人すぎて憎めない』だ。

ちなみに〈ダブリン三部作〉とはいうものの、二〇二五年現在で本書に連なる第一作の前日譚が四作書かれているため実は全部で八作を数え、他に中短編集も一冊ある。さらにポールとブリジットの活躍を描いた〈MCM探偵事務所〉シリーズが二作、バニーを主役にしたシリーズが四作と、そこから派生し、このシリーズの脇役を主人公にしたバニーもダブリンも登場しない単独作が一作あり、作者言うところの〈バニーバース〉は拡大を続けている。

尚、〈聖人の姉妹たち〉は作者自身気に入っていて、本書の原書 *Angels in the Moonlight*

の巻末には、彼女らがいかにしてこの組織のメンバーになったかが語られる*Sisters Gonna Work It Out*という中篇を無料で入手する方法が記されている。また、作者のメールマガジンに登録すると無料でもらえる短編集*How to Send a Massage*にも同作は収録されている。嬉しいことに〈ダブリン三部作〉の完結編となる*Last Orders*も、引き続き翻訳される予定だ。本書の終盤で、「おまえは生まれながらのお巡りだよ、バニー、それ以外の生き方は知らないだろう。そういう質なんだ」と述懐されるバニーが、ポールとブリジットとともにどんな活躍を見せてくれるのか楽しみにしつつ筆を擱きたい。

訳者紹介 東京都生まれ。英米文学翻訳家。主な訳書にロブ〈イヴ&ローク〉シリーズ、アダム「ヴァイオリン職人の探求と推理」「ヴァイオリン職人と天才演奏家の秘密」「ヴァイオリン職人と消えた北欧楽器」、マクドネル「平凡すぎて殺される」など。

悪人すぎて憎めない

2025年3月28日　初版

著　者　クイーム・マクドネル

訳　者　青(あお)　木(き)　悦(えつ)　子(こ)

発行所　(株)東京創元社
代表者　渋谷健太郎

162-0814 東京都新宿区新小川町1-5
電　話　03・3268・8231-営業部
　　　　03・3268・8201-代　表
URL　https://www.tsogen.co.jp
組版　工友会印刷
暁印刷・本間製本

乱丁・落丁本は、ご面倒ですが小社までご送付ください。送料小社負担にてお取替えいたします。

ISBN978-4-488-16506-2　C0197